Maren Vivien Haase

BELLADAIRE ACADEMY
of Athletes

LIARS

MAREN VIVIEN HAASE

BELLADAIRE ACADEMY

of Athletes

LIARS

Roman

blanvalet

MIX
Papier | Fördert gute Waldnutzung
FSC® C083411

Penguin Random House Verlagsgruppe FSC® N001967

7. Auflage
Originalausgabe 2023 by Blanvalet in der Penguin Random House Verlagsgruppe GmbH, Neumarkter Straße 28, 81673 München
produktsicherheit@penguinrandomhouse.de
(Vorstehende Angaben sind zugleich Pflichtinformationen nach GPSR.)

Dieses Werk wurde vermittelt durch die Langenbuch & Weiß Literaturagentur.
Redaktion: Melike Karamustafa
Umschlaggestaltung: Anke Koopmann | Designomicon
Umschlagmotive: Shutterstock.com (Larch _tree; mrs_kato; everydayfriday; ONYXprj; Chinnapong)
DK · Herstellung: sam
Satz: Uhl + Massopust, Aalen
Druck und Bindung: CPI books GmbH, Leck
Printed in the EU
ISBN 978-3-7341-1278-2

www.blanvalet.de

Liebe Leser*innen,

dieses Buch enthält potenziell triggernde Inhalte.
Deshalb findet sich auf S. 462 eine Triggerwarnung.
Achtung: Diese enthält Spoiler für das gesamte Buch.
Wir wünschen allen das bestmögliche Leseerlebnis.

Maren Vivien Haase und der Blanvalet Verlag

Für alle, die schon mal das Gefühl hatten,
nicht dazuzugehören

Playlist

Breakaway – Kelly Clarkson
mirrorball – Taylor Swift
Better Than Today – Rhys Lewis
In the Air Tonight – Natalie Taylor
No Good – UNSECRET & Ruelle
I Know Places – Taylor Swift
Cruel Summer – Taylor Swift
bad ones – Tate McRae
Try – Colbie Caillat
Maraschino Love – EZI
Toxic – GIVVEN
Dress – Taylor Swift
Flames – R3HAB, ZAYN & Jungleboi
Innocence and Sadness – Dermot Kennedy
Perfectly Wrong – Shawn Mendes
Take It Or Leave It – James Arthur
Perfect – Sam Smith & Jessie Reyez
You're On Your Own, Kid – Taylor Swift
When You're Gone (Acoustic) – Shawn Mendes
Anti-Hero – Taylor Swift
Burning – Sam Smith
For You – Liam Payne & Rita Ora
Lover (First Dance Remix) – Taylor Swift

1

NIKA

»Jackpot! Der Kerl mit der Rolex hat uns soeben ein Trinkgeld in Höhe einer Wochenmiete zugeschoben.« Mit einem zufriedenen Grinsen auf den Lippen zählte ich die Scheine in meiner Hand.

»*Der mit der Rolex*? Nett. Als ob nicht jeder dieser Bonzen hier eine trägt«, erwiderte mein Lieblingskollege Francois und zwinkerte mir zu. In den vergangenen acht Wochen war er mir mit seiner schamlosen Art ans Herz gewachsen. Er war etwas älter als ich, Mitte zwanzig, und arbeitete im Gegensatz zu mir nicht nur temporär im Jacques in Saint-Tropez, während er an seiner Karriere als Künstler tüftelte.

»Sorry, ich nehme das zurück«, schnaubte ich und verstaute das Geld in unserem Trinkgeld-Glas. Am Ende der Woche würden wir die gesamte Summe aufteilen. »Selbst nach zwei Monaten habe ich mich noch nicht daran gewöhnt, dass die hier die Scheine regnen lassen wie Taylor Swift ihre Nummer-1-Hits.«

»Glaub mir, Nika, sobald du wieder die Chance hast, hier einzuspringen … do it! Vor allem in der Hochsaison ist das der Garant für einen Geldspeicher wie Dagobert

Duck, Girl.« Er verzog seine Lippen zu einem Schmollmund und schnipste mit den Fingern ein paarmal in die Luft.

Ich vermisste Francois jetzt schon. Es war bereits meine letzte Woche im Restaurant, bevor ich ab Montag in mein neues Leben starten würde.

Ein Neuanfang.

Alles, was ich mir je gewünscht hatte, in greifbarer Nähe. Wenn ich nur daran dachte, füllte sich meine Brust mit Wärme, und ich musste unweigerlich lächeln. Daher würde ich den Verlust meines Jobs wohl auch ganz gut verschmerzen.

Noch immer hatte ich nicht wirklich realisiert, dass die renommierte Belladaire Academy of Athletes in Monaco mich angenommen hatte und mir einen Studienplatz für die nächsten drei Jahre bot. Ich hatte es mir verdient. Nicht nur den Platz im Fecht-Team, sondern auch die Hoffnung darauf, dass nun alles besser werden würde. Endlich raus aus Frankfurt, weg von meiner alten Schule und auf dem schnellsten Weg in eine glanzvolle Zukunft inklusive etlicher Stunden schweißtreibenden Trainings, Theoriestunden, funkelnder Medaillen und Menschen, die mich zur Abwechslung nicht wie einen Haufen Dreck behandelten. Hoffentlich.

Rasch schüttelte ich den letzten Gedanken ab, der die nur allzu vertraute Übelkeit in mir aufsteigen ließ. Diesmal *würde* alles besser werden. Es *musste* einfach.

»Ist notiert.« Ich strich mir die schwarze Schürze glatt und lief zu einem der Tische auf der Terrasse, wo gerade zwei Männer Platz genommen hatten, die ungefähr in meinem Alter sein mussten.

Die edle Einrichtung im Innenbereich mit vorwiegend

weißem Mobiliar und Statuen in jeder Ecke erstreckte sich bis nach draußen. Es war später Nachmittag, und alle Gäste auf der Terrasse hatten einen perfekten Blick aufs Meer und den Hafen von Saint-Tropez. Palmen wehten im Wind, vereinten sich mit Wellenrauschen und den Schreien der Möwen. Während Gläser gegeneinanderklirrten, Lachen und Gesprächsfetzen von allen Seiten herbeischwebten, steuerte ich den Tisch in der Mitte an, wo die beiden neuen Gäste in der Karte blätterten.

»Herzlich willkommen im Jacques. Darf ich Ihnen schon etwas zu trinken bringen?« Ich strich mir eine schwarze Strähne hinters Ohr, die sich aus meinem strengen Dutt gelöst hatte, und holte das Tablet aus der Tasche meiner Schürze, um die Bestellung aufzunehmen.

»Für mich erst mal 'ne Cola, danke«, sagte einer der beiden auf Englisch mit dem Hauch eines skandinavischen Akzents und legte die Karte beiseite. Er hatte hellblonde Haare, die leicht verwuschelt unter einer Beanie hervorblitzten, und strahlend blaue Augen.

»Alles klar«, entgegnete ich, vermerkte die Bestellung im System und sah den anderen jungen Mann an. Ein schiefes Grinsen auf den Lippen, saß er lässig zurückgelehnt da und blätterte in der Getränkekarte. Ich konnte nicht bestreiten, dass er mit den kurz geschorenen schwarzen Haaren und dem leichten Bartansatz, den vollen Lippen und dem Zahnpastalächeln ziemlich heiß aussah. Ein wenig wie der kleine Bruder von Michael B. Jordan. Nur mit einem viel breiteren Rücken. Im Gegensatz zu seinem Freund war sein Kinn nicht ganz so markant, sein Blick dafür aber umso eindringlicher, sodass mein Herz einen kurzen Moment stolperte, als er mir in die Augen sah. Langsam musterte er mich von oben bis unten, ließ seinen Blick über mein Gesicht über meine Brust bis zu meinen Beinen und schließlich wieder nach oben wandern, um mir in die Augen zu sehen.

»Wow«, sagte er und legte grinsend den Kopf schief.

Ich zwang mich dazu, nicht die Augen zu verdrehen, sondern meine Miene professionell freundlich zu halten. Was dachte er denn, was ich ihm darauf antworten würde?

Oh, danke, zu gütig! Freut mich so sehr, dass du das sagst, weil mein Leben davon bestimmt wird, wie oft mir irgendein Kerl Komplimente über mein Aussehen macht. Mein Tageshighlight, das ich heute Abend in meinem Tagebuch festhalten werde, um immer wieder daran zurückzudenken.

Vermutlich. Aber diese Art von Gast hatten wir hier recht oft, weshalb ich es gewohnt war. Und solange ich lächelte und höflich war, sprang für mich ein saftiges Trinkgeld heraus, das mir die Academy finanzierte. Ich war schließlich extra zwei Monate vor Studienbeginn angereist, um mir noch ein wenig Geld dazuzuverdienen.

»Was für ein Getränk darf es denn sein?« Ich legte ein gezwungenes Lächeln auf, während er wieder die Getränkekarte studierte.

»Überrasch mich«, sagte er wie sein Kumpel auf Englisch, allerdings mit amerikanischem Akzent. Er klappte die Karte zu und reichte sie mir. »Der Preis spielt keine Rolle. Gerne was Alkoholisches, ich muss heute nicht mehr fahren.«

Angeber.

Rasch nahm ich die Karten entgegen und nickte. »In Ordnung, kommt sofort.«

Er rief mir noch ein viel zu lautes »Danke« hinterher, während ich mich vom Tisch entfernte und hinter die Bar zu Francois trat.

»Eine Cola und …« Ich überlegte. »Ach, wir gönnen dem Guten mal den Dom Pérignon Rosé. Schenk ihm ein Glas ein, dann bring ich alles rüber.«

»Da hat wohl jemand die Spendierhosen an.«

Meine Mundwinkel zuckten nach oben. »Er meinte, ich solle ihn überraschen. Und hey, hätte ich die Kohle, würde ich mir den Champagner auf jeden Fall gönnen.«

Francois machte die Getränke fertig, während ich noch einige weitere Tische bediente.

Zu Hause in Frankfurt hatte ich neben der Schule, die ich mit einem mittelmäßigen Abi abgeschlossen hatte, auch hin und wieder gekellnert, aber eher in Kneipen oder Studierenden-Bars – etwas ganz anderes, als in einem der teuren Restaurants an der Côte d'Azur zu arbeiten. Neben meinen vielen Trainingseinheiten in den letzten Jahren hatte ich die freien Minuten statt fürs Lernen viel zu oft genutzt, um so viel Geld anzusparen, dass ich mir die Studiengebühren an der Academy leisten konnte. Inklusive der Lebenshaltungskosten, wobei das meiste wie Essen und Miete glücklicherweise bereits in den Gebühren enthalten war. Der Job hier sollte mein Polster noch ein bisschen vergrößern. Und jetzt … war ich nur noch Tage davon entfernt, meinem Traum, irgendwann als Fechterin bei den Olympischen Spielen anzutreten, ein Stück näher zu kommen. Gut, das lag noch in sehr weit entfernter Zukunft, aber immerhin war es ein Schritt in die richtige Richtung. Ich freute mich auf das harte Training, doch zugleich verknotete sich mein Magen bei dem Gedanken, dass ich meine Vergangenheit noch mal aufs Neue würde durchleben müssen – nur an einem anderen Ort.

Nein! So durfte ich nicht denken! An der Academy

würde ich auf so viele neue Leute treffen, für die ich ein unbeschriebenes Blatt war, die nichts über meine Vergangenheit wussten. Die nicht mit mir zur Schule gegangen waren, nicht wussten, was dort passiert war, und die den Ehrgeiz und den Willen, zu den Besten der Besten ihrer Sportart zu gehören, mit mir teilten. Hier würde ich Anschluss finden, ganz sicher.

Ich schnappte mir das Tablett mit den Getränken und ging rüber zu den beiden Typen, schenkte ihnen ein herzliches Lächeln und platzierte die Cola und den Champagner vor ihnen auf dem weißen Tischtuch.

»Gute Wahl«, sagte der Angeber mit dem Zahnpastalächeln, als ob er anhand der Farbe des Champagners erkennen könnte, welches Gesöff sich da in seinem Glas befand.

Ein gespielt freundliches Lächeln zupfte an meinen Mundwinkeln. »Selbstverständlich nur die Highlights unseres Hauses.« Unsere Blicke begegneten sich für den Bruchteil einer Sekunde. »Möchten Sie schon etwas zu essen bestellen, oder soll ich die Karte liegen lassen?«

»Da geben wir noch mal Bescheid. Aktuell nicht, oder?«, meinte der Typ mit der Beanie und prostete seinem Freund zu, der sich ihm mit einem Nicken anschloss.

Er nippte am Glas und sagte dann, ohne mich anzublicken: »Dom Pérignon Rosé, richtig?«

Ich nickte. »Richtig.«

»Gut tausend Euro die Flasche, wenn ich mich nicht irre?«

»Korrekt.« Ich sah ihn mit Engelsmiene an. »Ist das ein Problem?«

»Keineswegs.« Ein Schmunzeln legte sich auf seine Lippen. »Peanuts.«

»Wunderbar. Nicht weniger als der beste Champagner der Welt für Sie. À votre santé.«

Ein amüsierter Ausdruck huschte über sein Gesicht, dann nickte er. »Gut, danke.«

»Melden Sie sich gerne, falls Sie noch Wünsche haben.« Ich lächelte noch mal und entfernte mich dann.

Diese arroganten Kerle … Ich hatte wirklich kein Problem mit reichen Kids, ganz im Gegenteil. Manchmal wünschte ich mir sogar, zu ihnen zu gehören, ihr Leben zu leben – in dem die scheinbar größte Sorge war, welche Kreditkarte man heute nur benutzen sollte. Aber es gab auch die Deppen, die dachten, dass sie andere Leute mit ihrem Vermögen um den Finger wickeln konnten, und von denen hielt ich absolut gar nichts.

Nur noch fünf Tage, Nika.

Nur noch fünf Tage, bis ich diese Menschen einerseits nicht mehr bedienen musste, andererseits jedoch, neben den wenigen Stipendiaten und Leuten, die sich die Gebühren mühsam hatten ansparen müssen, täglich mit ihnen an der Belladaire Academy zu tun haben würde. Denn alles, was ich mir neben meiner Sport-Karriere wünschte, war, endlich anzukommen und irgendwo dazuzugehören. Zu anderen Sportlerinnen und Sportlern, die die gleiche Leidenschaft wie ich teilten. Das konnte doch nur gut werden – oder zumindest nur besser als in den vergangenen Jahren.

Nur noch fünf Tage.

Nur noch fünf Tage, bis endlich mein neues Leben anfing.

2

NIKA

Die letzten fünf Tage waren schneller vergangen, als ich Säbel hätte sagen können. Jeden Morgen hatte ich in dem kleinen WG-Zimmer, in dem ich zur Untermiete gewohnt hatte, ein Kreuz in meinen Kalender gekritzelt, nur um jetzt mit zwei Koffern, einem Rucksack und einer Reisetasche vor dem schmiedeeisernen Tor zu stehen, das in die Anlage der Belladaire Academy of Athletes führte.

Nach einer umfangreichen Bewerbung, einer sportlichen Aufnahmeprüfung und einem Zulassungsgespräch, das als Videotelefonat stattgefunden hatte, war ich aufgenommen worden; allerdings ohne eins der seltenen Stipendien zu ergattern, sodass ich die kommenden drei Jahre die hohen Studiengebühren aus eigener Tasche zahlen musste. Doch es würde sich lohnen. Belladaire gehörte zu den renommiertesten Akademien für Elite-Sport weltweit und legte den Grundstein für eine erfolgreiche Karriere. Hier erhielt man nicht nur eine der besten sportlichen Ausbildungen weltweit, sondern knüpfte auch wertvolle Kontakte zu Coaches, Profis, Sponsoren und vielen hochrangigen Funktionären, um es in dieser

Branche langfristig zu etwas zu bringen. Viele der Absolventen des dreijährigen Programms gehörten zu den besten Sportlerinnen und Sportlern der Welt.

Francois hatte mich netterweise mit seinem uralten Auto die Strecke von einer knappen Stunde von Saint-Tropez hergefahren, die Fahrt im Bus wäre mit meinem Haufen Gepäck vermutlich etwas umständlich geworden. Außerdem konnte ich so noch ein wenig Zeit mit Francois verbringen, bevor wir getrennte Wege gehen würden. Immerhin hatte er mit seiner künstlerischen Karriere und der Arbeit im Restaurant und ich in der Academy alle Hände voll zu tun.

Und nun ... stand ich hier. Etwas abgelegen vom Zentrum in den Bergen Monacos mit perfekter Aussicht über die gesamte Stadt und aufs Mittelmeer, das türkisblau in der Mittagssonne glitzerte, lag die Academy, die in den nächsten Jahren mein Zuhause sein würde. Schon von der Pforte aus konnte ich einen Blick auf die Anlage erhaschen, die sich hinter dem mindestens drei Meter hohen verschnörkelten Zaun im Barock-Stil verbarg. Alles hier wirkte wie in einer dieser Netflix-Serien, in denen es um reiche Kids, Geheimnisse und einen Luxus-Lifestyle ging. Die Mischung aus dem elitären Gebäude und den modernen Elementen faszinierte mich. Efeu wucherte an den Eisenstäben herab und meine hoffnungsvolle Aufregung daran hinauf. Eine leichte Brise raschelte durch die umstehenden Palmen und kühlte meinen schweißnassen Nacken. Diese Wärme schon jetzt im März war definitiv ein Upgrade zum lauen Frühling in Deutschland.

Mein Herz schlug Purzelbäume, als ich die hochmoderne Sprechanlage beäugte, bevor ich den schwarzen Knopf daran drückte. Nervös trat ich von einem Fuß auf den anderen, während ich tief durchatmete und in die Linse blickte.

»Was kann ich für Sie tun?«, ertönte es aus dem Lautsprecher auf Englisch.

Da die Academy international war und von Menschen aus den unterschiedlichsten Ländern besucht wurde, unterhielten sich alle auf Englisch. Zwar hatte ich in der Schule Französisch gelernt und verstand das meiste, aber richtige Gespräche zu führen, dazu fehlte mir die Übung.

»Hallo, ähm … Ich bin Nika Blum – äh, Veronika Blum – und wollte …«

Ja, was wollte ich denn? Einziehen? Direkt zum Training in die Fechthalle? Das Büfett abchecken? Medaillen gewinnen? Kalt duschen? Mein neues Leben beginnen? Alles davon.

»Hallo?«

Ich zuckte zusammen. »Oh, äh ja … Ich komme, um mein Zimmer zu beziehen.«

»Einen Moment. Schauen Sie bitte in die Kamera vor Ihnen, wir wollen die Identität abgleichen.«

Ich nickte und sah erneut in die runde Linse oberhalb des schwarzen Knopfes. Holy Shit, das war ja exklusiver und gesicherter als beim Secret Service.

Nur wenige Sekunden später schwangen die beiden Flügeltore auf. »Melde dich bitte bei uns am Welcome Desk im Hauptgebäude, wenn du reinkommst. Das ist das riesige Anwesen, das du direkt siehst, wenn du den Campus betrittst. Bis gleich.«

»Danke, ja … bis gleich!«, sagte ich und schnappte mir dann rasch mein Gepäck, um den Weg in mein neues Zuhause anzutreten.

Mir blieb der Mund offen stehen, als ich die Koffer über

den cremefarbenen Pflasterweg rollte und versuchte, überall gleichzeitig hinzusehen. Alles aufzusaugen, was sich in mein Sichtfeld schob. Die grüne Parkanlage mit perfekt getrimmten Büschen und zierlichen Bäumen erstreckte sich direkt vor dem Hauptgebäude der Akademie – und mittendrin der Weg, den ich entlanglief und der breit genug war, um auch als Zufahrt für Autos genutzt zu werden. Dieser führte hin zum riesigen Anwesen, in dem ich die nächste Zeit wohnen, essen, schlafen und trainieren würde.

»Wow«, entfuhr es mir leise, und ich schüttelte ungläubig den Kopf.

Eine helle Außenfassade, unzählige verschnörkelte Säulen, Fensterbogen mit dunklen Rahmen, Erker und Spitzdächer auf dem Hauptgebäude und den beiden Flügeln, die zur Seite hinausreichten. Alles in einer Art barockem Stil gehalten, wie man es aus Italien, den glamourösen Hotels in Cannes oder den Casinos unten in Monaco kannte. Neben dem Gebäude befand sich eine Abfahrt, die der Beschilderung nach in die Tiefgarage führte, und hinter dem Haupthaus lagen die Trainingsplätze und -hallen. Das hatte ich bereits auf dem Lageplan gesehen, den ich auf der Website gefunden hatte.

Alles in mir kribbelte, als ich mich der breiten Treppe näherte, die zum Eingang hinaufführte. Davor stand auf einem kreisrunden Platz eine schwarze Limousine mit abgedunkelten Scheiben, an der lässig ein Kerl in Chauffeur-Montur lehnte. Als ich am Fuß der Stufen stehen blieb, klopfte mein Herz wie verrückt, doch gleichzeitig hoben sich in freudiger Erwartung meine Mundwinkel. Einige Mädels und Jungs kamen mir lachend entgegen, andere standen in der Auffahrt oder saßen auf der Wiese und unterhielten sich.

Tief durchatmen. Das wird schon. Ich werde bestimmt schnell Anschluss finden. Hier wird es nicht so sein wie in Deutschland.

Ich biss fest die Zähne aufeinander, dann atmete ich aus und lief die Treppe hoch und durch den runden Steinbogen mit integrierter Tür, die ins Innere führte.

Eine riesige Eingangshalle, in der reges Treiben herrschte, hieß mich willkommen. Leute, die in Grüppchen umherhuschten, manche mit Gepäck und sperrigen Koffern, andere mit Tablets und in dunkelgrüne Sportkleidung gehüllt, auf die das Wappen von Belladaire gestickt war. Sie sahen aus, als ob sie genau wüssten, was sie taten. Vermutlich stammten sie aus den höheren Jahrgängen und führten Neulinge wie mich herum. Am anderen Ende der Halle befand sich an der Wand aus dunklem Marmor ein langer Tresen, hinter dem noch mehr Leute herumwuselten. Darüber prangte das riesige verschnörkelte Logo von Belladaire in schimmerndem Gold an der Wand, darunter der Verweis *Welcome Desk*. Dort musste ich mich also melden.

Langsam lief ich darauf zu, während ich mich weiter umschaute. Rechts und links führten lange Treppen ins nächste Stockwerk. Überall roch es nach überteuertem Parfüm und … Angstschweiß. Vermutlich trug ich zu Letzterem in erheblichem Maße bei. Mir klebte das schwarze Top am Rücken, das ich heute Morgen zu luftigen Shorts kombiniert hatte. Ich wollte nur noch unter die Dusche springen, also band ich mir rasch die langen Haare zu einem lockeren Dutt und fächelte mir vorerst etwas Luft zu.

Das Stimmengewirr, das vom Marmorboden widerhallte, und Gelächter rissen mich aus meinen Gedanken, und ich reihte mich rasch hinter einem rothaarigen Kerl in die Schlange vor dem Welcome Desk ein. Nur wenige Minuten später war ich an der Reihe und nannte der Dame hinter dem Tresen meinen Namen.

»Alles klar.« Die Frau tippte auf der Tastatur ihres Computers und reichte mir nach einer Weile eine dunkelgrüne Sporttasche mit dem Emblem von Belladaire darauf, in die sie noch rasch eine Mappe steckte. »Hier drin findest du ein paar kleine Willkommensgeschenke und wichtige Informationen, die du dir durchlesen solltest. Es wird noch eine Führung für die Newbies geben, bei der dir alles gezeigt wird. Dein Zimmer befindet sich im Mädchen-Flügel rechts; mit dem Tracking-Armband öffnest du die Tür.« Sie reichte mir eine Art Gummi-Fitnessarmband in Dunkelgrün, das ich über mein Handgelenk schob. »Das solltest du immer tragen. Tag und Nacht. Damit wird deine Leistung getrackt, außerdem Herzrate und Werte, Schlaf und vieles andere Nützliche; mehr Infos dazu findest du in der Willkommensmappe in der Tasche. Du kannst es auch im Gym mit den Geräten verknüpfen und in den Trainingshallen mit den Programmen, die deine Performance tracken. Über unsere App hast du Einsicht in die Daten und kannst so deine Fortschritte verfolgen. Manche der Trainer haben auch Zugriff darauf und können ihre Bewertung eingeben, woraus aus allen Sportlern immer der jeweilige Athlete of the Month gekürt wird. Jeden Monat bekommst du eine Zusammenfassung, dein Reporting, zugeschickt. Außerdem ist das Armband wie gesagt der Schlüssel für dein Zimmer, das Gym, die Trainingsbereiche und die Mensa, das Ärztezentrum und alles Weitere, das exklusiv euch Studierenden zugänglich ist.«

Ich nickte, auch wenn mein Siebhirn schon wieder die Hälfte vergessen hatte. Von dem Armband hatte ich bereits gelesen. Dafür, dass es nur ein Stück Gummi mit einer kleinen Metallplatte war, konnte es eine ganze Menge.

»Dein Zimmer befindet sich in diesem Gebäude im zweiten Stock, Nummer 207. Deine Mitbewohnerin ist vor ein paar Minuten eingetroffen. Um 16 Uhr findet die Willkommenszeremonie im hinteren Garten statt, sei bitte pünktlich.« Sie legte die Stirn in Falten. »Hast du noch Fragen?«

Mein Hirn war ein einziges Fragezeichen, aber ich sparte mir lieber weitere Fragen, um nicht jetzt schon einen doofen Eindruck zu hinterlassen, und sagte stattdessen: »Nein danke, alles super.« Den Rest würde ich noch auf eigene Faust herausfinden. Vielleicht war ja auch meine Mitbewohnerin ein bisschen informierter und hatte womöglich schon das Intensive-Camp in den letzten Wochen mitgemacht, für das mein Budget leider nicht ausgereicht hatte. Ich musste sowieso schon jeden Cent umdrehen.

Ich schnappte mir mein Gepäck und die Tasche und steuerte den Aufzug an, der mich in die zweite Etage brachte. Nach einem kurzen Marsch durch den Flur, bei dem mir auffiel, dass an jeder Ecke Überwachungskameras hingen, blieb ich vor meiner Tür stehen und hielt mein Armband an den Sensor. Beim nächsten Wimpernschlag ertönte ein Summen, und ich konnte die Klinke herunterdrücken.

Im Inneren war außer dem Geklapper von Kleiderbügeln nichts zu hören, als ich eintrat und den gut dreißig Quadratmeter großen Raum in Augenschein nahm.

Meine Mitbewohnerin stand mit dem Rücken zu mir vor dem Kleiderschrank und hantierte mit ein paar Klamotten herum. Ihr braunes Haar war zu einem strengen Dutt nach oben gebunden.

Ich nahm all meinen Mut zusammen, dann sagte ich: »Hey!«

Keine Reaktion.

Mich beschlich ein mulmiges Gefühl, und ich biss mir auf der Innenseite meiner Wange herum. Wieso begrüßte sie mich nicht, sondern ignorierte mich offensichtlich? Hoffentlich war sie eigentlich nett und hatte mich gerade nur nicht gehört. Bitte, bitte, bitte.

Mit einem flauen Gefühl trat ich weiter in den Raum hinein. Zwei riesige Fenster, die zum Innenhof der Academy hinausgingen, fluteten das Zimmer mit Sonnenlicht. Da ich es mir teilte, trennte es ein Minikühlschrank optisch in zwei Hälften. Auf jeder Seite standen jeweils ein Einzelbett, ein Schreibtisch, ein Kleiderschrank und eine Kommode – alles sehr clean in dunklem Holz gehalten. Angrenzend befand sich außerdem ein Badezimmer. Ich würde noch ein bisschen umgestalten müssen, sodass alles etwas wohnlicher wirkte, aber das bekam ich hin. Vielleicht fand ich ja auch schnell Freunde, mit denen ich Fotos machen und damit meine Wände dekorieren konnte.

Mein Blick wanderte wieder zum Kleiderschrank auf der anderen Seite des Zimmers, wo das Mädchen in meinem Alter stand und ihren Koffer auspackte. Als sie sich leicht zur Seite drehte, bemerkte ich, dass in ihren Ohren weiße Stöpsel saßen, über die sie vermutlich Musik hörte. Also hatte sie mich nicht absichtlich ignoriert. Glück gehabt.

Erleichtert atmete ich aus, dann sagte ich, etwas lauter als zuvor: »Hey, ähm …« Als ich die Hand hob und winkte, registrierte sie mich, wandte sich mir zu und nahm sich rasch die Wireless-Kopfhörer aus den Ohren.

»Hi, sorry, wer bist du?«

»Nika, deine neue Mitbewohnerin. Freut mich«, sagte ich und stellte mein Gepäck neben dem Bett ab, das offensichtlich meins war.

Meine Mitbewohnerin war kleiner und zierlicher als ich, aber genauso trainiert. Ihre zarten Gesichtszüge umrahmten hellbraune Haare, die ihr bis zum Schlüsselbein reichten und perfekt lagen. Sandfarbene Ponyfransen fielen ihr in die Stirn. Als ich etwas näher trat, bemerkte ich, dass ihre Augen verschiedene Farben hatten – eines war braun und das andere grau. Zu einem weißen Shirt trug sie eine schwarze Radlerhose.

Neugierig musterte sie mich und legte ein leichtes Lächeln auf. »Hey. Delphine.« Ihr Akzent verriet mir, dass sie mit ziemlich großer Sicherheit aus Frankreich kam.

Mein Puls beschleunigte sich, und ich spürte, wie meine Handflächen zu schwitzen begannen. Hoffentlich war sie nett. Hoffentlich würden wir uns verstehen.

»Ähm, ich … ich freu mich schon auf die nächste Zeit«, wählte ich jedes Wort mit Bedacht. »Ich fechte. Und du?«

»Turnen.« Sie musterte mich ein wenig misstrauisch, wenn auch nicht wirklich unfreundlich, dann widmete sie sich wieder ihrem Schrank.

»Cool.« Ich trommelte mit den Fingern gegen die Seiten meiner Oberschenkel. »Ähm, keine Ahnung, aber … wir könnten uns ja vielleicht vor der Begrüßungsfeier um 16 Uhr zusammen ein bisschen umsehen. Wir hätten jetzt noch so zwei Stunden … Also … falls du Lust hast?«

Delphines Blick huschte kurz zu mir und wieder zu ihrem Koffer, dann seufzte sie und zog die schmale Nase kraus. »Hör zu, du bist sicher nett, aber ich suche keine Freundinnen. Ich habe mir mein Stipendium für Belladaire hart erarbeitet und will es nicht durch irgendwelche Ablenkungen verlieren. Nichts gegen dich.«

Meine Lippen formten ein tonloses O, während mir heiß wurde. Und das, obwohl die Klimaanlage lief.

Betretenes Schweigen.

Auch wenn ich ihre Einstellung verstand, fand ich es schade und es wunderte mich auch etwas. Immerhin schlossen Freundschaften und eine exzellente Leistung einander ja nicht aus. Ich hatte mir schon vorgestellt, wie wir gemeinsame Filmabende machen, auf dem Gelände abhängen und in den Pausen zusammen essen gehen würden, aber wenn ihr nicht danach war, musste ich mich wohl damit abfinden.

Bitte lass es nicht so werden wie damals. Bitte, bitte, bitte.

»Ähm, ja …« Ich räusperte mich und presste kurz die Lippen aufeinander. »Kein Problem.«

»Sorry«, entgegnete sie schulterzuckend und strich sich eine Strähne aus dem Gesicht.

»Schon okay.«

Ich versuchte, den Dämpfer beiseitezuschieben, und stellte die Welcome-Tasche auf meinem Bett ab, auf dem bereits ein dunkelgrünes Shirt mit dem Emblem der Academy lag. Ich ließ mich daneben auf die Bettkante sinken und zog mein Handy aus dem Rucksack, um eine Nachricht an meine Eltern zu schreiben.

Nika: *Bin gut angekommen. Alles ist so superkrass hier. Total unwirklich! Ich melde mich heute Abend noch mal! Hab euch lieb!*

Dann wechselte ich das Chat-Fenster, um auch meiner besten Freundin Anna ein Update zu geben. Wir kannten uns schon unser ganzes Leben, doch nach der Grundschule war sie mit ihren Eltern leider von Frankfurt nach Hamburg gezogen, sodass wir seitdem eine Fernfreundschaft führten und uns viel zu selten sahen. Trotzdem waren wir immer füreinander da und besuchten uns hin und wieder.

Nika: *Bin jetzt im Zimmer. Ich schick dir später noch Fotos! Nachher findet die Willkommensfeier statt. Hab Angst. Das wird bestimmt superseltsam, weil ich hier keinen Menschen kenne und meine Mitbewohnerin auch nichts von mir wissen will. Please send help!*

Ich musste keine Minute warten, bis sie online kam und zu tippen begann.

Anna: *Du schaffst das! Die kennen dich (noch) nicht, aber sobald sie mit dir geredet haben, werden sie dich lieeeben. I mean, wie kann man nicht? Vertrau mir, das wird gut! Ein Neuanfang! Auch wenn es schade ist, dass deine Mitbewohnerin nichts von dir wissen will … oh Mann. Aber: Das wird schon! Ruf an, falls was ist, und schick mir unbedingt Fotos :)*

Nika: *Okay, okay, okay. Ich schaffe das. Danke. Melde mich später!*

Ich sperrte mein Handy und legte es neben mir ab, dann atmete ich mehrere Male tief durch, um mich ein wenig zu beruhigen.

Nachdem ich all meine Sachen ausgepackt und verräumt, geduscht und mich in ein schwarzes Kleid mit fließendem Stoff geschwungen hatte, das mir bis knapp übers Knie reichte, legte ich noch eine Schicht Make-up auf und drehte mir ein paar Locken in die dunklen Haare. Ich war froh, dass ich das volle, dunkle Haar meines Dads geerbt hatte, und stylte es echt gerne, auch wenn es manchmal fast eine halbe Stunde dauerte, bis ich alle Strähnen erwischt hatte. In dieser Hinsicht waren meine philippinischen Wurzeln Fluch und Segen zugleich. Die Willkommensparty konnte also losgehen.

Kurz vor vier machte ich mich auf den Weg zum Garten hinter dem Hauptgebäude. Ich folgte ein paar anderen Leuten, die schick gekleidet waren, die Treppe hinunter, die von einem verschnörkelten Geländer aus dunklem Holz gesäumt war. Alles wirkte so unfassbar luxuriös und elitär – Statuen von Sportlerinnen und Sportlern in den Gängen und der Eingangshalle, Gemälde der erfolgreichsten Absolventen an den Wänden der Flure und überall sehr viel dunkler Marmor. Durch die Eingangshalle hindurch folgte ich den anderen nach draußen, wo mir eine sanfte Brise um die nackten Beine strich. Perfekt getrimmte Büsche und Buchsbäume, wohin das Auge sah, und dazwischen hell gepflasterte Wege, die über einen Hof in den angrenzenden Garten mit grüner Wiese und noch mehr Statuen führten, in dem um die fünfzig Leute standen. Stimmengewirr und Gelächter vermischten sich mit klassischer Musik.

Ich folgte einer Gruppe Leute in meinem Alter auf den Kieshof, auf dem eine Bühne und Lautsprecher sowie das Büfett aufgebaut waren. Die meisten Menschen waren schick gekleidet. Eine Frau schöner als die andere, mit glamourösen Kleidern, die vermutlich zehnmal so teuer waren wie meines, und sichtlich selbstbewusst. Und die Kerle trugen fast alle ein unverschämt attraktives Grinsen auf den Lippen. Passte ich hier überhaupt rein, oder war ich wie so oft fehl am Platz? Das waren Athleten aus den unterschiedlichsten Teilen der Welt, die bereits von Kindesalter an durch teure Coaches gefördert worden waren und nun zu den Besten der Besten gehörten. Ich für meinen Teil hatte nie die finanziellen Mittel dafür besessen, dafür aber eine ordentliche Portion Talent, das zusammen mit dem harten Training der letzten Jahre dazu geführt hatte, dass ich in Belladaire angenommen worden war.

Ich sah mich weiter um, während ich von einem Fuß auf den anderen trat. Die meisten Leute hatten sich bereits in kleinen Grüppchen zusammengefunden. Ich biss mir auf der Innenseite meiner Wange herum und spürte, wie sich Unbehagen in mir breitmachte. Zu gern wollte ich Anschluss finden, aber ich hatte schlicht und ergreifend Angst.

Was, wenn es so wird wie in Frankfurt?

Was, wenn sie über mich urteilen?

Was, wenn sie mich hassen?

Nein, Nika. Ruhig bleiben. Das hier ist ein Neuanfang. Dein *Neuanfang.*

Ich atmete tief durch und ließ unruhig den Blick umherwandern, um sicherzugehen, dass mich niemand beobachtete oder hinter meinem Rücken über mich lästerte, während ich das Büfett ansteuerte und mich in die Schlange stellte. Ich spielte an meinem Ohrring herum, bewegte mich alle paar Sekunden einen Schritt vor, bis ich bei den Drinks ankam – frisch gepresste Säfte und gesunde Cocktail-Alternativen. Gegen einen Schluck Sekt hätte ich allerdings nichts einzuwenden gehabt. Ganz im Gegenteil. Der hätte mir sicher gutgetan und meine Nerven etwas beruhigt. Allerdings herrschte an der Akademie ein ausdrückliches Alkohol- und Drogenverbot.

Jetzt musste ich mich nur noch für einen Drink entscheiden.

Gurke und Sellerie? Orange? Wassermelone?

Den Blick auf die Auswahl gerichtet, trat ich einen weiteren Schritt vor und … prallte auf Widerstand.

»Shit!«, hörte ich eine hohe Stimme fluchen.

Nein, nein, nein, nein, nein.

Ich fuhr zu besagtem Widerstand herum, nur um herausfinden zu müssen, dass ich in ein braunhaariges Mädel hineingelaufen war, worauf sie offensichtlich eine Menge ihres Drinks verschüttet hatte. Meine Augen weiteten sich, und ich starrte sie einige Wimpernschläge lang an, bis mir wieder einfiel, wie man Laute produzierte.

»O mein Gott. Das tut mir unglaublich leid!« Mein Puls beschleunigte sich, und ich merkte, wie Hitze in meine Wangen stieg. Super erster Eindruck, Nika. Wie unfassbar peinlich konnte ich eigentlich gleich am ersten Tag sein?

Die Sportlerin schaute prüfend an ihrem cremefarbenen Paillettenkleid herunter, atmete erleichtert aus und sah mich dann mit zusammengekniffenen Augen an. »Geht's noch? Ich hätte mir den Smoothie fast aufs Kleid gekippt. Das ist maßgeschneidert.«

»Oh, ja ähm, sorry … also … Ich hab irgendwie nicht hingesehen und … Tut mir echt leid!« Die Hitze breitete sich von meinen Wangen in meinem gesamten Körper aus, und mein Herz galoppierte.

Sie musterte mich abschätzig. »Wer bist du überhaupt?« Dann hob sie eine Hand, um mir zu signalisieren, dass sie noch etwas zu sagen hatte. »Ach, spar dir das. Interessiert mich sowieso nicht. Halt dich bloß fern von mir.« Schwungvoll drehte sie sich um und stolzierte mit zwei anderen Mädels davon.

In meiner Kehle bildete sich ein Kloß, und ich blinzelte einige Male, um mich zu beruhigen. Mein Herz pochte immer noch wie wild, und in mir keimte das Gefühl auf, dass dies der beschissenste Start überhaupt war.

»Verdammter Mist«, fluchte ich leise und versuchte, meine zitternden Finger unter Kontrolle zu bekommen. Darauf brauchte ich jetzt tatsächlich erst mal einen (leider antialkoholischen) Drink.

Ich fuhr mir durch die Locken, versteckte mich dahinter, während ich langsam ein- und ausatmete.

»Hi!«

Erschrocken zuckte ich zusammen und wandte mich der Person zu, die hinter mir stand. Eine junge Frau in knallblauem Kleid und mit genauso knallblauen Augen nickte mir zu, auf ihren rosa schimmernden Lippen zeichnete sich ein leichtes Lächeln ab. Sie trug ihr hellblondes Haar in einem hohen Pferdeschwanz, ihr Gesicht hatte eine markante Form, und ihre Haut war sonnengebräunt, als ob sie sich jeden Tag am Strand rekelte.

Mein Puls beschleunigte sich wieder. War ich ihr auf den Fuß getreten? Hatte ich sie irgendwie angerempelt oder sonst wie verärgert?

Bitte nicht. Bitte, bitte nicht.

»Hi«, sagte ich leise und biss die Zähne aufeinander.

»Das war ganz schön fies.«

Meine Augen weiteten sich. »Ähm ja, es tut mir auch voll leid, ich meine, ich … ähm … Ich hab sie nicht …«

Sie lachte auf. »Nein, Quatsch. Nicht du. Das Mädel.«

Misstrauisch, weil ich Angst hatte, dass sie mich auf den Arm nahm und gleich bloßstellte, legte ich den Kopf schief. »Wie … ähm … Wie meinst du das?«

»Na, ich hab es doch gesehen. Sie hat viel zu krass reagiert, es ist ja noch nicht mal was auf ihr Kleid gekommen.« Sie zuckte mit den Schultern und ließ den Blick zu den Drinks schweifen, dann wieder zu mir und an mir herunter.

Erneut machte sich ein ungutes Gefühl in mir breit. Ich hasste es, wenn mich außerhalb des Trainings Leute so genau musterten. Das verhieß nie etwas Gutes.

»Ich mag dein Kleid!« Ein Lächeln streifte ihre Lippen.

»Danke«, erwiderte ich und blinzelte ungläubig.

Ein Kompliment, das aufrichtig geklungen hatte. Keine Beleidigung. Ich hasste diese Unsicherheit. Ich hasste, was die letzten Jahre mit mir gemacht hatten. Ich hasste, was aus mir geworden war. Aber möglicherweise war dies meine Chance, Anschluss zu finden. Ich musste sie nur nutzen.

Überwinde dich, Nika. Trau dich. Du musst! Tu es! Jetzt!

Ich straffte die Schultern. »Dein Kleid ist auch richtig schön. Woher hast du das?«

Sie strahlte mich an. »Oh, danke! Das ist von Dolce & Gabbana, aber aus einer älteren Kollektion. Die neue ist irgendwie nicht so mein Geschmack.«

Meine Brauen huschten nach oben, und hätte ich gerade einen Schluck getrunken, wäre ich wohl daran erstickt. Das musste Hunderte, wenn nicht sogar Tausende Euro gekostet haben. Hoffentlich fragte sie mich jetzt nicht, woher meines war. H&M würde wohl keinen besonders großen Eindruck machen.

»Echt megaschön«, erwiderte ich und lächelte, weil ich nicht wirklich wusste, was ich noch sagen sollte.

»Wie heißt du eigentlich?«

Dankbar lächelte ich sie an. »Nika, und du?«

»Lova. Freut mich!«

Ich schnappte mir einen Drink mit Minze, Mango, Sellerie und Gurke und nippte daran. Meine Augen weiteten sich, als ich die leichte Süße schmeckte.

»Mich auch.«

In diesem Moment trat ein Mädel mit schwarzen Braids, die ihr bis zur Taille reichten, zu uns. »Wir wollten rüber zum Springbrunnen und da kurz chillen, bevor die Rede von Mathilda Belladaire losgeht, kommst du?« Dann wanderte ihr Blick von Lova zu mir. »Hey, dich kenne ich noch nicht! Ich bin Tanisha, und du?«

Ich schluckte, während ich merkte, wie meine Handflächen zu schwitzen begannen.

»Das ist Nika«, kam mir Lova zuvor. »Woher bist du eigentlich?«

Ich blinzelte einige Male, dann riss ich mich zusammen und verzog die Lippen zu einem Lächeln. »Aus Deutschland. Und ihr?«

»Ich komme aus Schweden«, sagte Lova und machte Anstalten, rüber zum Springbrunnen zu laufen, der sich in der Mitte des Hofs befand. Nach ein paar Schritten wandte sie sich halb zu mir um und bedeutete mir mit einem Winken mitzukommen.

Wie ferngesteuert folgte ich ihr und dem anderen Mädchen. Ich wollte mich nicht aufdrängen, aber durch das Winken wirkte es so, als ob es okay für sie war, wenn ich einfach mitkam. Es fühlte sich noch etwas unwirklich an, und ich hatte Angst, jeden Moment irgendwas Dummes zu sagen und sie damit gegen mich aufzubringen. Ich musste alles dafür tun, dass sie mich mochten. Dies war meine Chance, Freundschaften zu schließen.

»Und ich aus Nigeria«, fügte Tanisha hinzu. »Wir sind beide im Tennis-Team.«

Gemeinsam liefen wir auf ein Mädel mit roten Haaren und einen Kerl zu, der wie ein typischer Surfer-Boy aussah. Die beiden unterhielten sich gerade, sahen jedoch auf, als wir bei ihnen ankamen.

»Das ist Nika aus dem …« Lova warf mir einen fragenden Blick zu. »Was für einen Sport machst du eigentlich?«

Ich lächelte unsicher. »Fechten.«

Das rothaarige Mädchen mir gegenüber mit der ultrahellen makellosen Haut musterte mich aus zusammengekniffenen Augen von oben bis unten.

Unbehagen breitete sich in mir aus. Ich straffte die Schultern, versuchte, selbstbewusst zu wirken, obwohl ich mich lieber verstecken wollte. So wie die ganzen letzten Jahre.

»Und woher kommst du?«

»Deutschland.«

»Deutschland, mein Nachbarland«, entgegnete der Kerl. Er war braun gebrannt und hatte goldenes Haar, das etwas länger war und ihm diesen locker-lässigen Look verlieh. Sein hellblauer Anzug komplettierte den schicken Surfer-Look perfekt. »Ich bin Hugo und komme von hier, also genauer gesagt aus Nizza.«

»Wie toll.« Etwas Besseres fiel mir als Erwiderung nicht ein. Rasch sah ich weg – wobei mein Blick an der immer noch skeptisch dreinblickenden Frau mir gegenüber hängen blieb.

»Robyn«, sagte sie und legte ein Lächeln auf, das jedoch nicht bis zu ihren Augen reichte. »Ich bin Turnerin wie Hugo. Aus Schottland.«

Ich nickte verlegen. »Freut mich.«

»Du warst die letzten Wochen noch nicht hier, oder? Und auch bei keinem anderen Intensive?«, wandte sich Tanisha neugierig an mich.

»Nein, leider nicht. Und ihr?«

»Klar waren wir dabei.« Robyn verengte schon wieder misstrauisch die Augen, worauf mich Kälte durchfuhr. »Wir kennen uns alle seit Jahren und sind bei jedem Intensive im Sommer und Winter am Start.«

Die Intensives waren zweiwöchige Sportcamps, für die man als Sportler auch mal vom Schulunterricht befreit wurde und an denen jeder teilnehmen konnte, der noch zur Schule ging, aber schon mal einen Vorgeschmack auf die Academy bekommen wollte. Zwei Wochen hartes Training in der jeweiligen Sportart und sonstige Gruppenaktivitäten sowie Übernachtungsmöglichkeiten in Belladaire standen dabei auf dem Programm. Die Camps kosteten Unsummen, weshalb sie für mich nie infrage gekommen waren. Demnach war also klar, dass diese Leute den ein oder anderen Euro auf dem Konto hatten.

»Die Sommercamps sind am besten«, raunte mir Lova zu. »Da entführt uns Hugo an den Wochenenden immer auf die Jacht seiner Eltern. Wir hier waren in den letzten fünf Jahren fast alle immer dabei und haben uns angefreundet.«

Na toll, eine Jacht war also auch noch im Spiel … Da konnte ich mit meinem klapprigen Fahrrad in Deutschland, das jede Woche aufs Neue einen Platten hatte, leider nicht mithalten.

»Dann habt ihr … Also ist keine von euch Stipendiatin, oder?«

Allgemeines Kopfschütteln und verneinendes Brummen, nur Robyn verdrehte die Augen. »Ne, definitiv nicht.«

»Robyn, sei nicht so sassy«, ermahnte Lova sie. »Kann ja sein, dass Nika ein Stipendium hat.«

»Ne, ne«, winkte ich schnell ab.

»Aha, also eine von uns.« Ein breites Grinsen legte sich auf Hugos Züge. »Wo bist du denn die letzten beiden Wochen gewesen, da du ja offensichtlich nicht bei dem Intensive warst?«

Alle Blicke richteten sich auf mich. Wenn ich ihnen jetzt verriet, dass ich die letzten Wochen in einem winzigen Zimmer im Tiefparterre gehaust und mir den Arsch abgearbeitet hatte, um so viel Geld zu verdienen, wie sie vermutlich normalerweise an einem Abend verprassten, würden sie vermutlich nichts mehr mit mir zu tun haben wollen. Möglicherweise machten sie sich sogar über mich lustig oder … Schlimmeres.

Du wirst nie zu uns gehören. Denkst du ernsthaft, dass dich hier irgendjemand mag? Alle finden dich scheiße. Alle. Oh, heulst du jetzt? Pff, du bist nichts als ein wertloses Stück Scheiße …

Mein Puls schoss in die Höhe. Ich blinzelte einige Male, um mich zu beruhigen, krallte meine Finger in den Saum meines Kleides.

Lova und Tanisha wirkten nett, und auch wenn Robyn und Hugo eher einen überheblichen Eindruck machten, musste das nicht zwingend bedeuten, dass sie es darauf anlegten, mich fertigzumachen.

Nicht noch mal. Ich will das nicht noch mal durchmachen.

Ich biss mir auf die Innenseite meiner Wange, während ich mein Gewicht aufs andere Bein verlagerte. »Ähm«, fing ich an. »Ich …«

Überleg dir was, Nika, irgendwas. Eine gute … Ausrede.

»Also … Ich konnte leider nicht dabei sein, weil …« Ich schluckte. »Meine Eltern und ich waren noch auf Reisen.«

»Auch cool, aber du hast echt was verpasst. Bei einer von den Partys in der Schwimmhalle haben vier Leute miteinander rumgemacht. Gangbang oder so, keine Ahnung. Das war echt verrückt.« Lova lachte auf. »Wo wart ihr denn im Urlaub?«

Was klingt teuer? Was klingt danach, als ob ich es wert bin, dass man mit mir befreundet sein möchte?

»Dieses Mal waren wir auf den Malediven.«

Scheiße, Nika, wo reitest du dich da gerade rein? Das ist keine Ausrede und auch kein bisschen Flunkerei. Sondern eine verdammt krasse Riesenlüge.

Lügen war scheiße. Und auf lange Sicht gesehen war es vermutlich vor allem nicht besonders gut durchzuhalten. Aber keine Freunde zu haben, war noch beschissener. Und Leute, die mich in ihren Kreis aufnahmen, waren nach dem, was ich in den letzten Jahren durchgemacht hatte, alles, was für mich zählte.

»Oh, wie schön«, sagte Tanisha begeistert. Ihre braunen Augen strahlten mich geradezu an; in dem knallorangen Kleid sah sie bildhübsch aus. »Da war ich vor zwei Jahren. Mir kamen die drei Wochen damals viel zu kurz vor.« Sie lachte.

»Ja, ähm … kann ich verstehen. Wir waren vier Wochen dort. Und ich hätte auch noch länger bleiben können.«

Es war nur eine kleine Notlüge, um nicht erneut verurteilt und mies behandelt zu werden. Nur eine kleine Notlüge, die sie sowieso wieder vergessen würden. Solange ich mich nicht weiter darin verstrickte, würde alles gut werden. Oder?

Ja. Definitiv. Es war okay. Immerhin würde es dabei bleiben. Ich würde in keine Spirale geraten. Zumindest redete ich mir das ein. Zu groß war die Hoffnung darauf, eine Gruppe von Leuten gefunden zu haben, die mich mit offenen Armen aufnahm. Dafür musste ich eben nur ein bisschen mehr so sein wie sie.

3

AMBROSE

»Das Gurken-Minz-Wasser schmeckt gar nicht mal so übel. Kipp ein bisschen Wodka rein, und du hast fast einen Moscow Mule.« Ich nahm einen Schluck, während Luis und ich vom Büfett aus Richtung Gartenanlage liefen, die sich an den Hof hinter der Academy anschloss und wo bereits einige Grüppchen standen und sich unterhielten; auch meine Clique entdeckte ich dazwischen. Kies knirschte unter unseren Sohlen.

»Wirkt sich bestimmt super auf deinen Monatsreport aus. Athlete of the Month ist dir sicher«, konterte Luis mit einem Augenzwinkern.

Er war nicht nur mein Mitbewohner in Belladaire, sondern auch mein bester Freund. Wir hatten uns vor Jahren bei einem der Intensives kennengelernt. Als klar gewesen war, dass wir beide die dreijährige Ausbildung an der Akademie antreten würden, hatten wir sofort beschlossen, uns ein Zimmer zu teilen. Während ich zum Schwimm-Team gehörte, war Luis ein Tennis-Ass.

»Das gleiche ich im Training wieder aus, glaub mir.«

Schnaubend schüttelte er den Kopf. Dabei wackelten seine dunkelbraunen Locken. Normalerweise verbargen sie sich unter einer Snapback, doch die wäre auf dieser Party wohl fehl am Platz gewesen. Wir liefen an ein paar Grüppchen von Kommilitonen unseres Alters vorbei. Alle steckten heute in ihren teuersten Klamotten, um bei der Willkommensfeier für die Neuankömmlinge direkt einen bleibenden Eindruck zu hinterlassen. Da nahm ich mich in meinem weißen Hemd und dem Anzug, in dem mir viel zu warm war, nicht aus; allerdings war es mir um Welten wichtiger, morgen im ersten Training allen zu zeigen, mit wem sie es bei Ambrose Kennedy zu tun hatten – oder zumindest den wenigen, die mich noch nicht kannten. Als wir durch die Gruppen hindurchliefen, wandten sich die meisten zu uns um. Manche rissen die Augen auf, anderen klappte der Kiefer herunter. Es war unterhaltsam, was für eine Wirkung meine bloße Anwesenheit hier hatte.

»Glaub ich dir aufs Wort«, entgegnete Luis lachend, dann deutete er vage nach rechts. »Da drüben stehen ein paar Tennis-Leute, bei denen schau ich mal kurz vorbei.«

»Du weißt schon, dass du Lova nicht ewig aus dem Weg gehen kannst, oder?«

»Es ist der erste Tag, Mann. Ich tu, was ich kann, um Drama zu vermeiden, und ehrlich gesagt hab ich nicht den geringsten Bock auf sie.«

»Nach allem, was zwischen euch passiert ist, verständlich.«

»Wir sehen uns später«, rief er mir noch hinterher, und ich nickte ihm zu.

Ich lief weiter, unter Lampions hindurch, die kreuz und quer über den Hof und einen Teil der Wiese gespannt waren, vorbei an ein paar Statuen und großen Lautsprechern, aus denen sanfte klassische Musik scholl, auf das

Grüppchen zu, das direkt neben dem Springbrunnen stand und sich unterhielt. Robyn und Hugo lächelten, als ich neben ihnen stehen blieb und Robyn locker einen Arm um die Schultern legte.

»Was hab ich verpasst?« Mein Blick wanderte von Gesicht zu Gesicht. Robyn und Hugo, die miteinander tuschelten, Lova, die Luis genervt hinterhersah, und Tanisha, die sich mit … »Wen haben wir denn da? Ein neues Gesicht?« Ich legte den Kopf schief und musterte das Mädchen mir gegenüber, das krampfhaft den Drink in ihrer Hand umklammerte. Sie war recht groß, um die einsachtzig vermutete ich, und somit nur etwa fünfzehn Zentimeter kleiner als ich, hatte hohe Wangenknochen und die dunkelsten Augen, die ich je gesehen hatte. Sie standen etwas weiter auseinander und funkelten mich an. Ihr dunkles Haar floss wie Zartbitterschokolade über ihre Schultern und reichte bis zu ihren Brüsten, die in dem schwarzen Kleid mit tiefem Ausschnitt außerordentlich gut zur Geltung kamen.

Meine Mundwinkel zuckten nach oben, während ich ihren durchtrainierten Körper in Augenschein nahm – wobei ihre sportliche Figur unter den ganzen Leistungssportlerinnen nicht gerade eine Ausnahme bildete. Dennoch, sie war definiert und hatte schöne Kurven. Ihre gebräunten Beine glänzten seidig in der Nachmittagssonne. Als ich ihr wieder in die Augen blickte, stutzte ich. Irgendwie kam sie mir bekannt vor. Allerdings hatte ich keine Ahnung, woher. Vermutlich hatte ich sie in den vergangenen Jahren bereits bei einem der Intensives gesehen.

»Das ist Nika aus Deutschland«, stellte Tanisha sie mir vor.

»Ach, Nika aus Deutschland.« Ich streckte ihr meine

Hand hin. »Freut mich, deine Bekanntschaft zu machen. Ambrose aus Los Angeles.«

Als sich unsere Hände berührten und sie zudrückte, hatte ich das Gefühl, etliche Funken damit zwischen uns zu entfachen. Ihr Blick mit meinem verschränkt, intensiv und gespannt, bis wir uns voneinander lösten und sie einen Schritt zurücktrat.

»Freut mich auch.« Ihre Stimme klang honigweich. Wie wir alle sprach sie Englisch, allerdings mit leichtem Akzent. »Ambrose aus Los Angeles.«

»Kennen wir uns? Von einem Intensive oder so?«

Ihre Augen weiteten sich. »Äh … nein, ich bin zum ersten Mal hier.«

»Tatsächlich?« Ich zog die Brauen zusammen und strich mir über die kurz geschorenen Haare. »Du kommst mir total bekannt vor. Auch Schwimmerin?«

Sie schüttelte den Kopf. »Ich fechte. Du verwechselst mich bestimmt mit jemandem, ich … hab ein Allerweltsgesicht.«

Ein Grinsen streifte meine Züge. »Wenn jemand *kein* Allerweltsgesicht hat, dann du.«

»Ambrose, bring sie doch nicht direkt am ersten Tag in Verlegenheit«, kicherte Robyn und boxte mir leicht in die Seite.

»Ich? Niemals. Hab ich dich etwa in Verlegenheit gebracht?«

Nika schluckte und schüttelte den Kopf. Dann flackerte etwas in ihren Augen auf und sie straffte die Schultern, als ob sie sich dafür wappnen würde, in einen Kampf zu ziehen. »Um mich in Verlegenheit zu bringen, musst du noch ’ne Schippe drauflegen.« Eine ihrer Brauen huschte nach oben.

Ich schnaubte amüsiert. »Nichts leichter als das.« Ich konnte den Blick nicht von ihr lösen. Einerseits, weil da etwas in ihren Augen lag, das mir eine amüsante Zeit mit ihr prophezeite, andererseits, weil ich tatsächlich hätte schwören können, dass ich sie schon mal irgendwo gesehen hatte.

»Alles klar, dann hätten wir das auch geklärt«, riss mich Hugo von Nika los. »Wir haben uns gerade, bevor du herstolziert bist und uns unterbrochen hast, darüber unterhalten, dass wir an einem der nächsten Wochenenden zu einer der Partys runter ins Zentrum von Monaco wollen. Bist du dabei?«

»Ich bin doch nicht stolziert«, sagte ich und lachte. »Klar, auf jeden Fall.«

»Schon klar, du hast alle Blicke auf dich gezogen, weil du dich so wahnsinnig zurückhaltend und schüchtern gibst.« Robyn verdrehte die Augen.

»Lag an Luis.«

Lova entfuhr ein Lachen, worauf sie sich hastig eine Hand vor den Mund schlug. »Sorry, aber … ganz sicher lag das nicht an der Pfeife.«

Wir lachten los, und nach kurzem Zögern stimmte Nika mit ein.

»Vor der Party müssen wir auf jeden Fall noch shoppen gehen«, sagte Tanisha. »Ich will mir an dem Abend unbedingt ein heißes Model oder eine Schauspielerin anlachen.«

»Trifft sich gut, ich wollte mir die neue Fendi Bag anschauen.« Robyns Augen blitzten. Das taten sie jedes Mal, wenn es um den neusten Designer-Release ging.

»Kommst du auch mit?«, wandte sich Tanisha an Nika.

»Klingt gut«, entgegnete Nika, und ihr Blick huschte

von einem zum anderen. »Muss mal schauen, ob es zeitlich passt, wegen Training und so …«

»Das kriegen wir sicher hin.« Robyn fixierte sie herausfordernd. »Hast du ’ne Präferenz, was den Store betrifft?«

»Ähm«, Nika verlagerte das Gewicht aufs andere Bein. »Das meiste Geld lasse ich vermutlich bei … Balenciaga und … Valentino.«

»Klingt nach einem guten Plan.« Lova klatschte vergnügt in die Hände.

Ich legte den Kopf schief und musterte Nika erneut. Ihr markantes Gesicht und die angespannten Züge. »Aber in Monaco warst du sicher schon mal. In Saint-Tropez? Oder in Cannes?«

»Nein, wie gesagt … Mein erstes Mal an der Côte d’Azur. Wir haben uns noch nie gesehen. Ganz sicher.«

Ihr eindringlicher Blick lag auf mir, während ich weiterrätselte, woher ich dieses Mädchen mit den dunklen Augen kannte, das mir schon jetzt den Atem raubte.

4

NIKA

»Euch muss bewusst sein, dass ihr die zehn besten Fechterinnen und Fechter seid, die wir aus Hunderten Bewerbungen ausgewählt haben. Allerdings sollte euch das auch nicht zu Kopfe steigen, aber dafür haben wir ja die Mindset Classes im Rahmen des Theorieunterrichts.« Melanie Duboir nur gegenüberzustehen war schon eine große Ehre, aber das nächste Jahr von ihr trainiert zu werden, das war noch mal eine ganz andere Sache. Mit ihren knapp fünfzig Jahren hatte sie eine sagenhafte Karriere hinter sich, etliche Wettbewerbe gewonnen und natürlich auch bei den Olympischen Spielen die ein oder andere Medaille eingeheimst. Und jetzt stand sie hier. Vor mir. Nika Blum, neunzehn und ein kleines bisschen starstruck.

Wir befanden uns in der Fechthalle, die von außen vielleicht wie ein kleines Schloss mit altem Gemäuer aussah und auch von innen mit den dunklen Gängen an eine Art Geheimbund-Treffpunkt erinnerte, jedoch mit der neusten Technik und dem besten Equipment ausgestattet war. Als ich vom Hauptgebäude hergelaufen war, vorbei an den Tennisanlagen und der Turnhalle inmitten weitläufiger Grünflächen, hatte ich auf ein Neues realisiert, dass ich ab sofort tatsächlich hier lebte. An einem Ort, an dem altehrwürdig und hochmodern aufeinanderprallten und mich in eine ganz andere Welt fernab von Deutschland katapultierten.

In unsere Fecht-Montur gehüllt, die Maske unterm Arm und in der Hand den Säbel, das Florett oder den Degen, lauschten wir der ernsten Stimme Melanie Duboirs. Die Academy nahm pro Jahrgang zehn Sportlerinnen und Sportler pro Team auf; zu den angebotenen Sportarten zählten Turnen, Schwimmen, Tennis und Fechten. Normalerweise fielen alle paar Wochen Wettkämpfe an, doch im Laufe des ersten Semesters würden wir zunächst eine Art Bootcamp absolvieren, bevor es dann in wenigen Monaten zu verschiedenen regionalen, nationalen und internationalen Meisterschaften ging. Wenn wir gut genug waren, wurden wir sogar zur Qualifikation für die Olympischen Spiele zugelassen und durften dort unser Glück versuchen. Bei welchen Turnieren wir antreten würden, hing ganz von unserer Leistung im Training ab, aber auch von der Planung der Coaches. In der nächsten Zeit konzentrierten wir uns aber erst einmal auf die optimale Vorbereitung, produktives Training und noch härteres Feedback. Einerseits vermisste ich die vielen Wettkämpfe, an denen ich während meiner Schulzeit teilgenommen hatte, jetzt schon, doch die Strategie hatte sich auf Belladaire bewährt, und ich vertraute darauf, dass unsere Coaches die richtige Entscheidung für uns trafen.

Während ich mich umsah, stellte ich fest, dass die meisten meiner Teamkollegen ihr Kinn gereckt hatten und den anderen immer wieder Seitenblicke zuwarfen. Vermutlich checkten sie ihre Mitstreiter ab und versuchten, die jeweilige Leistung einzuschätzen. Gerade beim Fechten, wo man im Duell gegeneinander antrat, war es von Vorteil zu wissen, wie das jeweilige Gegenüber tickte. Man nannte es nicht umsonst das Schach auf der Planche. Auch wenn wir ein Team waren, würden wir in Zukunft womöglich hin und wieder gegeneinander antreten. Eine Mischung aus Arroganz, Überlegenheit und Skepsis lag in der Luft, doch darunter mischte sich auch eine mir nur allzu vertraute Brise Selbstzweifel. Trotz allem hoffte ich, dass wir früher oder später zu einer Einheit, einem richtigen Team, wurden – wie zu einer zweiten Familie, da ich meine Eltern jetzt schon ziemlich vermisste. Auch wenn ihnen durch ihre Jobs im Supermarkt und als Lagerarbeiter in einer Lebensmittelproduktion nicht viel Geld zur Verfügung stand, um mir finanziell unter die Arme zu greifen, unterstützten sie mich dafür umso mehr mit ihrer Zuneigung und motivierenden Worten.

»Gestern Abend habt ihr bereits eine Führung durch Belladaire bekommen, ihr solltet euch also auskennen; daher erwarte ich, dass ihr immer pünktlich beim Training erscheint und nicht weniger als hundert Prozent gebt. Ich vermerke euren Fortschritt hier in der Leistungsübersicht«, sagte sie und tippte auf das Tablet in ihrer Hand. »Darauf könnt ihr zugreifen, aber wie das mit dem Armband funktioniert, erkläre ich euch gleich noch mal genauer. Ich setze voraus, dass ihr die Academy und den Verhaltenskodex ernst nehmt, euch gesund ernährt und regelmäßig das Gym und die Physio besucht. Wir haben genug Ärzte, die euch unterstützen, falls Verletzungen auftreten. Ich erwarte, dass jeden Monat eine Person von euch zum Athlete of the Month von Belladaire gekürt wird. Nichts Geringeres streben wir hier an.«

»Da hat sie die Rechnung aber nicht mit den Kennedys

gemacht«, hörte ich ein Mädel mit kurzem blondem Pixie Cut einem anderen mit ernstem Ausdruck auf dem Gesicht hinter vorgehaltener Hand zuraunen. Als sie meinen fragenden Blick bemerkte, grinste sie nur. »Aaron Kennedy holt sich den Titel fast jeden Monat, und jetzt, wo sein jüngerer Bruder neu an der Academy ist, wird das wohl 'ne Sache zwischen den beiden …«

»Was gibt es da zu tuscheln?«, hallte Duboirs Stimme herüber, ihr Blick war eisig.

Meine Teamkollegin sah rasch wieder zu unserer Trainerin, und auch ich richtete den Blick zurück nach vorn. Shit, ich hatte nicht gleich am ersten Tag negativ auffallen wollen.

Aaron Kennedy. Die Kennedys. Brüder. Neu an der Academy.

Hatte das Mädel von Ambrose gesprochen? Ob er einen Bruder hatte, war beim Gespräch gestern bei der Willkommenszeremonie nicht erwähnt worden. Gut, ich hatte sowieso nicht besonders viel mit ihm reden wollen, damit meine Tarnung nicht aufflog. Jedes Mal, wenn ich daran dachte, dass ich ihn vergangene Woche noch in Saint-Tropez bedient hatte, schnürte sich mir die Kehle zu. Offensichtlich erinnerte er sich glücklicherweise nicht mehr an unser Aufeinandertreffen, und dabei würde es hoffentlich bleiben. Nachdem ich mich gestern im Laufe des Nachmittags in eine Notlüge nach der anderen verstrickt hatte, gab es kein Zurück mehr. Ich wollte nicht schon wieder ein gefundenes Fressen für Menschen sein, die sich über andere stellten und sie runtermachten. Zwar bekam ich beim Gedanken an meine kleinen Flunkereien Magenschmerzen und vor allem ein schlechtes Gewissen, aber ich glaubte fest daran, dass das immer noch besser war, als erneut durch die Hölle gehen zu müssen. Vor aller Augen. Hier würde es nicht so laufen. Hier konnte ich sein, wer ich sein wollte. Frei von den schrecklichen Ereignissen der letzten Jahre. Meinem bisherigen Leben.

Das Mädchen mit den gemeißelten Zügen neben mir blickte starr nach vorn, keine Regung auf ihrer Miene, bis Madame Duboir ihre Rede beendet hatte und wir eine kurze Pause machten, bevor es ans Aufwärmen ging.

Ich atmete tief durch und nahm all meinen Mut zusammen, um sie anzusprechen. Immerhin teilten wir schon mal dieselbe Leidenschaft.

»Hey, ich bin Nika«, sagte ich leise zu ihr, während wir am Rand der Halle standen und einen Schluck tranken.

Ihre Miene blieb unverändert, aber immerhin warf sie mir einen kurzen Blick zu. »Meilin.«

»Freut mich.« Ein unsicheres Lächeln streifte meine Lippen. »Warst du … Warst du schon bei dem Intensive dabei, oder ist das dein erster Tag?«

»Erster Tag. Hab ein Stipendium, das gilt nicht für das Intensive.«

»Dann bin ich nicht die Einzige, die hier noch kein Training hatte. Hast du …«

Sie wandte sich zum Gehen. »Ich stretche mich schon mal. Man sieht sich.«

Ich hasste es, freundschaftliche Körbe zu kassieren. Sie taten nicht weniger weh als die irgendwelcher Typen, bei denen man sein Glück versuchte. »Klar, ähm … bis später.«

Sie nickte mir noch mal zu und zog anschließend ab, um sich aufzuwärmen. Ließ mich zurück mit einem faden Geschmack im Mund.

In eine Radlerhose und das übergroße dunkelgrüne Shirt der Academy gehüllt, steuerte ich am Mittag die Mensa an, die sich im Hauptgebäude befand. Meine Schritte hallten über den dunklen Marmorboden, während ich den breiten Flur entlanglief. Vorbei an geschwungenen Fensterbogen, durch die die Sonne helle Lichtkegel an die dunklen Wände warf. Hier und da kamen mir Leute entgegen oder liefen vor mir her, verweilten an den Fenstern und genossen den Ausblick auf die Gartenanlage. Bereits vom Flur aus konnte ich Teller klappern hören, Gelächter und Stimmen, die einander zu übertönen versuchten.

Rasch fischte ich mein Handy aus der Hosentasche, um meiner Freundin Anna ein kleines Update zu schicken.

Nika: *Hatte gerade mein erstes Training und danach eine Stunde Theorie. War so interessant! Zum Glück schreiben wir keine Klausuren, das Training wird bestimmt hart genug. Ich hab mich auch getraut, eins der Mädels aus dem Team anzusprechen, aber einen Korb kassiert … Kannst du nicht einfach herziehen und mit mir abhängen?*

Anna: *Klingt mega nice! Was macht ihr in der Theorie? Und wieso keine Klausuren? Hätte ich ja auch gerne … Hmmm, superschade, dass die aus deiner Gruppe dir 'nen Korb gegeben hat. Tut mir echt leid! Ich hoffe nur, dass sie trotzdem nett ist. Wenn dich jemand anrührt, kriegt er es mit mir zu tun haha.*

Nika: *Danke … Mal sehen, sie war zumindest nicht fies oder so. Und zur Theorie: Es gibt drei große Themenblöcke, Ernährung, Mindset, Taktiken. Na ja, wir lernen das ganze Zeug eigenverantwortlich für uns und unsere Zukunft. Die Coaches vermerken allerdings in Reportings, ob wir uns anstrengen. Aber jetzt hab ich erst mal richtig Hunger :D Was machst du so?*

Anna: *Glaub ich haha! Ich laufe gerade zur Bib, um noch ein bisschen zu lernen. Hast du später noch mal Training?*

Anna studierte seit Herbst in Hamburg Geschichte und Deutsch auf Lehramt, war mir also schon einige Monate voraus.

Als ich den Speisesaal betrat, stieg mir der Duft von Curry, Kokos und angebratenem Fleisch in die Nase.

Nika: *Jap, heute nach dem Mittagessen noch mal drei Stunden Training. Viel Spaß beim Lernen :P Bin jetzt in der Mensa. Hab dir noch gar nicht erzählt, dass es hier so aussieht wie in Bridgerton! Abgerundete Fenster, Kronleuchter, Wände mit Vertäfelung. Ich vermisse den Duke of Hastings …*

Anna: *Ich auch. Vielleicht taucht er ja noch auf.*

Nika: *Hoffentlich. Bis später mal!*

Anna: *Bis späteeeer!*

Ich schob mein Handy in das Außenfach meines Rucksacks und hob den Blick. An der langen Theke, an der das Essen ausgegeben wurde, drängten sich bereits einige hungrige Sportler, die nach Proteinen und Kohlenhydraten gierten. Die meisten der runden Achtertische waren schon besetzt; in der Mitte der Mensa konnte ich einen ausmachen, an dem Lova und die anderen aus ihrer Freundesgruppe saßen. Alle außer Ambrose.

Gut so.

Rasch lief ich zur Essensausgabe, wo wir unser Frühstück, Mittagessen und Abendessen bekamen, und wählte das Hähnchen-Reis-Curry, eines der drei angebotenen Mittagsmenüs, und zum Dessert einen Chia-Pudding mit Früchten. Eine ausgewogene und gesunde Ernährung stand an der Academy ganz oben auf der Prioritätenliste. Deshalb wurden nur die besten Lebensmittel verwendet; alles bio mit viel Protein, Kohlenhydraten und gesunden Fetten, und natürlich gab es auch vegane Alternativen. Ich freute mich schon darauf, mich durch das gesamte Menü zu probieren.

»Gute Wahl«, hörte ich plötzlich eine Stimme hinter mir, und ich fuhr herum. Lova stand nicht mal einen Meter von mir entfernt, ein freundliches Lächeln auf den Lippen und die Haare wieder zu einem hohen Pferdeschwanz gebunden; sie trug einen weißen Tennisrock und ein rosa Top. »Ich könnte in dem Chia-Pudding baden. Der ist viel zu lecker.«

Hitze wanderte über meinen Hals in meine Wangen. Vorsichtig erwiderte ich ihr Lächeln. »Ähm ja …« Ich strich mir eine Strähne hinters Ohr. »Der ist echt gut, gestern hatte ich ihn auch schon.« Ich nahm meine Teller, platzierte sie auf meinem Tablett und ließ den Blick noch mal zu Lova wandern, die ebenfalls ihre Bestellung entgegennahm.

»Wovon ich dir auf jeden Fall abraten kann, ist das Brokkoli-Porridge«, erwiderte sie im Flüsterton, sodass es die Dame hinter der Theke nicht hörte.

»Brokkoli-Porridge?«

»Jap, schmeckt genauso eklig, wie es klingt. Glaub mir. Das ist nur was für deine schlimmsten Feinde. Wobei ich das nicht mal denen andrehen würde.« Sie lachte auf, und es klang kein bisschen gekünstelt.

Sofort musste ich auch schmunzeln. »Dann halte ich mich davon lieber fern.«

»Gute Entscheidung!«

Zu gern hätte ich sie gefragt, ob ich mich zu ihr setzen durfte, doch ich traute mich nicht. Wir hatten bisher nur bei der Willkommensparty geredet, und auch wenn sie nett gewesen war, konnte es ja sein, dass sie mich seltsam oder nicht sonderlich sympathisch fand.

Ich biss mir auf der Innenseite meiner Wange herum, dann sagte ich leise »Okay, bis dann« und lief einige Schritte in Richtung der Tische. Kein einziger, der komplett frei war. Überall saßen Leute, die ich nicht kannte und die mich vermutlich auch nicht um sich haben wollten. Mein Herz pochte schneller, während ich von einem Bein aufs andere trat und mich weiter umsah.

»Wenn man nur eine Minute zu spät kommt, ist alles voll«, hörte ich wieder Lovas Stimme, die mit ihrem Tablett neben mir stehen blieb. »An unserem Tisch wäre noch ein Platz frei. Oder bist du verabredet?«

Meine Handinnenflächen schwitzten vor Nervosität, doch ich schaffte es, Lova dankbar anzulächeln. »Nein, ähm ja, also …«

Sie grinste, und ich tat es ihr gleich.

»Ich setz mich gerne zu euch. Danke.«

»Nicht dafür! Na komm«, entgegnete sie freundlich.

Ich atmete tief durch und folgte ihr.

Ein Neuanfang. Diese Menschen sind nicht so wie die Leute auf meiner alten Schule. Wir sind älter. Es gibt keinen Grund, mich zu schikanieren, solange ich ihnen keinen liefere. Solange ich die Person bin, die sie haben wollen.

»Hey.« Ich lächelte in die Runde, von Tanisha zu Hugo, der mir zunickte.

»Hi!« Tanisha grinste fröhlich, und Lova ließ sich auf den Platz neben ihr fallen.

Ich setzte mich ebenfalls und stellte das dunkelgrüne Tablett vor mir ab.

»Wir haben gerade über die After-Party gestern Abend gesprochen«, erzählte Hugo.

After-Party? Ich wollte nachfragen, ließ es dann aber lieber, um nicht extra die Aufmerksamkeit auf mich zu ziehen.

»Hör bloß auf«, sagte Lova und spielte an dem goldenen Armband herum, das an ihrem Handgelenk baumelte.

Hugo schob sich eine Gabel Reis in den Mund und versuchte, sein Grinsen zu verbergen.

Als Tanisha meinen irritierten Blick bemerkte, wandte sie sich mir zu. »Wir haben uns gestern nach der Zeremonie und der Führung noch zu Hugo und seinem Mitbewohner ins Zimmer geschlichen, immerhin mussten wir unseren Start hier richtig zelebrieren.«

Lovas Mundwinkel huschten nach oben. »Es waren noch ein paar der anderen aus unserem Jahrgang und dem über uns dabei. Eine echte Herausforderung, das geheim zu halten, damit niemand vom Personal was mitbekommt, glaub mir.«

Tanisha winkte ab. »Ach, am ersten Tag sind die noch ganz zahm und machen 'ne Ausnahme, wenn sie was auf der Überwachungskamera sehen, meinte Aaron.«

Aaron … Den Namen hatte ich vorhin im Training aufgeschnappt. Ambrose' Bruder.

»Gott sei Dank, sonst hätten die noch die kleine Orgie unterbrochen«, meinte Hugo.

»Orgie?« Ich riss die Augen auf.

»Übertreib nicht dauernd«, sagte Tanisha lachend. »Hugos Mitbewohner – irgendein Turner – hat es mit einer Tennisspielerin aus dem Jahrgang über uns getrieben, während wir im Zimmer waren.«

Mir klappte der Kiefer herunter, und ich blinzelte ungläubig. »Die haben echt …«

»Ach, die Decke war drüber, also alles jugendfrei.« Hugo zuckte mit den Schultern und trank einen Schluck, als ob es das Normalste der Welt wäre, vor aller Leute Augen einen kleinen Porno aufzuführen.

Nach der Feier gestern hatten sie sich recht schnell von mir verabschiedet, und ich war zurück auf mein Zimmer gegangen, um meinen Eltern ein kleines Update zu geben. Ein flaues Gefühl beschlich mich – sie hätten gestern im Gespräch die Chance gehabt, mich einzuladen, hatten es jedoch nicht getan. Andererseits, warum auch? Vermutlich war ich ihnen egal. Vielleicht mochten sie mich nicht einmal, fühlten sich nur gezwungen, mich an ihrem Tisch sitzen zu lassen, weil Lova mich angeschleppt hatte. Oh Mann. Was war bloß aus mir geworden? Ich war doch früher nicht so gewesen. All die Unsicherheiten hatten sich wie ein Mantel um mein wahres Ich gelegt. Es war ein mieses Gefühl, und ich hoffte so sehr, dass ich bald wirklich Anschluss finden und etwas aus mir rauskommen würde.

»Es war echt superwitzig«, sagte Lova an mich gerichtet. »Was hast du denn gestern noch gemacht?«

»Ich ähm … Ich war dann oben auf meinem Zimmer und hab mich ein bisschen ausgeruht. War ein langer Tag.« Ich schob mir eine Gabel Reis in den Mund, und sofort breitete sich die würzige Curry-Note auf meiner Zunge aus.

»Klingt nach einem entspannten Abend.«

Ich nickte lächelnd und schluckte den Bissen herunter.

»Mit wem teilst du dir ein Zimmer?«

»Mit einer Turnerin, Delphine. Kennt ihr sie?«

Während Lova und Tanisha kurz überlegten, dann aber den Kopf schüttelten, verdrehte Hugo die Augen.

»Hab sie heute im Training gesehen«, sagte er. »Wir sind nicht so auf einer Wellenlänge. Sie ist ein bisschen …. komisch. Redet nicht und hält sich für was Besseres. Und das, obwohl sie ein Stipendium hat und zum Fußvolk gehört.« Er spitzte die Lippen und vertiefte sich sogleich in sein Handy, um anscheinend einem weiteren Gespräch aus dem Weg zu gehen.

Seltsam. Ich hoffte, dass er in meiner Abwesenheit nicht auch so über mich sprach.

»Übertreib mal nicht, Hugo«, sagte Lova und trank einen Schluck, bevor sie mich ansah. »Wie war dein erstes Training?«

»Total cool. Noch ein bisschen komisch, weil das alles neue Leute sind, mit denen man noch nie trainiert hat, aber das wird.«

»Wie ist das Fecht-Team?« Tanisha stocherte in ihrem Essen herum und warf mir einen warmen Blick zu.

»Ich hab heute noch nicht wirklich Kontakte knüpfen

können«, murmelte ich unsicher. Kam ich jetzt total uncool rüber?

»Das heißt, du kennst bisher niemanden? Also außer uns natürlich und deiner Mitbewohnerin«, sagte Lova und straffte ihren Pferdeschwanz.

Ich schüttelte den Kopf und spürte, wie sich mein Magen verknotete. »Nicht wirklich, nein.«

»Mach dir keine Gedanken, das kommt noch. Und wir sind ziemlich cool, hab ich mir sagen lassen.« Sie zwinkerte mir zu.

»Wie habt ihr eigentlich zusammengefunden? Nur durch die Intensive-Camps? Ich meine, weil ihr in unterschiedlichen Teams seid«, erkundigte ich mich, um von mir abzulenken.

»Tanisha und ich haben uns durchs Tennis kennengelernt, Robyn und Hugo übers Turnen. Eines Abends, das muss vor fünf Jahren gewesen sein, hat eine Party bei Ambrose stattgefunden; die hat sich herumgesprochen, und wir sind unabhängig voneinander hingegangen.« Lova lachte auf, während Tanisha ebenfalls zu grinsen anfing.

»Eins kam zum anderen … Wir haben Partyspiele gespielt, bei denen wir alle zusammen in einer Mannschaft waren – und haben natürlich gewonnen; dabei haben wir gemerkt, dass wir uns supergut verstehen. Bis heute«, fügte Tanisha hinzu und warf Lova einen kurzen Blick zu. »Na ja, eine Person ist inzwischen nicht mehr dabei, aber das ist auch besser so.«

»Luis – auch ein Tennisspieler. Er hat sich nach unserer Trennung von der Clique distanziert. Mit Ambrose hängt er noch ab, weil sie Mitbewohner und beste Freunde sind, aber das war's dann auch schon. Halt dich bloß von ihm fern, der ist ein kompletter Volldepp. Ich würde ihn am liebsten in die Luft jagen.«

Ich blinzelte Lova ungläubig an. »Okay, gut zu wissen.« Als ich sah, wie Tanisha grinste und sie mit dem Ellenbogen anstieß, huschten meine Mundwinkel auch nach oben.

In diesem Moment öffneten sich die Türen der Kantine und ein groß gewachsener Kerl kam herein, der unglaubliche Ähnlichkeit mit Ambrose hatte. Nur etwas größer, markanter, breiter vielleicht. Kein Bartschatten, dafür aber ein paar Millimeter längeres Haar. Auf seiner Miene regte sich nichts, er sah eher gelangweilt aus, wie er mit seinen Kopfhörern zum Büfett schlenderte und dabei sämtliche Blicke auf sich zog. Es schien, als ob es ihm vollkommen egal war, dass sich alle nach ihm umdrehten. Vielleicht war das ja Aaron, Ambrose' Bruder?

»Der König der Academy hat den Raum betreten, Leute«, sagte Hugo und kicherte.

»Echt witzig, wie die alle auf ihn geiern.« Lova lachte und fing meinen Blick auf.

»Wer ist das denn?«, flüsterte ich ihr zu.

»Aaron Kennedy. Der große Bruder von Ambrose … Den hast du gestern ja auch kurz kennengelernt.«

»Der soll ziemlich gut sein, hab ich vorhin im Training aufgeschnappt.« Ich versuchte, es ganz beiläufig klingen zu lassen.

»Jap, so könnte man es ausdrücken.« Lova wechselte einen kurzen Blick mit ihren Freunden und lehnte sich dann zurück. »Sie sind beide Schwimmer. Wobei sie nicht allzu gut aufeinander zu sprechen sind … Aaron ist einen Jahrgang über uns und hat im vergangenen Jahr fast jeden Monat den Athlete of the Month geholt.«

»Heftiger Kerl«, schaltete sich Hugo wieder ein und fuhr sich mit einer Hand durch die blonden Haare. »Hat unzählige Wettbewerbe gewonnen und gilt als das Schwimm-Wunderkind seiner Generation.«

»Aaron ist quasi der Star von Belladaire. Wie der Quarterback in diesen amerikanischen Teeniefilmen. Wobei jetzt, wo Ambrose auch fest hier ist und nicht nur zum Intensive kommt, könnte es eine knappe Sache zwischen den beiden werden. Aber besser, du sprichst Ambrose nicht darauf an, er …« Tanisha wechselte einen Blick mit Lova.

»Er versteht sich nicht so gut mit ihm«, vervollständigte diese ihren Satz und zuckte mit den Schultern.

»Verstehe«, sagte ich leise, während ich versuchte, all die Infos zu sortieren. »Ist notiert.«

Lova lachte auf und schlug sich eine Hand vor den Mund. »Es ist jedes Mal unterhaltsam, wenn er den Raum betritt. Alle drehen sich nach ihm um, und von einer Sekunde zur nächsten strotzt der gesamte Raum nur so vor Bewunderung und Neid. Alle wollen mit ihm befreundet sein; als könnte sein Talent abfärben oder so.«

»Das klingt ja fast wie bei Blair Waldorf in Gossip Girl«, witzelte ich und stocherte mit der Gabel in meinem Reis herum.

Hugo nickte in Richtung Tür. »Achtung, Ambrose ist im Anmarsch. Themawechsel.«

Mein Blick huschte zum Eingang der Mensa. Ambrose und Robyn winkten uns kurz zu, dann gingen sie zur Essensausgabe.

Adrenalin schoss durch meinen Körper. Würde Ambrose zu uns an den Tisch kommen? Vermutlich. Oh nein. Gestern war ihm glücklicherweise nicht eingefallen, wo er mich schon mal gesehen hatte, aber wie lange konnte es noch dauern, bis er darauf kam? Hatte er sich vielleicht bereits erinnert? Und Robyn etwas verraten? Panik machte sich in mir breit, als sie auf uns zuliefen. Unter dem Tisch wippte mein Fuß unruhig hin und her.

Beide trugen ein Tablett in der Hand. Während Robyn mich skeptisch musterte, legte Ambrose grinsend den Kopf schief, als er bei uns ankam. Hoffentlich hasste mich Robyn nicht, weil ich bei ihnen am Tisch saß. Ich sah mich um. Etliche Leute hatten sich in unsere Richtung gedreht und starrten Ambrose an. Anerkennende Blicke, teils schmachtende, teils neugierige.

Die beiden setzten sich auf die freien Stühle mir gegenüber und nickten in die Runde.

»Leute, habt ihr das von Coach Bennett gehört?« Robyn riss die Augen auf und beugte sich vor. »Der soll 'ne Affäre haben, jetzt schon. Hier lässt wohl jemand nichts anbrennen.«

»Coach Bennett ist für die Schwimmer zuständig«, flüsterte mir Tanisha zu, und ich nickte.

»Ach, das glaub ich erst, wenn ich es sehe«, meinte Hugo, schnappte sich erneut sein Handy und tippte gelangweilt darauf herum.

Ein überhebliches Grinsen legte sich auf Ambrose' volle Lippen, als er mich taxierte. »Hey, wie heißt du noch mal? Nina?«

»Nika«, entgegnete ich und wandte unter Anspannung den Blick ab. Ich musste unter seinem Radar fliegen, durfte mich nicht verraten, damit er meinem Geheimnis nicht auf die Spur kam.

Er nickte und lehnte sich dann großspurig zurück. »Wer ich bin, hast du dir ja sicher gemerkt.«

So ein eingebildeter Hornochse. Der hatte die Arroganz echt mit Goldlöffeln gefressen. In der Wiege schon, die vermutlich mehr gekostet hatte als unsere gesamte Wohnung in Frankfurt.

Ich zuckte mit den Schultern. »Möglich.«

Er schmunzelte. Mir wurde heiß, und ich spürte, wie sich unterhalb meines Bauchnabels etwas zusammenzog.

»Ich glaube nach wie vor, dass wir uns schon mal irgendwo begegnet sind. Vielleicht auf einer Wohltätigkeitsveranstaltung? Oder in der Eingangshalle bei der Anmeldung? Welcher Wagen ist deiner?«

Ich schluckte. In der Tiefgarage hatten fast alle ihre teuren Autos geparkt. Bestimmt standen dort ein Haufen Lamborghinis, Ferraris, Mercedes, BMWs … »Ich hab meinen nicht mitgebracht.«

»Wieso nicht?« Robyn kniff misstrauisch die Augen zusammen. »Willst du etwa mit dem Bus fahren, wenn du runter ins Zentrum möchtest?«

»Nein, ich … mein BMW Cabrio ist gerade in Reparatur, ich … Es dauert noch ein bisschen, bis der Wagen fertig ist … Marderschaden.«

Shit. Eine weitere Lüge, die ich mir notieren musste, um nicht den Überblick zu verlieren.

»Cool, so eins hab ich auch!«, quiekte Lova. »Welche Farbe?«

»Ähm … schwarz.«

»Gute Wahl. Meins ist anthrazit. Wir müssen unbedingt mal 'ne Spritztour unternehmen, zum Strand oder so!«

Ich nickte, obwohl sich mir der Magen umdrehte. Lova machte so einen netten Eindruck, ich wollte sie nicht belügen. Und die anderen genauso wenig. Aber meine

Angst, wieder auf die Schnauze zu fallen, war einfach zu groß. »Auf jeden Fall.«

»Und wie war's beim Training?« Hugo wandte sich Ambrose zu.

»Gut. Bin die beste Zeit geschwommen. Mit Abstand. Hat fast gar keinen Spaß gemacht, gegen die anderen anzutreten. Ein bisschen Konkurrenz brauch ich schon, aber die ist hier wohl nicht zu finden.« Ambrose lachte, und ich fragte mich, ob er das wirklich ernst meinte. Denn wenn er das tat, war er noch arroganter, als ich angenommen hatte. Bereits im Restaurant hatte er keinen guten ersten Eindruck bei mir hinterlassen. Diese dummen Sprüche … Innerlich verdrehte ich die Augen.

Doch ich musste auf der Hut bleiben. Wenn er herausfand, wo er mich gesehen hatte, wenn er wusste, dass ich nur eine Kellnerin war, die keinen fetten BMW in der Garage stehen hatte, dann würde meine schöne Seifenblase platzen. Und damit auch der Traum, endlich Menschen zu finden, die meine Freunde werden könnten.

5

AMBROSE

Schneller. Immer schneller und schneller. Immer auf der Jagd nach dem Gefühl, der Beste zu sein. Besser als alle anderen neben mir im Becken, doch vor allem: besser als mein Bruder.

Ein Pfiff schnitt scharf durch die Luft, als meine Hand gegen das glänzende Metall am Beckenrand prallte. Mein Puls pochte mir bis in die Ohren, während sich mein Brustkorb rasch hob und senkte.

»Spitzenzeit, Kennedy«, rief mir Coach Bennett zu.

Neben mir fluchten meine Mitstreiter, als ich mir die Schwimmbrille vom Gesicht schob und mich am Beckenrand hochstemmte. Ich war der Schnellste der Runde. Nichts Neues, aber doch kribbelte jedes Mal mein gesamter Körper vor Adrenalin und in dem Wissen, dass ich alle hier in die Tasche stecken konnte. Der vertraute Geruch von Chlor schwebte durch die Schwimmhalle, die ganz am Ende des Academy-Geländes lag und drei verschiedene Becken, Sprungtürme, eine Tribüne und Startblöcke umfasste. Daneben grenzte eine weitere Halle an das Gebäude, in dem sich noch mehr Becken befanden, allerdings eher kleinere und solche, in denen man gezielte

Übungen ausführen konnte und mit einer Gegenstromanlage trainierte. Während die meisten Bauten auf dem Campus einen eher alt-elitären Touch hatten, bildeten unsere Schwimmanlagen mit angrenzendem Spa und der supermodernen Bauweise einen krassen Kontrast dazu. Alles verglast, nur die neuste Technologie und die teuerste Ausstattung. Hier ließ es sich trainieren.

»Penner«, raunzte mich Lorenzo spaßhaft an – ein drahtiger Kerl aus Italien, der mich immer musterte, als ob ich ihm die Pizza versalzen hätte –, als er an mir vorbeilief.

Ich grinste breit. »Sorry, musst dich wohl ein bisschen mehr ins Zeug legen, wenn du eine Chance gegen mich haben willst.«

»Verrate mir lieber, was du frühstückst, wenn du schon in der ersten Runde so eine Zeit hinlegst.«

Lachend näherten wir uns Coach Bennett, der den dunkelgrünen Jogginganzug der Academy trug und etwas auf seinem Tablet notierte. Unsere Gruppe bestand aus fünf Schwimmern, die Schwimmerinnen wurden von einer anderen Trainerin gecoacht.

»Hey, Ambrose«, wandte sich ein Typ an mich, dessen Namen ich noch nicht kannte. Mit der sehr hellen Haut sah er aus wie frisch aus Schweden oder Norwegen importiert. »Richtig gute Zeit, Mann. Wird schwer, da ranzukommen.« Er zeigte ein Zahnpastalächeln. »Ich bin übrigens Emil. Vielleicht hast du ja am Wochenende Bock, ein bisschen mit mir zu trainieren? Mir ein paar deiner Tipps zu verraten, um den Coach zu beeindrucken?«

Ich legte den Kopf schief und stemmte die Hände in die Hüften. »Klar, können wir machen. Ich muss später schauen, was mein Zeitplan sagt. Coach Bennett hab ich allerdings auch zum ersten Mal, also keine Ahnung, ob ich dir behilflich sein kann und Tipps habe, mit denen du dich bei ihm einschleimen kannst. Am Ende zählt nun mal die Leistung.«

Er kam einen Schritt näher. »Dein Bruder hat dir doch sicher ein paar Ratschläge gegeben«, erwiderte er mit einem Zwinkern.

Ein unangenehmer Schauer kroch mir über den Rücken, und ich versteifte mich am ganzen Körper. »Hat er nicht.«

»Du kannst Aaron ja mal nach Insidertipps fragen, oder nicht?«

»Das kannst du auch selbst machen.«

»Als ob der Star der Academy mit einem Neuankömmling wie mir spricht. Red du doch mal mit ihm.«

»Mal sehen.« Ich versuchte, gleichgültig zu klingen, und wandte mich rasch ab, doch tief in mir brodelte es. Wieso ging es immer nur um meinen Bruder? Jedes Mal, wenn ich dachte, dass mich jemand um meiner selbst willen mochte, verpasste mir eine solche Äußerung einen Dämpfer. Manche wollten auch nur mit mir gesehen werden, um ihren Ruf aufzupolieren. Immerhin war ich auf Belladaire kein unbekanntes Gesicht.

»Die Aufwärmrunde war schon mal ganz passabel, Jungs. Fünf Minuten Pause, danach geht's weiter. Videoanalyse steht auf dem Plan. Bei euch allen muss noch an der Technik gefeilt werden.« Coach Bennett blickte von einem Gesicht ins nächste, ein strenger Ausdruck auf seinen Zügen. »Auch bei dir, Kennedy. Deine Zeit über 100 Meter Freistil war super, aber da ist noch Luft nach oben. Denk immer an deinen Bruder, der hat in deinem Alter schon zwei Sekunden weniger gebraucht.«

Ich nickte und presste fest die Lippen aufeinander. Ich

liebte den Sprint im Wasser und mich komplett auszupowern. Aber das hier hatte einen negativen Beigeschmack. In meiner Altersgruppe war ich vielleicht die Nummer eins, doch auf ganz Belladaire stand eine andere Person an erster Stelle – wie mir mein Coach gerade mal wieder unter die Nase gerieben hatte.

Nicht mehr lange.

Nachdem der Coach noch eine kleine Rede geschwungen und uns klargemacht hatte, woran wir arbeiten mussten, genehmigten wir uns eine Pause.

Ich wollte gerade am Rand der Halle, wo wir unsere Flaschen abgestellt hatten, ein paar Schlucke aus meiner Wasserflasche nehmen, da sah ich, wie mein Bruder von einem der anderen Becken, wo seine Gruppe gerade trainiert hatte, angelaufen kam.

Aaron war mir wie aus dem Gesicht geschnitten – die gleichen schwarzen Haare, wobei seine ein paar Millimeter länger waren als meine, und auch seine Gesichtszüge waren etwas markanter als meine. Dafür wirkte er ernster, lachte nur halb so viel wie ich, und das charmante Grinsen von Dad hatte auch nur ich geerbt. Ein paar Zentimeter war er größer als ich, breiter als ich, durchtrainierter als ich, sympathischer als ich. Quasi eine bessere Version von mir. Geliebt von allen. Gefürchtet von seinen Kontrahenten.

»Ambrose, alles klar?« Er blieb neben mir stehen, grinste und boxte mich ein paarmal leicht in den Magen, dann gegen die Arme und den Oberkörper.

Genervt stöhnte ich auf, weil mir die Aktion echt unangenehm war. Die anderen glotzten schon blöd rüber, daher ging ich rasch in Abwehrhaltung und stieß seine Hand weg. »Kannst du mal aufhören?«, fuhr ich ihn an und verengte die Augen.

»Was? Womit?« Immer noch grinste er und boxte noch mal leicht gegen meinen Kiefer. »Ich freu mich doch nur, meinen kleinen Bruder zu sehen.«

»Aaron, steck dir das sonst wohin.«

Im nächsten Augenblick hielt er inne und ließ die Fäuste sinken. Seine Kiefer mahlten, als er einen Schritt zurücktrat und sich dann am Kopf kratzte. »Gut, ähm ... Ich wollte eigentlich nur kurz Hallo sagen, als ich gesehen hab, dass du auch gerade hier trainierst.«

Mit vor der Brust verschränkten Armen funkelte ich ihn an. »Hallo.«

»Hast du einen guten Start ins erste Semester gehabt?«

»Jap.«

Er legte den Kopf schief und lächelte vorsichtig. »Okay, ähm ... Die 100 Meter Freistil sahen richtig gut aus.«

Ich ballte meine freie Hand zur Faust und hob die Flasche an die Lippen, nahm einen Schluck und nickte. »War in Ordnung.«

»Das war mehr als in Ordnung. Aber selbst wenn nicht, dann wird das bald.«

Aus dem Augenwinkel nahm ich wahr, wie Emil und drei weitere Typen uns anstarrten. Fehlte nur noch, dass sie sabberten, weil der großartige Aaron Kennedy lediglich ein paar Meter entfernt stand.

In meinem Inneren verkrampfte sich alles, doch nach außen hin versuchte ich, mich lässig und cool zu geben. »Na sicher.«

»Alles klar«, sagte Aaron und lächelte. »Ich muss jetzt wieder rüber. Videoanalyse steht heute auf dem Plan. Bis dann.« Er verabschiedete sich mit einem Nicken.

»Bis dann.«

Mit jedem Schritt, den er sich entfernte, ließ meine

Anspannung nach. Ich atmete tief durch, dann nahm ich ein paar weitere Schlucke aus meiner Flasche und starrte vor mich hin, wollte mich auf das anstehende Training fokussieren und ablenken, als Emil wieder neben mir auftauchte. Und mit ihm Lorenzo und die zwei anderen Typen aus unserem Team. Ich warf ihnen einen halb fragenden, halb abweisenden Blick zu, weil ich keinen Bock hatte, noch mal über meinen Bruder zu reden. Die ganze Aktion eben war mir schon peinlich genug. Immer behandelte er mich vor anderen wie den kleinen Bruder; dabei wollte ich genau dieses Image ums Verrecken loswerden.

»Wir wollen am Wochenende zum Meer, hast du Lust mitzukommen?«, meinte Lorenzo überfreundlich.

»Wird sicher witzig. Ich bin übrigens Patrick«, fügte der Größere mit den blonden Haaren hinzu, dessen Name ich gerade zum ersten Mal hörte.

»Vielleicht.« Ich zuckte mit den Schultern.

So wie sie mich ansahen, wie ausgehungerte Wölfe auf Futtersuche, war mir klar, dass sie nicht an mir als Mensch interessiert waren. Vermutlich wollten sie, wie die meisten hier, ihren Ruf pushen, indem sie sagen konnten, dass sie mit Ambrose Kennedy befreundet waren – immer die alte Leier, die ich satthatte. Davon hatte ich während der ganzen Sommer-Intensives genug gehabt. Klar, ich liebte es, gefeiert und angehimmelt zu werden, doch meinen Freundeskreis wollte ich durch diese Geier nicht erweitern. Ich hatte meine Leute und brauchte keine arschkriechenden Schleimer. Trotzdem setzte ich jedes Mal mein blitzendes Lächeln auf, um ihnen die Show zu geben, die sie von einem Kennedy erwarteten. Immerhin wollte ich nicht im Schatten meines Bruders stehen, sondern ihn am Ende des Tages in meinen stellen. In jeglicher Hinsicht.

»Wäre hammer! Mein Onkel hat am Strand von Cannes eine Villa, wo wir abhängen könnten.«

»Ich lass es mir durch den Kopf gehen.« Mit einem verkrampften Lächeln wandte ich den Blick wieder zum Becken. »Weiter geht's, oder?«

Den restlichen Morgen befassten wir uns mit Videoanalysen. Der Coach zerriss unsere Technik in der Luft und gab uns in kurzen Einzelgesprächen wertvolles Feedback, bevor ich im Anschluss zur Mensa schlenderte. Durch den breiten Flur der Schwimmhalle, von dem rechts und links die Türen zu den Umkleiden und zum Beckenbereich abgingen, und vorbei an den Glasvitrinen an den Wänden, in denen Trophäen und Abzeichen ihren Platz hatten. Das Schwimm-Team der Academy holte immer eine Medaille und allen voran der große Star von Belladaire: Aaron Kennedy.

Vor dem Schrank mit Dutzenden goldenen Pokalen blieb ich einen Moment stehen, um durch das dicke Glas zu linsen. Ich spürte, wie sich in meinem Inneren etwas zusammenzog, als ich auf dem größten von allen den Namen meines Bruders las. Daneben ein weiterer von ihm und noch einer. Es folgten etliche ausgeschnittene Zeitungsartikel, die von ihm handelten – Fotos auf dem Siegertreppchen inklusive. Überall war sein Name zu lesen oder sein grinsendes Gesicht zu sehen. So wie er vorhin gegrinst hatte, als er diese peinliche Aktion gebracht und mich vor allen zum Deppen gemacht hatte. Mir entfuhr ein genervtes Schnauben.

»Deine Zeit war schon spitze, Ambrose, allerdings solltest du noch einen Zahn zulegen, wenn du mit der Leistung deines Bruders mithalten willst. Der war letztes Jahr ein paar Sekunden schneller«, hallten die Worte von Coach Bennett

in meinem Kopf wider. »Ist schwer, aber bekommst du vielleicht hin, wenn du dich anstrengst.«

Als ob mir Mom und Dad das nicht oft genug reindrücken. Als ob das nicht das ist, was sowieso jeder über unsere Familie denkt …

»Mal sehen, was du in den nächsten Wochen auf Lager hast. Es wird hart, an seine Leistung heranzukommen, aber nicht unmöglich zu schaffen. Aaron hat echt gut vorgelegt.«

Mit zusammengebissenen Zähnen hatte ich nur genickt. Immer und immer wieder. Es war die erste Semesterwoche an der Academy. Noch viele weitere würden folgen, also musste ich das Beste daraus machen und mich vor allen Dingen darauf fokussieren, überragende Leistungen zu erbringen.

Der goldene Pokal reflektierte das Sonnenlicht, das durch die Scheibe fiel, und blendete mich. Der Anblick hatte beinahe etwas Überirdisches.

Wow, die könnten ihm auch gleich einen ganzen Schrein errichten.

Hoffentlich ließen die Kommentare und Vergleiche mit der Zeit nach, wenn ich allen zeigte, was ich draufhatte und Aarons Leistung übertrumpfte. Immerhin verglich ich mich selbst mit ihm, seit er mit dem Schwimmen angefangen hatte. Ich würde alles geben, um besser zu werden als er. Alles, was nötig war.

»Hey, kommst du?«, riss mich plötzlich eine bekannte Stimme aus meinen Gedanken.

Ich wandte den Blick zum Ende des Flurs, wo Luis an der Tür der Schwimmhalle stand, seinen Tennis-Rucksack auf der einen Schulter und einen Shaker in der Hand, aus dem er gerade einen Schluck trank. Unter der dunkelblauen Cap krochen seine braunen Locken hervor. Da sich die Schwimmhalle und die Tennisplätze etwas abgelegen vom Hauptgebäude befanden, hatten Luis und ich verabredet, dass er mich heute abholen würde.

»Jap«, entgegnete ich und schlug mit ihm ein. »Wie war dein Training?«

»Ganz okay, aber jetzt hab ich Hunger«, antwortete er mit einem Grinsen.

Er hielt mir die Tür auf, und ich folgte ihm nach draußen. Zwei Schwimmerinnen aus dem zweiten Jahrgang passierten und grüßten uns freundlich, was wir erwiderten. Über den hellen Kies setzten wir uns in Richtung Mensa in Bewegung. Die Sonne knallte auf uns herab, daher war ich ganz froh, dass ich nur eine Shorts und ein T-Shirt anhatte. Am strahlend blauen Himmel waren ein paar Möwen zu sehen und zu hören, und in der Ferne ragte das dunkle Spitzdach des Hauptgebäudes auf. Wir passierten einige Hartplätze, auf denen gähnende Leere herrschte, immerhin befanden sich fast alle in der Mittagspause.

»Und sonst? Geht's dir so weit gut?« Ich musterte ihn aufmerksam.

»Es wird. Ich bin einfach froh, hier zu sein, und weiß, dass es die richtige Entscheidung war.« Als ich verständnisvoll nickte, fuhr er fort. »Und ich find's super, dass ich meinen besten Freund jetzt nicht nur bei den Intensives und über FaceTime sehe, sondern jeden Tag live.« Ein Lachen streifte seine Züge, doch ich ahnte, dass es nur eine Fassade war. Da ich allerdings wusste, dass er nicht gerne über das sprach, was sich vor drei Jahren abgespielt hatte und ihn bis heute verfolgte, hielt ich meine Klappe.

»Geht mir genauso. Überleg mal, wir kennen uns halt einfach schon knapp zehn Jahre. Nicht dass wir jetzt, wo wir uns dauernd sehen, merken, dass wir uns richtig scheiße finden.« Ich lachte nun auch.

Luis schüttelte amüsiert den Kopf. »Schwachsinn.« Als ich nichts weiter sagte, warf er mir einen Blick von der Seite zu. »Wie war's bei dir?«

»Gut so weit.« Ich zuckte mit den Schultern. »Geht mir nur jetzt schon auf den Sack, dass der Coach meine Leistung mit Aarons vergleicht.«

»Shit. Versteh ich. Nach ein paar Einheiten nimmt das sicher ab, vor allem, wenn du allen zeigst, dass du's mindestens genauso draufhast wie er.« Er schenkte mir ein aufmunterndes Lächeln.

»Klar, halb so wild. Aber …« Als ich nach vorn schaute und sah, wie Nika etwa zehn Meter vor uns aus dem schmalen Weg eilte, der zur Fechthalle führte, ihre Sporttasche über der Schulter und das fast schwarze Haar zu einem tiefen Zopf geflochten, kniff ich die Brauen zusammen. »Wen haben wir denn da?«

»Was meinst du?« Luis folgte meinem Blick. »Ach, das ist doch die Neue, oder?«

Von hinten sahen ihre langen Beine in der kurzen Radlerhose superheiß aus, hinzu kam ihr enges blaues Top, das oberhalb der Taille endete und einen schmalen Streifen Haut freilegte. Hitze schoss mir durch die Glieder, als ich nickte. »Korrekt. Sie hängt seit Montag mit uns ab, scheint ganz okay zu sein. Lova und Tanisha finden sie super.«

Bei der Erwähnung von Lovas Namen entfuhr Luis ein genervtes Ächzen. Er war nicht allzu gut auf seine Ex-Freundin zu sprechen, aber das war kein Geheimnis. »Wenn sie mit Lova chillt, weiß ich nicht, ob sie so ein guter Umgang ist.«

Ich lachte. »Ich hänge auch mit Lova ab, das ist dir bewusst, oder?«

»Gezwungenermaßen.« Er musste schmunzeln. »Ist sie denn nett? Also Nika.«

Als ich daran dachte, dass sie mich nicht wie die meisten anderen auf ein Podest stellte, sondern mir gegenüber eher … zurückhaltend eingestellt war, musste ich grinsen. »Wir beschnüffeln uns noch.«

»Sie ficht?«

»Jap«, antwortete ich und folgte ihr mit meinem Blick.

»Aber bei den Intensives hab ich sie noch nie gesehen.«

Ich schüttelte den Kopf. »Angeblich war sie noch nie bei einem. Sie kommt mir trotzdem bekannt vor. Ich kann mich nur nicht erinnern, wo ich sie schon mal gesehen habe. Sie meinte, sie ist ganz neu hier und war auch noch nicht an der französischen Riviera.«

»Vielleicht verwechselst du sie ja mit jemandem.«

»Vielleicht. Vielleicht aber auch nicht. Ihr Gesicht geht mir nicht mehr aus dem Kopf.«

»Hat sich da etwa jemand verguckt?«, zog mich Luis auf und kassierte dafür ein amüsiertes Schnauben.

»Vergiss es, keine Zeit für so was. Und ich hab keine Lust auf so ein Drama, wie es bei dir und Lova der Fall war.« Ich lachte auf. »Hübsch ist sie. Sogar ziemlich. Aber nein, ich … ich muss mich auf mein Training konzentrieren, wenn ich es aus Aarons Schatten herausschaffen will. Für Dating und das ganze Drama habe ich echt keine Zeit und keinen Kopf. Das kann ich mir nicht leisten.«

»Kenn ich.« Er seufzte. »Und damit fährst du wohl auch besser. Glaub mir, so ein Dilemma willst du nicht.«

6

NIKA

Nachdem die erste Woche an der Academy turbulent verlaufen war und ich zumindest hier und da mit Lova und den anderen aus der Clique zusammen hatte essen können, wollte ich den heutigen Montagabend im Gemeinschaftsraum verbringen. Mit einem Orange-Ingwer-Smoothie bewaffnet, der unerwartet gut schmeckte, machte ich mich gemeinsam mit Delphine auf den Weg dorthin; er lag im ersten Stock genau zwischen Mädels- und Jungs-Flügel. Es war bereits kurz nach acht und somit Freizeit, die wir innerhalb der Academy verbringen konnten, wie wir wollten.

»Bist du sicher, dass du keine Lust hast, ein bisschen zu chillen? Dein Tag war doch auch superlang, oder nicht?«

Delphine schüttelte den Kopf und schob ihren schwarzen Rucksack auf der Schulter hoch. »Muss noch eine kleine Trainingssession einlegen; ich war mit meiner Leistung heute alles andere als zufrieden.«

»Hm, okay. Ich brauche jetzt echt ein bisschen Erholung. Madame Duboir hat uns bis ans Limit getrieben, aber die Einheit im Gym und das Stretching haben mich gerettet.«

Unsere Schritte und die einiger anderer Studierender, die uns entgegenkamen, hallten über den dunklen Marmorboden des Flurs und von den dunklen Wänden und den Statuen wider. An den Seiten gab es in regelmäßigen Abständen Erker, durch deren geschwungene Fenster man eine tolle Aussicht auf das Gelände, aber aufgrund der Lage in den Bergen auch über Monaco und bis hinunter zum Meer hatte. Die verschnörkelten Goldverzierungen an den Rahmen funkelten in der Abendsonne, woraufhin ich lächeln musste. Alles hier erinnerte mich an einen Königspalast. Ich konnte mir nicht vorstellen, dass ich mich irgendwann daran sattsehen würde. Jeden Tag musste ich mich kneifen, um sicherzugehen, dass ich nicht träumte, sondern wirklich hier war. Umgeben von Luxus und Prunk, gemischt mit dem modernsten technischen Equipment, das es im Sportbereich aktuell gab.

»Was glaubst du, wann du mit dem Training für heute durch bist?«

Sie hob die Brauen. »Dann, wenn ich hart genug trainiert habe.« Sie stieß die Luft aus. »Aber ich muss später sowieso noch den Pulli weiterstricken, ich werde also nicht ewig machen.«

In der wenigen Freizeit, die sie sich gönnte, saß Delphine meist auf ihrem Bett und strickte Schals, Pullis, Mützen und andere Kleidung, die sie im Internet verkaufte, um sich etwas dazuzuverdienen. Ihre Stücke sahen echt toll aus, sie konnte sich vor Aufträgen anscheinend kaum retten. In der vergangenen Woche hatten wir hier und da ein paar Worte gewechselt, aber ein richtiges Gespräch war noch nicht zustande gekommen. Als wir vorhin bemerkt hatten, dass wir zur selben Zeit in eine ähnliche Richtung mussten, hatten wir uns, ohne es auszusprechen, zusammengetan. Möglicherweise war das ein Schritt in die richtige Richtung. Möglicherweise freundeten wir uns ja doch noch an.

»Wenn es kühler wäre, würde ich dir auch was abkaufen. Im Winter zähle ich auf dich.« Ich lächelte sie leicht an, woraufhin sie mir ebenfalls ein verhaltenes Schmunzeln schenkte. Sie wirkte nie wirklich unfreundlich, eher vorsichtig, als ob sie mir noch nicht traute. Hoffentlich änderte sich das bald.

Vor der aufwendig verzierten Holztür, die in den Gemeinschaftsraum führte, trennten sich unsere Wege.

»Bis später. Viel Spaß!«

»Danke, bis später.« Sie nickte mir zu und nahm die Treppe nach unten in Richtung der Turnhalle.

Der Gemeinschaftsraum war mit Sofas im typischen Dunkelgrün der Academy eingerichtet, auf denen bereits einige Leute zusammensaßen und sich unterhielten. Auf antiken Holzschreibtischen standen die neusten Computer, und auf der anderen Seite des Saals befanden sich Tischkicker, einige Fernseher mit Spielekonsolen, eine Art Sideboard mit etlichen gesunden Snacks wie Obst, Proteinriegeln, ein Kühlschrank mit Getränken und daneben ein Billardtisch. Der Raum war zwar gut besucht, aber nicht überfüllt. Vermutlich hingen viele auf ihren Zimmern oder draußen im Garten ab.

Von Tanisha und den anderen keine Spur. Um den Shoppingtrip war ich durch eine Ausrede glücklicherweise herumgekommen. Auch wenn ich es schade fand und das Gefühl hatte, mich durch die Absage wieder einen Schritt von ihnen entfernt zu haben, hatte es sein müssen. Immerhin konnte ich mir nichts von all dem teuren Luxus-Zeug leisten. Im Gegenzug hatte ich mich nur leider noch mehr in mein Lügenkonstrukt reingeritten – Privattrainings, die meine Ausrede gewesen waren, kosteten eine Stange Geld, die kamen in Wahrheit mit meinem Budget nicht für mich infrage. Und doch hatte ich behauptet, welche in Anspruch zu nehmen, strickte mir Tag für Tag ein größeres Netz aus Lügen, das hoffentlich nicht riss.

Ich steuerte einen der Computer an, weil ich sowieso noch meine Leistung im Onlineportal ansehen wollte und es vorhin vergessen hatte, als ich Meilin aus meinem Fecht-Team allein auf einem der Sofas sitzen sah. Wir hatten im Training ab und zu miteinander gefochten und somit ohne viel Gerede ein wenig Kontakt gehabt. Sie las gerade ein Buch für unseren Theorieunterricht zum Thema Ernährung und markierte sich darin etwas mit Haftnotizen. Ich überlegte nicht lange, sodass mich erst gar keine Bedenken beschleichen konnten, und ließ mich auf den Sessel neben ihr sinken, stellte den Smoothie auf dem Tisch vor mir ab.

»Hey, gehst du das mit den Aminos von heute Morgen noch mal durch?«

Die Theoriekurse bestanden aus fünfzehn Leuten aus verschiedenen Sportbereichen. Meilin war auch in meinem gelandet. Die Academy würfelte uns beim Theorieunterricht gerne wild in kleinen Gruppen zusammen, da wir somit auch andere Eindrücke mitbekamen, diskutieren und uns austauschen konnten. Außerdem betrafen Ernährung und Mentales alle gleichermaßen. Nur die Unterrichtseinheiten zu Taktiken fanden für die jeweiligen Sport-Teams separat statt.

Mit zusammengezogenen Brauen schaute sie auf. »Ähm, ja.«

Ich schluckte meine Enttäuschung angesichts ihrer wenig euphorischen Reaktion herunter und zwang mich zu einem freundlichen Lächeln. »Ach cool. Wir könnten auch mal gemeinsam den Stoff wiederholen oder trainieren, also … falls du Lust hast.«

»Ein gemeinsames Training ist vielleicht echt keine schlechte Idee.« Sie lächelte und strich sich eine schwarze Strähne ihres Bobs hinters Ohr. »Die Trainingseinheiten letzte Woche, in denen wir gefochten haben, waren echt gut.«

Wärme breitete sich in meiner Brust aus, weil ich mit einem Mal ein wenig Hoffnung hatte. Sie reagierte zwar nicht überschwänglich, war aber dennoch nicht abgeneigt. Außerdem war sie Stipendiatin und gehörte damit wie ich nicht zu den reichen Kids, was auch mal ganz schön war. Ich fragte mich, was sie über mich dachte, wischte den Gedanken aber rasch beiseite, weil ich diese Selbstzweifel hasste und damit auch das, was aus mir nach all der Zeit an meiner alten Schule geworden war.

»Cool, würde mich freuen! Aber nur, wenn du wirklich Lust drauf hast.«

»Klar, das machen wir«, meinte sie, und für den Hauch einer Sekunde zuckten ihre Mundwinkel nach oben. »Wir trainieren ja und pushen uns gegenseitig.«

Ich nickte erleichtert. »Genau. Ich würde mich echt freuen, wenn wir zusammen auf unsere Ziele hinarbeiten! Außerdem ist das auch eine gute Ablenkung von dem Heimweh, das man hier hat.«

»Das kannst du laut sagen«, entgegnete sie und hob einen Mundwinkel. »Es ist echt schade, dass man seine Familie nicht mehr so oft sieht.«

»Absolut. Woher bist du eigentlich?«

»Peking. Und du?«

»Okay, deine Anreise war definitiv länger als meine«, sagte ich lachend. »Frankfurt, Deutschland.«

»Jap, fast zwanzig Stunden Flug mit etlichen Malen umsteigen. Keine Freude mit kreischenden Kindern im Nacken.«

»Kann ich mir vorstellen.« Wieder ließ ich den Blick durch den Raum schweifen. Mittlerweile hatte er sich gefüllt. An der Academy waren Sportklamotten im Alltag eine Art Dresscode, was ich sehr begrüßte. Somit waren auch hier alle total locker und entspannt gekleidet. Zum Glück gab es kurze Joggingshorts, Radlerhosen und Sport-BHs, denn bei den heißen Frühlingstemperaturen an der französischen Riviera wollte niemand in einem dicken Sweater rumsitzen. »Ich finde es echt cool, dass auf Belladaire jeder von woanders kommt. Ich glaube, mir ist noch niemand aus Deutschland begegnet.«

Sie nickte. »Ja, das ist tatsächlich echt cool. Bei den Schwimmern sind noch zwei deutsche Leute dabei, hab ich gehört.«

Die Tür öffnete sich, und herein kamen Tanisha und Ambrose.

»Apropos schwimmen«, sagte ich und verdrehte die Augen, als mir auffiel, dass sich einige Köpfe zu ihnen umdrehten. »Das ist ja fast wie bei Twilight, wenn die Cullens den Raum betreten.«

Meilin schnaubte. »Ist mir auch schon aufgefallen. So toll ist der Typ echt nicht.« Dann blieb ihr Blick an Tanisha hängen, die zum Snack-Büfett schlenderte, und eine leichte Röte legte sich auf ihre Wangen. Rasch wandte sie sich wieder ihrem Buch zu.

»Ich geh kurz einer Freundin Hallo sagen und mir eine

Banane holen«, sagte ich und stand auf. »Gleich wieder da.«

Sie nickte, schaute aber nicht auf.

Mit pochendem Herzen näherte ich mich Tanisha, die am Büfett stand, ihren Laptop und ein paar Bücher unter dem Arm. »Hey, alles klar?« Ich lächelte sie an, woraufhin sich ihre Miene erhellte.

»Hi. Ja, ich wollte gleich noch ein bisschen was von der Theoriestunde heute durchgehen und im Anschluss mal gucken, was für neue Sport-Dokus es gibt.« Tanisha schnappte sich einen Proteinriegel und sah sich um. »Hmm, nicht so viel frei, wie's scheint.«

»Da drüben, das Mädchen mit dem schwarzen Bob, da habe ich gerade gesessen. Du kannst gerne dazukommen, wenn du magst.«

»Das mach ich doch direkt«, erwiderte sie und grinste. »Ich geh schon mal vor, während du dich hier beim Büfett umsiehst.« Dann lief sie rüber zu Meilin und ließ sich aufs Sofa sinken, stellte den Laptop auf ihren Beinen ab und sagte etwas, das ich nicht hörte.

Unwillkürlich weiteten sich Meilins Augen. Die Frage war nur, ob es ihr unangenehm war, neben Tanisha zu sitzen, oder ob sie es mehr als angenehm fand …

»Nika aus Deutschland.«

Noch bevor ich mich zu ihm umwandte, wusste ich, wer neben mir aufgetaucht war.

»Ambrose aus …« *Los Angeles.* »New York?« Ich musste leicht schmunzeln, weil ich es früher immer geliebt hatte zu kontern. Allerdings war mir diese Eigenschaft in den letzten Jahren bei Menschen, die ich nicht gut kannte, abhandengekommen. Mir war wichtig, dass Ambrose und seine Clique mich mochten, doch mit dieser kleinen Bemerkung konnte ich nichts falsch machen, oder? Ich hoffte einfach nur, dass er sich nicht an mich erinnerte; ein kleiner Spaß hier und da konnte aber sicherlich nicht schaden.

»Los Angeles. Beim nächsten Mal bekommst du es hin.« Sein Mundwinkel huschte nach oben.

»Bestimmt. Immerhin weiß das ja sonst auch jeder.« Gespielt lässig zuckte ich mit den Schultern.

»Wo du recht hast.« Als er mich erneut musterte, machte mein Herz einen Satz. Hitze strömte mir durch den Körper. Dennoch versuchte ich, seinem eindringlichen Blick standzuhalten, nicht einzuknicken. Einerseits wollte ich ihm für seine Arroganz den Hals umdrehen, und die alte Nika hätte ihm sicher alle möglichen Sprüche um die Ohren gehauen, doch die Nika, die vor ihm stand, war zu einer unsicheren Person geworden. Vor allem, weil er meinem Geheimnis nicht auf die Schliche kommen durfte. Andererseits war da nicht nur Angst und Abneigung, sondern auch eine Seite in mir, die ihn ziemlich gut aussehend fand. Ja, er war heiß, aber ich wusste genau, dass er nichts als Ärger bedeutete.

Ich sah zum Büfett und schnappte mir eine Banane, während Ambrose nach einem Riegel mit weißer Schokolade und Kokos griff, den ich gestern schon probiert hatte. »Gute Wahl, der ist super und hat auch noch viel Protein.«

»Die haben echt leckere Sachen hier, das muss man Beladaire lassen.«

»Nicht weniger als die besten Proteinriegel der Welt.« Ich drehte mich um, um zu Tanisha und Meilin zurückzugehen, als mich die Erkenntnis traf und ich mir auf die Lippe biss. Mein Herz setzte eine Sekunde aus, als ich Ambrose' Stimme hörte.

»Warte mal, jetzt weiß ich, woher ich dich kenne …«

7

AMBROSE

Nicht weniger als die besten Proteinriegel der Welt.

Nicht weniger als der beste Champagner der Welt.

Immer wieder hallten mir ihre Worte durch den Kopf. Nach dem Rätselraten der letzten Tage war mir endlich eingefallen, woher ich Nika kannte.

»Du bist die Kellnerin aus dem Jacques.«

Ihre Augen weiteten sich, und ich konnte erkennen, wie sich rote Flecken auf ihren Wangen bildeten. »Was? Wovon sprichst du?«

Ich musste schmunzeln. »Ganz klar. Den Spruch von eben hast du dort auch gebracht. Ich erinnere mich …«

»Quatsch. Du irrst dich«, versuchte sie, sich herauszureden, und wandte den Blick zu Tanisha, dann wieder zu mir. »Das ist Zufall mit dem Spruch, ich arbeite dort nicht.«

»Nicht mehr vielleicht. Aber vor Beginn der Academy hast du's getan. Und dich auch über mein saftiges Trinkgeld gefreut. Ich weiß doch noch, wie ich draußen am Tisch saß und die Bestellung aufgegeben habe. Glaub mir, dein Gesicht vergisst man so schnell nicht.« Grinsend taxierte ich sie. »Welche Frage dennoch offenbleibt: Wie konntest du kellnern, während du doch eigentlich mit deiner Familie auf den Malediven warst? Das meinten die anderen zumindest.«

Sie biss die Zähne aufeinander, während ihre Pupillen hektisch von links nach rechts zuckten. »Wie gesagt …«

»Hey, verarschen kann ich mich selbst. Das ganze Hin und Her von wegen *Nein, ich war nicht dort, oh doch, nein, doch* können wir uns sparen und direkt zum Punkt kommen.«

»Ich …« Sie hielt inne und starrte mich an. Ihr Gesichtsausdruck verriet, wie es in ihrem Kopf ratterte.

»Wo ist denn auf einmal deine Sprache hin? Hast du die vielleicht auf die Malediven geschickt? Was ist mit deinem BMW, war das auch gelogen? Und dass du die Kollektionen von Balenciaga so magst? Ich wette, das war auch kompletter Bullshit …«

Wie sie um Worte rang und nicht wusste, was für eine Ausrede sie mir heute liefern sollte, unterhielt mich auf die beste Weise. Außerdem bot sie dabei einen verdammt heißen Anblick. Ich hätte noch Stunden hier stehen und sie ansehen können, auch wenn ich durchaus einen Hauch Mitleid verspürte. Aber wirklich nur einen Hauch.

»Pass auf …« Sie straffte die Schultern. »Es … Behalte das bitte für dich, okay?«

»Du meinst, damit du mir und meinen Freunden noch mehr Lügen auftischen kannst?« Ich schenkte ihr ein engelsgleiches Lächeln und verschränkte die Arme vor der Brust. »Warum behauptest du, einen teuren Urlaub gemacht zu haben und regelmäßig in Designerboutiquen zu shoppen, wenn du doch offensichtlich keine Kohle dafür hast?«

»Wieso offensichtlich?«

»Ich kenne keine Person, die in unseren Kreisen verkehrt und nebenbei ihre Millionen mit Getränke ausschenken und überfreundlich zu Gästen sein verdient. Also, was steckt dahinter? Ich bin ganz Ohr.«

Nika fuhr sich übers Gesicht und verlagerte ihr Gewicht von einem Bein aufs andere. Die Situation war ihr sichtlich unangenehm, doch sie hatte sich das selbst eingebrockt und dann musste sie auch damit rechnen, dass man sie zur Rede stellte. *Man* wie in *ich*.

»Okay, ja, ich hab nicht so viel Geld wie ihr«, sagte sie schließlich. Ihre Stimme war leiser geworden und hatte einen unsicheren Klang angenommen. »Bitte sag es den anderen nicht, Ambrose.«

»Ach, schau an, jetzt, wo du etwas von mir willst, bist du ganz kleinlaut.«

Wieso machte es mir nur so viel Spaß, sie zu ärgern?

»Das ist alles ein bisschen doof gelaufen, und es tut mir … es tut mir echt leid, dass ich dich und deine Freunde angelogen habe, aber …« Sie hielt inne und holte tief Luft. »Behalt das für dich. Bitte.«

Ich kniff die Augen zusammen und musterte sie. Mittlerweile verspürte ich sogar einen Funken mehr Mitleid. Nachdem ich sie eine Weile auf die Folter gespannt hatte, seufzte ich. »Mir scheint, du hättest dich nicht verplappern sollen. Man weiß schließlich nie, was jemand mit so einer Information anfängt …«

Regungslos starrte sie mich an, ihre Panik stand ihr überdeutlich ins Gesicht geschrieben. Als ob sie einen Geist gesehen hätte, das arme Ding. Tja, schade nur für sie, dass ich nicht hier war, um mich um verängstigte Fechterinnen zu kümmern, die offensichtlich eine lange Lügennase wie Pinocchio hatten.

»Wäre übel, wenn es die anderen erfahren, oder? Ohhh … Robyn wäre alles andere als begeistert. Ich will mir gar nicht ausmalen, was die mit dir machen würde. Sie ist nicht gerade dafür bekannt, besonders geduldig oder verständnisvoll zu sein.« Ein süffisantes Grinsen huschte über meine Lippen. »Und mit Lova verstehst du dich auch ziemlich gut, richtig? Puh, ich bezweifle, dass sie es toll fände, wenn sie erfährt, dass du sie angelogen hast. Glaub mir, Legenden besagen, dass ihr Ex-Freund immer noch vor Angst zittert, wenn er ihr begegnet.«

Das tat Luis zwar nicht, aber ein bisschen Show musste ich Nika schon bieten (Luis würde es ganz sicher verstehen), wenn sie vor ein paar Tagen noch ihre zum Besten gegeben hatte.

»Ambrose …«

»Nika?«

»Dann gib mir wenigstens die Chance, es ihnen selbst zu sagen. Ich weiß, dass das scheiße war und mich alle hassen werden, aber … Ich sollte es selbst tun.«

»Na komm«, sagte ich breit grinsend. »Dann gehen wir doch direkt mal rüber zu Tanisha, und du erzählst es ihr.«

Panik in ihrem Blick, ihre Wangen waren inzwischen knallrot. »Okay, ähm ja … Ich denke, ich …«

»Dafür brauchst du aber noch ein paar mehr Worte.« Ich wollte gerade den Arm um ihre Schultern legen und sie zum Sofa manövrieren, als sie einen Schritt zurückwich und die Stirn runzelte.

»Lass deine Finger bei dir, Kennedy.«

»Okay, okay«, erwiderte ich und hob entschuldigend die Hände. »Da hat sie ihre Stimme wieder.«

Langsam liefen wir rüber zu Tanisha und dem Mädel mit kurzen Haaren, das neben ihr auf dem Sofa saß. Nikas

Röte war verschwunden, dafür war sie jetzt so blass wie ein Gespenst. Als wir bei den Mädels ankamen, straffte sie die Schultern und atmete tief durch. Sie war tatsächlich kurz davor, alles zu gestehen.

»Tanisha, ich … ich muss dir was sagen.«

Ein fragender Blick huschte von meiner besten Freundin zu Nika, dann zu mir, dann wieder zu Nika. »Okay, ja klar, schieß los.«

Ich legte den Kopf schief und beobachtete sie. Wie sie mit sich rang und schließlich die Lippen öffnete, um etwas zu sagen. Um ihre Lügen aufzudecken.

Da hatte sie die Rechnung aber ohne Ambrose Kennedy gemacht.

»Nika hat mir gerade erzählt, dass sie die gleichen Sport-Dokus mag wie du und ihre Eltern sogar mit dem einen Regisseur befreundet sind, den du so toll findest«, fiel ich Nika ins Wort, als sie weitersprechen wollte.

Ich verkniff mir ein Grinsen, als ihr Kopf zu mir herumfuhr und ihr Kiefer nach unten klappte. Sie blinzelte einige Male, fuhr sich durchs Haar.

»Was? O mein Gott, nein! Deine Eltern sind in der Filmbranche? Das ist ja der Knaller!«, rief Tanisha aufgeregt, während ich selbstzufrieden das Spektakel beobachtete.

»Ähm, ich … Ja?« Nikas Blick huschte erneut zu mir. Zum Teil verängstigt, zum Teil wütend. Eine gute Mischung, die in den nächsten Wochen wohl noch für Unterhaltung sorgen würde.

Und ich? Ich zuckte nur mit den Schultern und grinste sie schief an.

Mir war klar, dass ich mich wie ein Arsch aufführte, aber sie war mit ihren Lügen auch kein Unschuldslamm.

Wer austeilte, sollte auch einstecken können. Den kleinen Spaß, den ich mir hier erlaubte, würde sie schon überleben. Ich rechnete es ihr hoch an, dass sie Tanisha direkt die Wahrheit hatte sagen wollen, daher hatte ich auch nicht vor, es den anderen zu erzählen und sie vorzuführen, aber das musste sie ja nicht erfahren.

8

NIKA

Noch eine Wiederholung. Noch eine. Ich schaffe das. Nur noch … Puhhh.

Mit wild pochendem Herzen ließ ich am nächsten Tag die Gewichtplatte neben mir auf den Bogen sinken und streckte meine Beine durch. Meine Oberschenkel brannten wie die Hölle. Ich lief ein paar Schritte, um mich auszuschütteln. Gerade hatte ich den letzten Satz Sumo Squats ausgeführt, die ordentlich in die Beine gingen, mir aber halfen, einen festeren Stand zu haben. Ich freute mich jetzt schon auf mein Eisbad später – wenn man sich denn auf eine Wanne eiskaltes Wasser freuen konnte –, das würde meinen Muskeln guttun.

Im Anschluss an die Trainingseinheit nach der Lunch-Pause hatte ich mich auf den Weg ins Gym gemacht, das sich im Untergeschoss der Academy befand. Ein riesiger Raum, locker so groß wie zwei Sporthallen, der etliche Geräte, Hilfsmittel und Gewichte beherbergte, um die Muskeln zum Glühen zu bringen.

Wenn wir gesund waren, mussten wir viermal die Woche im Gym aufkreuzen und den Trainingsplan absolvieren, der in der ersten Woche auf jeden von uns individuell zugeschnitten worden war. Es war wahnsinnig anstrengend, aber ich mochte es, meine Muskeln bis zum Äußersten zu treiben und schweißtriefend nach Luft zu schnappen, während mein ganzer Körper brannte.

»Wie läuft's?«, hörte ich in diesem Moment Tanishas Stimme, gefolgt von einem »Nika!«, das von Lova kam.

Mittlerweile fühlte ich mich ein wenig sicherer, was die beiden betraf, allerdings fragte ich mich trotzdem, ob sie mich wirklich als potenzielle Freundin sahen oder ich ihnen egal war und wir nur ab und zu miteinander quatschten, wenn wir uns begegneten. Sie waren nett zu mir, keine Frage, aber ich hatte dennoch Angst, etwas Falsches zu sagen.

Ich schob mir die Kopfhörer in den Nacken und wandte mich zu den beiden um. »Oh, hi, ich hab euch noch gar nicht gesehen.«

»Wir waren die meiste Zeit hinten im Freihantelbereich. Vermutlich deshalb. Heute steht nur Oberkörpertraining auf dem Plan, aber wir sind so gut wie fertig. War dein Training gut?«, entgegnete Lova und lächelte, als sie sich mit dem dunkelgrünen Handtuch übers Gesicht wischte. Während Tanisha ihre Braids zusammengebunden hatte und einen weißen Sport-BH zu einer schwarzen Shorts trug, schien Lovas hoher Pferdeschwanz heute etwas unordentlicher zu sein. Vermutlich rührte das vom anstrengenden Training her. Der pinke Sport-BH strahlte mir geradezu entgegen und stand ihr in Kombination mit der schwarzen Radlerhose total gut.

Ich nickte. »Das Gym hier ist um Welten besser als das bei uns in Frankfurt. Ein paar der Maschinen kannte ich noch gar nicht.«

Shit. Hatte ich mich verplappert?

Ich biss mir auf die Lippe und starrte Tanisha an, die mich fragend musterte.

»Echt? Aber die meisten Geräte gibt es doch in jedem hochkarätigen Gym.«

»Ähm, ja, ich …«, stammelte ich. »Unser Fitnessstudio in Frankfurt war vermutlich zu snobby für die guten Mainstream-Geräte.« Ich lachte auf. »Da hat man sich neben den ganzen Yogamatten und Saunabereichen schon über die Standardausstattung gefreut.«

O Gott. Hoffentlich kauften sie mir das ab. In unserem Billig-Gym in Frankfurt hatte es all das fortschrittliche Equipment nicht im Ansatz gegeben, daher fand ich es umso spannender, hier auf die modernste Hightech zurückgreifen zu können und dann auch noch in Kombination mit der elitären Schlossatmosphäre.

»Hm, okay, krass. Aber umso besser, wenn du hier happy bist«, kam es von Lova.

»Ja, ähm … total.« Ich wippte unruhig auf den Füßen, dann deutete ich Richtung Getränkespender. »Ich hol mir noch mal was zu trinken, kommt ihr mit?«

Die beiden nickten und folgten mir über das dunkle Parkett, vorbei an der Einrichtung in Schwarz und Anthrazit. An der Wand prangte das gleiche riesige Wappen von Belladaire, das mir auch in der Eingangshalle sofort ins Auge gesprungen war, und an einer Theke direkt am Eingang standen einige Personal Trainer, die nur darauf warteten, ihr Wissen zum Besten zu geben und uns (wortwörtlich) unter die Arme zu greifen. Laute Bässe schollen aus den Lautsprechern, wobei die meisten davon vermutlich eh nichts mitbekamen, da hier gefühlt alle Kopfhörer trugen und über die Bildschirme an den Geräten Filme und Serien schauten oder ihre eigene Musik hörten.

»Wichtigste Frage: Woraus bestehen eure Gym-Playlists?«

Tanisha musste schmunzeln. »Oldschool Hip-Hop. Mit Tupac macht es mir am meisten Spaß. Und deine?«

»Sieht etwas anders aus«, sagte ich lachend und stellte meine Flasche unter den Getränkespender, um per Knopfdruck etwas von dem isotonischen Drink hineinzufüllen. Das Ablenkungsmanöver war offensichtlich geglückt. »Versteht mich nicht falsch, Hip-Hop mag ich auch ganz gerne. Aber beim Sport höre ich am liebsten Taylor Swift und Olivia Rodrigo. Die geben mir den nötigen Push.«

»Nein, sag nicht, dass du ein Swiftie bist!« Lovas blaue Augen weiteten sich, und sie packte mich mit einer dramatischen Geste an der Schulter.

»Schon ein bisschen. Ich bin kein krasser Hardcore-Fan, der alle Easter Eggs in ihren Songs checkt, aber ich mag ihre Musik total gerne.«

»Tut mir leid, Tanisha, Nika ist jetzt meine neue beste Freundin«, sagte Lova euphorisch und hakte sich bei mir unter, woraufhin Tanisha nur lachte.

Klar, das war lediglich ein Scherz gewesen, dennoch fühlte es sich gut an. Wir hatten eine Gemeinsamkeit und wurden immer mehr zu echten Freundinnen. Ich spürte, wie mir vor Freude ganz warm wurde. Um meine aufkeimende Verlegenheit zu überspielen, senkte ich schnell den Blick und schraubte meine Flasche wieder zu.

»Warst du schon mal auf einem ihrer Konzerte?« Tanisha grinste. »Die sind tatsächlich echt nice.«

Leider hatte das Geld nie gereicht, aber ich steckte zu tief drin, als dass ich ihnen das jetzt hätte gestehen könnte. »Ähm, ja, ich … Meine Eltern haben gute Connections und …« Mir drehte sich der Magen um. »Ich war bei ein paar Shows Backstage dabei.«

»Halt mich fest, sonst kipp ich noch um«, quiekte Lova, und Tanisha fing an zu lachen.

»Lova, du bist so eine Dramaqueen.« Tanisha grinste und schüttelte dann den Kopf, während wir uns vom Getränkespender entfernten.

»Wenn sie wieder auf Tour geht, müssen wir gemeinsam hin, okay?« Lovas Blick lag voller Erwartung auf mir.

»Auf jeden Fall«, sagte ich grinsend. »Ich … organisiere Backstage-Pässe.«

O Gott, o Gott, o Gott, wie kam ich da nur je wieder raus? Einerseits freute ich mich, weil ich mich mit ihnen wohlfühlte und das Gefühl hatte, dass ich ihnen vielleicht vertrauen konnte, andererseits schnürte es mir bei dem Gedanken an meine Lügen die Kehle zu. Aber ich hatte es tun müssen. Ich wollte so unbedingt, dass sie mich mochten, und wenn ich sichergehen wollte, dass sie es tatsächlich taten, dann musste ich eben so sein wie sie.

»Alles klar, dann sehen wir uns später?« Lova legte lächelnd den Kopf schief, wobei ihr Pferdeschwanz hin und her wippte.

Ich nickte. »Total gern. Ich mach noch ein paar letzte Übungen, dann könnten wir uns beim Abendessen treffen.«

»Klingt super. Bis später!« Tanisha winkte mir noch mal, genau wie Lova.

»Bis nachher.«

Damit verschwanden die beiden wieder in Richtung Freihantelbereich.

Mein Blick wanderte rüber zum Power Rack, wo gerade mein neuer Erzfeind Ambrose Kennedy Klimmzüge machte. Ich kniff die Augen zusammen und musterte ihn. Zur schwarzen Joggingshorts trug er ein gelb-lilafarbenes Basketball-Trikot der LA Lakers. Der Schweißfilm auf seinen Armen zog noch mehr meiner Aufmerksamkeit auf seine Muskeln. Da ich ihn nur von hinten sah, konnte ich nicht erkennen, ob man seinem Gesichtsausdruck anmerkte, dass er sich abrackerte. So wie er eine Wiederholung nach der anderen ausführte, wirkte es jedoch nicht, als ob er gleich von der Stange plumpsen würde. Jedes Mal, wenn er sich nach oben zog, spannte sich sein breiter Rücken an, was – das konnte ich nicht bestreiten – ziemlich attraktiv war. Aber das spielte keine Rolle. Wichtig war einzig und allein, was er über mich wusste und damit anfangen konnte …

Verdammter Mist, wieso musste mir das rausrutschen?

Die anderen durften es nicht erfahren, so viel stand fest. Allein bei dem Gedanken daran zog sich mein Herz schmerzhaft zusammen. Auch wenn ich es Lova, Tanisha und den anderen erst hatte erzählen wollen, hatte mich mittlerweile der Mut verlassen, ihnen alles zu gestehen. Ich konnte nur hoffen, dass Ambrose ihnen nichts verriet. Menschen traute ich alles zu. Alles. Egal ob es Freunde waren oder nicht – jeder hatte eine dunkle Seite, und bei manchen kam sie auf die schlimmste Art zum Vorschein.

Meine Eltern würden mich nicht besuchen kommen, dafür fehlte ihnen das Geld, und somit würde es auch keinen Anlass geben, bei dem die anderen erfahren könnten, wie es in Wahrheit um meine Finanzen stand. Natürlich würde es schwer werden, es für immer geheim zu halten, vor allem wenn ich an die Shoppingtrips, Partys und die teuren Restaurants dachte, in denen die Studenten hier ein und aus zu gehen schienen; aber vorerst würde ich hoffentlich damit durchkommen … *falls* Ambrose dichthielt. Seit gestern ging ich ihm konstant (und bisher erfolgreich) aus dem Weg. Wenn ich nicht in ein Gespräch mit ihm verwickelt wurde, musste ich auch nicht befürchten, dass er darauf anspielte oder überhaupt daran erinnert wurde und es ausplauderte.

Daher verzichtete ich heute auf meine letzten Übungen und beschloss, das Stretching in meinem Zimmer nachzuholen, packte hastig mein Zeug zusammen und steuerte rasch den Ausgang an, um vor einer möglichen Konfrontation zu flüchten.

Die Tür zum Gym fiel hinter mir zu. Ich wollte innerlich Samba tanzen, weil mich Ambrose nicht entdeckt hatte, als ich hörte, wie sich die Tür erneut öffnete und eine (leider) ziemlich bekannte Stimme an mein Ohr drang.

»Versteckst du dich vor mir?«

Ich blieb stehen, atmete schwer aus und drehte mich um. Gott sei Dank war es hier im Flur des Untergeschosses komplett menschenleer.

Braune Augen und volle Lippen, die ein Grinsen umspielte. Sein Brustkorb hob und senkte sich rasch, während er ein paar Schritte auf mich zutrat. Geschwungene Brauen, wobei seine rechte von einer kleinen Narbe durchschnitten wurde. Ich ließ den Blick über seine muskulösen Arme gleiten. Zum ersten Mal sah ich, dass er auf dem Oberarm ein Tattoo hatte – eine Pikass-Karte, minimalistisch in feinen schwarzen Linien gehalten.

Was das wohl für eine Bedeutung hat?

Im nächsten Wimpernschlag riss ich mich davon los und begegnete seinem Blick.

»Was? Ähm … Wieso sollte ich mich vor dir verstecken?«, gab ich zurück und verschränkte die Arme vor der Brust. Auch wenn ich bei den anderen versuchte, so zu sein, wie sie mich haben wollten, hatte ich bei Ambrose nicht das Bedürfnis, mich zu verstellen – immerhin kannte er die Wahrheit.

»Vielleicht weil du Angst vor mir hast?«

Mein Puls raste, während ich ihn nur versucht selbstsicher musterte. »Träum weiter.«

Ob ich Angst hatte? Definitiv. Immerhin hatte er mich vor Tanisha schon einmal auflaufen lassen. Ob Ambrose das erfahren musste? Auf keinen Fall. Ich war nicht bereit, Schwäche zu zeigen, wenn es sich irgendwie vermeiden ließ. Wenn ich es irgendwie hinbekam. Am Ende würde er sie nur ausnutzen und gegen mich verwenden. So wie es bisher immer gewesen war. Aber diese Zeiten waren vorbei. Ich würde alles in meiner Macht Stehende tun, um zu verhindern, dass sich meine Vergangenheit wie in einem schrecklichen, unerträglichen Teufelskreis wiederholte.

»Dann denkst du echt, dass dein kleines Geheimnis bei mir sicher ist?« Seine Brauen huschten herausfordernd nach oben. »Wow, ich glaube, ich hab dich überschätzt.«

Ich schluckte. »Aber du hast doch gestern dafür gesorgt, dass ich es Tanisha nicht erzähle, und jetzt willst du es ihnen doch sagen? Entscheid dich mal.«

»Weshalb hast du es ihnen eigentlich danach nicht noch gesagt?«

»Ich hatte das Gefühl, dass es dafür zu spät war, und ich …« *… habe mich nicht mehr getraut*, fügte ich in Gedanken hinzu, murmelte jedoch nur ein: »Spielt doch keine Rolle, oder?«

»Heute nicht so gut gelaunt? Oder ist dir eine Laus über die Leber gelaufen?«

»Kommt hin. Und die hat unerträglich große Ähnlichkeit mit dir.« Ich hielt den Blick starr auf ihn gerichtet und versuchte, meine zitternden Hände zu beruhigen. Am liebsten wäre ich weggerannt, aber ich hatte das Gefühl, dass ich nur gegen Ambrose ankam, wenn ich ihm die Stirn bot.

Er lachte auf. »Was kann ich denn dafür, wenn dein Lügenkonstrukt in sich zusammenbricht? Hättest du wohl mal nachdenken sollen, bevor du sprichst, aber hey, es können nicht alle so smart sein wie ich.«

Ich hätte ihm so gerne eine geknallt. Oder ihn gleich erdolcht. Stattdessen biss ich nur die Zähne zusammen und versuchte, Ruhe zu bewahren.

»Alles klar, Intelligenzbestie«, erwiderte ich und hielt seinem herausfordernden Blick stand. »Dann ist es wohl besser, wenn ich jetzt gehe. Dieses Gespräch übersteigt meinen IQ.« Kopfschüttelnd drehte ich mich von ihm weg, verdrängte das mulmige Gefühl, das sich in mir breitmachte. Hoffentlich hatte ich mich nicht zu weit aus dem Fenster gelehnt. Ja, ich wollte nicht schwach rüberkommen, um ihm keine Angriffsfläche zu bieten, aber was, wenn er sich von meinen Sprüchen provoziert fühlte und sich rächte, indem er mich verriet?

Bitte, bitte, bitte nicht.

Ich straffte die Schultern und entfernte mich ein paar Schritte, nur um wenige Sekunden später wieder seine dumme Klappe neben mir zu hören.

»Wohin geht's?«

»Zimmer.«

»In die Richtung muss ich auch, darf ich dich begleiten?«

»Wenn es sich nicht vermeiden lässt.«

»Klar lässt sich das vermeiden«, sagte er. Ich konnte sein blödes Grinsen heraushören. »Du musst nur ein Wort sagen, und ich lasse dir zumindest einen kleinen Vorsprung.«

Ich blieb stehen und fuhr mir übers Gesicht, schmeckte Salz auf meiner Zunge. Dann sah ich ihm, so fest ich konnte, in die Augen. »Was willst du von mir, Ambrose? Reicht es nicht, dass du jetzt mein Geheimnis kennst und mich auffliegen lassen kannst? Musst du mir das auch noch vorhalten?«

Er musterte mich ein paar Sekunden, die sich wie Stunden anfühlten. Hitze stieg in mir auf, wanderte bis in meine Wangen. Dann öffnete er seine Lippen und fixierte mich. »Wieso hast du gelogen, Nika?«

»Ist das wichtig?« Ich trat von einem Bein aufs andere, biss mir in die Wange. Meine Hände waren eiskalt. »Ich … will nicht darüber reden.«

»Bist du eine, die sich undercover unter die High Society mischt und sie dann ausnimmt wie einen Thanksgiving-Truthahn?« Seine Mundwinkel wanderten nach oben.

»Was? Nein!«

»Na ja, so abwegig ist das nicht.« Er zuckte mit den Schultern. »Nichts, was es noch nicht gegeben hätte.«

»Ja, okay, aber … Nein, daran liegt es nicht. Ich … Mir ist euer Geld egal. Wirklich. Versprochen.«

Misstrauisch fixierte er mich. »Du willst also echt nicht drüber reden, ja?«

»Nicht unbedingt.«

»Verstehe. Aber du willst, dass ich es den anderen verschweige, richtig?«

»Könnte man so sagen.« Mein Puls beschleunigte sich.

Immer noch lag sein Blick auf mir. Es fiel mir schwer,

den Ausdruck darin zu deuten, herauszufinden, was in ihm vorging. Was er dachte. Was er als Nächstes sagen, geschweige denn tun würde. Ich wusste nur, dass ich auf diesen Vollarsch angewiesen war, um mein Geheimnis zu bewahren.

Seine Miene wurde skeptisch, dann meinte ich, etwas Nachdenkliches darauf ablesen zu können. Im nächsten Moment trat er näher. Und noch näher. Bis sich nur noch wenige Zentimeter Luft zwischen uns befanden. Sein Geruch von Orange, gemischt mit Holz und etwas Chlor, stieg mir in die Nase, und sofort legte sich eine Gänsehaut auf meine Arme. Sein Atem strich über meine Wange, als er sich vorbeugte, um mir etwas ins Ohr zu flüstern.

»Dann kannst du wohl nur hoffen, dass mir nichts rausrutscht, so wie es dir passiert ist.« Er zwinkerte mir noch mal zu, dann wandte er sich ab und lief davon. Ließ mich mit rasendem Herzen und Ungewissheit stehen, ohne sich noch einmal umzudrehen.

9

AMBROSE

War ich ein Arsch? Jap. Kein Zweifel.

Genoss ich es, Nika zu provozieren und zu ärgern? Jap. Kein Zweifel.

Sie würde sich schon nicht ins Hemd machen. Wer skrupellos lügen konnte, der musste mit so was rechnen. Punkt.

Gerade hatte ich noch ihre Nähe gespürt, ihr in die schönen braunen Augen gesehen, und jetzt schritt ich den breiten Gang im Untergeschoss des Hauptgebäudes entlang, über den dunklen Marmor und an den Statuen vorbei, um über die verzierten Treppen nach oben auf mein Zimmer zu kommen und mir eine kalte Dusche zu gönnen. Nach dem verdammt anstrengenden Training und der Gym-Session war das mehr als nötig. Der Coach hatte mich extra hart rangenommen. Etliche Sprints und konstruktive Kritik, die ich beim Freistil direkt hatte umsetzen müssen. Natürlich nur, weil ich ein Kennedy war. Nein, Korrektur: weil ich Aarons Bruder war.

Egal, scheiß drauf. Ich kann es schaffen. Ich kann Aarons Bestzeiten schlagen. Ich werde es schaffen. Schneller schwimmen als er.

Ich schob den Gedanken beiseite. Spätestens morgen früh würde er mich sowieso wieder heimsuchen, wenn es hieß: »Schneller, Kennedy, sonst kommst du niemals an die Leistung deines Bruders ran!« Ich ballte die Hände zu Fäusten und atmete tief durch, während ich wenig später den Flur meines Stockwerks betrat. Den Rucksack auf den Schultern, steuerte ich den Jungs-Flügel an, der auf derselben Etage, aber auf der gegenüberliegenden Seite der Mädels lag. In der Mitte verbanden sich beide Seiten mit den Aufzügen und den breiten Treppen. Ich warf einen Blick durch die geschwungenen Fenster nach draußen, wo ein paar Möwen am Himmel über dem Meer kreisten.

Als ich mein Handy in der Hosentasche vibrieren spürte, zog ich es rasch heraus. Ein eingehender Anruf von meiner Mom. Sofort versteifte ich mich. Aber da sie ohnehin nicht lockerlassen und es so lange probieren würde, bis ich dranging, konnte ich es auch gleich hinter mich bringen.

»Hi, Mom!«

»Ambrose, wie läuft das Training?« Ihre Stimme klang ernst, und wie immer sprühte sie nicht gerade vor Wärme und Zuneigung. Offensichtlich war ich ihr noch nicht mal eine richtige Begrüßung wert. War ja klar, dass sie sich mal wieder einen Scheiß für mich interessierte und es ihr nur darum ging, was für eine Leistung ich erbrachte.

»Super, wie immer. Wie geht es dir und Dad?«

»Sehr gut. Wir planen unseren nächsten Aufenthalt bei euch und freuen uns, dich und Aaron bald wiederzusehen.«

»Ich freue mich auch, euch zu sehen …«

Gerade noch verurteile ich Nika, weil sie lügt, und jetzt tu ich es selbst. Ganz toll.

»Ähm«, fuhr ich fort und kratzte mich am Hinterkopf, während ich langsam an weiteren Zimmertüren und der langen Fensterfront vorbeilief. Die Sonnenstrahlen des frühen Abends kitzelten mich in der Nase. »Wann kommt ihr noch mal?«

Da meine Eltern ein Haus in Saint-Tropez hatten, war abzusehen gewesen, dass sie regelmäßig auf der Matte stehen würden. In den vergangenen Jahren hatten wir etliche Ferien an der Côte d'Azur verbracht. Eine meiner liebsten Erinnerungen waren die gemeinsamen Mittage, an denen wir Karten gespielt hatten, meist am Strand oder auf unserer Jacht. Bevor das Schwimmen angefangen hatte, unser Leben zu bestimmen, und sich unsere Familie verändert hatte. Von liebenden Eltern zu erfolgsbesessenen Monstern, die jede Möglichkeit nutzten, um mir eins für meine angeblich mangelhafte Leistung reinzuwürgen. Von Brüdern, die stundenlang zusammen Cartoons geguckt und miteinander gelacht hatten, zu Fremden, die sich nicht ausstehen konnten. Aaron war immer mein bester Kumpel gewesen, bis der Sport ihn mir genommen hatte und nur noch er gesehen wurde, während ich unsichtbar daneben stand. In den darauffolgenden Sommern war mindestens die Hälfte unserer Schulferien fürs Training draufgegangen. Immerhin hatte ich ein Ziel, das ich niemals aus den Augen verlieren durfte. Ein Ziel, das mich einiges gekostet hatte und auch in der Zukunft noch kosten würde. Die Goldmedaille bei den Olympischen Spielen.

»In drei Wochen ungefähr. Während unseres Aufenthalts findet eine Benefiz-Gala zur Förderung von sportlichem Talent bei Kindern und Teenagern, deren Familien die finanziellen Mittel für die Ausbildung nicht aufbringen können, statt. Die dürfen wir selbstverständlich nicht verpassen. Du und Aaron, ihr kommt hoffentlich mit. Wir wollen wie immer, dass alle sehen, was für eine perfekte Familie wir sind. Es werden zudem auch Sponsoren und einige Profi-Sportler da sein, mit denen ihr euch bekannt machen könnt.« So viel Nachdruck in ihrer Stimme, der keinerlei Widerspruch duldete.

»Mhm, ja, denke, das kriege ich hin. Hast du Aaron schon gefragt?«

»Ja, mit ihm habe ich vor zehn Minuten telefoniert«, flötete sie, und sofort klang sie etwas fröhlicher. »Er freut sich sehr. Wann hast du das letzte Mal mit ihm gesprochen?«

»Vor ein paar Tagen in der Schwimmhalle, wieso?«

»Ach, er hat sich nur darüber beklagt, dass er dich so wenig sieht, obwohl du jetzt auch auf Belladaire bist.«

»Er hat sich beklagt?« Ich verdrehte die Augen und schob den Henkel meines Rucksacks zurück auf meine Schulter. Ein paar Typen kamen mir entgegen und nickten mir zu, ich erwiderte den Gruß und lief an ihnen vorbei, konnte die Tür meines Zimmers schon von Weitem sehen.

»Nun ja, er findet es sehr schade. Jetzt, wo ihr im selben Gebäude lebt, hat er erwartet, dass ihr euch häufiger seht und miteinander trainiert.«

»Hm-hm … Ich geh demnächst mal einen Proteinshake mit ihm trinken«, witzelte ich, doch meine Mom verstand meine Jokes sowieso nie. Oder sie wollte sie nicht verstehen.

»Ich würde es sehr begrüßen, wenn du ein wenig mehr mit ihm machen und dir außerdem eine Scheibe von ihm abschneiden würdest.«

Mir wurde eiskalt. Nichts, was ich noch nicht gehört hatte. Und dennoch verfehlte sie mit ihren Worten nie ihr Ziel. Ich sagte nichts, hörte nur zu, obwohl ich nichts davon hören wollte. Gar nichts.

»Im ersten Jahr waren Aarons Zeiten schon von Anfang an besser, Ambrose. Gut, Aaron gehört zu den talentiertesten Schwimmern seiner Generation. Coach Bennett … mit ihm hab ich auch eben telefoniert, wir wollen uns auf einen Kaffee treffen, wenn wir da sind. Aber wie dem auch sei, deine Zeiten lassen zu wünschen übrig. Wir wissen, dass du nicht auf Aarons Niveau schwimmst, aber zumindest ein bisschen anstrengen könntest du dich, Ambrose. Nimm dir ein Beispiel an deinem Bruder. Der ist diszipliniert, trinkt keinen Tropfen Alkohol, feiert nicht mit seinen Freunden auf dem Zimmer oder auf irgendwelchen Jachten, wenn er am nächsten Tag Training hat, und schwimmt dementsprechend auch besser. Seine Zeit steckt er nicht in Frauen und Verabredungen, sondern in den Sport. Wie früher, als ihr noch hier gelebt habt … Da warst du auch derjenige, der sich von Mädchen hat ablenken lassen und sehr oft feiern war, statt dir Aaron als Vorbild zu nehmen, der diszipliniert genug war, die Finger von solchen Dingen zu lassen und sich stattdessen auf seine Leistung zu fokussieren.«

Ich biss die Zähne aufeinander und fuhr mir übers Haar. »Ich strenge mich an, Mom.«

»Nicht genug, scheint mir. Weniger Freizeit und mehr Konzentration aufs Training, wenn du nur im Ansatz an Aarons Zeiten rankommen willst.«

Aaron. Aaron. Aaron. Immer ging es nur um Aaron und seine Erfolge. Und darum, dass ich ihm sowieso nie das Wasser reichen können würde.

»Ich arbeite daran, Mom.«

»Besser wäre es.« Sie seufzte. »Weißt du, was Aaron heute Abend macht?«

»Ne.«

Juckt mich auch nicht.

»Er legt noch ein Extratraining ein und geht dann früh schlafen, damit er morgen wieder fit ist. Prioritäten, Ambrose, die setzt dein Bruder.«

Ein bitterer Geschmack breitete sich auf meiner Zunge aus. Ich spannte jeden Muskel meines Körpers an. Versuchte, ihre Worte an mir abprallen zu lassen. Vergebens. Sie war meine Mom. Das, was sie sagte, wog schwerer als der Druck, der sowieso schon auf meinen Schultern lastete. Tat mehr weh als die Sprüche, die mir der Coach reindrückte.

»Mom, ich … ich muss auflegen. Wir sollen noch was für den Theorieunterricht morgen durchgehen. Wir hören uns demnächst wieder. Sag Dad liebe Grüße.«

»Was? Oh, na schön. Ja, dann will ich dich nicht weiter stören. Denk an meine Worte, streng dich an. Und lass dich nicht von irgendwelchen unwichtigen Dingen ablenken. Bis bald.«

Ich legte auf und ließ das Smartphone zurück in meine Hosentasche gleiten. Dann schloss ich für einen Moment die Augen, sank mit dem Rücken gegen die Wand und atmete tief durch. Mein Herz zog sich zusammen. Ihre Worte schmerzten mehr als jedes noch so harte Training und jede von Aarons Trophäen, die ich im Vorbeigehen sah.

Ich presste die Lippen aufeinander und versuchte, den Schmerz in Motivation zu verwandeln. In Disziplin. In das, was von mir erwartet wurde, wenn ich mit meinem

Bruder nur ansatzweise mithalten wollte. Wenn ich ihn vom Thron stoßen wollte. Wenn ich besser sein wollte als er. Dieser Tag würde kommen. Und je härter ich arbeitete, je mehr Zeit ich in mein Training steckte und nicht in meine Freizeit, desto schneller würde ich es schaffen.

10

AMBROSE

»Was steht die nächsten Tage an?« Hugos Haar stand zu allen Seiten ab, daher band er es rasch zu einem Dutt zusammen, während wir nach dem Lunch die Mensa verließen. »Hättet ihr Lust, am Wochenende einen Abstecher runter ans Meer zu machen?«

Der Strand war, neben der Turnhalle, sein Lieblingsort. Allerdings war er eher Sonnenanbeter und weniger Schwimmer. Er rekelte sich für sein Leben gerne in der Sonne und beobachtete andere Leute, um über sie zu urteilen.

»Ich lege ein Extratraining ein, hab schon einen Coach gebucht«, sagte Lova, die mit Nika ein paar Schritte vor mir und Hugo herlief.

»Warst du nicht zufrieden im Training?«, hörte ich Nika vorsichtig fragen und ihr einen Seitenblick zuwerfen.

»Doch, schon, aber ich kann mein Level nur halten, wenn ich hier und da ein paar Sessions einschiebe. Und vor allem will ich für den Tag gewappnet sein, an dem ich gegen den Volltrottel Luis spielen muss. Aktuell sind wir zwar in verschiedenen Trainingsteams – was hoffentlich auch so bleibt –, aber womöglich tauschen wir irgendwann durch oder so.«

Nika lächelte sie freundlich an. »Falls du mal reden willst, sag Bescheid.«

»Danke, vielleicht komm ich ja darauf zurück.«

Es schien, als ob sich die Mädels gut verstanden und sich eine richtige Freundschaft zwischen ihnen entwickelte. Nika und ihren Lügen stand ich immer noch skeptisch gegenüber; vor allem fragte ich mich, wie sehr sie Lova damit wehtun würde, wenn diese die Wahrheit herausbekam.

»Bin ganz bei Lova«, sagte ich und kniff die Brauen zusammen. »Muss trainieren.«

Vor allem, wenn ich mit Aaron mithalten will.

Hugo schüttelte den Kopf. »Ihr seid Langweiler, wisst ihr das?«

Ich zuckte nur die Schultern, bemerkte aber, dass Nika ziemlich still war. Vermutlich sagte sie extra nichts, weil sie doch ein bisschen Schiss hatte, dass ich sie verpfeifen würde. Vorgestern hatte ich sie nach dem Gym noch mal ordentlich damit aufgezogen, langsam wurde das Spiel jedoch langweilig. Womöglich war es an der Zeit, ihr zu sagen, dass ich nicht vorhatte, sie zu verraten – allerdings wollte ich wissen, was dahintersteckte. Das musste ich unbedingt herausfinden, bevor ich sie vom Haken ließ.

»Yo, Bro«, hörte ich hinter mir eine leider allzu bekannte Stimme. »Hi, Hugo!«

Hugo drehte sich halb zu Aaron um. »Hey!« Dann beschleunigte er seine Schritte. »Bin noch mal oben im Zimmer, bis später!«

»Bis dann«, sagte ich, dann presste ich die Lippen aufeinander, als mein geliebter Bruder zu mir aufschloss und neben mir herlief. »Gehst du rüber zur Schwimmhalle?«

»Ja, ich wollte noch ein paar Runden drehen, bevor die

zweite offizielle Session heute beginnt. Du auch?«, murmelte ich, während wir den Gang entlangliefen. Rechts und links passierten uns Leute, die immer wieder ihren Blick zu uns wandern ließen. Wenn ich mit meiner Clique oder auch allein unterwegs war, stand ich in der Regel im Mittelpunkt, was mir gut gefiel. Sobald Aaron an meiner Seite war, war er es, den alle voll Bewunderung anstarrten. So war es schon immer gewesen. Zumindest seit wir beide schwammen. Ich wurde in diesem Moment unsichtbar, verblasste neben ihm. Neben dem Wunderkind, wie ihn alle seit über einem Jahrzehnt nannten. Ich atmete tief durch, versuchte, den Schmerz zu verdrängen, der sich in mein Herz bohrte. Immer und immer wieder, wenn sie ihn grüßten und mich nicht mal mehr wahrnahmen.

Er nickte und lächelte mich an. »Wir trainieren heute vermutlich die Kraftübertragung ins Wasser … Gar keinen Bock auf die Paddles. Na ja, steht das bei euch die Tage nicht auch an?«

»Jap.«

»Cool. Und wie läuft's im Training sonst so?«

»Gut. Und bei dir?«

»Ja, auch. Wie immer eben.« Lachend ließ er den Blick schweifen, bevor er Lova und Nika fixierte und die Brauen zusammenzog, als ob er überlegte, wer sie war, dann wandte er sich wieder mir zu. »Hast du dich denn insgesamt gut eingelebt?«

Ich nickte. »Jap, alles super, Aaron. Ist ja auch nicht so, als wäre ich zum ersten Mal hier.«

»Stimmt natürlich. Aber ich will nun mal, dass es meinem kleinen Bruder gut geht.« Er rempelte mich sanft mit dem Ellenbogen an.

Wieso musste er sich immer so aufspielen?

»Boah, Aaron, spar dir das. Mir geht's gut.«

Er legte verwirrt den Kopf schief und musterte mich fragend. »Oh, okay. Ähm … Gut. Aber … um meinen Zeitrekord muss ich mir schon Sorgen machen, oder?« Wir liefen durch das Eingangstor nach draußen, Nika und Lova immer noch ein paar Schritte vor uns. Sie unterhielten sich gerade über irgendwelche Bücher, die sie zuletzt gelesen hatten.

»Jap«, gab ich zurück. Mein ganzer Körper spannte sich an, als ich an Moms Worte beim Telefonat vor ein paar Tagen denken musste.

Wir wissen, dass du nicht auf Aarons Niveau schwimmst, aber zumindest ein bisschen anstrengen könntest du dich, Ambrose. Nimm dir ein Beispiel an deinem Bruder.

»Hey, Lova, alles klar? Wie läuft's beim Tennis?«, wandte sich Aaron an meine Freundin, die sich daraufhin umdrehte.

Ein Lächeln zog sich über ihr Gesicht. »Na immer! Gut, ich feg sie alle vom Platz.«

Nikas Blick lag nun neugierig auf meinem Bruder, doch sie gab keinen Ton von sich, beobachtete nur. Sicher fand sie Aaron jetzt schon besser als mich.

Als Aaron zu ihr sah, konnte ich im Bruchteil einer Sekunde auf seiner Miene eine Wandlung ausmachen. So etwas wie eine Erkenntnis. Er lächelte sie an. »Und du bist …?«

»Nika. Und du?« Ihre honigweiche Stimme klang, als ob sie keiner Fliege etwas zuleide tun könnte. So täuschte man sich.

Seine Mundwinkel hoben sich. »Aaron, der große Bruder von dem hier …« Er deutete mit dem Daumen auf mich, woraufhin ich die Augen verdrehte. Peinlicher Kerl. Dann hielt er Nika die Hand hin. »Freut mich, dich kennenzulernen.«

Sie zog misstrauisch die Brauen zusammen, als wenn sie sich fragte, ob Aaron genauso ein Arsch war wie ich. Nach kurzem Zögern ergriff sie dennoch seine Hand. »Mich auch.«

Ob das auch eine ihrer Lügen war?

»Bye, Jungs, ich muss mich beeilen«, flötete Lova und wandte sich dann an die Meisterin der Lügen. »Kommst du auch schon mit, oder bleibst du bei denen?« Sie grinste mich an.

»Nein, ich … ich komme mit«, antwortete Nika, bevor sich unsere Blicke trafen. Ihrer war eisig, was mich zum Grinsen brachte. »Bye«, sagte sie noch mal, eher an Aaron gerichtet, und lächelte ihn freundlich an.

»Man sieht sich.«

Kurzerhand hakte sich Lova bei Nika unter, und die beiden liefen davon.

»Bis dann«, rief ich ihnen noch hinterher, während Aaron seinen Blick anscheinend nur schwer von den beiden lösen konnte. Ein Lächeln umspielte seine Lippen.

Jetzt bin ich neugierig.

»Was ist?«

»Ist Nika neu?«

Ich zuckte mit den Schultern, als würde mich das alles nicht wirklich interessieren. »Ja. Fechterin. Sie kommt aus Deutschland.«

»Interessant«, murmelte er, ohne die beiden aus den Augen zu lassen, bis sie um die nächste Ecke verschwunden waren.

Ich musterte meinen Bruder. Auch wenn wir nicht das

beste Verhältnis hatten, kannte ich ihn recht gut. Und das, was sich hier gerade abgespielt hatte, ließ in mir das Gefühl aufsteigen, dass er scharf auf sie war. Natürlich würde er es niemals zugeben oder sie gar anflirten, dafür war ihm das Training viel zu wichtig. Er wollte sich nicht ablenken lassen, denn Ablenkung bedeutete weniger Zeit für und Konzentration auf den Sport – in dieser Hinsicht tickten wir gleich, auch wenn Mom das anders sah.

In meinem Kopf ratterte es einige Sekunden, bis ich auf einmal eine Idee hatte. Mir wurde am ganzen Körper heiß von dem Adrenalinstoß, den ich verspürte. Eine Idee, die womöglich alles verändern könnte.

Ist das zu heftig?

Ein Lächeln zupfte an meinen Lippen.

Und selbst wenn …

11

NIKA

»Was willst du hier, Kennedy?« Ich verdrehte die Augen, als ich am Abend auf meine Zimmertür zusteuerte und ihn daneben an der Wand lehnen sah. Das beige Shirt schmeichelte seinen Schultern, genau wie der leichte Bartschatten seinem leider ziemlich ansehnlichen Gesicht. Das letzte Mal mit ihm gesprochen hatte ich nach dem Mittagessen, als sein Bruder zu uns gestoßen war. Das hatte mir eigentlich gereicht, aber ihm offensichtlich nicht.

Er hatte die Arme vor der Brust verschränkt, lockerte sie aber, als ich mich ihm allmählich näherte.

Dieses blöde Grinsen auf seinen Lippen …

»Ich wollte zu dir«, sagte er und stieß sich mit einer fließenden Bewegung ab.

»Heute ist geschlossen. Probier's morgen noch mal.«

»Nika, du solltest mir ein wenig von deiner Zeit schenken. Nur so eine Empfehlung unter Sportsfreunden.«

Ich seufzte, dann betätigte ich mit meinem Armband den Sensor an der Zimmertür. »Das Training war echt anstrengend. Deine Sprüche kann ich jetzt nicht auch noch ertragen.« Die Tür schwang auf, ich wollte gerade reingehen, da trafen sich unsere Blicke.

Etwas Teuflisches blitzte im dunklen Braun auf. »Gib mir fünf Minuten, okay? Ist deine Mitbewohnerin da?«

»Nein, die hab ich gerade noch in den Regenerationsbereich gehen sehen. Wieso? Du willst aber nicht …« Weiter kam ich nicht, da Ambrose schon an mir vorbei in mein Zimmer getreten war und sich umsah. Ihm folgte seine typische Duftnote von Holz und Orange, gepaart mit einem Hauch von Chlor, den die Schwimmer wohl nie loswurden.

Ich fluchte leise und lief ins Zimmer, schloss die Tür hinter uns und ließ meine Tasche zu Boden gleiten. Ambrose hier in meinem Zimmer zu sehen, löste in mir eine Mischung aus Ungewissheit und Aufregung aus. Wir waren ganz allein. Alles war still, bis auf das leise Stimmengewirr, das aus dem Hof durchs Fenster in den Raum drang.

»Nettes Zimmer, aber nicht sonderlich gemütlich eingerichtet«, sagte er, als sein Blick an der kahlen Wand über meinem Bett hängen blieb. Vor lauter Training hatte ich es bisher noch nicht geschafft, Fotos aufzuhängen.

»Ja, ich … bin noch nicht zum Dekorieren gekommen.«

»Darf ich mich setzen?« Er deutete auf meinen Schreibtischstuhl.

Ich zuckte mit den Schultern, dabei pochte mein Herz wie wild. »Ich werde dich vermutlich eh nicht so schnell wieder los.«

»Ach«, erwiderte er lächelnd. »Das kommt ganz auf dich an.« Ambrose ließ sich auf den Stuhl sinken und drehte sich ein paar Runden, wahrscheinlich um mich auf die Folter zu spannen.

Stumm musterte ich ihn und verschränkte die Arme vor der Brust. Ich atmete ein paarmal leise durch, dann riss ich mich zusammen. »Also, was ist deine Mission?«

Er lachte auf, dann wandelte sich sein Ausdruck und etwas Herausforderndes legte sich darauf. In der nächsten Sekunde verlagerte er sein Gewicht nach vorn, stützte sich mit den Unterarmen auf seine Oberschenkel und hielt meinen Blick fest.

Stille.

Mir wurde am ganzen Körper heiß. Überall kribbelte es.

»Du weißt noch, dass ich dein Geheimnis kenne, oder?«, fragte er mit sarkastischem Unterton, um vermutlich noch mehr Salz in die Wunde zu streuen. »Ich habe nachgedacht. Wenn wir mal ehrlich sind, musst du zugeben, dass es unfassbar egoistisch von dir ist, liebe Nika, dass ich mit dieser Bürde, deinem Geheimnis, durch die Welt laufe und nichts davon habe. Das ist unfair, findest du nicht?« Er ließ mich gar nicht antworten, fuhr direkt fort. »Ich beantworte die Frage für dich: Es ist sehr unfair und lastet tagtäglich schwer auf mir. Deshalb, selbstlos wie ich nun mal bin, dachte ich, ich überlege mir etwas, um unsere Situation zum Guten zu wenden.«

»Mhm«, murmelte ich leise und starrte ihn unsicher an. Mein Magen verknotete sich, weil ich Angst hatte, dass er mir jetzt eröffnete, es seinen Freunden erzählt zu haben oder erzählen zu wollen.

Er legte den Kopf schief. »Ich hab mir was überlegt, Süße.«

»Nenn mich nicht Süße, Ambrose!«

So ein aufgeblasenes Arschloch!

Er lachte auf. »Ich zieh dich doch nur auf.«

Mein Puls raste, meine Aufmerksamkeit lag voll und ganz auf ihm. Meine Hände zitterten.

»Hör zu«, sagte er. »Du willst, dass ich dein Geheimnis für mich behalte. Und wenn du mich fragst, sollte ich dann im Gegenzug was bei dir guthaben, meinst du nicht?«

»Schätze schon.«

Wenn du ihm gibst, was er will, dann wird alles gut. Alles wird gut …

»Schön, dass du das auch so siehst. Ich hatte da nämlich spontan eine Idee. Nennen wir es … einen Vorschlag. Ein Angebot. Einen Pakt.«

»Einen Pakt mit dem Teufel, nehme ich an.«

»Eher eine Art Deal. Aber nenn es, wie du willst. Hauptsache, du ziehst es in Betracht.« Seine Mundwinkel zuckten nach oben. »Du hast meinen Bruder vorhin kennengelernt. Erinnerst du dich?«

»Aaron? Ja, ich … ich erinnere mich.«

»Grandios. Er schwimmt auch. Sieht fast so gut aus wie ich …«

Ich trat von einem Bein aufs andere. »Worauf willst du hinaus?«

»Du musst ihn daten.«

Mein Kiefer klappte herunter. Ich starrte ihn ungläubig an. »Bitte was?«

»In den nächsten Wochen flirtest du mit ihm, wickelst ihn um den Finger. Du wirst dich mit ihm treffen. Du wirst ihn vom Training abhalten. Lenk ihn ab. So oft es nur geht.« Er holte tief Luft, und ich konnte hinter all den arroganten Sprüchen und Forderungen einen Funken Unsicherheit erkennen, der mich neugierig machte. »Treib es so weit, dass er denkt, dass ihr zusammen seid, was weiß ich. Hauptsache, ihm bleibt nicht mehr so viel Zeit zum Trainieren.«

Was. Zur. Hölle.

»Bist du … Hast du den Verstand verloren?!« Meine Stimme hatte ungeahnte Höhen erreicht. Mir war kalt und heiß zugleich, und ich musste mich erst mal auf meine Bettkante setzen, krallte meine Finger ins Laken. »Das … das können wir … das kann ich nicht machen, Ambrose. Was willst du damit überhaupt bezwecken?«

Wie abgedreht konnte man sein, um so etwas vorzuschlagen? Um überhaupt auf so eine Idee zu kommen?

Auf seinem Gesicht zeichnete sich ein Anflug von Schmerz ab, doch er blinzelte ihn im nächsten Wimpernschlag weg. »In ungefähr acht Wochen startet der Qualifikationszeitraum für die nächsten Olympischen Spiele. Aaron wird dann bei einigen Wettkämpfen antreten und will bis dahin in Bestform sein. Tja, und du wirst ihn vom harten Training abhalten, damit er sich nicht qualifizieren kann.« Sein Blick wanderte durch den Raum und dann wieder zu mir. »Wenn du es nicht tust, könnte es sein, dass mir was rausrutscht.«

»Das ist nicht dein Ernst …«

»Doch, Nika. Ich meine es todernst. Und ich weiß, dass das nicht unbedingt die feine englische Art ist. Aber ich bin nun mal kein Brite, sondern Amerikaner. Und ich weiß, was ich will.« Sein Blick war düster und starr auf mich gerichtet.

Der Raum begann sich um mich herum zu drehen. Ich konnte das nicht tun. Das war unglaublich gemein und von Grund auf böse. Andererseits wollte ich nicht, dass die anderen von meinem Geheimnis erfuhren. Ich hatte zu viele schlechte Erfahrungen gemacht. Ich hatte … Angst. Doch genau diese Angst wollte ich Ambrose nicht zeigen, ich wollte nicht, dass er meine schwache Seite sah und sie mir vorhielt, mich damit aufzog. Davon hatte ich genug.

»Du spinnst doch. Woher willst du überhaupt wissen, dass er auf mich steht?«

»Zerbrich dir darüber nicht den Kopf«, entgegnete er. Dann zuckte er mit den Schultern und lächelte leicht. »Weißt du, wir hatten bei Frauen schon immer einen sehr ähnlichen Geschmack ...«

Ich biss die Zähne aufeinander und schüttelte den Kopf. Atmete tief ein und aus, schlug mir die Hände vors Gesicht und dachte nach.

Ich würde es nicht ertragen, diese ganze Scheiße erneut zu durchleben. Hatte ich Angst? Ja. Aber nicht vor Ambrose oder Aaron, sondern vor all den Menschen, die von meinen Lügen erfuhren und mich erniedrigen würden. Ich wusste, dass genau das passieren würde, wenn es herauskam. Ich wusste es einfach. Ich war erst seit wenigen Wochen an der Academy, hatte mich mit der Clique angefreundet, vor allem mit Lova. Einer meiner großen Träume war im Begriff, in Erfüllung zu gehen – endlich dazuzugehören und glücklich zu sein. Endlich Menschen zu haben, die mich – oder zumindest eine Seite an mir – mochten. Und wenn ich ihnen als Person nicht genügte, musste ich mich ihnen eben anpassen. Das war, was ich in der Vergangenheit schmerzhaft hatte lernen müssen. So zu sein, wie die Menschen einen haben wollten.

Schließlich blickte ich wieder auf, zu Ambrose, in dessen Augen für den Bruchteil einer Sekunde Mitgefühl aufblitzte. Doch nicht mehr als ein Hauch. Bevor er die Lippen öffnen konnte, sagte ich zähneknirschend: »Also gut. Aber unter zwei Bedingungen.«

Seine dichten Brauen huschten nach oben, als ob er nicht damit gerechnet hätte, dass ich zustimmte. »Welche?«

»Erstens, mein Geheimnis ist bei dir sicher, du ziehst mich nicht mehr damit auf und dir wird nie was rausrutschen. Du … Du bringst mich eher noch mehr in die Clique rein. Und du fragst nicht, warum ich tue, was ich tue.«

»Geht klar. Und weiter?«

»Zweitens, ich treibe es nicht zu weit mit ihm. Ich kenne Aaron nicht, aber er ist ein Mensch mit Gefühlen, die ich nicht verletzen will. Ja, ich lenke ihn ab, flirte mit ihm, treffe mich mit ihm, aber …« Ich straffte die Schultern. »Sobald ich merke, dass von seiner Seite mehr Gefühle im Spiel sind, bin ich raus. Ich werde ihn nicht küssen und erst recht nicht noch weiter gehen.«

Ambrose musterte mich, lehnte sich dann zurück und verschränkte die Hände hinter dem Kopf. Seine Lippen waren leicht geöffnet. Er schien zu überlegen. »Na schön. So machen wir's. Niemand wird verletzt. Dein Geheimnis ist bei mir sicher. Du lenkst ihn aktiv ab. Und du beendest es, wenn du merkst, dass er Gefühle für dich entwickelt, aber du zögerst es so lange wie möglich raus. Die weiteren Details klären wir noch, bevor du loslegst. Ich melde mich dazu bei dir. Deal?«

Ich fühlte mich, als ob ich tatsächlich einen Pakt mit dem Teufel einging. Mein Magen zog sich zusammen, doch mir blieb keine andere Wahl.

»Deal?«, hakte er nach, fixierte mich und streckte mir die Hand hin.

Ohne noch weiter darüber nachzudenken, schlug ich ein.

»Deal.«

12

NIKA

Verdammter Mist.

Ich lag auf meinem Bett, streckte Arme und Beine wie ein Seestern von mir und starrte an die Decke. Ich atmete viel zu hektisch, mein Puls raste. Immerhin war Ambrose erst vor einigen Minuten aus meinem Zimmer verschwunden und mit ihm meine Motivation, heute noch in irgendeiner Weise produktiv zu sein. Alles, was ich wollte, war, hier zu liegen und darauf zu warten, dass mir jemand auf magische Weise den Arsch rettete und Ambrose verschwinden ließ. Was sollte ich nur tun? Mir war vom Kopfzerbrechen schon ganz schwindelig, Tränen brannten mir in den Augen. Dieser Deal war übel. Nein, eine komplette Katastrophe. Der Appetit war mir vergangen, und ob ich heute Nacht ein Auge zumachen würde, stellte ich auch infrage.

Da hilft nur eins.

Rasch griff ich nach meinem Smartphone und tippte im Telefonbuch auf die Nummer, die ich in den letzten Jahren wohl am allerhäufigsten angerufen hatte.

»Hey, hey!«, tönte kurz darauf die Stimme meiner besten Freundin aus dem Hörer, und ein strahlendes Gesicht grinste mich über das Display an. Ihre feinen Züge waren von blonden Haaren eingerahmt, die sie gerade erst wieder zu einem Bob geschnitten hatte, wie mir auffiel.

»Hi, Anna. Alles klar bei dir?« Ich rang mir ein Lächeln ab und richtete mich auf, lehnte mich ans Kopfteil meines Bettes.

»Aber sicher! Was gibt's? Alles okay bei dir?« Sie lachte warm, und sofort keimte in mir das Gefühl auf, dass doch nicht alles schlecht war.

»Ähm … ja, ich …« Ich fuhr mir über die Stirn und verzog das Gesicht. »Ich stecke ziemlich tief in der Scheiße und brauche einen deiner Pep-Talks, okay?«

Anna war meist gut gelaunt und heiterte die Menschen um sich herum auf, wenn es ihnen nicht gut ging. Außerdem hatte sie immer die besten Ratschläge auf Lager. Wäre sie damals nach der vierten Klasse nicht aus Frankfurt weggezogen, wäre mir diese ganze schreckliche Zeit an der weiterführenden Schule vielleicht erspart geblieben.

Ihre Augen weiteten sich. »Was? O Gott, Nika, was ist passiert?«

»Wo fange ich an? Ich … Es ist ziemlich kompliziert … Mach dir doch 'ne Packung Popcorn, lehn dich zurück und genieße das Spektakel, das sich *Nika außer Rand und Band* nennt!«

Gerade wenn ich Mist gebaut hatte oder es mir nicht allzu gut ging, versuchte ich das mit Humor zu überspielen und dadurch ein wenig besser zu machen.

»Hab gerade schon eine komplette Packung Ben & Jerry's Chocolate Fudge Brownie weggesnackt, bei mir passt nichts mehr rein. Aber jetzt erzähl endlich, ich bin doch so ungeduldig.«

Das war unsere Lieblingseissorte, die wir uns schon an etlichen Abenden genehmigt und dabei Filme oder Trash-TV geschaut hatten, wenn sie mich in Frankfurt oder ich sie in Hamburg besucht hatte. Das in Kombination mit Gesichtsmasken und reichhaltigen Haarkuren war unser Guilty Pleasure. Sie fehlte mir so sehr. Seit Jahren. Immer noch.

Ich holte tief Luft. »Du weißt, dass ich einen Neuanfang wollte, und …« Ich schluckte. »Ich hab dir in den letzten Nachrichten nicht alles erzählt.« Schmerz stach wie eine Säbelspitze in mein Herz. »Da ist etwas aus dem Ruder gelaufen …«

Anna setzte einen mitfühlenden Ausdruck auf. »Den Neuanfang hast du mehr als verdient. Aber was ist denn aus dem Ruder gelaufen? Du hast doch diese coole Clique kennengelernt, dachte ich?«

»Ich hab eventuell die ein oder andere Notlüge erzählt, damit sie mich mögen …«

»Du hast was?!« Sie kniff die Brauen zusammen, ihr Kiefer klappte herunter.

»Warte, warte«, ich hob eine Hand, »das Ding ist, diese Clique … das sind die beliebtesten Leute der Academy, jeder sieht zu ihnen auf, die geben hier den Ton an. Und hinzu kommt, dass ein paar von ihnen supernett sind.«

»Ein paar von ihnen? Hört sich nach einer unfassbar tollen Freundschaft an, Nika.«

Ich presste die Lippen aufeinander. »Dazu komme ich gleich noch. Weißt du, die sind hier fast alle reich, fahren krasse Autos, haben Designerklamotten und verbringen ihre Urlaube auf den Malediven, ihre Wochenenden auf Jachten. Das ist echt next Level. Ich wollte … Ich will doch nur dazugehören. Zumindest einmal in meinem Leben wollte ich eine Clique haben und zu den Leuten gehören, die beliebt sind und zu denen aufgesehen wird. Ich …« Meine Stimme brach, und ich schluckte den Kloß hinunter, der sich in meiner Kehle gebildet hatte. »Es waren keine schlimmen Lügen, okay? Ich hab nur hier und da ein bisschen geschwindelt, was meine Finanzen betrifft. Die hätten sich sonst bestimmt nicht mit mir angefreundet, und ich wäre wieder allein gewesen. Oder Schlimmeres. Du weißt doch, was … was die damals mit mir gemacht haben. In Frankfurt, meine ich. Ich dachte einfach, das hier könnte meine Chance sein, und da hab ich sie genutzt. Auch wenn es falsch war.«

Anna stöhnte auf. »Puhhh, ich kann auf jeden Fall nachvollziehen, warum du es getan hast und dass du zu der Clique gehören willst. Nach allem, was passiert ist, ist das sogar echt verständlich, wenn du mich fragst. Vielleicht hätte ich an deiner Stelle sogar ähnlich gehandelt.«

»Es tut mir so unfassbar leid, wirklich. Die ganze Sache ist zu einem Selbstläufer geworden – was natürlich absehbar war, aber ich hab nicht nachgedacht, nur gehandelt. Und … ich komme da nicht mehr raus. Jetzt sowieso nicht mehr.«

»Wieso? Wie meinst du das?«

»Da gibt es einen Typen in der Clique. Ambrose.«

»Uhh«, fiel sie mir ins Wort und grinste. »Jetzt wird's interessant …«

»Ne, absolut nicht, Anna, der Kerl geht gar nicht. Und er weiß leider Bescheid, dass ich gelogen hab. Weil er mich beim Kellnern gesehen hat. Ich hatte total Schiss, dass er es den anderen erzählt, was er bisher nicht getan hat …«

»Guter Mann!«

Ich lachte hysterisch auf. »Warte erst mal ab, bevor du so euphorisch wirst.«

»Okay … Also, was ist mit Mister Ambrose?«

»Er hat mir versprochen, mich nicht zu verraten. Für eine Gegenleistung. Ich soll mich an seinen Bruder ranmachen, mit ihm flirten, um ihn vom Training abzuhalten.« Ich schluckte. »Das ist so fies, dass ich es selbst nicht glauben kann.«

»Krass.« Sie runzelte die Stirn und biss sich nachdenklich auf der Unterlippe herum. »Was bringt ihm das überhaupt?«

»Ich verstehe es auch nicht so richtig, aber ich vermute, dass Ambrose einfach total neidisch auf ihn ist. Oder er ist von Grund auf bösartig. Das traue ich ihm auch zu.«

»Hast du zugestimmt?«

»Ich hatte keine Wahl. Er hätte mich verpfiffen. Die anderen würden mich komplett fertigmachen, wenn sie erfahren, dass ich sie angelogen habe. Beziehungsweise es immer noch tue.«

»Oh Mann, das ist heftig. Gibt es denn keine anderen Leute, mit denen du dich anfreunden könntest, die nicht reich sind?«

»Die anderen hier suchen keine Freundschaften, habe ich das Gefühl. Und ich möchte niemanden nerven oder eine unangenehme Reaktion herausfordern, weißt du?«

»Puh, ja, versteh ich. Wie hast du es bisher hinbekommen, dass ihnen die Lügen nicht aufgefallen sind?«

»Mit Glück?« Ich schnaubte. »Ich hab denen erzählt, dass meine Eltern in der Filmbranche sind und Connections haben, sodass ich backstage mit Taylor Swift chillen kann, Anna, stell dir das mal vor.« Mir entfuhr ein hysterisches Lachen. »Ich … Ich … Das kann nur schiefgehen.«

»Was, wenn du ehrlich bist und ihnen erzählst, warum du es getan hast? Dass du keine bösen Absichten hattest? Und woher deine Motivation kam? Wenn sie wüssten, dass du in Frankfurt …«

Ich riss die Augen auf. »Nein! Nein, das … das kann ich nicht. Unsere Freundschaft ist noch nicht tief genug, als dass sie mir so was verzeihen würden. Wenn jetzt so ein Hammer herauskommt, dann lassen sie mich fallen. Und wenn ich ihnen erzählen würde, warum ich es getan habe, dann hätten sie mit Sicherheit kein Verständnis. Die haben doch keine Ahnung, wie sich so was anfühlt; sie würden es nur ins Lächerliche ziehen und dadurch würde alles noch schlimmer. Ich habe solche Angst davor, wieder allein dazustehen, Anna.« Hinter meinen Lidern brannte es, ich schniefte. »Ich will einfach nicht, dass sich das von meiner alten Schule wiederholt. Ich kann das nicht noch mal durchstehen.« Im nächsten Augenblick rollten mir Tränen die Wangen hinunter; hastig wandte ich den Blick vom Display ab.

»Ach, Süße …« In ihren grünen Augen lag so unglaublich viel Mitgefühl. Sie legte den Kopf schief, als würde sie nachdenken. »Meinst du echt, dass es sich wiederholen würde? Sind das solche Menschen? Warum willst du dann überhaupt mit ihnen befreundet sein?«

»Nein, ich glaube nicht, dass sie so drauf sind, nicht wirklich. Aber … das habe ich damals von meinen alten Freunden auch gedacht. Ich hab mich auf die schlimmste Weise in ihnen getäuscht und … und jetzt habe ich Angst, dass es wieder so läuft. Das Risiko kann ich nicht eingehen.« Mir verschwamm die Sicht, während ich nur noch Kälte spürte. Ich griff rasch nach einem Taschentuch und schnäuzte mich.

»Klar, man weiß nie, was in den Menschen vorgeht und wie ihr wahres Gesicht aussieht. Und dieser Ambrose …«

»Der ist absolut übel«, brummte ich. »Der ist der Star der Academy, direkt nach seinem Bruder, und wird von allen angehimmelt. Er sieht super aus, ist charmant und weiß, was er draufhat. Ein überhebliches Arschloch, wie es im Buche steht. Der … Der … Arrrghhh … Ich hasse den Kerl.« Die Kälte in meinem Inneren verwandelte sich in Hitze. Aber nicht, weil ich Ambrose heiß fand, sondern weil ich so wahnsinnig wütend auf ihn war. »Wie kann man nur so sein? So durchtrieben und fies und …«

»In diesem Leben werdet ihr wohl keine Freunde mehr, scheint es mir«, gab Anna schmunzelnd zurück.

»Absolut nicht. Ich hab mir das selbst eingebrockt, also muss ich da nun durch. Immerhin konnte ich bei unserem Deal festlegen, dass ich Aaron nicht küssen werde; und falls er anfangen sollte, Gefühle für mich zu entwickeln, darf ich es beenden. Ich möchte ihn auf keinen Fall verletzen.«

»Keine optimale Situation, aber du schaffst das. Freunde dich einfach mit Aaron an und hab eine gute Zeit mit ihm. Vielleicht wird ja alles nur halb so schlimm, falls er sich nicht als genau so ein Volldepp wie sein Bruder rausstellen sollte.«

»Bisher kenn ich ihn noch nicht wirklich, mal abgesehen davon, dass ich ihm ein paarmal auf dem Campus über den Weg gelaufen bin und wir uns einander vorgestellt haben, aber er wirkte auf den ersten Blick ganz sympathisch. Auf jeden Fall will ich ihn nicht verletzen.«

Annas Haare flogen hin und her, als sie heftig den Kopf schüttelte. »Quatsch, das machst du doch nicht. Er wird sich ja nicht direkt unsterblich in dich verlieben.«

»Wenn du das sagst.« Nun musste ich doch ein wenig lächeln.

»Klar! Und Ambrose hält dicht?«

»Das hoffe ich zumindest. Im Gegenzug legt er bei den anderen ein gutes Wort für mich ein – sicher ist sicher – und verhilft mir bestenfalls zu tollen Freundschaften.«

Freundschaften, die auf Lügen basieren …

Aber ich wollte nicht riskieren, schon wieder wie eine Aussätzige behandelt zu werden und mich jeden Tag in den Schlaf zu heulen, weil mein Alltag der pure Albtraum war. Auch wenn all das einen faden Beigeschmack hatte, konnte ich jetzt nicht aufgeben. Ich musste mich zusammenreißen und durfte mich nicht unterkriegen lassen. Nicht von meinen Ängsten. Nicht von meinen Notlügen. Nicht von dem Deal. Und ganz sicher nicht von Ambrose Kennedy.

13

AMBROSE

Nachdem ich in den vergangenen Tagen mit Training ausgelastet gewesen war und heute eine Extrasession eingelegt hatte, war ich zu der Erkenntnis gekommen, dass es mir sicher guttun würde, den Abend außerhalb von Belladaire zu verbringen. Mein Körper tat weh. Von Kopf bis Fuß. Ich fühlte mich ausgelaugt und müde und … verdrängte es. Meine Muskeln verlangten nach einer Pause, nachdem ich sie komplett auseinandergenommen hatte und über meine Grenzen hinausgegangen war. Aber nur so konnte ich meine Zeiten und meine Technik verbessern.

»Schläfst du ein, oder was?«, kam es von Luis, der am Steuer seines Mercedes-Cabrio saß und mir einen kurzen Blick zuwarf.

Über die Serpentinen näherten wir uns dem Zentrum von Monaco. Der Wind blies uns um die Ohren, wirbelte Luis' braune Strähnen durcheinander, die er zur Abwechslung nicht unter seiner Cap versteckte. Wir trugen beide mal keine sportlichen Outfits, sondern waren etwas schicker in Anzughose und Shirt gekleidet. Luis ganz in Schwarz, und ich hatte mich für eine Kombi aus Beige und Weiß entschieden. Für Ende März war das Wetter, wie schon den ganzen Monat, außergewöhnlich gut, und ich genoss die Fahrt in die Stadt.

»Bin ein bisschen fertig, das Training vorhin hat mich gekillt.« Ich musste schmunzeln, fuhr mir übers Haar und stützte meinen Ellenbogen auf den Fensterrahmen. »Aber keine Sorge, ich schlafe natürlich nicht ein.«

»Spätestens nach dem dritten Shot tanzt du vermutlich auf dem Tisch.«

Ich verzog das Gesicht. »Heute kein Alkohol für mich. Ich muss die Feierei runterschrauben, das beeinträchtigt meine Leistung.«

Luis nickte. »Jap, ist mir bekannt ... Zumindest muss ich dann nicht deinen Babysitter spielen.«

»Weil das so oft vorkommt, meinst du?«

Er schnaubte. »Du weißt genauso gut wie ich, dass ich dir schon etliche Male den Arsch gerettet und dich irgendwo abgeholt habe, also ja, definitiv!«

Grinsend schüttelte ich den Kopf und blickte wieder nach vorn. Zu beiden Seiten der Straßen reihten sich Häuser und Anwesen mit cremefarbener Fassade, Luxus-Karren rasten an uns vorbei, doch Luis ließ sich davon nicht aus der Ruhe bringen – und erst recht nicht provozieren. Er war der Vernünftige von uns beiden. Der, der niemals ein Autorennen mitmachen oder bescheißen würde. Allerdings war das nicht immer so gewesen.

»Bitte, wenn du darauf bestehst«, sagte ich.

»Aber hallo. Dann heute also ganz entspannt, sehr schön.« Er nickte zufrieden.

Einige Minuten später parkte Luis in Zentrumsnähe am Straßenrand. Wir stiegen aus und liefen an Palmen, noch mehr teuren Autos und Leuten vorbei, an deren Händen die krassesten Klunker und protzigsten Uhren funkelten. Direkt zu unserer Stamm-Lounge, in der wir schon unzählige Male während der Intensives abgehangen hatten.

»Viel zu lange her, dass wir hier waren«, sagte ich, als wir eintraten.

Innen war alles in dunklen Tönen gehalten, dunkles Holz, dunkelgraue Wände, gepolsterte Sitznischen in einer ähnlichen Farbe. Kupferfarbene Akzente. Indirekte Beleuchtung, da es nicht viele Fenster gab, und ein langer Tresen, hinter dem vier Leute standen, die Drinks mixten. Überall standen oder saßen Menschen und unterhielten sich, stießen an und lachten miteinander. Und natürlich gab es einen riesigen Kronleuchter, der dem Ganzen das gewisse Etwas verlieh.

»Nur zwei Wochen oder so«, gab Luis lachend zurück.

Ein Kellner führte uns zu einer kleinen Nische, in der wir uns auf die beiden Bänke fallen ließen und direkt einen Blick in die Karte warfen. Im Hintergrund lief leise Jazzmusik. Nicht gerade meine bevorzugte Musikrichtung, aber damit leben konnte ich allemal.

Nachdem wir beim Kellner unsere Bestellung aufgegeben hatten, lehnte ich mich zurück und musterte meinen besten Freund. »Und, wie war es gestern noch? In der Mittagspause meintest du ja schon, dass es nicht so ganz dein Tag ist, und heute Morgen warst du auch direkt wieder im Gym, oder?«

Seine Brauen huschten nach oben, dann stützte er die Unterarme auf die Tischplatte. »Stressig. Anstrengend. Ich bin doch im Team des Head-Coachs des gesamten Tennisbereichs, und der nimmt uns echt ran. Du weißt schon, er ist der Leiter und hat den krassesten Ruf. Keine Ahnung, ob die anderen Gruppen auch so hart trainieren müssen wie wir. Aber am Ende zahlt es sich bestimmt aus.«

Ich presste kurz die Lippen aufeinander. »Du meinst, weil du früher oder später in dieses Elite-Team von Beladaire willst?«

Ein Nicken. »Da sind die sechs vielversprechendsten Spielerinnen und Spieler aus allen Tennis-Teams drin und bekommen den Extrapush – noch mehr Training, die besten Connections in der Branche und Mentoren, die für dich durchs Feuer gehen –, um danach so richtig durchzustarten. Das war schon immer mein Traum. Und sonst …« Er hielt inne, sprach Lovas Namen nicht aus, aber ich wusste, dass er an sie dachte. »Na ja, sonst ist alles super. Allerdings vermisse ich es, mit euch als Clique abzuhängen.«

»Dann komm doch wieder dazu. Lova wird das schon verkraften, Mann.«

»Nein«, erwiderte er leise und winkte ab. »Es ist nicht mehr so wie früher, und das wissen wir alle. Ich … Ich kann damit leben, kein Teil des engeren Freundeskreises zu sein. Immerhin besteht dann nicht die Gefahr, dass Lova und ich uns an die Gurgel gehen.«

Ich musste schmunzeln. »Das renkt sich irgendwann wieder ein, und ihr …«

»Vergiss es!«, fiel er mir scharf ins Wort. »In diesem Leben nicht mehr. Wir gehen uns besser aus dem Weg, dann rollen wenigstens keine Köpfe.«

»Ist trotzdem schade, dass du nicht mehr mit uns abhängst.«

Ich vermisste meinen besten Freund in unserer Clique, und manchmal hatte ich das Gefühl, dass die anderen das auch taten – bis auf Lova vielleicht. Mit gerade mal sechzehn waren die beiden für zwei Jahre zusammen gewesen. Damals hatte sich das zwischen ihnen schon viel erwachsener angefühlt als bei anderen, und sie hatten das perfekte Paar abgegeben. Leider war die Beziehung vor drei Jahren zerbrochen, und das leider mehr als unschön. Lova und Luis waren unser Traumpaar gewesen und inzwischen wie Öl und Feuer – jederzeit bereit, in die Luft zu gehen.

»Ja, aber es ist nun mal, wie es ist.« Er zuckte mit den Schultern und fuhr sich über die Finger, an denen Farbreste klebten. In seiner Freizeit lenkte sich Luis gerne mit Zeichnen ab, das war zu seinem Ausgleich für die sportlichen Anstrengungen – und anderes – geworden. »Was steht denn bei den anderen heute auf dem Plan?«

Wir blickten auf, als der Kellner unsere alkoholfreien Drinks vor uns abstellte, dann nahmen wir einen ersten Schluck. Der süße Geschmack von Ananas breitete sich auf meiner Zunge aus, während ich überlegte.

»Nichts Besonderes, glaub ich. Lova ist auch ziemlich fertig vom Training, meinte sie, bei ihr geht sicher nicht mehr viel. Hugo hat die letzten Stunden nichts von sich hören oder sehen lassen, und Tanisha und Robyn wollten sich einen Spa-Abend in der Wellnessanlage auf dem Campus gönnen.«

»Verstehe.« Luis nippte an seiner Granatapfel-Limonade. »Und Nika?«

Sofort spannte sich mein Kiefer an. Nika. Seitdem wir unser Abkommen getroffen hatten, waren zwei Tage vergangen. Zwei Tage, in denen ich immer mal wieder daran gedacht und mir überlegt hatte, wie sie den Plan in die Tat umsetzen könnte. Zwar musste ich mit Nika noch die Einzelheiten klären, aber nach der Standpauke meiner

Eltern und der ganzen Kritik, die ich im Training hatte einstecken müssen, hatte ich noch mehr trainiert und war nicht dazu gekommen, mich mit ihr zu besprechen. »Ich weiß nicht. Hmm, vielleicht hängt sie ja mit ihrer Mitbewohnerin ab.«

»Mit wem teilt sie sich denn das Zimmer?«

»Ich glaube, mit einer von den Turnerinnen. Als ich vorgestern bei ihr war, war die aber nicht da …«

»Du warst bei ihr? Wieso höre ich das erst jetzt? Läuft da was zwischen euch?« Er wackelte vielsagend mit den Brauen.

Bisher hatte ich noch keiner Menschenseele von dem Deal mit Nika erzählt. Logischerweise durfte es sowieso niemand erfahren, aber mit Luis war das was anderes. Ich vertraute ihm blind, er würde mit niemand anderem darüber reden.

»Könnte vielleicht daran liegen, dass ich das bisher eher geheim gehalten habe. Und nein, da läuft absolut nichts zwischen uns.«

»Sondern?«

Ich nahm noch einen Schluck von meinem Drink, um etwas Zeit zu schinden, doch Luis ließ mich nicht vom Haken.

»Erzähl schon!«

»Möglicherweise hab ich etwas Mist gebaut.«

Er verengte die Augen. »Was hast du getan, Mann?«

»Das Ding ist – Nika gibt vor, jemand zu sein, der sie nicht ist. Den anderen von der Clique tischt sie Lügen auf, dass sie aus einer wohlhabenden Familie kommt und viel Kohle hat, allerdings hab ich sie vor einiger Zeit beim Kellnern gesehen. Als ich sie damit konfrontiert habe, hat sie zugegeben, dass sie gelogen hat. Und irgendwie …«

»Ja?«

Ich seufzte. »Irgendwie hab ich mir das zunutze gemacht.«

»Ähm …?«

»Nicht so, wie du jetzt denkst, das würde ich niemals tun!«, ruderte ich hastig zurück. »Allerdings ist mir eine andere Idee gekommen …« Ich warf ihm einen zögernden Blick zu, als er aber nichts sagte, nur darauf wartete, dass ich weitersprach, fuhr ich fort. »Ich hab ihr versprochen, dass ich sie vor den anderen nicht auffliegen lasse, wenn sie sich an Aaron ranmacht, ihn datet und vom Training abhält, damit er sich nicht für die Olympischen Spiele qualifiziert.«

Ich hatte die Bombe gedroppt. Luis' Kiefer klappte herunter.

»Dein Ernst?«

Ich nickte.

»Das ist 'ne Scheißaktion. Ich hoffe, das weißt du.«

»Es ist nicht cool, das ist mir bewusst. Aber ich … ich hatte keine Ahnung, was ich anderes tun sollte. Du kennst meine Situation, meinen Bruder, meine Eltern … mein Leben. Es ist nicht so einfach, der kleine Bruder von Aaron zu sein. Der ganze Druck, die Sprüche, alles … Unser erstes Jahr auf Belladaire hat gerade erst angefangen, und mich verfolgt das jetzt schon Tag für Tag. Und von meinen Eltern muss ich mir den Mist seit Jahren anhören. Ich kann das nicht mehr. Wenn Aaron sich nicht qualifiziert, würde ihm das einen Dämpfer verpassen.«

Luis seufzte und lehnte sich zurück, kratzte sich am Kinn. »Das geht gar nicht. Sorry, du weißt, dass ich dein bester Freund bin, aber … du kannst sie nicht erpressen, Ambrose. Aaron gegenüber ist das auch das Letzte. Er ist immerhin dein Bruder. Klar, ihr habt nicht das beste Verhältnis, aber das geht echt zu weit.«

»Was Aaron betrifft, sehe ich keinen anderen Weg. Ich … Ich wusste nicht, was ich tun soll, und da hab ich die Chance ergriffen. Das mit Nika ist doch keine Erpressung. Es ist ein Deal. Sie hätte auch ablehnen können.«

»Um Gefahr zu laufen, dass du ihr Geheimnis ausplauderst?« Er schnaubte und schüttelte den Kopf. »Ich kenne dich ziemlich gut und kann in gewisser Hinsicht sogar verstehen, warum du so handelst – auch wenn es echt daneben ist –, allerdings macht es das nicht besser.«

»Ich wusste nicht mehr weiter, okay? Jeden Tag muss ich mir anhören, dass ich niemals so gut sein werde wie mein Bruder. Dauernd werde ich mit ihm verglichen und jedes Mal aufs Neue … Wie auch immer … Es ist erst mal nur ein Experiment. Sobald Aarons Gefühle verletzt werden, breche ich es ab. Versprochen.«

»Du solltest die Aktion *jetzt* abbrechen. Steh über der ganzen Sache mit deinem Bruder. Du bist so ein krasser Schwimmer, lass dir von den anderen nichts einreden. Und vor allem: Lass dich von ihren Worten nicht runterziehen, okay?«

»Es sind nicht nur die Worte der anderen, und das weißt du.«

Er starrte mich an und überlegte. Niemand kannte mich so gut wie Luis. Über die letzten zehn Jahre hatten wir uns bei den Intensive-Camps angefreundet und uns in der Zeit dazwischen fast täglich Nachrichten geschickt oder telefoniert, sodass er mein bester Kumpel geworden war. Niemand außer ihm wusste, wie es in mir aussah, und niemand würde es jemals erfahren. Das war auch so ein Geheimnis, das ich für mich behielt. Mit ins Grab nehmen würde.

»Ich weiß«, sagte er schließlich und rang sich ein aufmunterndes Lächeln ab. »Pass nur auf, dass du dich nicht verbrennst und damit alles schlimmer machst, Ambrose. Glaub mir, ich weiß, wovon ich spreche …«

Ich legte den Kopf in den Nacken. Klar wusste er, wovon er sprach. Auch Luis hatte in der Vergangenheit mit Dingen zu kämpfen gehabt, die ihn heute noch heimsuchten. Doch im Gegensatz zu mir wusste er in der Regel, wie er mit ihnen fertigwurde.

Vielleicht war dieser Deal wirklich eine blöde Idee …

Nein. Ich würde das durchziehen, und es würde sicher nicht so übel werden. Nika würde Aaron schon nicht wehtun, ihn nur ein wenig vom Training abhalten und dafür sorgen, dass er sich nicht für die Olympischen Spiele qualifizierte, was meinem Ansehen im Vergleich mit ihm zugutekommen würde. Immerhin gab es dann keinen Grund mehr, mich mieser zu behandeln als Aaron. Und dennoch war da ein kleiner Funken in mir, der sich an die Oberfläche kämpfen und mir eintrichtern wollte, dass ich ein schlechter Mensch war. Ich erstickte diese leise Stimme, verdrängte sie. Denn wenn ich ihr Gehör schenkte, bestand die Möglichkeit, dass ich tatsächlich einknickte und einen Rückzieher machte. Doch das durfte nicht passieren. Nicht jetzt, wo ich kurz davorstand, endlich gut genug – nein, *besser* – zu sein als mein verdammter Bruder.

14

NIKA

»Wollen wir uns ’nen Smoothie holen und dann gemeinsam zum Theorieunterricht? Der beginnt ja erst in zwanzig Minuten.« Voller Hoffnung blickte ich Meilin an. Ich war nach dem ersten Training des heutigen Montags bei mir im Zimmer unter die Dusche gehüpft und nun auf dem Weg nach unten zu den Unterrichtsräumen Meilin begegnet. Ihr kurzes schwarzes Haar war vom Waschen noch leicht feucht, und sie trug ein weites dunkelgrünes Shirt von Belladaire zur farblich passenden Shorts.

Sie zögerte. »Eigentlich wollte ich vorher noch den Stoff von letzter Woche durchgehen. Wir werden doch immer mündlich abgefragt.«

»Ach, für einen Smoothie ist bestimmt noch Zeit, oder nicht? Vitamine sind superwichtig, um den restlichen Vormittag bis zum Lunch zu überstehen.« Ich lächelte sie an, während wir den Gang im Erdgeschoss entlangliefen, vorbei an anderen Studierenden und den altmodisch verzierten Gemälden berühmter Absolventen, die die dunklen Wände säumten. Jetzt würde die Entscheidung fallen: Entweder wir bogen nach rechts zu den Klassenzimmern ab oder nach links in die Kantine.

»Okay, du hast recht.« Sie lehnte sich gegen die Tür, und wir traten ein.

»Gute Entscheidung«, entgegnete ich zufrieden.

In der Mensa saßen ein paar Leute an den Tischen, hörten Musik und snackten eine Kleinigkeit. Nirgendwo jemand, den ich kannte.

Meilin war heute Morgen meine Trainingspartnerin gewesen, was mich gefreut hatte. Auch wenn sie etwas wortkarg war und anscheinend am liebsten die Zeit allein verbrachte, flackerte doch immer mal wieder eine Facette an ihr auf, die nett und manchmal beinahe herzlich wirkte. Sie machte sich sofort Sorgen, wenn jemand stürzte, und stellte beim Fechten sicher, dass sie niemandem wehtat. Nach außen hin versuchte sie, tough zu wirken, doch ich hatte das Gefühl, das sie noch eine andere Seite hatte. Außerdem vermutete ich hinter ihren andauernden Blicken in Tanishas Richtung, dass sie einen kleinen Crush auf sie haben könnte.

Während ich mir einen Ananas-Smoothie bestellte, entschied sich Meilin für einen mit allen Beerensorten, die die Academy zu bieten hatte.

Ich nahm einen ersten Schluck und musste bei dem süßen Geschmack, der sich auf meiner Zunge ausbreitete, unmittelbar grinsen. »Hast du dich eigentlich schon eingelebt? Oder gar daran gewöhnt, dass wir seit zweieinhalb Wochen in einem Anwesen leben, das an eine etwas sonnigere Version Oxfords erinnert?«

Meilin schüttelte den Kopf und trank ebenfalls einen Schluck. »Ne, ich glaube, ich werde mich nie daran gewöhnen. Manchmal wache ich morgens auf und frage mich, wann ich *wirklich* aufwache.«

Ich lachte auf. »Kenn ich zu gut. Ich bin immer noch

manchmal überfordert und verlaufe mich, wenn ich allein unterwegs bin.«

»Geht mir genauso. Einmal habe ich mich aus Versehen in den Jungs-Flügel verirrt und bestimmt zehn Minuten mit dem Armband versucht, in ein Zimmer zu kommen, von dem ich dachte, dass es meins ist.«

Wir durchquerten die Eingangshalle und liefen Richtung Innenhof, um uns die verbliebene Viertelstunde auf einer der kleinen Holzbänke im Schatten niederzulassen.

»Oh nein«, sagte ich und musste grinsen. »Wie hast du denn gemerkt, dass es nicht deins ist?«

Die Sonne prallte auf uns herab, überall blühten Blumen, und Palmen ragten mehrere Meter über unseren Köpfen in den Himmel. Vogelgezwitscher vermischte sich mit dem Geräusch eines Rasenmähers. Sonst war es recht ruhig, die meisten Leute waren vermutlich beim Training oder auf ihren Zimmern. Ich atmete tief ein und aus; die Luft hier war um so vieles besser als die in Frankfurt. *Alles* war hier besser.

»Irgendwann kam ein Typ aus dem Zimmer und hat mich gefragt, ob ich versuche einzubrechen. Gott war das peinlich.« Röte legte sich auf ihre Wangen, und sie nahm noch einen Schluck.

»Ach, so was ist sicher schon supervielen Leuten passiert«, entgegnete ich und winkte ab.

»Ich hoffe es. Danach habe ich erst mal eine Meditation gebraucht, um runterzukommen und mich zu entspannen.«

»Kann ich mir gut vorstellen. Ich glaube, mir wäre das auch peinlich gewesen«, sagte ich und lächelte sie an. »Ich hab noch nie meditiert, aber wenn es dir hilft, sollte ich es vielleicht ausprobieren.«

»Unbedingt!«

Wir schwiegen eine Weile, beobachteten, wie einige Leute an uns vorbei in Richtung Eingangshalle liefen. Stimmengewirr mischte sich unter das Vogelgezwitscher.

»Ich wünschte, man könnte das Meeresrauschen bis nach hier oben in die Berge hören«, sagte ich irgendwann und schob mir die Sonnenbrille vor die Augen, weil das Licht so blendete.

Meilin nickte. »Das wäre toll, aber wir haben es ja nicht allzu weit bis zum Strand.«

»Stimmt. Wobei der Plage de Pampelonne in Saint-Tropez noch viel schöner ist als die Strände in Monaco. Drüben bei Cassis soll auch so eine tolle Bucht sein, da wollte ich unbedingt mal am Wochenende hin.«

»Da war ich noch gar nicht, aber klingt gut.«

»Wenn du magst, könnten wir zusammen einen Ausflug dorthin machen. Wenn es mal wieder eine anstrengende Woche war … oder auch einfach so.«

»Joa …« Meilin schien sich bei meinem Vorschlag sofort wieder in ihr abweisendes Schneckenhaus zu verziehen. »Mal sehen. Ich … Ich gehe an den Wochenenden immer den Stoff vom Theorieunterricht noch mal durch und bin viel im Gym und beim Extratraining. Keine Ahnung, ob ich die Zeit finde …«

Ich biss die Zähne aufeinander und schluckte. Auch wenn wir uns gut verstanden, mochte sie mich anscheinend nicht genug, um mehr Zeit mit mir zu verbringen. Es tat jedes Mal weh, eine Abfuhr zu kassieren, und bestätigte mich nur darin, dass ich mich tatsächlich verstellen musste, um Teil einer Freundesgruppe zu werden.

»Ja, ähm … Klar, also …« Ich blinzelte einige Male. »Versteh ich, kein Stress. Aber falls du doch mal Lust und ein bisschen Entspannung nötig hast, sag Bescheid.« Ein Lächeln zuckte über meine Lippen, das sie zögerlich erwiderte. »Oder auch wenn du mal eine Trainingspartnerin brauchst.«

»Das schon eher«, entgegnete sie leise.

Mein Handy piepte. Rasch fischte ich es aus meinem Rucksack, öffnete WhatsApp und überflog den kurzen Text.

Unbekannt: *10 pm hinter der Schwimmhalle.*
- Ambrose

Mein Magen zog sich zusammen, als ich an unseren Deal dachte. Seit seinem Besuch in meinem Zimmer letzte Woche hatten wir nicht mehr darüber gesprochen, weshalb ich naiverweise schon zu hoffen gewagt hatte, dass er es sich doch anders überlegt hatte. Aber da hatte ich mich wohl geschnitten.

»Was Wichtiges?«, fragte Meilin, und als ich sie mit großen Augen anstarrte, weil ich nicht wusste, was ich sagen sollte, fügte sie rasch hinzu: »Oh, ich wollte nicht neugierig sein. Ich muss sowieso los, vor dem Unterricht noch meine Wasserflasche auffüllen.«

»Alles cool, ich … Das ist nur … etwas kompliziert.« Ich verzog entschuldigend das Gesicht. Hatte ich sie vergrault? Dabei hatten wir uns gerade etwas angenähert. Verdammter Mist. Ich wollte nicht, dass sie sich erneut von mir abwandte, aber aufdrängen wollte ich mich auch nicht …

»Ach so, na dann. Ich geh schon mal los.« Sie stand auf und schob sich ihre Tasche auf die Schulter. »Bis gleich.«

Ich nickte gedankenverloren. »Ähm ja, okay, bis gleich.«

Während sie sich entfernte, blickte ich wieder auf mein Display und tippte eine Antwort.

Nika: *Da ist Nachtruhe. Keine Ahnung, ob ich aus dem Gebäude komme.*

Nur Sekunden später flatterte seine Antwort herein.

Ambrose: *Schleich dich raus, Zorro.*

Ich schnaubte. Da fand sich jemand wohl extrem witzig. Woher hatte der Kerl überhaupt meine Nummer? Hinter der Schwimmhalle musste es ziemlich abgelegen sein, sodass uns niemand sehen würde. Demnach handelte es sich bei dem geheimen Treffen wohl um die Besprechung der *Details* unseres Deals, von denen er gesprochen hatte. Wenn ich nur daran dachte, bekam ich schon Magenschmerzen. Aber da musste ich nun durch.

»Haaallo?«, flüsterte ich Stunden später in die Dunkelheit. »Ambrose?«

Wo ist dieser Vollpfosten?

Mein Blick wanderte umher, streifte die Hecken und Bäume, die jetzt in der frühen Nacht dunkelblau im Mondlicht schimmerten. Grillenzirpen mischte sich unter das Rauschen der Palmblätter im leichten Wind. Da die Schwimmhalle riesig war und Ambrose nicht gesagt hatte, wo genau wir uns treffen sollten, irrte ich nun um das Gebäude herum, um ihn zu finden. Ich hatte jetzt schon keine Lust mehr, wollte einfach nur in mein Bett und eine Folge *Riverdale* schauen.

»Du hast es also tatsächlich geschafft, dich rauszuschleichen«, hörte ich plötzlich eine tiefe Stimme hinter mir. Erschrocken fuhr ich herum und sah in braune Augen, die in der Dämmerung noch dunkler wirkten als sonst.

Ambrose stand vor mir, einen dunkelroten Hoodie zu einer Shorts und weißen Sneakers kombiniert. Seine Hände hatte er in der vorderen Tasche vergraben. Wie immer zierte dieser verdammt charmante Ausdruck sein markantes Gesicht. Am liebsten hätte ich hineingeschlagen.

»Nein, ich liege aktuell oben in meinem Bett und schlafe«, gab ich trocken zurück und verschränkte die Arme vor der Brust, während er mir noch näher kam.

Sein Mundwinkel zuckte nach oben. Dann kam er ein Stück auf mich zu und betrachtete mich, ließ den Blick über mein Gesicht und mein weites Shirt bis nach unten zu meiner Sportleggings und den Sneakers gleiten und wieder hinauf zu meinen Augen.

Ich biss die Zähne aufeinander, als ich spürte, wie meine Haut unter seinen Blicken glühte und mein Herz schneller schlug. »Also, was soll ich hier? Woher hast du überhaupt meine Nummer?« Natürlich wusste ich, was ich hier tat, wollte jedoch keine schlafenden Hunde wecken, falls er doch einen anderen Beweggrund hatte … alles wäre mir lieber gewesen als dieser beschissene Deal.

»Von Lova, war einfacher als gedacht. Und … na ja, um das weitere Vorgehen bei unserem Pakt ungestört zu besprechen, dachte ich, wählen wir besser einen Ort, an dem wir nicht Gefahr laufen, bespitzelt zu werden. Glaub mir, die Wände hier sind dünn und die Klappen der Leute groß.« Er nickte Richtung Eingang der Halle, und ich folgte ihm.

Nur wenige Momente später schlichen wir durch den

Gang und eine breite Glastür hinein in die Schwimmhalle, in der es drei riesige Becken gab. Etliche Sprungtürme, eine Tribüne und diese Startblöcke, von denen man bei Wettkämpfen aus ins Wasser sprang. Um das zu erkennen, reichte mein Schwimmwissen tatsächlich aus. Die Luft war schwül, sofort stieg noch mehr Wärme in mir auf, als wir am Becken entlangliefen. Der typische Chlorgeruch streifte meine Nase. Als ich Ambrose musterte, der vor mir herlief, fragte ich mich, wie er wohl in einer Badehose aussah. Halb nackt mit Wassertropfen, die über seine muskulöse Brust und das breite Kreuz rannen, während …

Nein! Halt, stopp! Nope. Solche Gedanken kommen uns gar nicht erst in die Tüte.

Ich atmete tief durch, rieb mir über mein glühendes Gesicht. Ich sollte ihn hassen. Das tat ich auch. Wirklich. Ganz sicher.

Wenige Sekunden später setzten wir uns an den Beckenrand. Ich ließ meine Beine nur zögerlich neben seinen ins Wasser gleiten, immerhin traute ich ihm nicht wirklich über den Weg. Dann war nichts mehr zu hören außer leisem Plätschern. Aus dem Augenwinkel bemerkte ich, wie er überlegte und seine Züge für einen Wimpernschlag weicher wurden.

Ich seufzte leise. »Dann willst du das echt durchziehen? Wegen mir können wir den Deal gerne abblasen, falls du ein schlechtes Gewissen bekommen hast …«

Einen Versuch war es wert.

Er schnaubte. »Zu gütig von dir. Ich weiß dein Mitgefühl sehr zu schätzen, muss den tollen Vorschlag allerdings dankend ablehnen.«

Ich verdrehte die Augen. »Na schön, und was jetzt?

Soll ich mich nackt in sein Bett legen, einen Lapdance aufführen, oder was stellst du dir vor, Kennedy?«

Ein Grinsen zupfte an seinen Lippen. »Mir gefällt, wie du denkst. Aber ich kann dich beruhigen, vorerst darfst du deine Klamotten anbehalten.«

»Vorerst!?«

»Chill, Nika, das war nur ein Joke«, sagte er lachend. »Pass auf, ich weiß, dass er jeden Morgen extra früh zum Frühstück geht, um sich im Anschluss mental auf das Training einzustimmen. Wie wär's, wenn du morgen ein bisschen zeitiger aufstehst und dich zu ihm an den Tisch gesellst? Normalerweise sitzt er immer allein, aber über ein wenig Gesellschaft freut er sich bestimmt.«

»Und dann? Ich kann ja schlecht mit ihm über Porridge reden.«

»Du könntest ihn aufs Training ansprechen und fragen, ob er bald einen Wettkampf hat. Spoiler-Alarm: Den hat er. Zwar nur einen regionalen, aber immerhin. Oder du machst ihm Komplimente, weil du ihn im Gym gesehen hast. Keine Ahnung. Schmier ihm ein bisschen Honig ums Maul, bezirze ihn, das schaffst du schon. Ich glaube fest an dich.« Er schenkte mir ein Lächeln, doch ich konnte auf hundert Meter Entfernung riechen, dass sich dahinter nur Spott und Hochmut verbargen.

»Denkst du echt, dass das klappt?«

»Sicher bin ich mir nicht, aber versuchen kannst du es ja mal. Im Zweifelsfall müssen wir uns eben was anderes überlegen.«

»Wieso bist du eigentlich so scharf darauf, deinen Bruder in die Pfanne zu hauen und dafür zu sorgen, dass er sich nicht für die Olympischen Spiele qualifiziert?«

Er blickte starr nach vorn. »Kann dir doch egal sein.«

»Ist es aber nicht. Ich würde schon gerne wissen, wofür ich all das tue«, erwiderte ich.

Sein prüfender Blick streifte mich, bevor er die Lippen öffnete, als wollte er etwas sagen. Doch dann hielt er inne, schüttelte den Kopf und sah schließlich wieder weg. »Erzähl ich dir vielleicht wann anders. Betonung auf *vielleicht.*«

»Na gut. Ich streng mich an«, sagte ich zähneknirschend. »Immerhin hab ich jetzt auch nicht die größte Lust, mich jeden Abend mit dir auf einen Mitternachtsplausch am Schwimmbecken zu treffen, um mir aufs Neue zu überlegen, wie man den blöden Plan besser umsetzen kann.«

»Glaub mir, mir würde ebenfalls Schöneres einfallen, was wir anstellen könnten.« Eine seiner Brauen zuckte vielsagend nach oben.

Mir entfuhr ein genervtes Stöhnen. »War ja klar, dass du jemand bist, der nur an Sex denkt.«

»Die Tatsache, dass du das ansprichst, impliziert eigentlich, dass *du* diejenige bist, die daran denkt. Ich, für meinen Teil, hatte vielmehr Training, schlafen oder eine heiße Dusche im Sinn. Letzteres eher allein.«

Unwillkürlich schob sich ein nackter Ambrose vor mein inneres Auge, der sich im heißen Dampf der Dusche mit Schaum einrieb und …

»Gib's zu, du stellst dir gerade vor, wie ich dusche. Ich sehe es dir an der Nasenspitze an.« Breit grinsend tippte er sich mit einem Finger an die Schläfe. »Du bist so leicht zu durchschauen, dass es fast keinen Spaß macht, dich zu ärgern.«

Ich verengte die Augen, spürte jedoch, wie sich Hitze in meinen Wangen sammelte. »Manchmal frage ich mich, ob man von zu viel Arroganz, Überheblichkeit und Aufgeblasenheit irgendwann in die Luft gehen und hoffentlich kurz darauf wieder abstürzen kann. Dann müsste ich diesen bekloppten Deal nämlich überhaupt nicht eingehen, weil es bei dir jede Sekunde so weit sein könnte.«

Lachend lehnte er sich zurück auf die Handflächen, wobei sich seine Oberarme anspannten. Dann lag sein Blick eine Sekunde zu lang auf mir. »Ach, im Notfall fängt mich dein Netz aus Lügen wieder auf.«

Nur wenige Stunden später enterte ich die Kantine, um mir verdammt noch mal um halb sechs Uhr morgens etwas zum Frühstücken zu holen, das ich in dieser Frühe vermutlich nicht mal hinunterbekommen würde. Wie Ambrose vermutet hatte, war der Saal beinahe menschenleer. Nur das Personal war bereits auf den Beinen, während die ersten Sonnenstrahlen durch die Fenster brachen und kleine Lichtkegel auf den Boden warfen. Mein ganzer Körper tat weh, weil ich zu wenig Schlaf bekommen hatte. Meine Muskeln schrien nach mehr Regenerationszeit, doch daran war jetzt nicht zu denken.

Da saß er. Aaron Kennedy. Die einzige Person, die hier nach allem, was ich bisher mitbekommen hatte, offensichtlich noch populärer und angesagter war als Ambrose. Wahrscheinlich war er die männliche Version von Kylie Jenner. Nur eben an der Academy und mit vermutlich weniger Schönheitsoperationen.

Während ich zur Essensausgabe lief, musterte ich ihn verstohlen. Eigentlich sah er wie sein Bruder aus, nur etwas größer, breiter und markanter. Die beiden mussten um die zwei Jahre auseinander sein, doch Aaron wirkte viel älter als zweiundzwanzig, eher so, als ob er schon ein komplettes Jurastudium hinter sich hätte. Aber vielleicht ging das auch mit all dem Stress und Druck einher, der auf den Schultern des Wunderkinds lastete. Er hatte einen leichten Bartschatten über der Oberlippe, und sein schwarzes Haar war ein paar Millimeter länger als das von Ambrose. Er trug schwarze Kopfhörer und starrte vor sich hin, während er einen Schluck Kaffee trank.

Nachdem ich mir eine Schüssel mit Protein-Schoko-Porridge, einen Breakfast-Smoothie und meinen Lieblings-Matcha-Latte mit Cashew-Milch auf mein Tablett gehievt hatte, fasste ich mir ein Herz. Ich straffte die Schultern und marschierte auf Aaron zu, blieb unmittelbar vor seinem Tisch stehen.

»Hey, ist bei dir ein Platz frei?«

Was mach ich hier nur? Was zur Hölle wird das, wenn's fertig ist, Nika? Verdammte …

Aaron hob den Blick, schob sich die Kopfhörer in den Nacken und nickte irritiert. »Äh, ja … klar. Setz dich.« Neugierig begutachtete er mein Menü, während ich mich auf einen der freien Stühle gegenüber von ihm sinken ließ.

»Danke«, sagte ich und lächelte. »Wir haben uns letzte Woche kennengelernt. Nika … Falls du meinen Namen vergessen haben solltest.«

»Klar erinnere ich mich an dich.« Er legte den Kopf schief. »Du bist zum ersten Mal so früh hier oder es ist mir bisher noch nie aufgefallen.«

»Ich frühstücke sonst später, aber … heute war ich früher wach. Na ja, und jetzt sitze ich hier.«

»Cool«, sagte er und schob sich einen Löffel Porridge in den Mund.

»Ja, total.« Ich lächelte, doch er blieb ernst. »Ähm, du

bist Schwimmer, richtig? Ich hab dich schon ein paarmal trainieren sehen.«

»Genau. Du auch?«

»Nein, nein, ich fechte.« Ich nahm einen Schluck von meinem Matcha Latte. »Wie dem auch sei, du machst im Wasser echt ’ne gute Figur. Also wenn ich das so sagen darf …«

Heiliger Bimbam. Mit meinen Sprüchen kam ich mit Sicherheit wie ein notgeiles Eichhörnchen rüber, das scharf auf seine Nüsse war.

Aaron zog die Brauen zusammen und musterte mich neugierig. »Ähm, danke für das Kompliment.« Er richtete sich ein Stück auf. Vermutlich hatte ich jetzt, nachdem ich Interesse bekundet hatte, seine volle Aufmerksamkeit. Männer tickten doch allesamt gleich.

»Ach, nicht dafür.« Ich klimperte etwas mit den Wimpern und kam mir unfassbar doof vor. »Du hast doch bald bestimmt wieder einen Wettkampf, oder?«

»Nächste Woche Sonntag ist ein regionaler drüben in Cannes. Gold über 50 Meter Freistil würde ich schon gerne holen. Ist ’ne super Übung für die anstehende Qualifikationsphase für die Olympischen Spiele.«

»Ich drück dir die Daumen, aber sicher hast du das gar nicht nötig. Du gewinnst doch sowieso jedes Mal, oder nicht?«

Jetzt lächelte er endlich richtig, wirkte aber immer noch leicht verwirrt. »Oft, ja. Trotzdem danke fürs Daumendrücken.«

»Na klar.«

»Und du bist aus …?«

»Deutschland. Dort bin ich geboren und aufgewachsen, aber mein Dad kommt von den Philippinen.«

»Ach cool. Eure Brezeln sind definitiv besser als unsere billigen Kopien in Los Angeles«, entgegnete er und lehnte sich mit einem Lachen zurück. Dann nahm er einen Schluck Kaffee und musterte mich wieder. »Du bist also mit Lova befreundet, ja? Und mit Ambrose?«

»Ähm …«, fing ich an, weil ich nicht wusste, wie viel Aaron über Ambrose' und meine nicht vorhandene Freundschaft und unser Verhältnis zueinander erfahren durfte. »Mit Lova, ja, sie ist supernett. Ihr kennt euch auch, habe ich mitbekommen?«

Würde dieses Möchtegern-Ablenkungsmanöver ausreichen?

»Etwas. Sie ist ja ganz gut mit meinem Bruder befreundet, und wir kennen uns schon seit Ewigkeiten von der Academy und von Benefiz-Galas, ist für dich sicher alles nichts Neues.« Ich nickte gespielt wissend, während er bereits fortfuhr. »Aber du bist ganz neu auf Belladaire, oder?«

»Jap, ich … Ist mein erstes Mal hier. Daher wäre ich auch echt dankbar, noch jemanden zu kennen, der mir die Gegend zeigt oder … Oh, hey …« Ich tat so, als ob ich einen Gedankenblitz gehabt hätte und ganz euphorisch deswegen wäre. »Da fällt mir ein, vielleicht hast *du* ja Lust, mir die coolen Orte hier zu zeigen oder einfach mal abzuhängen?«

»Hmm …«, brummte er und fasste sich ans Kinn, während er über meinen Vorschlag nachzudenken schien. »Ehrlich gesagt hab ich nicht sonderlich viel Freizeit, meist bin ich im Training. Der Sport geht vor.«

»Ach, aber ein Stündchen hast du doch bestimmt mal übrig, oder nicht? Du wirst es nicht bereuen, man kann ziemlich viel Spaß mit mir haben.« Ich ließ ein weiteres

Lächeln aufblitzen. Aaron wirkte hin- und hergerissen. Als ob er Bedenken hätte, meinem Vorschlag aber grundsätzlich nicht abgeneigt wäre. »Ich revanchiere mich auch bei dir und überlege mir was Tolles.«

Schließlich zuckte er mit den Schultern. »Eine Stunde kriege ich sicher irgendwo unter.«

Mein Herz machte einen Satz, während sich mein Magen zusammenzog. So viele Dinge, die ich fühlte. Einerseits beruhigte mich, dass er auf meine Flirtversuche ansprang, und zugleich ließ mich die Angst nicht los, einen riesigen Fehler zu begehen und alles noch viel schlimmer zu machen. Aber war das überhaupt möglich? »Hört sich nach einem guten Plan an. Ich freue mich schon.«

Immer noch etwas irritiert, nickte er. »Ähm, ja. Wird sicher super, wir machen was aus.«

15

NIKA

Mit meinem Laptop bewaffnet, machte ich es mir auf meinem Bett bequem. Ich lehnte mich gegen die Wand und platzierte ihn auf den Beinen, dann öffnete ich Netflix. Endlich kam ich dazu, die neue Folge *Riverdale* zu schauen, und das würde ich genießen. Immerhin hatte ich mir heute den Arsch abtrainiert. Donnerstage waren hart, nur Freitage anstrengender. An jedem Mittwoch fiel die Mittagstrainingssession flach, um genug Zeit für die Regeneration zu haben, zur Physio- oder Kryotherapie zu gehen, sich ausgiebig zu stretchen oder im Spa ins warme Bad zu hüpfen und sich stundenlang zu entspannen. Daraus hatte ich gestern neue Energie für den heutigen Tag geschöpft, trotzdem war ich komplett fertig. Lova hatte ich vorhin noch kurz beim Abendessen getroffen, doch der ging es ähnlich, sie wollte den Abend ebenfalls mit Fernsehen verbringen. Mir war zwar der Gedanke gekommen, sie zu fragen, ob wir gemeinsam was gucken wollten, allerdings schien sie so müde, dass ich mich nicht hatte aufdrängen wollen. Die Abende verbrachte ich sowieso immer ganz gerne allein in meinem Zimmer, damit niemand auf die Idee kam, mich an einen überteuerten

Ort außerhalb der Academy zu schleppen, wo ich mir sowieso nichts leisten konnte und meine Lügen womöglich auffliegen würden.

Ich wollte gerade die Episode starten, als Delphine ins Zimmer kam. Ihr karamellbraunes Haar hatte sie zu einem strengen Dutt gebunden, ihre Stirn unter den Ponyfransen lag in tiefen Falten.

»Hey, alles klar?«, begrüßte ich sie und schob mir ein paar Nüsse in den Mund, die ich mir an einem der Automaten in der Eingangshalle geholt hatte.

»Hmhm, hi.« Sie warf mir einen raschen Blick zu, während sie auf ihre Seite des Zimmers schlurfte und ihren abgewetzten Rucksack aufs Bett pfefferte. Mit ihren Rehaugen, den vollen Lippen und ihrem sonst sehr zierlichen Gesicht wirkte sie, wie frisch einem französischen Modemagazin entstiegen. Sie machte nicht den Eindruck, als ob alles in Ordnung war. Ihre Schultern hingen herab, sie schien müde und fertig. Nicht nur körperlich, sondern auch emotional.

»Sicher?«

Sie sagte nichts, biss sich nur auf der Unterlippe herum und räumte ihr verschwitztes Trainingszeug aus dem Rucksack in den Wäschekorb.

»Delphine?«, versuchte ich es erneut.

Sie seufzte. »Da war heute nur so ein …« Für einen kurzen Moment meinte ich, etwas in ihren Augen glitzern zu sehen, doch schon räusperte sie sich und blinzelte einige Male. »Ich will nicht darüber reden.«

»Okay, kein Problem. Ich lass dich in Ruhe, wenn dir das lieber ist«, entgegnete ich leise. Ich wusste zwar nicht, was in ihr vorging, doch ich kannte das Gefühl, wenn einem alles zu viel wurde und man kurz vor einem Mental

Breakdown stand. Wenn man dachte, dass jeden Moment die Welt untergehen und man von einem endlos schwarzen Loch verschluckt würde. »Aber falls du doch darüber reden möchtest – egal ob heute, morgen oder irgendwann –, dann kannst du gerne zu mir kommen.«

Ihr Blick glitt zu mir. Panik flackerte darin auf. Nur für einen Wimpernschlag. Dann machte sie wieder alle Schotten dicht, und ihre Miene verschloss sich. »Danke, aber halb so schlimm, es geht mir gut.«

Ich zuckte mit den Schultern. »Alles klar, ich wollte nur, dass du es weißt. Im Fall der Fälle bin ich zur Stelle. Oh schau, das reimt sich sogar«, versuchte ich, die Situation etwas aufzulockern, und entlockte Delphine damit ein klitzekleines Lächeln, das jedoch sogleich wieder ihrem gewohnt kühlen Ausdruck wich.

Während sie sich erneut ihren Sportsachen zuwandte, startete ich meine Lieblingsserie und setzte Kopfhörer auf, damit ich meiner französischen Mitbewohnerin mit den englischen Dialogen nicht auf die Nerven fiel. Irgendwann verschwand sie in unserem Badezimmer, vermutlich um zu duschen. Meine Hand wanderte wieder in die Tüte mit den Nüssen. Keine Ahnung, was sich die Macher der Serie gedacht hatten, aber das hier war nur noch absurd. Grinsend folgte ich der Handlung, bis ich von einem eingehenden Anruf auf meinem Handy unterbrochen wurde.

Ein Lächeln legte sich auf meine Lippen. Ich pausierte die Episode und nahm den Anruf entgegen. »Hey, Mom!«

»Nika«, scholl euphorisch die hohe Stimme meiner Mutter aus dem Hörer. »Schatz, hey, wie geht's dir?«

»Gut, ich schau gerade Serien und chill ein bisschen, und bei euch?«

»So weit auch alles paletti. Dein Vater lässt dir viele

Grüße ausrichten, der ist noch bei der Arbeit. Da ist wieder wahnsinnig viel los.« Sie seufzte, und ich konnte mir ihre besorgte Miene förmlich vorstellen. Die leichten Falten auf ihrer Stirn und rund um ihren Mund, ihr blondes Haar, das ihr bis auf die Schultern fiel. Während meine Mutter einen Job im Supermarkt hatte, arbeitete mein Vater als Schichtarbeiter in einem Lager. Manchmal fragte ich mich, ob ich nicht lieber etwas studieren sollte, was schlussendlich mehr Geld abwarf, um ihnen später einmal finanziell unter die Arme greifen zu können. Damit sich mein Dad nicht Tag für Tag kaputt – und meine Mutter keine Überstunden machen musste, um ihren Lebensunterhalt zu bestreiten. Aber von diesem Gedanken brachten sie mich immer wieder ab, weil sie wollten, dass ich meinen Traum lebte.

»Sag ihm auch liebe Grüße! Ich vermisse euch.« Mein Herz zog sich zusammen.

»Wir dich auch, Nika. Wie läuft es denn? Sind die anderen nett zu dir?«

Ich nickte, merkte dann erst, dass sie mich ja gar nicht sehen konnte. »Ich hab schon Freunde gefunden. Diese Clique, mit der ich mich gut verstehe, ich hatte euch ja in ein paar Nachrichten davon erzählt.«

»Wie schön für dich, mein Schatz. Dann ist es also tatsächlich der Neuanfang, den du dir so sehr gewünscht hast.«

»Ja, ich bin wirklich froh, dass es gut läuft.«

»Unter so vielen Leuten, für die Sport den gleichen Stellenwert hat wie für dich und bei denen du die Nika sein kannst, die du bist – da war mir klar, dass du endlich Freunde findest, die dich zu schätzen wissen.«

Ich kaute auf meiner Unterlippe herum, als sich plötzlich ein Gewicht auf meine Brust legte. Ich konnte eben nicht so sein, wie ich wirklich war. In der Vergangenheit war das schiefgelaufen, und zu groß war die Gefahr, dass es erneut passieren würde. Die nächsten drei Jahre sollten besser werden als die letzten zehn. Ich konnte kein Risiko eingehen. Mein Puls beschleunigte sich, als sich lose Erinnerungen vor mein inneres Auge schoben, die ich immer wieder zu verdrängen versuchte.

Du kleines Stück Scheiße! Hast du Angst? Hm? Oh, die arme, arme Nika … schaut mal, Leute, sie zittert wie ein Baby!

»Nika?«

Ich zuckte zusammen, blinzelte einige Male und presste eine Hand auf meine Brust. Unter meinen Fingerkuppen pochte es wie wild. »Ähm, ja, was … Ich habe nur … äh …«

»Alles okay, Schatz?« Ihre Stimme war ganz sanft geworden.

»Ja … Ich … Ja, alles super. Ich war nur abgelenkt. War ein langer Tag.«

»Na klar, verstehe ich doch. Wie läuft das Training?«

Ich richtete mich ein Stück auf und spielte am Saum meines Shirts herum. »Es ist superanstrengend, aber macht echt viel Spaß. Und die Coaches zu Hause sind nicht zu vergleichen mit denen auf Belladaire, dazwischen liegen Welten. Die hier sind viel strenger und geben einem wahnsinnig gute Tipps. Im Theorieunterricht lernt man auch unglaublich viel. Und der ganze Campus, der ist so beeindruckend mit diesem Mix aus altem elitärem Gemäuer und der neusten Technik.«

»Ach, das hört sich alles toll an. Aber überanstreng dich nicht, ja?«

In diesem Moment vibrierte mein Handy; ich nahm es

vom Ohr und las die Nachricht, die auf dem Display angezeigt wurde.

Ambrose: *Morgen Abend um sieben hinter der Schwimmhalle.*

Ich verdrehte die Augen.

Schon wieder? Der hat mir gerade noch gefehlt …

Schnell wischte ich die Nachricht beiseite, weil ich nicht an diesen Volldepp denken wollte, und widmete mich wieder dem Gespräch mit meiner Mutter. »Mom, du weißt doch, dass es dazugehört, auch mal über seine Grenzen hinauszugehen. Das hab ich in den vergangenen Jahren oft genug gemacht.«

Sport war schon immer mein Ventil gewesen. Irgendwo hatte ich all das herauslassen müssen, was mich belastete, und wo sonst, wenn nicht beim Fechten?

»Ich mach mir eben Sorgen, Nika. Es ist hart, dich nicht immer um mich zu haben und deine Stimme so selten zu hören. Daran muss ich mich erst gewöhnen. Deinem Vater geht es ganz ähnlich.«

»Mir doch auch. Aber im Sommer komme ich euch besuchen, und dann holen wir alles nach.« Mein Herz zog sich bei dem Gedanken daran, dass mehrere Monate vor mir lagen, in denen ich meine Familie nicht in die Arme schließen konnte, zusammen. Es war ungewohnt. Aber ich musste das Beste daraus machen, und da die Freundschaft mit Lova und den anderen sich mit jedem Tag in eine gute Richtung entwickelte, hoffte ich, dass das Heimweh bald nahezu verpuffte.

Hoffentlich.

Ich wünschte es mir so sehr.

16

AMBROSE

»Kommst du später auch noch zu uns aufs Zimmer? Ich hab Schnaps besorgt. Am Wochenende kann man sich das mal gönnen.« Hugo grinste mich an, während wir durch die Anlage und vorbei an den Tennisplätzen liefen, wo Lova sich aktuell lautstark verausgabte. »Wow, die muss sich eindeutig auch mal wieder einen Boy suchen und Druck ablassen.« Er wandte sich mir zu. »Also, wie sieht's aus?«

Nach unseren Trainings hatten wir uns im Ärztezentrum weiter hinten auf dem Campus bei der Physio getroffen und waren jetzt auf dem Weg in unsere Zimmer. Die Sonne schien immer noch auf uns herunter, obwohl bereits später Nachmittag war. Für Ende März war es schon ziemlich warm, daher hätte ich den Rest des Tages gerne im Schwimmbecken verbracht, um noch ein paar Bahnen zu ziehen. Und auch, um meine Zeit im Schmetterling zu pushen, die heute zu wünschen übrig gelassen hatte.

»Der Spruch war echt ein bisschen drüber, aber … Hey! Was heißt denn hier *auch*?« Ich lachte. »Hast du 'nen Kerl am Start und uns nichts davon erzählt?«

»Ich genieße und schweige, wie es sich als Gentleman gehört.«

»So ein Müll. Du bist immer der Erste, der alles herumerzählt … ah sorry, der Zweite – nach Robyn«, gab ich zurück und grinste. »Rück raus mit den Infos!«

Hugo kratzte sich am Hinterkopf. »Geduld! Außerdem hast du meine Frage noch gar nicht beantwortet. Wie sieht's aus? Bist du später am Start?«

»Eher nicht.«

»Komm schon, es ist Freitag. Wochenende.«

»Wir gehen doch morgen auf die Party in Cannes. Da wird es sicher auch wieder eskalieren, und außerdem … hab ich keine Zeit.«

Eigentlich war ich immer einer derjenigen, der unsere Partyabende initiierte, allerdings war mir nach der schlechten Leistung heute im Training echt nicht danach, mir zusätzlich die Hucke wegzusaufen. Hinzu kam, dass ich tatsächlich noch etwas geplant hatte.

»Was hast du vor?« Wir öffneten die große Glastür, die in die Eingangshalle der Academy führte. In der Lobby herrschte reges Treiben, überall Sportlerinnen und Sportler, die mit ihren riesigen Taschen und Rucksäcken vom Training kamen und sich über ihre Pläne fürs Wochenende unterhielten. Immer wieder sahen Leute in unsere Richtung, steckten anschließend die Köpfe zusammen und tuschelten miteinander. Ich fragte mich, ob sie sich irgendwann daran gewöhnten, auf ein und derselben Academy zu sein wie die Kennedy-Brüder.

»Dies und das.«

»Sehr mysteriös.« Hugo kniff die Brauen zusammen und musterte mich, als wir uns im Aufzug gegenüberstanden.

Ich betätigte den Knopf und lehnte mich dann locker gegen die verspiegelte Wand. »Wir haben wohl beide unsere Geheimnisse.«

»Touché.« Er fuhr sich durch die blonden Haare, die er heute offen trug. »Vielleicht schaffst du es ja später doch noch, ansonsten will ich dich dann aber morgen auf dem Tisch tanzen sehen.«

Ich schnaubte, während wir auf unserem Stockwerk den Aufzug wieder verließen. »Mal sehen. Wenn, dann natürlich nur für dich, Hugo.«

»Natürlich.« Ein Schmunzeln legte sich auf seine Züge. Kurz darauf waren wir bei seinem Zimmer angekommen; er hielt sein Armband an den Sensor und öffnete die Tür. »Bis dann.«

»Bis dann.« Ich nickte ihm noch mal zu, bevor die Tür hinter ihm ins Schloss fiel.

Hugo musste nicht wissen, dass ich mich mit Nika traf. Unsere kleinen Treffen blieben unser Geheimnis. Wenn ich versprach, etwas für mich zu behalten, dann tat ich das auch. Man konnte mir viel nachsagen – dass ich arrogant und nur auf den Sieg aus war, womit die Leute nicht ganz unrecht hatten. Allerdings wussten sie nicht, was dahintersteckte, mit was ich zu kämpfen hatte. Doch was man mir nicht unterstellen konnte, war, dass ich mein Wort brach.

In meinem Zimmer angekommen, sah ich mich kurz um, doch Luis war noch nicht da. Vielleicht trainierte er heute etwas länger. Dann sprang ich schnell unter die Dusche, zog mir bequeme Klamotten über und steuerte einige Zeit später wieder den Platz hinter der Schwimmhalle an, wo ich Nika hinbestellt hatte. Im Gegensatz zu Montag würde unser Treffen heute noch bei Tageslicht stattfinden, die Sonne würde erst in etwa einer Stunde untergehen. Da sich die meisten Leute beim Abendessen befanden und die Coaches vermutlich schon in ihren

Apartments waren, mussten wir nicht befürchten, von jemandem gestört zu werden. Hier hinten rankte Efeu an der Halle entlang; unweit davon war die hohe Mauer zu sehen, die das Gelände der Akademie rundum begrenzte. Dahinter ragten Berge und Palmen in den Himmel.

»Kennedy«, hörte ich ihre honigweiche Stimme, als sie von der Vorderseite der Halle um die Ecke bog und auf mich zugelaufen kam. Ihr schwarzes Haar, das im Sonnenlicht dunkelbraun schimmerte, ergoss sich in Wellen über ihre Schultern. Sie presste die Lippen aufeinander, ihr Kiefer war angespannt, doch sie hielt sich sehr gerade und den Kopf hoch erhoben. Vermutlich holte sie gerade tief Luft, um mir als Erstes einen ihrer Sprüche um die Ohren zu hauen. Der Ausdruck in ihren Augen wirkte misstrauisch. Sie trug ein weißes Shirt, das auf Höhe ihrer Taille endete, sich an ihre Brüste schmiegte und ihren trainierten Bauch phänomenal in Szene setzte. Dazu trug sie eine schwarze Sportleggings, die wie angegossen ihre muskulösen Beine betonte. Heiß war sie definitiv. Darin bestand kein Zweifel. Nur eben auch eine Lügnerin.

Ich stieß mich von der Wand der Halle ab und lächelte sie breit an. »Schön, dich zu sehen.«

»Kann ich nicht unbedingt zurückgeben.« Sie blieb etwa einen Meter entfernt stehen und stemmte die Hände in die schmale Taille.

Ich tat so, als ob ich mir einen Dolch ins Herz rammte, und verzog schmerzerfüllt das Gesicht. »Das tat weh.«

»Gut so.« Unwillkürlich kräuselten sich ihre Lippen zu einem kleinen Lächeln, doch nur den Hauch einer Sekunde später setzte sie wieder ihren ernsten Ausdruck auf. »Ich nehme an, du willst von mir wissen, wie es mit Aaron gelaufen ist?«

»Hey, du bist ja ein richtiger Sherlock.« Grinsend wandte ich mich ab und setzte mich in Bewegung. Ich ging davon aus, dass sie mir folgen würde, doch sie rührte sich keinen Zentimeter von der Stelle. Ich drehte mich wieder zu ihr um. »Na los, heute geht's woandershin.«

Sie seufzte genervt. Aus dem Augenwinkel konnte ich sehen, wie sie neben mir hermarschierte, den Blick scheinbar stur geradeaus gerichtet, doch es entging mir nicht, dass sie immer wieder kurz zu mir rübersah.

»Wir sind da«, sagte ich nur ein paar Momente später, als wir eine Anhöhe am Rand des Campus erreichten, wo unter Palmen eine Tischtennisplatte stand, die ich noch nie jemanden hatte benutzen sehen. Da dieser Ort ziemlich abgelegen war, verirrten sich nur selten Leute hierher. Ich setzte mich auf die Platte und grinste Nika frech an. »Setz dich doch.«

Sie kletterte neben mir auf die graue Steinplatte und zog die Beine in den Schneidersitz. Sie wollte gerade etwas sagen, als sie den Blick hob und ihr der Kiefer runterklappte. »Das … ist echt schön.«

Durch die erhöhte Position hatte man eine gute Aussicht über die Mauer des Campus hinweg auf das Zentrum von Monaco bis nach unten zum Meer. Kleine weiße Wolken trafen am Horizont auf Azurblau. Eine leichte Brise, die nach Salz roch, wirbelte Nikas Haare auf.

Ich nickte. »Ist ganz nett hier. Und abgelegen genug, sodass uns niemand stören wird.«

Blinzelnd wandte sie sich mir zu. »Passt so gar nicht zu dir, diese hübsche Aussicht.«

»Was willst du denn damit sagen? Dass ich keine hübsche Aussicht bin?«

Sie schnaubte. »Damit meine ich, dass ich die Aussicht

lieber mit jemand anderem genießen würde, den ich mag. Ist ja fast Verschwendung, mit dir hier zu sitzen.« Dann wanderte ihr Blick kurz und unsicher zu mir, als wenn sie überlegte, ob der Spruch vielleicht ein wenig zu krass gewesen war.

»Glaub mir, ohne dich fände ich es hier auch schöner.«

»Wie dem auch sei …« Sie zog misstrauisch die Brauen zusammen. »Können wir jetzt das Geschäftliche klären, damit ich bald wieder abhauen kann?«

»Mehr als gerne. Wie war es mit Aaron?«

»Ganz gut, schätze ich. Ich check zwar nicht, wie er so früh schon Essen runterkriegen kann, aber er scheint nett zu sein. Netter als sein Bruder, wobei das auch keine krasse Leistung ist.« Sie warf mir einen vielsagenden Blick zu.

Unwillkürlich spannten sich meine Muskeln an. Nika verglich mich mit Aaron. Alle taten das. Doch irgendwie versetzte mir das einen besonders heftigen Stich, auch wenn ich nicht genau wusste, wieso. Sie machte nur Spaß. Das war nur ein doofer Scherz.

Sicher meint sie es ernst, so wie du dich die ganze Zeit aufführst. So wie du sie behandelst. So wie du alle behandelst, um dich über deinen Bruder zu stellen – oder es zumindest versuchst. Denn schaffen wirst du es nie …

»Hmm«, presste ich hervor und wandte den Blick ab. »Das täuscht. Über was habt ihr denn gesprochen?«

»Ich hab ein bisschen mit ihm geflirtet, ihm Komplimente gemacht und so. Du weißt nicht, wie blöd ich mir vorkam … Das hat sich unglaublich falsch angefühlt.«

»Hat es denn was gebracht? Ist er darauf eingestiegen?«

Sie zuckte mit den Schultern. »Schätze schon.«

»Schätze schon?«

»Ja, Ambrose, er ist darauf eingestiegen, okay? Ja, er hat so gewirkt, als ob er Interesse hat. Und ja, er hat zugesagt, als ich ihn gefragt habe, ob wir mal abhängen wollen.« Nika presste wieder die Lippen aufeinander und wirkte alles andere als begeistert von der Situation. Ein wenig tat es mir ja leid, dass sie das tun musste, aber ich hatte ein Ziel. Einen Plan. Und manchmal musste man dafür über Leichen gehen. Zumindest im metaphorischen Sinne.

Ich atmete aus und suchte ihren Blick, woraufhin mir ein Schauer über den Rücken glitt. Sie übte eine so starke Anziehung auf mich aus, dass ich nicht mehr klar denken konnte. »Hör zu, ich …« Kopfschüttelnd brach ich den Satz ab. Ich durfte jetzt nicht einknicken, kein Mitleid mit ihr haben. Ich musste an mich denken. »Gut gemacht. Wann trefft ihr euch?«

»Ich weiß es noch nicht.«

»Hat er dir vom Wettkampf erzählt?«

Sie nickte. »Nächste Woche Sonntag, oder?«

Ich setzte mein charmantes Grinsen auf. »Ganz genau. Du musst am Abend zuvor dafür sorgen, dass er beschäftigt ist, zu wenig Schlaf bekommt … Oh, du könntest auch den Mittag mit ihm verbringen, also bis in den Abend hinein. Dann kann er davor nicht mehr viel trainieren.«

»Willst du das wirklich, Ambrose? Ich meine, er ist dein Bruder.«

Ich verzog das Gesicht. »Tu es. Tu es, oder ich erzähl den anderen von deinem Geheimnis.« Übelkeit stieg in mir auf, doch ich verdrängte sie.

»Von mir aus. Ich mach's. Dann frage ich ihn die nächsten Tage, ob er mir an dem Samstag vielleicht ein wenig Monaco zeigt und wir abends noch was essen gehen wollen. Aber was mach ich, wenn er sagt, dass er nicht kann? Also wegen des Wettkampfs.«

»Besteh darauf. Wickle ihn um den Finger. Keine Ahnung. Mein Bruder ist einfach gestrickt, du kriegst das schon hin. Ein bisschen mit den Wimpern klimpern, und der Kerl gehört dir.«

Stille.

»Warum?« Leise und weich trug eine sanfte Brise ihre Stimme zu mir herüber, während sie in Richtung Meer sah.

»Warum?«

Ihr Blick huschte zu mir. Unterkühlt, und doch tanzte da ein Funken Wärme im Braun ihrer Augen. »Warum das alles? Als ich dich das letzte Mal gefragt habe, meintest du, dass du es mir vielleicht noch erzählst.«

»Warum nicht?«

»Ambrose, beantworte einfach meine Frage.«

»Mach ich doch.«

»Das war eine Gegenfrage, du Trottel.«

Meine Mundwinkel zuckten kurz nach oben, doch als ich an ihre Frage dachte, verkrampfte ich mich automatisch am ganzen Körper. »Aaron und ich haben kein gutes Verhältnis. Mehr musst du nicht wissen.«

»Wow, darauf wäre ich niemals gekommen. Was ist zwischen euch passiert?«

»Das … Es …« Ich hielt inne, fuhr mir über die Haare und schüttelte den Kopf. »Spielt es eine Rolle? Du erzählst mir doch auch nichts über deine Beweggründe, meine Freunde anzulügen.«

Erneut breitete sich Stille zwischen uns aus. Ineinander verschränkte Blicke. Nikas Lippen waren leicht geöffnet, während ich meine zusammenpresste.

»Er ist dein Bruder. Ich verstehe nicht, wie man so viel Hass mit sich herumtragen kann. Wie man so sein kann.«

»Aaron zum Bruder zu haben, ist … anstrengend. Mein Leben ist nicht so einfach, wie du vielleicht denkst«, sagte ich kühl und knetete angespannt meine Hände.

»Erzähl mir davon.«

Ein bitteres Lachen drang aus meiner Kehle. »Klar, weil wir so gute Freunde sind, meinst du? Du kannst mich nicht ausstehen, und ich finde dich und deine pseudoschlagfertigen Sprüche echt nervig.«

»Beste Voraussetzungen«, murmelte sie genervt und strich sich eine Strähne hinters Ohr. »Außerdem bin ich nicht *pseudoschlagfertig*.« Sie verpasste mir einen leichten Schlag gegen den Bizeps. »Meine Sprüche sind super, also halt die Luft an, Kennedy.«

»Pff, in Deutschland kannst du damit vielleicht punkten. Aber mit mir als Kontrahent, nope, da braucht es schon ein bisschen mehr.«

Ihre Augen verengten sich. »Tu nur weiter so unbeeindruckt. Und später weinst du dich dann vermutlich in den Schlaf. Wer ist noch mal dein Mitbewohner? Dieser Luis? Ich quetsche ihn morgen aus.«

»Mhm, genau, mach das nur«, erwiderte ich grinsend, während ich den Blickkontakt mit ihr hielt. »Er wird dir sagen, dass ich vor Lachen geweint habe, weil ich daran denken musste, wie ich dich morgen in den Pool werfe.«

»Was?«

»Ich bin morgen Abend zur Party eines Bekannten unserer Familie in Cannes eingeladen. Ich darf Freunde mitbringen – Hugo, Robyn, Tanisha und Lova sind am Start. Die Villa hat auch einen Pool, und rate mal, wer da morgen drin versenkt wird?«

»Ich soll mitkommen?« Sie blinzelte mich ungläubig an.

»Ist das nicht mein Part des Deals? Dich noch stärker in die Clique zu integrieren?«

»Ja, ich meine schon, aber … Okay, ja, ich komme mit.« Ein kleines Lächeln legte sich auf ihre Lippen. »Ich hab sowieso noch nichts vor. Wird Aaron auch da sein?«

»Ne, der geht selten auf Partys. Na ja, eher so gut wie nie.«

»Verstehe. Wird sicher ein cooler Abend. Sind die Leute da alle …«

»Reich?« Als sie nickte, musste ich lachen. »So ziemlich, ja. Wenn du dir einen Sugardaddy angeln willst, solltest du also die Augen offen halten.«

Sie runzelte die Stirn. »Denkst du das von mir?«

»Dass du nur mit uns befreundet bist, weil wir Kohle haben?« Ich musterte sie mit schief gelegtem Kopf. »Ja, schon. Immerhin ist das die naheliegendste Erklärung für deine Lügen. Und solange du mir keinen anderen guten Grund nennst …«

»Mir geht es nicht um euer Geld. Wirklich nicht.«

»Und das soll ich dir glauben?«

Als sich unsere Blicke trafen, breitete sich Gänsehaut auf meinen Armen aus. Für einen kurzen Moment meinte ich, einen traurigen, beinahe bedauernden Ausdruck auf ihrem Gesicht zu erkennen, doch dann schüttelte sie ihn mit einer ruckartigen Bewegung des Kopfes rasch ab. »Ich bin nicht hinter eurer Kohle her. In den letzten acht Jahren hab ich mir immer mein eigenes Geld verdient und mühsam zusammengespart, um an der Academy unterrichtet werden zu können. Es ist mir egal, wie reich oder arm ihr seid. Mehr musst *du* nicht wissen.«

Stille.

»Ich glaub dir kein Wort. Wie könnte ich auch? Immerhin tust du den lieben langen Tag nichts anderes, als zu lügen. Ich muss einfach damit rechnen, dass du mir gegenüber genauso wenig ehrlich bist.«

»Bin ich aber«, sagte sie verärgert, hob den Blick und starrte mir geradewegs in die Augen.

Funken tanzten durch die Luft. Hitze zwischen uns, die unbestreitbar war. Doch das musste ich unterbinden. Auch wenn sie hübsch anzusehen war, konnte ich sie nicht ausstehen.

»Pass lieber auf, dass du deine Lügen nicht irgendwann selbst noch glaubst.« Ich zuckte mit den Schultern und lehnte mich auf die Handflächen nach hinten.

»Glaub doch, was du willst, Kennedy.« Sie verengte die Augen. »Ich hab echt keinen Bock, weiter meine Zeit mit dir zu verschwenden.« Im nächsten Wimpernschlag sprang sie auf und lief davon. Ließ mich allein sitzen, mit rasendem Herzen und tausend Fragezeichen, die in meinem Kopf ihr Unwesen trieben.

17

NIKA

»Da vorn ist die Tiefgarage«, sagte Lova und deutete auf eine Abfahrt, die sich links neben dem prunkvollen Anwesen befand.

Ich wusste nicht, wohin ich zuerst sehen sollte. Zum Springbrunnen vor dem Gebäude, dem perfekt gesetzten Mosaik, das sich über die gesamte Einfahrt zog, oder den etlichen Säulen, die die Villa wie einen Palast erscheinen ließen. Mir blieb jedes Wort im Halse stecken, doch Lova und Robyn schienen unbeeindruckt.

»Ah ja, seh ich.« Robyn lenkte ihren Wagen über die lange Einfahrt bis zum Haus und fuhr hinab.

Unten standen etliche Lamborghinis, Mercedes, Teslas, Ferraris und jegliche andere Marken, die ich mir vermutlich nie würde leisten können. Robyn fuhr auf einen der freien Parkplätze, und wir stiegen aus. Hinter uns steuerte Ambrose seinen Mercedes die Rampe hinunter und parkte direkt neben uns.

Wie versprochen, hatte Ambrose dafür gesorgt, dass ich mit auf die Party kommen konnte, die am heutigen Samstagabend in Cannes stieg. Wir hatten uns auf zwei Autos aufgeteilt; Lova und ich fuhren bei Robyn mit, Hugo und

Tanisha saßen in Ambrose' Wagen. Ich war schon den ganzen Tag nervös gewesen, weil ich nicht wusste, was mich auf so einer Luxus-Party erwartete. Hinzu kam, dass dort viele Menschen sein würden, die ich nicht kannte und womöglich durch eine ungeschickte Äußerung von mir herausfinden könnten, dass ich nicht so reich war wie sie. Ich hoffte, dass sie nicht hinter meinem Rücken tuscheln würden und auch, dass meine neu gewonnenen Freunde mich nicht irgendwo allein stehen ließen. Ich hasste, dass ich so dachte. Dass ich solch eine Angst hatte und diese Unsicherheit mich einfach nicht mehr losließ. Dabei war ich früher ganz anders gewesen. Ich wünschte mir so sehr, dass ich die alte Nika eines Tages wieder zurück an die Oberfläche holen konnte. Outfittechnisch hatte ich mich für ein kurzes schwarzes Kleid entschieden, das sich eng an meinen Körper schmiegte, einen tiefen Ausschnitt hatte und schulterfrei war. Mein einziges Kleid, das nicht von H&M oder Zara stammte, sondern aus einer kleinen Boutique auf den Philippinen, wo ich es vor einigen Jahren erstanden hatte, als wir die Familie meines Vaters dort besucht hatten. Somit wirkte es zumindest nicht wie von der Stange, obwohl ich nicht viel mehr dafür ausgegeben hatte als bei einer der typischen Ketten.

»Und wie kommen wir jetzt … Ah, da ist ein Aufzug!« Robyn nickte zu einem Fahrstuhl mit Glastüren. Sie trug ein dunkelgrünes Samtkleid, das ihr bis kurz unter den Po reichte und unfassbar gut zu ihren glatten roten Haaren passte.

»Ich hoffe, die haben hier genügend Alkohol auf Lager. Ich bin in Partystimmung«, sagte Lova grinsend und strich sich über die hellblonden Haare, die sie zu einem hohen Pferdeschwanz zusammengebunden hatte.

»Und wenn Lova in Partystimmung ist …«, bemerkte Robyn und schnalzte mit der Zunge.

»Hey!«

Ich grinste. »Dann ist niemand vor ihr sicher?«

»Könnte man so sagen«, gab Robyn schmunzelnd zurück.

Lova riss entrüstet die Augen auf. »Ich kann mich nicht daran erinnern, mich jemals unter Alkoholeinfluss danebenbenommen zu haben.«

»Das liegt daran, dass du dich nicht mehr daran erinnern kannst«, rief Tanisha hinter uns.

Ich drehte mich lachend zu ihr um. »Klingt nach einem vielversprechenden Abend.« Als mein Blick von ihr zu Hugo wanderte und schließlich an Ambrose hängen blieb, zog sich in meiner Magengegend etwas zusammen. Oder flatterte. Keine Ahnung, aber machte das wirklich einen Unterschied? Dieses schiefe Lächeln auf Ambrose' Lippen und ein Blick, mit dem er sicher schon einige Herzen gebrochen hatte. Er wirkte immer, als ob er im Wasser war, seine Bewegungen schienen fließend, wirkten grazil und trotzdem maskulin und stark und selbstbewusst und … O Gott … Ich … Wie kam ich dazu, so über ihn zu denken? Er war und blieb ein Arsch.

»Kennedy.«

Hitze wanderte durch meinen Körper, zwischen meine Beine und in meine Wangen, als er vor mir stehen blieb und seine Mundwinkel nach oben zuckten. Er trug eine beige Hose und ein weißes Hemd, das er oben aufgeknöpft hatte. Es umspielte locker seine Bauchmuskeln und seine starken Oberarme.

»Blum.« Er nickte. »Nettes Kleid.«

Seine Aufmerksamkeit glitt über meine Beine, meinen

Körper und meine Brust nach oben, wo sich unsere Blicke trafen. In seinen Augen loderte etwas. Er fuhr sich für den Hauch einer Sekunde mit der Zunge über die Unterlippe, während ich die Brauen zusammenzog und ihn misstrauisch ansah.

»Danke«, murmelte ich und wandte mich dann rasch ab, um neben Tanisha herzulaufen, die mich freundlich anlächelte.

Ich wollte nicht nett zu Ambrose sein, dafür war er viel zu fies. Auch bei unserem Treffen an der Tischtennisplatte war er mir auf die Nerven gegangen, und ich wollte so wenig Zeit wie möglich mit ihm verbringen. Daher musste ich mich immer wieder daran erinnern, dass er mich nur wegen unseres Deals eingeladen hatte. Eine Hand wusch die andere. Und nicht, weil irgendwelche Sympathien im Spiel waren, oh nein. Ganz und gar nicht.

Wir fuhren mit dem Fahrstuhl nach oben in die Eingangshalle der Villa, wo bereits etliche Menschen standen, sich unterhielten oder zur Musik tanzten, die vom Garten aus hereindrang. Auch hier gab es viel beigen Marmor, Kronleuchter und teure Kunstwerke an den Wänden. Auf kleinen antiken Tischen standen Blumenarrangements. Rechts und links verlief jeweils ein breiter Flur, von dem Türen in weitere Zimmer abgingen; und vor uns führte eine breite geschwungene Treppe nach oben.

»Dort vorn ist die Turnerin, die mich letztes Jahr bei der Europameisterschaft in Paris geschlagen hat. Die hält sich besser von mir fern, sonst kratze ich ihr die Augen aus«, zischte Robyn uns zu und bedachte eine junge Frau mit strahlendem Gesicht und kurzen schwarzen Haaren mit einem Todesblick.

Kälte kroch mir bei ihrer Bemerkung durch die Glieder.

Mit ihr sollte ich mich besser wirklich nicht anlegen …

»Chill, Robyn. Wenn sie besser war, dann musst du dich beim nächsten Mal eben mehr anstrengen.« Tanisha zuckte mit den Schultern und grinste.

Lachend liefen wir ein Stück durch einen breiten Flur auf den riesigen Wohnbereich zu, der vermutlich so groß wie eine ganze Sporthalle war. Auch hier war die Einrichtung wahnsinnig luxuriös. Kronleuchter, weiße Designermöbel, riesige Marmorplatten unter unseren Füßen und eine an den Wohnbereich angrenzende überdimensionale Küche.

»Heilige …«, entfuhr es mir leise.

Etliche minimalistische Sofas, verspiegelte Kommoden und Kunstwerke an den Wänden. Ein Kamin ragte neben deckenhohen Regalen auf, davor standen noch mehr Sessel. Die gesamte Front, die zum Garten zeigte, war zur Seite geschoben und vermutlich in der Wand verborgen, sodass sich der Wohnbereich bis nach draußen auf die Terrasse erstreckte, wo ein DJ auf einem Podest stand und zur Musik abfeierte. Davor eine Tanzfläche, mehr Sitzmöglichkeiten und ein Pool so groß wie Ambrose' Ego.

»Superschön hier«, sagte Tanisha und strich ihr zitronengelbes Kleid glatt. Dann strahlte sie mich an. »Lasst uns mal gucken, wer noch da ist.«

»Geht schon mal vor, ich muss kurz meine Freunde begrüßen, denen die Bude hier gehört«, meinte Ambrose und verschwand in Richtung eines Kerls, der vermutlich Anfang dreißig und der Gastgeber war.

»Auf geht's, wo sind die Drinks?« Hugo steuerte eine Marmorbar im Wohnbereich an, hinter der zwei Kerle standen, die fleißig Cocktails mixten.

Nachdem wir bestellt hatten und unsere Drinks in der Hand hielten, liefen wir ein wenig herum. Die Gäste sahen allesamt aus, als hätten sie einen Geldspeicher wie Dagobert Duck im Garten stehen.

»Uh, der schmeckt gut«, sagte Robyn und grinste. »Und das, obwohl nicht mal Alkohol drin ist. Das nächste Mal fährt Lova wieder.«

»Von mir aus. Morgen dann.«

Verwirrt sah ich zu ihr. »Morgen? Ist da noch eine Party? Montag ist doch Training.«

»Nein, nein. Wir Mädels wollten morgen früh an den Strand und dort frühstücken. Eher Katerfrühstück, aber na ja … die Sonne ein bisschen genießen, schwimmen, abhängen. Komm doch mit!« Lovas Brauen huschten nach oben. »Hast du Zeit?«

Wärme legte sich um mein Herz, und ich lächelte. »Ich komme gerne mit. Danke, dass du gefragt hast.«

Sie erwiderte mein Lächeln und hakte sich bei mir unter. »Klar doch. Wir freuen uns, wenn du dabei bist, oder, Mädels?«

Robyn nickte widerwillig, was wieder etwas Unsicherheit in mir aufsteigen ließ. Ich hoffte nur, dass sie mich nicht hasste, weil ich jetzt plötzlich immer mal wieder dabei war.

»Auf jeeeden Fall!«, quiekte Tanisha. »Davor holen wir uns noch etwas Proviant in der Bäckerei, von der gerade jeder spricht, ähm …« Sie schnippte ein paarmal in die Luft und überlegte.

»Le Petit Pain?«, meinte Lova und zupfte ihr beiges Bralette mit Spitze und etlichen Swarovski-Steinchen zurecht, das sie zu einer weiten schwarzen Anzughose kombiniert hatte. Ein Outfit, das ihr unfassbar gut stand. »Das ist aktuell *der* Geheimtipp an der Côte d'Azur. Hat ganz neu aufgemacht.«

»Ich freu mich schon.« Grinsend liefen wir in Richtung der großen Fensterfront und des Gartenbereichs.

»Wir treffen uns um zehn am Aufzug auf unserem Stockwerk, okay? Falls du noch schläfst, klopfen wir dich aus dem Bett.« Lova lachte und zog mich mit sich nach draußen, die anderen folgten uns.

»Delphine wird sich freuen, wenn ihr so lange klopft, bis ich wach bin«, sagte ich und musste lachen. »Wobei die vermutlich um die Zeit sowieso schon wach ist.«

Bei der Erwähnung von Delphines Namen verdrehte Hugo übertrieben genervt die Augen und wechselte einen kurzen, aber vielsagenden Blick mit Robyn. Die beiden turnten genau wie meine Mitbewohnerin, also kannten sie sich. Doch ich sparte mir die Frage danach, ob sie ein Problem mit ihr hatten. Nicht dass sie es als Anfeindung betrachteten und mich dann nicht mehr mochten. Lieber schwebte ich unter dem Radar und sagte nichts, was zu einem Eklat führen könnte.

»Bist du eigentlich mit Meilin befreundet? Sie ist bei dir im Team, oder?« Tanisha warf mir einen neugierigen Blick zu und nahm einen Schluck von ihrem blau gefärbten Drink.

»Ein bisschen, ja. Woher kennst du Meilin?«

»Hab sie schon ein paarmal im Aufenthaltsraum und beim Essen gesehen.« Sie zuckte mit den Schultern, während wir uns zu fünft draußen auf eines der riesigen weißen Ecksofas setzten. »Die ist ziemlich hart drauf, oder?«

Ich verschluckte mich fast an einem Cocktail. »Was … Wie meinst du das?«

»Sie ist Fechterin wie du, oder? Und sie sieht krass aus,

also … Ähm … Ich weiß nicht, sie wirkt so, als ob sie einem kräftig in den Arsch treten könnte.«

»Schätze schon. Sie ist echt nett, ein bisschen ruhiger, aber total lieb und ja … im Training ist sie echt heftig.«

Lova grinste und stupste ihre Freundin mit dem Ellenbogen an. »Hat da jemand ein Auge auf das Girl geworfen?«

»Sei bloß still«, erwiderte Tanisha und funkelte Lova gespielt an. »Aber gut, ja, ich find sie heiß. Hast du ’ne Ahnung, ob sie mit einer Person zusammen ist?«

Ich runzelte die Stirn. »Puh, ich weiß es nicht, aber ich kann gerne nachforschen.«

»Das würdest du tun?« Ihre Augen leuchteten auf. »Nika, ich find dich ziemlich nice.«

»Hey, ich versuch es, aber kann nichts versprechen.« Unwillkürlich strömte Wärme durch meine Glieder. Hier fühlte ich mich wohl. Diese Menschen, meine neuen Freunde, gaben mir ein gutes Gefühl. Dazuzugehören. Ich durfte es nur nicht aufs Spiel setzen. Doch da war immer wieder diese Stimme, die mir zuflüsterte, dass ich eine Lügnerin war und sie mich hassen würden, wenn sie es herausbekamen. Sie durften es niemals erfahren. Niemals.

»Danke, du bist ein Goldstück!«

Nachdem wir unsere Gläser geleert hatten, holten wir uns neue Cocktails und dann wieder und dann … wieder. Wir waren mehr als gut dabei und stürzten einen Drink nach dem anderen herunter, während wir draußen auf der Tanzfläche unsere Moves zum Besten gaben. Wir tanzten zur Technomusik, die der DJ auflegte, auch wenn die definitiv nicht meinem Geschmack entsprach. Doch das spielte in diesem Moment, an diesem Abend keine Rolle.

Alles, was zählte, war, dass ich Spaß hatte. Mich wohlfühlte. In einem Kreis von Menschen, die mich mochten. Auch wenn ein gewisser Ambrose Kennedy das schneller beenden könnte, als mir lieb war.

18

AMBROSE

Solche Partys erlebte man am besten alkoholisiert. Da ich heute mit Fahren an der Reihe war, fielen Drinks für mich allerdings flach. Normalerweise übernahm das Luis, aber seitdem er sich tunlichst von unserer Clique – gut, von Lova – fernhielt, musste ich hier und da eben auch mal den Chauffeur mimen. Für meine Freunde tat ich das aber gerne; uns allen lag schließlich daran, sicher und gesund nach Hause zu kommen.

Während die anderen ihre absurden Tanzmoves aufs Parkett legten, lehnte ich an der Bar und sah zu. Alle paar Minuten kreuzten irgendwelche Leute auf, die ich kannte oder die die Kids der Freunde meiner Eltern waren und mit denen ich mich kurz unterhielt.

»Noch einen, bitte«, rief ich dem Barkeeper zu. Nur wenige Momente später schob er mir einen alkoholfreien Old Fashioned rüber. »Danke.«

Ich schnappte mir das Glas, nahm einen Schluck und wollte mich gerade vom Tresen abstoßen, als ich meinen Namen hörte.

»Ambrose Kennedy, schön, dich zu sehen.«

Der hat mir gerade noch gefehlt …

»Houston, alles klar?« Ich schlug mit dem großen Kerl in meinem Alter ein, dessen Gesicht leicht eingefallen wirkte. Unter seinen Augen lagen tiefe Ringe, die von wenig Schlaf oder zu viel verbotenen Substanzen zeugten. Das dunkle Haar sah schmierig, ungepflegt aus. Von diesem Typ hielt man sich am besten fern; doch leider war es für mich bereits zu spät, die Flucht anzutreten. Also musste ich mich damit begnügen, die Unterhaltung so kurz wie möglich zu halten, und mich dann schnell verdrücken.

»Sicher, und bei dir? Was macht das Training?«

Ich hatte ihn schon das ein oder andere Mal bei Tennisturnieren von Luis und bei den Ferien-Intensives in Belladaire gesehen und mit ihm gesprochen. Er war recht gut, für das Studium hatte sein Talent aber anscheinend nicht ausgereicht. Er war ein früherer Kumpel von Luis. Seine Familie stammte aus Ohio, war jedoch schon vor Jahren hier in die Gegend gezogen.

»Läuft gut.«

Mit einem Nicken signalisierte er dem Barkeeper, dass er den gleichen Drink wie ich haben wollte.

»Der ist alkoholfrei.«

»Oh, dann einen normalen Old Fashioned, danke.« Mit einem verschlagenen Grinsen wandte er sich wieder mir zu. »Kann mich ebenfalls nicht beklagen, was mein Tennistraining betrifft, auch wenn du nicht gefragt hast«, meinte er grinsend und fuhr sich durch die schmierigen braunen Haare. »Also, du bist jetzt fest auf Belladaire, hab ich gehört?«

Ich nickte und nahm einen Schluck.

»Hängst du noch mit Luis ab?«

»Jap.«

»Muss hart sein, an der Academy im Schatten deines Bruders zu trainieren, oder?«

Ich ballte meine freie Hand zur Faust, spannte meinen Kiefer an in dem verzweifelten Versuch, mir nichts anmerken zu lassen. »Ach, Aaron macht sein Ding, ich meins. Lange stehe ich nicht mehr in seinem Schatten, das kannst du mir glauben.«

»So, so …« Er fixierte mich. »Sag Bescheid, wenn ich dir behilflich sein kann.«

Durch seine Zeit in Belladaire und Luis wusste ich, dass Houston die Ansprechperson war, wenn man an Stoff kommen wollte, um sich zu dopen. Er vertickte das übelste Zeug, um Sportlern zu helfen, ihre beste Leistung zu erbringen. Und noch mehr. Aber für mich war das nichts, davon hielt ich mich fern. Dafür hatte ich zu viele üble Dinge gesehen, die daraus resultierten. Außerdem wollte ich Aaron mit fairen Mitteln – nun gut, mal abgesehen von Nika als meiner Geheimwaffe – schlagen. Und das würde ich schaffen, daran bestand kein Zweifel.

»Kein Bedarf.«

»Okay, kein Stress, Bro. Falls du doch irgendwann *Bedarf* hast«, er zwinkerte mir zu, »dann melde dich. Luis hat ja meine Nummer.«

Ich spannte mich an. »Verpiss dich, Mann.«

»Hey, kein Grund, gleich auszuticken, Kennedy. Ich wollte dir nur meine Hilfe anbieten.«

»Halt dich von mir und meinen Freunden fern.« Ich warf ihm noch mal einen warnenden Blick zu, dann stieß ich mich vom Tresen ab und lief mit meinem Drink rüber zu den anderen.

Die Gartenanlage war recht groß, ein türkisfarbener

Pool, in dem ein paar Leute planschten, eine weitere kleine Bar, daneben auf der Tanzfläche vor dem DJ meine Clique, die um ihr Leben tanzte. Die einen machten dabei eine bessere Figur als die anderen. Ganz vorn lag definitiv Nika. Wie sie sich im Mondschein in den Hüften wiegte, die Arme über ihren Kopf hob, machte mich auf seltsame Weise an. Ein Lächeln huschte über meine Lippen, als sie sich drehte. Ihre Augen waren geschlossen, man konnte förmlich sehen, dass sie den Song mit jeder Faser ihres Körpers fühlte. Vermutlich half ihr dabei auch der mindestens fünfte Cocktail, den sie in der Hand hielt.

Ich trat auf sie zu. »Ich glaube, bei dir steht noch ein Tauchgang an, meinst du nicht?«

Sie schlug die Augen auf und starrte mich einige Herzschläge lang an, bis sie sich gesammelt hatte. »Vergiss es. Ich hab keinen Bikini dabei. Und kein Handtuch. Und keine Unterwäsche zum Wechseln.«

»Ich bin mir sicher, dass wir dafür eine Lösung finden.«

»Spring nackt rein, Nika!«, kam es von Lova, die aufgedreht hin und her hüpfte. »Woohoo!«

Nika legte den Kopf schief und lachte. Dafür, dass sie eine nervige Lügnerin war, hatte sie ein schönes Lachen. Es wirkte herzlich und nicht so, als ob sie den anderen was vorgaukelte. Wenn die wüssten …

»Das könnte ich macheeen«, rief sie Lova zu und drehte sich um ihre eigene Achse.

Ein ungutes Gefühl machte sich in mir breit. Sie wollte doch nicht ernsthaft nackt in den Pool springen, oder? So schätzte ich sie ganz und gar nicht ein. Wobei … sie war ziemlich schlagfertig (auch wenn ich das nie zugegeben hätte), wirkte selbstbewusst und stark. Ausschließen konnte man es nicht.

»Ich mach's, wenn du's machst«, erwiderte Lova und kicherte.

Für den Hauch einer Sekunde schien Nika zu überlegen.

Ich verengte die Augen und trat noch einen Schritt näher. »Du willst nicht ernsthaft nackt da reinspringen, oder?«

»Wieso nicht?«

Weil dir dann alle notgeilen Kerle auf dieser Party dabei zusehen können und ich das nicht möchte.

»Ich glaube nicht, dass das jemand sehen will.«

»Du bist so ein Arsch, Ambrose«, knurrte sie und machte Anstalten, den Reißverschluss ihres Kleides zu öffnen.

Ich biss die Zähne aufeinander und trat erneut einen Schritt auf sie zu, sodass kaum mehr ein Blatt zwischen uns gepasst hätte. »Okay, warte …« Ich fuhr mir übers Haar.

Unsere Blicke trafen sich. Mein Herz schlug schneller. Verdammt, was sollte diese Scheiße? Was war mit mir los? Das Mädel war unausstehlich. Nicht mehr, nicht weniger. Wieso reagierte ich dann so auf ihre Nähe, auf ihren Körper, auf die Vorstellung von mir in …

»Was?« Zwischen ihren Brauen bildete sich eine steile Falte. »Hast du ein Problem damit?«

Sie provozierte mich. Ein genialer Schachzug, den ich nur zu gut kannte und auch gerne selbst vollführte. Doch wenn sie dachte, dass sie als Schülerin den Meister schlagen konnte, hatte sie sich geschnitten. Dafür war sie noch zu grün hinter den Ohren. Oder unterschätzte ich sie womöglich?

»Tu's nicht«, flüsterte ich nah an ihrer Wange, legte ihr

eine Hand an die Taille und atmete dabei ihren pudrigen Duft ein. »Ich werde dich nicht daran hindern, aber … lass es sein.«

Ihre Augen vergrößerten sich, und ich konnte erkennen, wie sie eine Gänsehaut am Hals bekam. Hitze stieg in mir auf, als ich einen Blick auf ihre vollen Lippen riskierte.

»Von mir aus«, wisperte sie. »Heute lass ich's. Aber wer weiß, ob mir dein Bruder nicht doch eines Tages beim Reißverschluss meines Kleides helfen wird …« Mit diesen Worten wich sie einen Schritt zurück, starrte mir jedoch weiter herausfordernd in die Augen. Ihre Braue zuckte für einen kurzen Moment nach oben, dann drehte sie sich um und ging in Richtung Bar davon.

Und mit ihr verabschiedete sich auch mein verdammter Verstand.

19

NIKA

»Bin ich froh, dass ich nicht verschlafen habe. Das tut gerade richtig gut.« Grinsend legte ich den Kopf in den Nacken und sah blinzelnd zum wolkenlosen Himmel hinauf.

Wind fuhr mir durchs offene Haar, ich schmeckte das Salz in der Luft, das mir immer wieder aufs Neue und die schönste Art und Weise bewusst machte, dass ich nicht in Frankfurt war. Nicht in Deutschland, sondern an der Côte d'Azur. Robyn, Lova, Tanisha und ich hatten uns wie vereinbart um zehn am Fahrstuhl getroffen und uns in Lovas anthrazitfarbenes Cabrio geschwungen, mit dem sie uns zu einem der angeblich schönsten Strände in der Gegend kutschierte – dem Paloma Beach, der in Saint-Jean-Cap-Ferrat lag. Die Mädels hatten schon öfter ihre freien Tage dort verbracht und davon geschwärmt, daher freute ich mich umso mehr, dass sie mich diesmal gefragt hatten, ob ich mitkommen wollte. Auch wenn ich immer noch ein wenig Angst hatte, dass Robyn mich eigentlich gar nicht mochte. So wie sie mich immer misstrauisch musterte, wirkte es zumindest nicht, als ob wir in absehbarer Zeit beste Freundinnen werden würden. Solange sie mich nicht anfeindete, war ich jedoch glücklich.

»Im Zweifel hätten wir dich an den Füßen aus dem Bett gezogen. Genau wie dieser Geist das in *Paranormal Activity* macht«, entgegnete Lova vom Fahrersitz und drehte »All You Had To Do Was Stay« von Taylor Swift ein wenig leiser. »Ich bin der Horrorfilm-Profi in unserer Runde, musst du wissen.«

Ich grinste. »Mit denen hab ich nicht so viel am Hut. Ich schaue lieber diese typischen Teeniefilme mit ganz viel Liebe.«

Die Strahlen der Vormittagssonne erwärmten meine Haut. Das Lächeln auf meinen Lippen schien angetackert zu sein, weil ich diesen Moment so sehr genoss. Ich fühlte mich lebendig. Wie schön das Leben sein konnte, wenn zur Abwechslung mal alles gut lief.

»Die mag ich auch, aber die sind oft so krass unrealistisch.«

»Lova, die sind zum Wegträumen!«, schaltete sich Tanisha lachend ein. »Einfach nur genießen.«

Nachdem wir einen Abstecher in diese neue Bäckerei gemacht und uns mit Croissants, Tartes und Macarons versorgt hatten, fuhren wir zum Strand und machten es uns auf Handtüchern und Decken bequem. Nach wie vor dudelte Taylor Swifts Stimme aus dem Lautsprecher – dieses Mal aus einem tragbaren Bluetooth-Speaker – und vermischte sich mit Meeresrauschen und Stimmen, die herbeischwebten. Die perfekte musikalische Untermalung. Der Strand befand sich in einer Art Bucht in Saint-Jean-Cap-Ferrat nahe Nizza, umgeben von Felsen, Büschen und Bäumen, Booten und Jachten auf dem Wasser, wie man es nur von den schönsten Reisefotos von Instagram und Pinterest kannte. Die türkisblauen Wellen wippten im Wind, und ein paar Leute trauten sich sogar bereits ins kühle Nass; dabei war die Temperatur des Wassers Anfang April garantiert noch ziemlich frostig.

»Ich bin echt froh, dass ich es geschafft habe, euch sicher hierherzufahren. Mir brummt der Schädel«, murmelte Lova, schob sich ihre übergroße schwarze Sonnenbrille auf die Nase und ließ sich mit einem Stöhnen auf den Rücken sinken.

Tanisha kicherte. »Du hast es dir gestern echt gut gehen lassen.« Dann warf sie sich eine Erdbeere in den Mund.

»Das muss auch mal sein. Nach der stressigen Woche und dem Dämpfer hatte ich so einen Abend echt nötig.«

»Du meinst, weil deine Schwester und deine Eltern dich jetzt doch nicht besuchen kommen?«, warf Robyn ein, die sich einen Sonnenschirm aufgespannt hatte und sich darunter rekelte wie Rose in *Titanic*, als Jack sie malen sollte. Verständlich, bei ihrer hellen Haut würde sie sonst bestimmt schnell einen Sonnenbrand bekommen. Das Problem hatte ich nicht. Durch meine philippinischen Wurzeln wurde ich schnell braun.

»Ja. Super schade.« Lova stützte sich auf die Ellenbogen und fügte an mich gewandt hinzu: »Hab ich dir schon erzählt, dass meinen Eltern eine der größten Event-Agenturen in Schweden gehört? Na ja, ist ja auch egal, auf jeden Fall können sie aktuell nicht weg. Und meine Schwester arbeitet für sie und hat auch total viel um die Ohren.« Lova verzog die Lippen zu einem Schmollmund.

»Vielleicht schaffen sie es ja in ein paar Wochen«, versuchte ich, sie aufzumuntern.

»Hoffentlich. Ich vermisse sie total, auch wenn ich eigentlich daran gewöhnt bin, dauernd von zu Hause weg zu sein.«

Ich erinnerte mich daran, dass sie schon einmal erwähnt

hatte, dass sie auf einem Sport-Internat gewesen war. »Du warst auf diesem Tennis-Internat hier in der Nähe, oder?«

»Jap. Mit vierzehn bin ich dorthin gezogen. Seitdem stürze ich mich in den Sport, sobald ich Heimweh hab.«

»Gesund ist das nicht«, murmelte Tanisha. »Aber was will ich denn ... Ich mach es ja genauso.«

»Nur dass deine Familie noch weiter weg wohnt als Lovas. Nigeria liegt nicht gerade um die Ecke«, schob Robyn ein, während ich Lova und Tanisha einen mitfühlenden Blick zuwarf.

»Zum Glück gibt es Videocalls, und in den Ferien fliege ich ja sowieso immer hin und verbringe sehr viel Zeit mit meinen beiden Brüdern und meinen Eltern.«

»Irgendwann gewöhnt man sich bestimmt daran«, sagte ich.

Lova nickte. »Wir haben ja uns. Eine zweite kleine Familie.«

Sofort stieg Wärme in mir auf, und ich musste lächeln. Doch gerade als ich noch etwas dazu sagen wollte, wechselte Lova bereits das Thema. »Wie hat dir die Party gestern gefallen, Nika?«

»Gut! So viel Spaß schreit nach Wiederholungsbedarf.« Ich holte tief Luft, bevor ich mich traute, die nächste Frage zu stellen. »Seid ihr häufiger auf diesen Partys?«

»Ab und an. Wir gehen nicht auf jede, die hier in der Gegend stattfindet; immerhin sollten wir das Wochenende dann auch tatsächlich mal für unsere Regeneration nutzen«, warf Tanisha ein und grinste. »Aber du kennst das ja, bei den krassen Events will man dabei sein.«

Ich nickte, wobei sich in meiner Brust etwas zusammenzog. »Ja. Klar, ich ... Man möchte nichts verpassen, stimmt schon.«

»Aber nächstes Wochenende ertrage ich so eine Eskalation nicht gleich noch mal. Soweit ich weiß, findet da sowieso nichts Großes statt. Und heute will ich nur den Tag mit meinen Girls genießen und mich ein wenig sonnen. Auf dem Rückweg sollten wir unbedingt noch einen Zwischenstopp in einem Restaurant einlegen«, meinte Lova und zog sich ihr weißes Top über den Kopf, offenbarte den orangen Bikini, den sie darunter trug. Zu ihren hellblonden Haaren und der vom Tennis auf dem Außenplatz gebräunten Haut sah er wirklich toll aus. Selbst die Abdrücke ihrer Tennismontur taten dem keinen Abbruch. Als ich das Versace-Logo am Saum erkannte, musste ich schlucken. Und auch bei der Erwähnung eines Restaurants schwante mir Übles. Dass die Preise hier horrend waren, wusste ich von meinem Aushilfsjob als Kellnerin schließlich nur zu gut. Mir kam jetzt schon der Caesar's Salad hoch, wenn ich daran dachte, dass ich dafür mit meinem letzten Cent würde blechen müssen. Und so würde es immer weitergehen, dafür reichte mein Budget definitiv nicht aus. Würde dann auch mein Lügenkonstrukt in sich zusammenbrechen? Nein. Irgendwie würde ich es schaffen, mein Geheimnis zu wahren. Zumindest hoffte ich das. Jetzt würde ich erst einmal den Tag am Strand genießen. Über alles andere konnte ich mir später Gedanken machen.

»Gute Idee«, erwiderte Tanisha. »Ich will heute auch nichts anderes tun. Mir tut jede Faser meines Körpers weh. Die Nacht war zu kurz. Aber das könnte womöglich auch daran gelegen haben, dass Lova geschnarcht hat.«

»Pff, ich schnarche nicht. Du verzapfst heute auch nur Mist, Madame.«

»Immerhin hab ich nicht vergessen zu tanken und

es nur mit Ach und Krach zur nächsten Tankstelle geschafft.«

»Hey, übertreib mal nicht, das war das erste Mal, dass mir so was passiert ist.« Lova verdrehte grinsend die Augen.

Lachend zog ich die Beine in den Schneidersitz. »Wir haben's ja zum Glück noch geschafft. Ihr habt echt nicht zu viel versprochen, es ist so schön hier.«

»Ich mag diesen Strand auch mit am liebsten.« Lova lächelte mich an. »Cool, dass du mitgekommen bist.«

»Na klar, da konnte ich doch nicht Nein sagen. Frühstück und Strand? Bin ich immer dabei.«

Robyn spitzte die Lippen. »Die beste Kombination. Vor allem nach gestern … Du hast dich schon ganz schön danebenbenommen …«

»Robyn, übertreib nicht. Nika hat sich ganz und gar nicht danebenbenommen«, warf Lova ein und Robyn einen warnenden Blick zu.

Ich schluckte, während mein Puls sich beschleunigte. »War es so übel?« Ich runzelte die Stirn aus Angst, etwas Peinliches getan zu haben.

»Also Lova und Hugo waren krasser drauf, aber irgendwann wolltest du dir dein Kleid vom Leib reißen und nackt im Pool baden«, erwiderte Tanisha und nahm einen Schluck Iced Coffee.

»Das … hab ich bisher verdrängt. Ich kann mich noch erinnern, ja …«

Tanisha legte den Kopf schief. »Ich hab fest damit gerechnet, deinen heißen Knackarsch zu sehen, aber irgendwas hat dich davon abgehalten. Oder eher … *irgendjemand*?«

»Was meinst du?«

»Na, Ambrose. Der hat dir was zugeflüstert, und dann war ziemlich schnell Schicht im Schacht.«

Ich schluckte, als mich die Erinnerung überrollte wie eine Welle. »Oh, ja, ähm …«

Lovas Augen weiteten sich, und sie verlagerte das Gewicht nach vorn. »Nika, was verheimlichst du uns?«

»Was? Nein!«

»Ihr wärt süß zusammen«, sagte sie, und die beiden anderen stimmten zu.

»Könnt ihr vergessen, ich fange nichts mit Ambrose an. Der …«

»Hält sich für den Krassesten?« Robyn grinste und zuckte dann mit den Schultern, als ich nickte. »Jap, nichts Neues.«

Anscheinend wussten sie, dass er ziemlich arrogant war. Seltsam.

»Aber wieso seid ihr dann mit ihm befreundet? Ich meine, was findet ihr an ihm?«

Lova und Tanisha wechselten einen kurzen Blick, dann ergriff Tanisha das Wort. »Er ist nicht so übel, wie er manchmal tut. Vor allem nicht zu seinen Freunden.«

Skeptisch hob ich eine Braue. »Unmöglich.«

Lova grinste. »Im Ernst. Wir kennen uns ewig, man kann sich immer auf ihn verlassen. Auch wenn seine Schale mehr als hart ist und er gerne provoziert, aneckt und den Macker raushängen lässt, steckt darunter ein weicher Kern. Den zeigt er nur nicht jedem Menschen und vor allem nicht auf Anhieb.«

»Das stimmt«, meinte Tanisha, während ich noch einen Schluck meines (nicht mehr ganz so) Iced Matchas nahm und ihnen gespannt zuhörte. »Ambrose ist einer der besten Freunde überhaupt.«

»Er ist echt einer von den Guten. Nisha, weißt du noch, als er letzten Sommer sechs Stunden mit dem Auto gefahren ist, um dich bei deiner Ex abzuholen?«

Sie schlug sich eine Hand vors Gesicht. »O Gott, erinnere mich nicht daran, bitte. Danke. Aber ja, Lova hat recht. Ich hab meine Ex-Freundin damals übers Wochenende, während eines Intensives, besucht, und sie hat aus dem Nichts mit mir Schluss gemacht. Es ging mir so mies, ich hatte einen halben Nervenzusammenbruch. Dann hat Ambrose mir geschrieben, weil er wissen wollte, ob ich gut angekommen bin. Als ich nicht geantwortet habe und er mich angerufen und das Drama mitbekommen hat, ist er sofort ins Auto gestiegen, um für mich da zu sein. Dabei habe ich ihn nicht mal darum gebeten. Ohne ihn wäre ich an dem Tag vermutlich komplett zusammengebrochen.«

Ein flaues Gefühl machte sich in mir breit. Das klang ganz und gar nicht nach dem Ambrose, den ich kennengelernt hatte. Ich würde Tanisha niemals unterstellen, dass sie log, aber das passte nicht zusammen. Einerseits diese liebevolle Seite und andererseits dieser arrogante und egoistische Macho, der mich unter Druck setzte.

»Wir reden sicher vom selben Ambrose?«, vergewisserte ich mich spaßeshalber noch einmal.

»Ja, tatsächlich.« Lova lächelte mich an und nickte. »Auch wenn er meines Erachtens viel zu viel mit Luis abhängt, gehört er mit zu den besten Menschen, die ich kenne.«

»Definitiv. Was er damals für mich getan hat, das ist typisch für den Ambrose, den wir kennen und der unser Freund ist. Ab und zu, da …« Tanisha hielt kurz inne. »Vor allen anderen spielt er sich ganz gerne auf. Er ist ziemlich auf den Sport fokussiert, mehr als jeder andere von uns, und tut alles, um der Beste zu sein beziehungsweise zu *werden*. Er kann zu seinen Mitmenschen auch mal echt mies sein, wenn er so verbissen versucht, seine Leistung zu verbessern. Man gewöhnt sich dran, glaub mir.«

Ich lehnte mich nach hinten, stützte mich im warmen Sand ab und ließ mir die Worte der Mädels durch den Kopf gehen. Aus ihrem Mund klang es, als wäre Ambrose einer der Guten, wobei ich diese Seite noch nicht hatte kennenlernen dürfen. Aber möglicherweise lag das auch an der Tatsache, dass mein erster Eindruck auf ihn nicht unbedingt positiv gewesen war – immerhin hatte er mich beim Lügen erwischt.

»Stehst du denn auf ihn?«, riss mich Robyn aus meinen Gedanken und fixierte mich misstrauisch.

Ich schüttelte den Kopf, wandte den Blick ab. »Nein, kein bisschen. Zu mir war er echt mies. Ich könnte niemals mit jemandem zusammen sein, der so drauf ist. Bisher hab ich noch nichts von seinem anscheinend guten Kern mitbekommen.«

»Und was Lockeres? Er hat schon ab und zu was mit den Mädels von der Academy gehabt, aber meist eben nichts Festes.«

Ich schüttelte den Kopf und versuchte damit auch, das flaue Gefühl in meinem Magen loszuwerden, das beim Gedanken an Ambrose mit anderen Frauen aufkam. Wenn ich in seiner Nähe war, bekam ich feuchte Handflächen und mein Herz schlug verdächtig schnell, doch bisher hatte ich das verdrängt und darauf gehofft, dass dieses Gefühl wieder verschwand. Wenn ich nur daran dachte, etwas mit ihm zu haben, hätte ich vor Lachen laut rausplatzen können. Solange er sich mir gegenüber so beschissen verhielt, wollte ich nichts von ihm wissen. Punkt.

»Niemals.«

Lova presste die Lippen aufeinander, als müsste sie ein Schmunzeln verbergen. »Dabei hat er von dir geschwärmt.«

»Er hat was?«

»Er meinte, dass du echt gut zu uns in die Clique passt, cool drauf bist. Dabei hat er so doof gegrinst, ich schwör dir, der hat's auf dich abgesehen, Nika.«

Meine Augen weiteten sich. »Ähm … ja, nett von ihm«, stammelte ich ungläubig, obwohl er natürlich nur seinen Part unseres Deals einhielt. Mich in die Clique zu bringen, ein gutes Wort für mich einzulegen. »Wie dem auch sei, ich steh nicht auf ihn. So gar nicht.«

Zu der Tatsache, dass es ohnehin besser so war, gesellte sich der Fakt, dass die Mädels es somit auch nicht komisch finden würden, wenn sie mich eines Tages womöglich bei einem Date mit Aaron sahen.

»Schade«, sagte Tanisha. »Andererseits vielleicht auch ganz gut. Er ist dermaßen krass auf den Sport fokussiert, dass er sowieso nie eine Freundin und eher Interesse an unverbindlichen Dingen hat. Ohne Verpflichtungen und so. Seine Karriere steht immer an erster Stelle. Nicht dass du noch verletzt wirst.«

»Und wenn du etwas nicht willst, dann ist es ein Ex-Freund an der Academy.« Lova verzog das Gesicht und schüttelte sich angewidert. »Ganz schlechte Sache, glaub mir. Davon kann ich ein Lied singen.«

»Du und Luis, ihr versteht euch nicht so gut, oder?«, fragte ich vorsichtig.

»Dieser Wicht kann mir gestohlen bleiben. Wenn ich den nur sehe, will ich ihn eine Treppe runterstoßen oder ihm einen Schläger über den Kopf ziehen oder …«

»Wow, du solltest deine Aggressionen ihm gegenüber mal in den Griff kriegen, Dramaqueen«, sagte Robyn mit vorwurfsvollem Unterton.

Seltsam. Dabei waren sie doch Freundinnen.

»Ich versuch's, auch wenn es schwer ist.« Sie zuckte mit den Schultern, wandte sich dann wieder mir zu. »Daher ist es echt besser, wenn du die Finger von Ambrose lässt. Vermutlich würde es am Ende noch so eskalieren wie bei Luis und mir, und das wünsche ich dir echt nicht, Nika. Das wünsche ich nicht mal meinem größten Feind. Ambrose als guten Freund zu haben, ist sowieso besser. Das ist Gold wert.«

20

AMBROSE

»Es ist superwichtig, dass ihr jedes Mal an die verschiedenen Techniken denkt, die wir besprochen haben. Immer wenn der Druck überhandnimmt.« Coach Smith stand vorn vor unserem Theoriekurs von fünfzehn Leuten und ließ ihren Blick von Gesicht zu Gesicht gleiten. Heute ging es um unsere mentale Verfassung, wie wir den krassen Druck am besten handeln konnten.

»Wir werden noch öfter darüber sprechen und vor allem auch darüber diskutieren, was jedem Einzelnen von euch am besten hilft.«

Ich lehnte mich ein Stück rüber zu Luis, der zurückgelehnt neben mir saß, seine dunkelblaue Sport-Cap falsch herum auf dem Kopf. »Lova will dir mit ihren Blicken am liebsten die Augen ausstechen, Mann. Wie lange soll das noch gehen?«

Er verdrehte die Augen. »Ist nicht mein Problem, wenn sie sich über meine Anwesenheit aufregt. Soll sie halt wegschauen. Ich hab die letzten drei Jahre kein Wort mit ihr gesprochen, und das wird sich auch nicht ändern.«

Ich nickte und beobachtete ihn kurz, weil ich mir immer noch krasse Sorgen um ihn machte. Wegen allem, was er mit sich herumtrug. Dann lehnte ich mich wieder zurück und musterte Coach Smith, die munter in der Mitte des Raumes zwischen den Tischen herumlief. Trotz des barocken Baustils von Belladaire war die Einrichtung hier modern gehalten. Riesige weiße Tische, gepolsterte Stühle und nur das neuste technische Equipment, wie ein großer Bildschirm vorn an der Wand, auf dem, solange keine Präsentation dort lief, das Emblem von Belladaire zu sehen war. Die Sonne flutete den Raum durch die geschwungenen Fenster mit warmem Licht, während draußen vereinzelte Wolken am Himmel vorbeizogen.

Lova und Nika saßen uns genau gegenüber, da die Tische in einem U angeordnet waren. Immer wieder huschte Nikas Blick zu mir, ihre Aufmerksamkeit lag eindeutig nicht auf dem Coach, sondern auf meiner Wenigkeit. Dabei konnte ich nicht bestreiten, dass es mir mit ihr ähnlich ging. Jedes Mal wenn sich unsere Blicke kreuzten, spürte ich einen Adrenalinstoß durch meinen Körper jagen. Wie ihre dunklen Haare ihr schmales Gesicht einrahmten, der Muskel an ihrem Kiefer, der immer wieder zuckte, wenn ich zu ihr sah und sie es bemerkte.

»Während Lova mich killen will, schickst du der Neuen also eindeutige Blicke«, raunte mir Luis grinsend zu.

»So ein Quatsch.« Doch meine Mundwinkel zuckten nach oben und verrieten mich. »Ein bisschen vielleicht.«

Wieso war sie nur so verdammt schön? Wieso dachte ich auf diese Weise an sie, wenn meine Priorität eigentlich darauf liegen sollte, Aaron zu schlagen? Einerseits war ich nach wie vor der Meinung, dass es mir zugutekommen würde, wenn sie meinen großen Bruder vom Training abhielt, andererseits fragte ich mich, ob der Deal nicht doch eine beschissene Idee gewesen war. Vermutlich hielt sie mich für einen abgefuckten Menschen. Na ja, nicht vermutlich, sondern ziemlich sicher. Das hatte sie mir mehr als einmal deutlich gemacht. Shit, es machte mich echt an, wenn sie auf hundertachtzig war und wir uns Wortgefechte lieferten. Auch wenn für mich feststand, dass nie etwas aus uns werden könnte, weil ich keine Beziehung wollte – keine Freundin, die mich vom Training abhielt –, fragte ich mich manchmal, ob sie mich unter Umständen nicht so sehr hasste, wie sie vorgab.

»Gut, wer kann was zu dem Thema sagen?«, riss mich Coach Smith aus meinen Tagträumen. »Luis vielleicht?«

»Ich«, fing mein bester Kumpel an und lehnte sich nach vorn. »Bei mir kam das schon vor, wenn mein Gegner Matchball hat oder sogar ich selbst. In dem Moment entsteht großer Druck und Stress. Ich glaube, dass es superwichtig ist, sich auf die Atmung zu konzentrieren. Außerdem sollte man positiv sein und nicht daran denken, dass man versagen könnte. Selbstbewusstsein.«

Auf der anderen Seite biss Lova die Zähne aufeinander und durchbohrte ihren Ex-Freund mit messerscharfen Blicken. Mit aller Macht versuchte ich, mir ein Grinsen zu verkneifen, weil Lova gut und gerne mal übertrieb und als Dramaqueen unserer Gruppe bekannt war. Ich scheiterte kläglich und hielt mir schlussendlich die Hand vor den Mund, damit Coach Smith es nicht …

»Ambrose, was gibt's da zu lachen?«

… mitbekam. Ups.

Ich legte die Stirn in Falten und richtete mich auf. »Nichts, nichts. Kein Grund zum Lachen, Coach.«

»Sicher? Gerade sah das noch anders aus.« Strenge schwang in ihrer Stimme mit. Sie galt an der Academy als die härteste Trainerin überhaupt und scheute sich auch nicht davor, Sportler vor dem ganzen Kurs herunterzumachen. Wenn es nach ihr ging, formte das den Charakter.

»Es tut mir leid, kommt nicht wieder vor.«

»Das will ich hoffen.« Dann verengte sie die Augen und verschränkte die Arme vor der Brust. »Was sagst du zu dem Thema? Irgendwelche Ergänzungen?«

Shit. Natürlich hatte ich die letzten Minuten nicht aufgepasst.

»Ähm«, fing ich an, während ich merkte, wie mein Puls in die Höhe schoss. »Gegebenenfalls sollte man auch die Atmung bedenken, ja. Und sich womöglich mit ähm … einem sicheren Auftreten auseinandersetzen?« Es hatte wie ein Fakt klingen sollen, doch stattdessen war mir der Satz eher wie eine Frage über die Lippen gekommen.

Ganz große Klasse, Ambrose. Super gemacht.

»Ist das deine Antwort?«

»Ich schätze schon.«

»Jeder Dialog mit dir ist Zeitverschwendung«, entgegnete sie kühl und machte ein paar Schritte auf mich zu. »Schön, dass du Luis nachgeplappert hast. Deine Leistung lässt zu wünschen übrig. Du bist einer der Kennedy-Brüder, du willst doch sicher Athlete of the Month werden, oder nicht?«

Ich nickte und biss die Zähne zusammen, bis der Muskel in meinem Kiefer zu schmerzen begann.

»Das kannst du vergessen, wenn du nicht mit voller Konzentration am Ball bleibst. Dauernd lässt du dich ablenken, bist in Gedanken woanders und kommst zu spät. Und auch dieses kleine Trauerspiel hier, das wird notiert und fließt in deine Beurteilung ein. Es ist jetzt Anfang April, aber um das aufzuholen, ha …« Sie lachte wie eine bitterböse Hexe auf. »Das kannst du nicht mehr aufholen. Letzten Monat hat dein Bruder wieder den Titel geholt. Vielleicht solltest du …«

Sag es nicht. Sag es bitte nicht. Bitte, bitte, bitte.

»… dir mal ein Beispiel an ihm nehmen. Nicht nur im Becken, sondern auch in der mündlichen Mitarbeit während der Theorie ist er die ungeschlagene Nummer eins. Und das, seitdem er das erste Mal an der Academy war.«

Mein Herz zog sich zusammen, während ich unter dem Tisch die Hände zu Fäusten ballte. Ich wollte weg hier. Weg von ihren Worten. Weg von all dieser Scheiße, die ich mir immer wieder aufs Neue anhören musste.

»Das ist mein voller Ernst«, fuhr sie ungerührt fort, als sie sich umdrehte und durch den Raum schritt. »Manchmal frage ich mich wirklich, ob du sein Bruder bist. Denn auf seinem Level befindest du dich noch lange nicht. Dafür müsstest du in jeglicher Hinsicht eine Schippe drauflegen. So wie ich dich kennengelernt …« Weiter kam sie glücklicherweise nicht, da das Klingeln den Unterricht für heute beendete. »Gut, wir sehen uns nächste Woche wieder.« Sie wandte sich noch mal mir zu. »Und dir, Ambrose, empfehle ich, dann bei der Sache zu sein.«

Ich hielt ihrem Blick stand und nickte, während mein ganzer Körper zum Zerbersten angespannt war.

Während ich wie durch dichten Nebel wahrnahm, dass meine Mitstudenten aufstanden und den Raum verließen, verharrte ich wie festgefroren auf meinem Platz und starrte auf mein Tablet, das vor mir auf dem Tisch lag. Mein Herz raste. Es würde nie aufhören. Nie. Ganz im Gegenteil würde es schlimmer werden, wenn ich es nicht endlich schaffte, an Aarons Leistung heranzukommen.

Immer wieder musste ich mir dieselbe Scheiße anhören. Denselben Mist, dass ich der schlechtere Bruder von uns war. Derjenige, der weniger wert war. Die Nullnummer.

»Hey«, drang Luis' Stimme dumpf an mein Ohr, als er vorsichtig eine Hand auf meine Schulter legte. »Alles klar?«

Ich atmete tief durch und nickte. »Passt schon.«

»Das war echt mies von ihr.«

»Sie hatte recht, ich bin selbst schuld.« Wieder biss ich die Zähne aufeinander, versuchte, den Schmerz zu verdrängen, der meinen ganzen Körper wie in eisernen Klauen hielt. Den ich viel zu gut kannte.

»Quatsch, sie hat dich nur in einem blöden Moment erwischt und …«

»Ist okay, Luis. Wirklich.«

Er nickte, doch seine besorgte Miene entging mir nicht. Mir war bewusst, dass er mir kein Wort abnahm. Doch als mein Freund wusste er auch, dass er mich in diesem Moment besser nicht weiter damit nervte. »Na schön, kommst du mit zum Lunch?«

»Klar. Ich pack nur schnell mein Zeug ein, dann können wir gehen.« Ich schob mein Tablet, die Wasserflasche und die Packung Nüsse in meinen Rucksack, dann erhob ich mich – nur um im nächsten Moment in ein Paar braune Augen zu sehen.

Nika stand im Türrahmen, hatte sich jedoch noch einmal zu uns umgedreht. Ihre ganze Aufmerksamkeit ruhte auf mir. Ihre Brauen waren leicht zusammengezogen, als ob sie sich wie Luis Sorgen machte, wie es mir ging. Sie wirkte nicht so kühl wie sonst, vielmehr lag eine gewisse Wärme in ihrem Blick, und ihre Züge waren weicher. Unmerklich biss sie sich auf die Unterlippe. Hitze strömte bei ihrem Anblick durch meinen Körper. Mein Mundwinkel hob sich für den Hauch einer Sekunde.

»Nika?«, rief Lova vom Gang aus, und sie zuckte zusammen.

»Komme«, murmelte sie, löste mit einem kleinen Lächeln den Blick von mir und trat in den Flur.

21

NIKA

»Hätten wir nicht auf Ambrose warten sollen?«

Lova schüttelte den Kopf. »Der kommt in solchen Situationen am liebsten allein zurecht, und außerdem hat er ja … Luis.«

Ich verzog meine Mundwinkel zu einem angedeuteten Lächeln. »Na, dann kann ja nichts schiefgehen.«

Mit einem mulmigen Gefühl folgte ich Lova den Gang hinunter, um zur Kantine zu kommen. Aber die Situation mit Ambrose und Coach Smith ließ mich nicht los. Auch wenn ich Ambrose bisher nur als Volldeppen erlebt hatte, machte ich mir ein wenig Sorgen um ihn. Ich hatte den Schmerz in seinen Augen aufblitzen sehen, hatte ihn gespürt, als wäre es mein eigener. Aber es war nicht meine Aufgabe, ihn aufzuheitern, ermahnte ich mich. Das sollten die Menschen tun, die ihm wichtig waren und denen er seine nette Seite zeigte. Dem Deal und all seinen Sticheleien entnahm ich, dass ich nicht dazugehörte.

Und dennoch, den restlichen Tag verfolgte mich Ambrose' schmerzhaft verzogenes Gesicht. Ich bekam es nicht aus dem Kopf, und jedes Mal, wenn es wieder vor meinem inneren Auge auftauchte, durchzuckte mich eine

Mischung aus Neugier und Sorge. Und es erinnerte mich daran, wie es war, so behandelt zu werden. Das war eines der beschissensten Gefühle. Ich wollte nicht, dass sich irgendein Mensch – auch nicht Ambrose Kennedy – so fühlte. Bisher hatte er auf mich selbstbewusst und verbissen gewirkt, diese Theoriestunde hatte ihn in einem ganz anderen Licht gezeigt. In einem, das seine unsichere Seite zum Vorschein gebracht hatte.

Am Abend entschied ich mich, noch ein wenig durch die Academy zu streunen und Ausschau nach Ambrose zu halten. Doch nirgendwo war er zu finden, auch nicht im Gym, dem Physio-Center oder dem Gaming-Bereich. Und bei seinem Zimmer vorbeigehen wollte ich auch nicht. Das wäre eindeutig zu direkt gewesen. Immerhin wusste ich ja nicht mal wirklich, was ich ihm sagen wollte. Ich fragte mich sowieso, was ich *überhaupt* von ihm wollte …

Was ist deine Mission, Nika?

Ich hatte nicht den blassesten Schimmer. Trotzdem zog es mich zum hinteren Teil des Geländes in Richtung Schwimmhalle. Da die Sonne noch recht weit oben am Himmel stand, konnte ich gut durch die riesige Scheibenfront ins Innere der Halle sehen. Das Wasser bewegte sich etwas, wie der Wackelpudding, den meine Mom in Deutschland immer für mich gemacht hatte, doch sehen konnte ich niemanden. Ich lief ein paar Schritte an der Fassade entlang. Und dann entdeckte ich ihn.

Mein Herz machte einen Satz und ich einen nach hinten. Ambrose vollendete gerade eine Bahn und stieg aus dem Wasser. Tropfen perlten über seinen durchtrainierten Oberkörper auf den Boden. Er sah aus wie gemeißelt. Das Tattoo auf seiner Brust kam jetzt, wo er nur seine Badehose anhatte, besonders gut zur Geltung. Eine Welle, umrandet mit geometrischen Formen, minimalistisch gehalten wie das Pikass-Tattoo auf seinem Oberarm.

Hitze wallte durch meinen Körper, und in meiner Mitte zog sich etwas lustvoll zusammen. Unwillkürlich biss ich mir auf die Innenseite meiner Wange. Mein Puls beschleunigte sich, als er am Beckenrand entlang in Richtung Umkleiden lief. Geschmeidige Bewegungen, bei denen ich mich fragte, ob er sich in anderen Situationen wohl auch so heiß bewegte.

Veronika Blum, stop it, verdammt!

Ich schüttelte den Kopf, um die Gedanken an einen nackten Ambrose in meinem Bett loszuwerden, löste mich aus meiner Starre und lief an der Halle vorbei. Er sollte mich hier draußen nicht entdecken. Nicht dass er sich noch wer weiß was darauf einbildete, dass ich ihm wie eine Perverse nachstellte, vor dem Fenster auf seinen halb nackten Körper geierte wie eine ausgehungerte Löwin. Um Gottes willen, nein, unter keinen Umständen. Daher entschied ich mich auch dagegen, vor der Tür auf ihn zu warten oder auch nur eine Fußspitze in die Halle hineinzusetzen. Stattdessen lief ich den Hügel hinauf zu der Tischtennisplatte, bei der Ambrose und ich vergangene Woche abgehangen hatten. Ich stemmte mich auf den kühlen Stein und setzte mich auf die Kante, ließ den Blick zum Horizont schweifen, wo sich der hellblaue Himmel und das dunkelblaue Meer berührten. Im Schatten der Palme zog ich mein Handy aus der Hosentasche meiner Jogginghose und ließ den Daumen über dem Display kreisen.

Soll ich? Oder lieber doch nicht? Ja? Nein? Vielleicht später? Jetzt? Jetzt sofort gleich?

Mir entfuhr ein Stöhnen. Gott, was war denn mit mir los?

Plötzlich entschlossen öffnete ich den Chat mit Ambrose und tippte eine Nachricht an ihn, da ich mir doch irgendwie Sorgen um ihn machte.

Nika: *Alles klar?*

Das war unverfänglich. Hatte nichts zu bedeuten. Ich war nur eine Person, die sich nach seinem Wohlbefinden erkundigen wollte, nachdem er heute einen schlechten Tag gehabt hatte.

Ich sah, wie er online kam.

Ambrose: *Jap. Wieso willst du das überhaupt wissen?*

Mein Blick huschte zur Halle. Vermutlich war er in der Umkleide und hatte soeben geduscht. Nackt. Na ja, wie auch sonst? Ich. Musste. Mit. Diesen. Gedanken. Aufhören. Jetzt!

Nika: *Sicher? Coach Smith war heute ziemlich fies zu dir. War schon krass, dich vor allen so in die Schranken zu weisen. Tut mir echt leid.*

Ambrose: *Mit wem schreibe ich hier gerade?*

Nika: *Hä? Nika. Hast du meine Nummer nicht gespeichert?*

Ambrose: *Doch, klar. Aber das hört sich nicht nach dir an. Viel zu nett.*

Ich verdrehte die Augen und seufzte. So ein Volldepp.

Nika: *Hast es verdient. Kannst eh nichts außer scheiße aussehen … So besser?*

Ambrose: *Da ist sie wieder, meine Nika ;)*

Mein Herz begann zu flattern. *Meine Nika.* Weshalb schrieb er das? Vielleicht … Nein, ich musste mich einkriegen. Ambrose Kennedy würde mir ganz sicher nicht den Kopf verdrehen.

Nika: *Jetzt mal im Ernst. Ich weiß, wie es sich anfühlt, öffentlich bloßgestellt zu werden. Das tut weh. Nicht mal du hast das verdient. Also … Alles okay?*

Ambrose: *Hast du das auch schon mit einem der Coaches erlebt??*

Nika: *Nicht mit den Coaches. Früher. Auf andere Art.*

Ambrose: *Falls du darüber reden willst …*

Nika: *Danke. Aber spielt keine Rolle, ich hab mich nur gefragt, wie es dir geht.*

Ambrose: *Ich fühle mich geehrt, dass du dir Sorgen um mich machst. Das ist ja fast schon süß. Aber zerbrich dir mal nicht dein hübsches Köpfchen. Mir geht's super.*

Nika: *Und weil es dir super geht, hast du noch 'ne extra Session eingelegt, oder was?*

Ambrose: *Wie gesagt, mir geht's super. Konzentrier du dich lieber mal auf meinen Bruder. Wie ist da der Stand?*

In der Mittagspause hatte ich kurz mit Aaron gesprochen und ihn dazu bekommen, dass wir uns Samstag trafen. Erst hatte er nicht sonderlich begeistert reagiert, immerhin war ihm mindestens genauso bewusst wie mir, dass er am nächsten Tag einen Wettkampf hatte. Aber letzten Endes waren meine Flirtversuche und Überredungskünste geglückt.

Nika: *Wir treffen uns Samstag um vier. Bisschen durch die Gegend fahren und dann was essen.*

Ambrose: *Halte ihn lange hin. Am besten, ihr geht noch was trinken oder so.*

Nika: *Und wie komme ich dann zurück in die Academy, wenn er betrunken ist und ich keinen Führerschein habe?*

Ambrose: *Wie jetzt?? Du hast also nicht nur gelogen, was dein schickes (nicht vorhandenes) Auto betrifft, sondern hast noch nicht mal einen Führerschein? Wow.*

Nika: *Ambrose! Was soll ich denn dann machen?*

Ambrose: *Nur eine Nachricht, und ich hol dich ab. Egal wo.*

Mir wurde warm, und ich lockerte mein Shirt, streifte es mir über den Kopf, worunter ich einen Sport-BH trug. Kam gerade etwa die Seite von Ambrose zum Vorschein, von der die Mädels am Strand geredet hatten? Als ich nichts erwiderte, weil ich zur Abwechslung mal sprachlos war, vibrierte mein Handy erneut.

Ambrose: *Ich schnall dich dann aufs Dach. Mit dir in einem Auto würde ich es nicht aushalten.*

Nika: *Da ist er wieder, mein Ambrose ;)*

Ambrose: *Wagst du es, mein eigenes Wort gegen mich zu verwenden? Ich bin schockiert.*

Nika: *Dann sei mal schockiert. Und gib mir noch 'nen Tipp für Samstag.*

Ambrose: *Okay, lass mich überlegen … Fettiges Essen wäre super. Und wie gesagt, Alkohol könnte man auch machen. Hauptsache, er ist so richtig fertig.*

Nika: *Keine Ahnung, ob das was wird. Wir sind selbst Sportler, und du weißt, wie tricky es ist, Leistungssportler dazu zu kriegen, vor Wettkämpfen aus ihrer Routine zu fallen …*

Ambrose: *Du schaffst das schon. Ich zähl auf dich. Wenn er Sonntag den ersten Platz macht, müssen wir unsere Strategie noch mal überdenken.*

Nika: *Wie meinst du das?*

Ambrose: *Vielleicht müssen wir dann noch ganz andere Geschütze auffahren, wir werden sehen. Mach einfach mal.*

Andere Geschütze?

Mir lief es eiskalt den Rücken hinunter. Was verstand der Kerl denn bitte darunter? Eigentlich wollte ich mir das gar nicht vorstellen. Was wiederum bedeutete, dass ich mich Samstag reinhängen musste. Und zwar so richtig. Auch wenn wieder dieses seltsame Gefühl in mir aufkam, dass Ambrose vielleicht doch nicht so schlimm war, wie er tat, konnte ich nur gegen die aufkommende Sympathie für ihn ankämpfen. Wärme floss durch meinen Körper, wenn ich an ihn dachte, besonders jetzt, wo ich den Anflug einer anderen Seite an ihm kennenlernen durfte. Aber nein. Etwas anderes als diese geschäftliche Beziehung mit ihm stand nicht zur Debatte. Nicht, wenn ich wollte, dass dieser Deal aufging.

22

NIKA

Mit klopfendem Herzen trat ich aus dem Fahrstuhl und durchquerte die Lobby. Genau in der Mitte der Halle stand Aaron und wartete auf mich. Eine aufrechte Haltung, wie ich es von den meisten Sportlern gewohnt war, was in seinem eng sitzenden elfenbeinfarbenen Hemd besonders gut zur Geltung kam. Seine Muskeln zeichneten sich deutlich darunter ab. Dazu trug er eine dunkelblaue Hose. Als er sah, wie ich auf ihn zulief, wanderten seine Mundwinkel nach oben.

»Hey«, sagte er und hob die Hand zur Begrüßung. »Schön, dich zu sehen.«

Ich lächelte ihn an, dann umarmten wir uns kurz. »Hi. Finde ich auch. Cool, dass es geklappt hat.«

»Du hast mir ja keine andere Wahl gelassen.« Wir setzten uns in Bewegung. »Fahrstuhl oder Treppe?«

»Gern Fahrstuhl«, entgegnete ich, und wir liefen nebeneinanderher durch die Eingangshalle. Ein paar Leute drehten sich nach uns um. Hoffentlich tuschelten sie nicht hinter meinem Rücken. »Deine Begeisterung hält sich also in Grenzen«, gab ich zurück, während wir den leeren Aufzug betraten und nach unten in die Tiefgarage fuhren.

»War natürlich nur ein Witz. Ich bin einfach schon mit dem Kopf beim Wettkampf morgen, tut mir leid.« Er fuhr sich nervös über die Augenbraue und warf mir einen Seitenblick zu. Die Türen öffneten sich wieder, und wir stiegen aus, liefen durch die beleuchtete Garage mit den vielen teuren Autos.

Die ganze Situation war unglaublich surreal. Ich hatte keinerlei Interesse an Aaron, und doch musste ich so tun als ob. Gleichzeitig durfte ich nicht übertreiben, da ich nicht wollte, dass er sich zu große Hoffnungen machte. Ein schmaler Grat. Wenn ich nicht aufpasste, würde ich in die Tiefe stürzen.

»Kein Problem. Ich lenk dich heute gerne ein bisschen ab.«

»Mal schauen, ob du das schaffst.« Aaron deutete mit seinem Schlüssel auf einen dunkelgrauen Sportwagen, woraufhin die Scheinwerfer aufblinkten.

»Ich gebe mein Bestes.«

Nachdem wir eingestiegen waren, steuerte Aaron die Rampe hinauf nach draußen auf die Zufahrt. Im Auto roch es nach Neuwagen, auf der Rückbank lagen ein paar Sportklamotten, und aus der Anlage dudelte ein chilliger RnB-Song.

»Wo fahren wir denn hin?«, fragte ich grinsend, als wir zum Tor der Academy hinausfuhren, die Serpentinenstraße hinunter ins Zentrum von Monaco. Am Straßenrand ragten meterhohe Palmen in den Himmel, die Nachmittagssonne prallte uns aufs Dach. Rasch schob ich mir meine Sonnenbrille auf die Nase.

»Wo möchtest du denn hin?« Sein Blick huschte kurz zu mir, und ich merkte, wie sich sein Kiefer anspannte. War er nervös?

»Vielleicht ein bisschen spazieren?«

Da Ambrose mir aufgetragen hatte, ihn so richtig auszupowern – wow, das klang in meinem Kopf unfassbar falsch –, würde eine kleine Wanderung der ganzen Sache wohl zugutekommen.

»Wir könnten auch … Oh!« Seine Brauen huschten nach oben, und ein Grinsen legte sich auf seine Lippen. »Ich hab eine Idee. Oder muss es unbedingt ein Spaziergang sein?«

»Nein, nein, schon gut.« Ich presste die Lippen aufeinander. *Verdammt.*

Er nickte. »Alles klar, dann lass dich überraschen.«

»Aber wehe, es ist keine gute Überraschung!«

»Das erzeugt ja mal gar keinen Druck«, sagte er mit einem kleinen Lachen, bei dessen Klang ich unwillkürlich an Ambrose denken musste und daran, dass ich sein Lachen sehr viel lieber mochte. Ob er gerade trainierte? Oder mit den anderen abhing?

Falscher Bruder, Nika. Falscher Bruder.

Verdammt, ich hatte mich auf Aaron zu konzentrieren, der nur leider nicht den geringsten Funken in mir zündete, während allein der Gedanke an Ambrose ein ganzes Feuerwerk zwischen meinen Beinen explodieren ließ. Wieso musste ich diesen Mistkerl nur so heiß finden, verflixter Mist?

Wenig später parkte Aaron seinen Wagen vor einem Gebäude, das wie eines dieser hippen Cafés aussah, in denen es Avocado Bowls und Açai Pancakes gab. Ich stieg aus und warf ihm einen fragenden Blick zu.

»Das hier ist eins meiner Lieblingscafés.« Er kratzte sich am Hinterkopf. »Okay, ehrlich gesagt komm ich wegen meines Trainingsplans nicht allzu oft her, aber vielleicht gefällt es dir ja.«

»Wenn es leckere Drinks gibt, wird es mir gefallen.« Ich grinste ihn an, während wir uns der cremefarbenen Fassade näherten, an der bunte Blüten in Pink, Blau und Gelb und Efeu hinabrankten. Bienen summten, und es roch süß und blumig. Das Schild über dem Eingang war in Hellblau gehalten.

Als wir durch den Innenraum liefen, um an einem der Tische draußen auf der hinteren Terrasse Platz zu nehmen, fiel mir auf, dass das Farbkonzept von Strand und Meer inspiriert war. Es herrschten beige, hell- und dunkelblaue Töne vor, und das Dekor bestand aus Boho-Elementen wie herabhängenden Korbsesseln, die vom Material zum Sitzmobiliar passten. An den Tischen saßen einige Leute in unserem Alter und unterhielten sich, es duftete nach frisch gebrühtem Kaffee und Meer – meiner Ansicht nach eine unwiderstehliche Mischung. Wir setzten uns an einen Tisch am äußeren Rand der Terrasse, von dem aus wir einen phänomenalen Blick über das Zentrum von Monaco mit all den Dächern, Pflanzen, den sich windenden Straßen und den teuren Autos bis hinunter zum Meer hatten.

»Manchmal glaube ich, dass ich immer noch nicht ganz realisiert habe, dass das hier jetzt wirklich mein Zuhause ist«, murmelte ich gedankenverloren.

Aaron wandte sich von der Karte ab, um zu mir zu schauen. »Es ist toll hier. Krass, dass du bisher noch nicht an der Academy warst. Warum eigentlich nicht?«

»Ähm«, begann ich und geriet augenblicklich ins Stocken. Verdammt. Wie viel wusste er über mich? Vermutlich noch gar nichts. Wie viel wollte ich ihm erzählen? Was sollte ich sagen?

»Nika?«

»Ja, ich … Es hat sich bisher noch nicht ergeben.«

Sehr vage, aber zumindest irgendwie gerettet. Hoffentlich hakte er nicht nach, was meine Familie betraf. Oder meinen Kontostand.

»Dann wurde es echt mal Zeit.« Seine Lippen verzogen sich von einem ernsten Strich zu einem kleinen Lächeln. »Freut mich übrigens, dass du mich nach einem Treffen gefragt hast.«

Pack deine Flirt-Skills aus, Nika. Jetzt oder nie.

»Als ob du nicht dauernd nach Dates gefragt wirst, Aaron, schau dich doch an. Die Leute stehen sicher Schlange bei dir.«

Er lachte. »Viele trauen sich gar nicht, mich anzusprechen, weil ich diesen Ruf habe …«

»Was für einen Ruf?«

»Wunderkind, Star der Academy, zukünftiger Olympiasieger. Such dir was aus. Die meisten ahnen wahrscheinlich, dass ich ihnen sowieso einen Korb geben würde, weil ich mich so gut wie nur auf den Sport konzentriere.«

»Das heißt, normalerweise hast du keine Dates?«

Seine Brauen huschten nach oben. »Nein. Sport steht an erster Stelle. Keine Frauen, keine Beziehung, keine Ablenkung.«

»Und wieso sitzt du jetzt hier mit mir?«

»Du hast mir direkt gefallen und warst ein bisschen hartnäckiger als die anderen Mädels. Und manchmal ist es ganz schön, sich mal über was anderes zu unterhalten als den Sport.« Er sah wieder in die Karte, und als der Kellner kam, bestellte er die hausgemachte Pfirsich-Limonade; ich wählte einen fruchtigen Cocktail. Vielleicht nahm er bei der nächsten Runde dann ja auch einen Drink mit Alkohol. Einen Versuch war es wert. Ich musste in die

Vollen gehen. Immerhin hatte ich einiges zu verlieren, wenn ich meinen Teil des Deals nicht erfüllte.

»Das glaube ich. Aber muss doch ein tolles Gefühl sein, der Beste der Academy zu sein und Medaillen bei all den nationalen und internationalen Wettkämpfen abzuräumen, oder?«

Seine Unterarme spannten sich an, als er die Ellenbogen auf der Tischplatte abstützte und überlegte. »Ja. Schon. Ich kann mich über meine Karriere nicht beklagen, es läuft echt gut.«

»Aber?« Ich legte den Kopf schief.

»Kein Aber.« Unsere Blicke begegneten sich, und ich merkte, wie er seinen intensivierte, doch bei mir regte sich rein gar nichts. »Ich kenne nicht viel anderes. Es ging immer nur ums Gewinnen.«

»Und das machst du ja nun auch regelmäßig. Glückwunsch übrigens zur Auszeichnung zum Athlete of the Month. Die hast du letzte Woche bekommen, oder?«

Er nickte. »Danke. Genau. Ich vergesse manchmal, dass das was Besonderes ist, weil ich mich schon so daran gewöhnt habe.«

»Du räumst den Titel echt jeden Monat ab?« Meine Augen weiteten sich. Das war etwas, wovon ich nur träumen konnte.

»Das ein oder andere Mal hat sie jemand anderes bekommen, aber ja, in der Regel … geht sie an mich.« Schulterzuckend lehnte er sich zurück und nahm einen Schluck von der Limonade, die der Kellner gerade vor ihm abgestellt hatte.

»Kann ich Ihnen noch etwas bringen?«, wandte sich der Kellner an uns. Als wir dankend verneinten, huschte er wieder davon.

Ich rührte mit dem Glasstrohhalm meinen orangen Cocktail um. »Krass. Aber freut mich für dich. Ist ja auch verdient, du trainierst ziemlich hart.«

Er blies die Wangen auf und zog dann die Brauen zusammen. »Mein Leben hat sich seit klein auf in der Schwimmhalle abgespielt. Mein Bruder und ich haben immer die besten Coaches an die Seite gestellt bekommen, um uns stetig zu verbessern. Unsere Eltern wären enttäuscht, wenn ich nicht dauernd gewinnen würde.«

Als er Ambrose erwähnte, machte mein Herz einen Satz. Einerseits verspürte ich das Bedürfnis, Aaron über ihn auszuquetschen, andererseits wollte ich so wenig wie möglich über ihn nachdenken. Ich wusste selbst nicht, warum sich sein charmantes, durchtriebenes Grinsen immer wieder in meine Gedanken schob. Es gab genügend Gründe, ihn zu verabscheuen. Zum Beispiel die Tatsache, dass ich nun hier saß und mir mit seinem Bruder die Nacht um die Ohren schlagen sollte.

»Dann habt ihr bestimmt viel zusammen trainiert, oder?«, lenkte ich dennoch das Thema beiläufig auf Ambrose und stützte das Kinn in die Handfläche.

»Früher, ja. In den letzten Jahren immer weniger.«

»Oh, warum denn das?«

Er wiegte den Kopf hin und her. »Hatte verschiedene Gründe.« Er sah mich an. »Wie sieht's bei dir aus? Hast du Geschwister?«

»Du weichst aus. Hat das einen bestimmten Grund?«

»Lange Geschichte. Sport ist super, kann aber auch viel kaputtmachen.«

Ich nickte. »Verstehe.«

»Also«, fing er wieder an und lächelte. »Wie sieht's bei dir aus?«

Ich schüttelte den Kopf. »Nein, leider keine Geschwister. Nur eine beste Freundin, die wie eine Schwester für mich ist.«

»Trainiert sie auch an der Academy?«

»Nein, nein. Anna lebt in Hamburg. Wir kennen uns seit der Grundschule, aber dann ist sie weggezogen; inzwischen studiert sie Lehramt.«

»Ach so«, sagte er und nahm noch einen Schluck.

Wir unterhielten uns noch eine Weile über meine beste Freundin und die Academy, belanglose Dinge, bis er irgendwann auf seine Fitnessuhr sah. »Wollen wir so langsam wieder zurück? Ich hab ja morgen …«

»Schon?«, fiel ich ihm ins Wort. Immerhin hatte ich eine Mission. »Wollen wir nicht noch runter ins Zentrum und was essen gehen? Ich habe riesigen Hunger, du doch sicher auch, oder nicht?«

»Ich wollte eigentlich … Morgen ist doch mein Wettkampf, ich wäre gerne ausgeschlafen und …«

»Aaron, mal unter uns: Was du brauchst, ist definitiv ein wenig mehr Spaß in deinem Leben. Und dafür hast du jetzt mich.« Ich zwinkerte ihm zu, was ein mulmiges Gefühl in mir auslöste. Er war ein netter Kerl, aber das war nur noch ein Grund mehr, dass ich mich am liebsten vor lauter schlechtem Gewissen in meinem Bett verkrochen hätte. »Komm schon, nur ein Essen. Du machst morgen doch sowieso den ersten Platz.«

Aaron schien tatsächlich über meinen Vorschlag nachzudenken, zumindest meinte ich das daran abzulesen, dass sich sein Mund immer wieder öffnete und schloss wie bei einem Fisch, was mich unwillkürlich zum Schmunzeln brachte. »Du bist echt hartnäckig«, sagte er schließlich.

Ich zuckte mit den Schultern. »Ich weiß eben, was ich

will.« Dann suchte ich seinen Blick und konzentrierte mich darauf, ihm eindeutige Signale zu senden. Auch wenn ich mich innerlich vor Scham, ihn so hinters Licht zu führen, zusammenrollte wie eine Garnele.

Eine seiner Brauen huschte nach oben, als er meinen Blick erwiderte. »Ach?«

Das fühlt sich falsch an. Ganz falsch. Ganz, ganz falsch.

»Du wirst es nicht bereuen, Aaron.«

Ich schon. Aber wen jucken eigentlich meine Gefühle in diesem Spiel?

»Gut, dann lass uns runter in eins der Restaurants fahren. Aber nicht zu lange, in Ordnung?«

»Super!« Ich klatschte in die Hände und grinste, was er mit einem Lachen quittierte.

Aaron zahlte (ich hatte meine Rechnung übernehmen wollen, aber er hatte darauf bestanden, mich einzuladen), und wir gingen zurück zum Auto.

Um die zwanzig Minuten später parkte Aaron das Auto am Straßenrand, und wir betraten eines dieser superschicken Restaurants, aßen etwas und unterhielten uns. Nach ungefähr zwei Stunden blickte Aaron auf seine Uhr.

»Schon nach acht, wollen wir nicht …«, fing er wieder an, und erneut unterbrach ich ihn.

»Wir könnten noch was trinken gehen! Cocktails? Shots?«

War das womöglich etwas dick aufgetragen?

»Ich weiß nicht so recht, Nika.« Er presste die Lippen aufeinander. »Morgen muss ich echt früh raus, und Alkohol ist vor den Wettbewerben strengstens verboten.«

»Wer prüft das denn?«, gab ich kokett grinsend zurück. »Wir müssen ja nicht in eine Bar, lass uns hier noch was trinken, ja?«

Er seufzte. »Na schön. Es ist echt schwer, dir was abzuschlagen. Aber nur ein Drink, okay?«

Ich nickte. »Deal!«

»Gut, ich verschwinde mal schnell«, murmelte er und stand auf. »Was hättest du gerne? Dann bestelle ich direkt an der Bar.«

Würde Aaron später eigentlich zahlen, wenn ich ihn so drängte? Ich hoffte es. Immerhin hatte ich nicht geplant, meine gesamten Ersparnisse für Fake Dates zu verpulvern.

»Eine Piña colada bitte, danke!« Ich lächelte ihm noch mal zu, bevor er in Richtung Toiletten verschwand.

Heilige Scheiße. Das wurde immer unangenehmer. Rasch zog ich mein Handy aus der kleinen schwarzen Umhängetasche und checkte die Benachrichtigungen auf meinem Display. Ganz oben stand ein Name, der unwillkürlich Blitze durch meinen Körper zucken ließ.

Ambrose: *Wie läuft's?*

Ich öffnete den Chat und tippte eine Antwort.

Nika: *Gut. Waren in einem Café, jetzt unten im Zentrum in Restaurant. Gleich gibt's Cocktails.*

Sofort kam er online. Mein Herz schlug schneller.

Ambrose: *Gut. Füll ihn ab. Und schreib mir, wenn ich dich holen soll.*

Nika: *So einfach ist das nicht. Ich gebe mein Bestes. Du kannst mich nicht abholen, was ist mit Aaron? Der würde doch merken, dass was im Busch ist.*

Ambrose: *Guter Punkt. Dann nehmt euch ein Taxi, ich geb dir das Geld wieder. Oder ruf Luis an, der meinte gerade, dass er fahren könnte.*

Nika: *Klar, weil das gar nicht seltsam kommt, wenn ich hier am Tisch sitze und plötzlich den Mitbewohner vom Bruder meines Dates anrufe. Hätte nicht gedacht, dass deine Ideen noch dümmer werden können, Kennedy.*

Meine Lippen verzogen sich zu einem Schmunzeln. Ich sah kurz vom Display auf, um zu checken, ob Aaron sich näherte, doch keine Spur von ihm.

Ambrose: *So dumm können meine Ideen nicht gewesen sein, wenn bisher noch niemand was von deinen kleinen Märchengeschichten erfahren hat, oder?*

Nika: *Du bist der wahrscheinlich schlimmste Mensch auf diesem Planeten.*

Ambrose: *Gern geschehen.*

Nika: *Muss jetzt aufhören, mein Date kommt gleich zurück :P*

Rasch verstaute ich mein Handy in der Tasche.

Wenig später kam Aaron mit zwei Drinks in der Hand zurück. »Bitte schön«, sagte er und stellte die Gläser auf den Tisch. »Ich hab sie direkt von der Bar mitgebracht.«

»Danke!« Ich zog meinen Cocktail zu mir und nahm einen großen Schluck. Sofort breitete sich der Kokos- und

Ananas-Geschmack auf meiner Zunge aus, der Drink war verdammt gut. »Und was hast du?«

»Einen Caipirinha. Allerdings ohne Alkohol. Ich muss ja noch fahren.«

Verdammt.

»Du könntest den Wagen stehen lassen, und wir nehmen uns ein Taxi zur Academy. Dann kannst du auch was trinken.« Ich schenkte ihm ein Lächeln, das er erwiderte.

»Schon gut, ich muss schließlich auf dich aufpassen.« Sein Blick intensivierte sich wieder, und ich spürte, wie er unter dem Tisch mein Bein mit seinem streifte.

Ah! Oh. Mein. Gott. Nein. Nein. Und noch mal Nein.

Das fühlte sich so seltsam an.

Ich rang mir ein Lächeln ab und überschlug die Beine, um etwas Abstand zu gewinnen. Alles an diesem Date war falsch. Das merkte ich bei jedem seiner flirty Blicke, den leichten Berührungen und außerdem daran, dass mir die letzten vier Stunden wie drei Jahre vorgekommen waren. Ich konnte nicht bestreiten, dass er nett war und man sich gut mit ihm unterhalten konnte, aber ich spürte weder Bauchkribbeln noch bekam ich in seiner Gegenwart rote Wangen, ganz zu schweigen davon, dass diese Hitze zwischen meinen Beinen aufflammte wie bei Ambrose. Kein Flattern in der Brust. Daran änderte auch der Alkohol nichts. Und auch nicht sein Zwinkern oder die Tatsache, dass er mich in seinem schicken Auto zurück zur Academy fuhr. Oder unsere Verabschiedung vor meiner Zimmertür, bei der er mich länger umarmte, als ich es für nötig hielt. Ich stand einfach nur da und dachte an andere Dinge. An andere Menschen.

An seinen Bruder.

23

NIKA

»Ich kann echt nicht fassen, dass du nach wie vor *Riverdale* schaust. Ich hab abgebrochen, als Chad Michael Murray in so ’ner Rakete wegfliegen wollte. Das war mir alles viel zu abgedreht«, sagte Lova und lachte. Sie rutschte auf dem riesigen Samtsofa etwas nach unten, um es bequemer zu haben, und biss von einer Karotte ab.

Nach einem schweißtreibenden Montag hing ich nach dem Abendessen im Gemeinschaftsraum mit Lova und Hugo ab. Die anderen aus der Clique waren entweder zu fertig, um sich noch woanders hinzuschleppen als in ihr Bett, oder legten sogar noch eine Extraeinheit ein. Ich war zwar auch ziemlich müde, doch da Lova mich gefragt hatte, ob ich Lust hätte, mit ihr und Hugo Zeit zu verbringen, und ich meine Freundschaft mit ihr ausbauen wollte, hatte ich zugesagt.

Ich saß neben ihr, hatte ein Bein in den Schneidersitz gezogen und mich entspannt gegen das Polster gelehnt. »Es ist so abartig, dass es wieder witzig ist. Quasi wie eine Parodie.«

»Pff«, kam es von Hugo, der in einem Sessel saß und

auf seinem Handy herumtippte. »Für mich war Obenohne-Archie der einzige Grund, den Mist zu gucken.«

»Der ist nett anzusehen, stimmt.« Ich nickte.

»Außerdem sind mir da zu wenig echte Verbrechen im Spiel. Ich brauche realen Mord und Totschlag«, warf Lova ein.

»Muss ich mir Sorgen machen, dass du irgendwann anfängst, deine Kontrahenten abzumurksen?«, gab ich grinsend zurück.

»Nein, nein. Nur Luis vielleicht … Na ja, wenn ich freie Zeit hab, dann schau ich lieber Serienkiller-Dokus oder was sonst nach blutrünstigen Menschen schreit, die abgrundtief böse sind und alle umbringen.«

Erst starrte ich sie ungläubig an, dann verfiel ich in ein Lachen, von dem ich mich gar nicht mehr einkriegte. »Oh, wow, okay, also … Das hätte ich nicht von dir gedacht.«

»Warum nicht?« Sie legte den Kopf schief und grinste. »Wenn du wüsstest, Nika! Ich hör sogar beim Joggen und im Gym True-Crime-Podcasts, weil ich nicht genug davon bekomme. Die machen süchtig.«

Das passte so gar nicht zu ihrem äußeren Erscheinungsbild; nicht dass ich sie in eine Schublade gesteckt hätte, es stand nur im Gegensatz zu dem, was sie ausstrahlte.

»Verrückt! Also, ich meine, megacool. Aber wenn man dich so sieht, die süße, braun gebrannte Blondine aus Schweden, die immer wahnsinnig gestylt ist, pinke Haargummis trägt und wie eine Rose duftet, dann denkt man nicht unbedingt an eine Serienkillerin.«

»Ach«, sie winkte ab, »noch hab ich niemanden umgebracht. Ich find es einfach superspannend, und wenn mir das Adrenalin durch die Adern schießt, das ist so cool.

Ich kann dir ein paar Serien empfehlen, wenn du magst. Oh! Oder wir schauen mal eine zusammen. Serienkiller-Doku-Abend in meinem Zimmer. Tanisha ist bestimmt auch am Start. Du auch, Hugo?«

»Macht ihr mal schön eure Killerorgie, ich hab was vor.« Hugo grinste bis über beide Wangen und widmete sich wieder seinem Smartphone.

»Schreibst du mit einem Kerl?« Lova richtete sich auf und fixierte ihn. »Wer ist es? Mit wem triffst du dich?«

Rasch sperrte er sein Handy und stand auf, dann band er sich die wilde Lockenmähne zu einem Man Bun. »Wenn ich es verrate, ist die Katze aus dem Sack. Also vergiss es.«

Aus dem Augenwinkel sah ich, wie sich zwei Typen begeistert abklatschten, nachdem sie bei einem Videospiel zwei andere Kerle bekämpft und gewonnen hatten. Die Leute um sie herum johlten. Sonst saßen auch einige andere Studierende mit ihren Laptops auf den Sofas oder unterhielten sich, spielten Billard oder Karten.

»Dann kennen wir ihn?«

Hugo seufzte, bevor er sich zum Gehen wandte. »Könnte man sagen. Also, bis dann, Girls! Wir sehen uns morgen beim Lunch.« Schon zog er ab und ließ uns sprachlos zurück.

Jetzt war ich auch neugierig geworden. »Hast du eine Ahnung, wen er meint?«

»Nein.« Lova verengte die Augen und sah ihm hinterher. »Vielleicht ja der Brasilianer aus dem Turn-Team. Ich gehe der Sache auf den Grund.«

Ich musste schmunzeln und nahm einen Schluck von meinem Proteineistee, den ich mir vorhin angerührt hatte. »Vielleicht passt dieses True-Crime-Ding doch ganz gut zu dir, du Detektivin.«

»Wir könnten ja gleich eigentlich echt noch zu mir ins Zimmer und eine schauen.«

»Du lässt nicht locker, oder? Was, wenn ich Albträume bekomme?«

Sie biss wieder von ihrer Karotte ab. »So gruselig ist das nicht. Und im Notfall kann dich Delphine sicher in den Schlaf wiegen.«

Mir entfuhr ein Lachen. »Bestimmt. Die wird begeistert sein, wenn ich an ihrer Bettkante stehe und vor Angst weine.«

»Oh Gott, ich stell mir das gerade vor …« Weiter kam sie nicht, da sich im nächsten Augenblick die Tür zum Gemeinschaftsraum öffnete und Ambrose und Luis hereinkamen.

Lovas Ex-Freund hatte wie immer seine dunkelblaue Cap falsch herum auf die dunkelbraunen Haare gesetzt und erzählte Ambrose etwas, der ihm grinsend zuhörte. Ein weißes T-Shirt umschmeichelte Ambrose' breite Schultern und passte gut zu der dunkelgrünen Jogginghose mit den weißen Streifen an der Seite, die er trug. Sein strahlendes Lächeln löste sofort ein Kribbeln in meiner Magengegend aus. Die beiden zogen nicht nur die Aufmerksamkeit von Lova und mir auf sich, sondern auch von so ziemlich jeder anderen Person im Raum. Luis' Blick glitt unruhig hin und her, doch Ambrose genoss es mal wieder viel zu sehr, im Mittelpunkt zu stehen. Er hob die Hand, nickte zur Begrüßung nach rechts und links und lächelte breit. Bisher hatten sie uns noch nicht entdeckt. Mal sehen, ob sie sich zu uns setzen würden. Doch angesichts der Tatsache, dass sich Lovas Blick von Sekunde zu Sekunde verdüsterte, wahrscheinlich eher nicht.

»Der hat mir noch gefehlt«, brachte sie zähneknirschend heraus.

Ich unterdrückte ein Schmunzeln, dann sah ich wieder zu den beiden herüber. Langsam schlenderten sie durch den riesigen Saal, der fast so groß wie eine Sporthalle war. Ihre Sneakers quietschten über das dunkle Parkett, und es wirkte, als ob die letzten Sonnenstrahlen des Tages durchs Fenster in genau ihre Richtung schienen, um sie perfekt in Szene zu setzen. Fehlte nur noch ein Ventilator, der ihre nicht vorhandenen langen Haare nach hinten wehte.

Als Ambrose plötzlich zu uns sah und sich unsere Blicke kreuzten, spannte ich mich für den Hauch einer Sekunde an. Sein Mundwinkel hob sich, und als ich mir durch die Haare fuhr, zuckte seine Braue nach oben. Ich biss die Zähne fest aufeinander, weil ich nicht lächeln wollte, auch wenn mir bei seinem Anblick leider Gottes danach war. Stattdessen ballte ich meine Hände zu Fäusten und warf ihm einen herausfordernden Blick zu. Mit jedem Schritt, mit dem sie sich näherten, schien sich das Blut in meinen Adern stärker zu erhitzen. Meine Wangen glühten förmlich. Als sie nur noch wenige Meter von uns entfernt waren, musste ich dann doch ein wenig schmunzeln. Und noch viel mehr, als ich zu Lova rübersah, die plötzlich ihre Hand hob und … Luis ihren Mittelfinger zeigte.

Ich presste die Lippen aufeinander, um nicht laut loszuprusten.

Luis hingegen verdrehte nur die Augen und machte eine wegwerfende Handbewegung, als ob ihm Lova gehörig auf die Nerven ging.

»Das hat sich gerade irgendwie aufgestaut und musste raus«, raunte sie mir zu. »Ich weiß, dass ich manchmal eine impulsive Dramaqueen bin.«

Ambrose grinste nun auch noch breiter, obwohl ich nicht gedacht hatte, dass das möglich war. Ihn amüsierte die Situation anscheinend ähnlich wie mich. »Sorry, ich …«, formte er mit den Lippen und zeigte mit dem Daumen auf Luis.

Ich nickte und biss mir auf die Innenseite meiner Wange. Dann waren die Jungs an uns vorbeigelaufen und ließen sich auf eines der Sofas am Fenster fallen.

»Lange halte ich es hier nicht mehr aus. Nicht mit so einer Pestbeule in einem Raum«, murmelte Lova und biss kräftig in ihre Karotte. Ob sie sich vorstellte, wie sie Luis gerade den Kopf abbiss?

»Verständlich. Von mir aus können wir sofort hochgehen, wenn du magst.«

Ihr Blick glitt zu den Jungs. Irgendwie wirkte sie ein bisschen wehmütig, fast geknickt. Doch im nächsten Moment sah sie wieder zu mir und setzte ein halbherziges Lächeln auf. »Gute Idee. Sobald du deinen Eistee ausgetrunken hast, zischen wir ab.«

24

AMBROSE

»Hier spielt die Musik«, hörte ich Luis' Stimme und ein Fingerschnippen.

Ich wandte mich ihm zu. Wir hatten uns den letzten freien Platz im Gemeinschaftsraum gesichert – ein großes dunkelgrünes Sofa direkt am Fenster. Von hier aus konnte man über die Mauern von Belladaire zwar nicht ins Zentrum, aber zumindest ein Stück vom Meer sehen.

»Ja, ja. Schon gut.«

Er fixierte mich. »Du hast nur Augen für sie.«

»Was?«

»Nika.« Luis nickte in Richtung von Lova und Nika, die eines der Sofas mitten im Saal ergattert hatten und sich dort unterhielten. »Man muss schon blind sein, um nicht zu merken, dass du auf sie stehst.«

»Keine Ahnung, wie du auf so einen Mist kommst, aber da läuft ganz sicher nichts.« Das war zumindest nicht gelogen. Ich zog die Brauen zusammen und schüttelte nachdrücklich den Kopf.

Seine Mundwinkel hoben sich zu einem Grinsen. »Ist mir schon klar. Aber das heißt nicht, dass du nicht auf sie stehst.«

Ich verdrehte die Augen und sah zum Fenster hinaus. »Sie ist in Ordnung. Du weißt aber genauso gut wie ich, dass ich keine Freundin will. Der Sport …«

»Steht immer an erster Stelle. Ja, ja. Ich kenne deinen Spruch in- und auswendig.«

»Dann ist doch alles klar. Außerdem …« Ich brach ab.

»Außerdem?«

»Außerdem haben wir ja diesen Deal am Laufen«, flüsterte ich, damit mich niemand außer Luis hörte. »Sie hängt sich an Aaron.«

Er verschränkte die Arme vor der Brust. »Und das findest du gut? Mal abgesehen von der ganzen Ablenkungssache …«

»Klar. War doch meine Idee.«

Seufzend fuhr er sich übers Gesicht. »Du machst mich fertig, Mann.«

»Was willst du denn hören? Okay, ja, du hast recht. Ich hab eine Schwäche für sie. Aber da wird nichts laufen, weil die Sache mit meinem Bruder im Gang ist und sie mich außerdem für den letzten Vollarsch hält. Bist du jetzt zufrieden?«

»Jap, bin ich. Die Sache mit Aaron könnt ihr jederzeit abbrechen. Ich halte das sowieso für einen deiner beschissensten Einfälle überhaupt. Und wie wir beide wissen, hattest du schon einige.«

»Ich komm da nicht mehr raus. Wir stecken zu tief drin, und ich … du weißt, wie viel Druck ich bekomme. Von daher gibt es tatsächlich kein Zurück mehr.«

»Wie geht es dir denn gerade in Bezug auf sie? Ich hab in der Vergangenheit gelernt, dass es echt gut sein kann, über seine Gefühle zu reden und sie nicht dauernd mit dem Sport zu verdrängen.«

Ich atmete tief ein und aus, dann wanderte mein Blick wieder zu Nika. »Es macht Spaß, ihr zuzusehen.«

»Beim Fechten?«

»Bei allem.«

Luis lachte. »Wow.«

»Klar fände ich es schön, wenn mehr zwischen uns passieren würde, aber dazu wird es nicht kommen. Wir haben einen Deal, ich habe ein Ziel. Dabei stört eine Freundin nur. Außerdem hat sie mir gegenüber Vorurteile nach allem, was ich getan habe. Davon wird sie nicht so leicht abzubringen sein.«

»Vielleicht hilft es, wenn du den Deal auflöst und nett zu ihr bist?«, gab Luis mit leicht sarkastischem Unterton zurück. »Flirten tut ihr ja sowieso schon andauernd.«

Ich fuhr mir übers Haar. »Ich weiß nicht. Der Deal muss weiterlaufen. Anders geht es nicht, und so wird sie immer schlecht über mich denken. Verständlicherweise. Ich muss sie mir aus dem Kopf schlagen.«

Sie hielt mich für ein Monster, und manchmal fragte ich mich, ob ich wirklich zu einem geworden war.

»Wenn man vom Teufel spricht«, raunte mir Luis zu und nickte in Richtung Tür.

Mein Kiefer verkrampfte sich, als mein liebenswerter Bruder den Raum betrat und sich umsah. »Wow. Na super.«

Unsere Blicke trafen sich, und er kam auf Luis und mich zu. Als er auf Nikas Höhe war, bemerkte er sie, und sofort zeigte er ein ziemlich breites Schmunzeln. Er ging zu ihr, lehnte sich gegen das Sofa und begann, sich mit ihr und Lova zu unterhalten. Sie befanden sich zu weit entfernt, als dass ich etwas hätte verstehen können, und meine Skills im Lippenlesen ließen leider zu wünschen übrig. Ich reckte den Hals und beobachtete die beiden. Nika lächelte ihn zuckersüß an, und Aaron grinste noch breiter. Jetzt lachte sie sogar, als ob er einen Witz gerissen hätte. Wie bitte, mein Bruder sollte witzig sein? Never. Sie war eine gute Schauspielerin, wenn sie sich über irgendeinen seiner dämlichen Sprüche amüsierte, immerhin war er die Spaßbremse in Person. Aaron war schon immer der Ernstere von uns beiden gewesen. Disziplin und Ehrgeiz gingen bei ihm über alles. Was also fand Nika an ihm?

»Das Sofa kann nichts für deine Aggressionen, Bro.« Luis grinste mich an und warf einen vielsagenden Blick auf meine Finger, die ich unwillkürlich ins Polster der Couch gegraben hatte.

Schnell lockerte ich meine Hand und atmete durch.

»Die verstehen sich gut, wie mir scheint.«

Ich schüttelte den Kopf. »Ist nur gespielt. Ganz sicher.« Wenn ich es laut aussprach, konnte ich mich vielleicht ebenfalls davon überzeugen.

»Oder sie findet ihn wirklich gut«, forderte Luis mich heraus. Er wusste genau, was er sagen oder tun musste, um mich zu provozieren.

»Unmöglich.« Mein Blick huschte wieder zu Nika. Zu ihrem Lächeln. Ich wünschte, ich könnte es öfter sehen, wobei ich vermutlich selbst schuld daran war, dass sie mich in der Regel eher finster ansah. Ich hatte ihr bisher nur die Seite gezeigt, die ich ihr hatte zeigen wollen. Das tat ich immer, um mich selbst zu schützen. Um dafür zu sorgen, dass sich niemand zwischen mich und meine Ziele stellte. Aber vielleicht war es an der Zeit, meine Einstellung zu überdenken, auch ihr wie meinen engen Freunden zu zeigen, dass ich eigentlich gar kein Arschloch war. Dass ich nur ab und an ziemlich bescheuerte Entscheidungen traf. Und das in den meisten Fällen aus Verzweiflung – wobei Nika das lieber nicht erfahren sollte.

Beim Anblick der beiden zog sich alles in mir zusammen. Es wirkte tatsächlich, als hätte sie aufrichtiges Interesse an ihm.

Nein! Sie war einfach eine gute Lügnerin. Zumindest klammerte ich mich an diesen Hoffnungshalm.

Fuck. Wie krank bin ich eigentlich? Jetzt wünsche ich mir schon, dass sie gut lügen kann …

Ich beobachtete, wie Aaron Nika noch mal kurz am Arm berührte, sich von den beiden Mädels verabschiedete und als Nächstes auf uns zukam. Mein Kiefer verkrampfte sich, doch ich versuchte, mir nicht anmerken zu lassen, wie sehr ich mir wünschte, dass es ihn hier vor allen kräftig aufs Maul haute.

»Ambrose, Luis, geht's euch gut?« Er ließ sich auf den Sessel uns gegenüber fallen.

Ich nickte. »Klar, mir ging's nie besser.« Ich bemerkte, wie Luis die Augen verdrehte, bevor er eine freundliche Miene aufsetzte.

»Hey, Aaron, alles super. Und bei dir?«

»Ich bin noch etwas ausgeknockt vom Wettkampf gestern, aber bis morgen bin ich wieder fit.« Mein geliebter Bruder lächelte Luis an und lehnte sich dann im Sessel zurück. »Sag mal, Ambrose, du kennst doch Nika, oder?«

»Ja, wieso?« Ich legte den Kopf schief.

»Wir waren letzten Samstag zusammen unterwegs. Ich glaube, das war ein Date.« Ein Lächeln legte sich auf seine Lippen. »Sie ist ganz … also es war cool mit ihr. Hat sie zufällig was zu dir gesagt?«

»Über dich?«

»Ja. Ich dachte, weil ihr befreundet seid, frag ich mal.« Er schaute zu Nika, dann wieder zu mir.

Ich überlegte blitzschnell. Dies war meine Chance, die Sache zwischen den beiden weiter voranzutreiben. Aaron tiefer in seinen Untergang reinzureiten. »Ich glaube, sie steht auf dich.«

»Meinst du?« Seine Miene hellte sich auf, und ich nickte.

»Jap. Bleib dran, Mann. Sie ist …« Umwerfend schön, schlau, schlagfertig, humorvoll. Ich hätte etliche Adjektive aufzählen können, doch ich entschied mich stattdessen für ein »nett«.

»Mal sehen, ja, ich denke, ich versuche mein Glück. Bei anderen Mädels habe ich bisher in der Regel einen Rückzieher gemacht, weil mir der Sport wichtiger ist, während die Frauen oft nur an meinem Ansehen interessiert waren, aber … Na ja, sie wirkt spannend.«

»Gut für dich«, sagte ich und spürte, wie mir übel wurde.

»Ich muss nur aufpassen, dass sie mich nicht in Teufels Küche bringt, bei unserem Date hat sie echt Gas gegeben. Ich hatte den Eindruck, dass sie mich am liebsten abgefüllt hätte. Und das am Samstag vor dem Regionalturnier.« Er schüttelte den Kopf. »Das war ein bisschen viel.«

Stille.

»Glückwunsch noch … äh, zum Sieg gestern«, sagte Luis. Es war ihm deutlich anzuhören, dass es ihm unangenehm war, meinem Bruder in meiner Anwesenheit zu gratulieren.

»Danke, danke. Es war eine echt knappe Sache, also knapper als knapp.« Er lachte. »Aber am Ende hat's doch noch gereicht.«

»War nicht unbedingt deine Bestzeit, oder?« Ich knetete meine Hände und wippte mit dem Fuß, weil ich ein Ventil brauchte. Irgendwas, das mir half, nicht durchzudrehen.

Nikas erstes Date mit ihm hatte nicht den gewünschten Effekt gehabt, immerhin hatte er erneut den ersten Platz belegt. Und das, obwohl er garantiert nicht ausgeschlafen gewesen war. Zeit für ein Extratraining am Mittag davor hatte er auch nicht gehabt. Und trotzdem hatte er es geschafft.

»Ne, absolut nicht. Aber beim nächsten Mal dann wieder. Ist ja auch egal, solange ich eine Medaille mit nach Hause bringe.«

»Super«, murmelte ich und wippte noch heftiger mit dem Fuß. »Glückwunsch, Aaron. Glückwunsch zur tausendsten Medaille.« Ich lachte bitter auf und biss die Zähne so fest aufeinander, dass ich dachte, sie würden zerspringen.

Vermutlich würde er beim nächsten Mal wirklich wieder Bestzeit schwimmen und natürlich gewinnen. Weil er das immer schaffte. Und dann würden es mir Mom und Dad vorhalten. So wie sie es jedes Mal taten. Die Nachricht gestern Abend hatte mir schon gereicht.

Mom: *Ich hoffe, du hast Aaron zum Sieg gratuliert. Du solltest dich für deinen Bruder freuen.*

Wenn ich nur an ihre Worte dachte, krochen mir eiskalte Schauer über den Rücken.

»Komm schon«, sagte Aaron und schenkte mir ein leichtes Lächeln. »So ein regionaler Sieg ist doch nichts Wildes. Die Quali für die Olympischen Spiele steht erst noch an.«

Mein Blut kochte hoch, es konnte sich nur noch um Sekunden handeln, bis ich in die Luft ging. Doch ich musste mich zusammenreißen.

Ganz entspannt, Ambrose, ganz entspannt. Du schaffst das. Du wirst ihn irgendwann schlagen. Und dann werden Mom und Dad auch endlich stolz auf dich sein und dir nicht dauernd einreden, dass du niemals so gut sein wirst wie dein Scheißbruder.

Irgendwann würde der Tag kommen. Und mit Nikas Hilfe womöglich früher, als alle um mich herum ahnten.

25

NIKA

»Hast du Lust, mit mir noch einen Film zu schauen?«, tastete ich mich mal wieder langsam an meine Mitbewohnerin heran und drehte mich auf dem Schreibtischstuhl in ihre Richtung.

Die letzte Stunde hatte ich damit verbracht, mein Tagebuch auf den neusten Stand zu bringen. Zu Schulzeiten, etwa in der siebten Klasse, hatte ich damit begonnen, und seitdem schrieb ich alle paar Tage hinein. Gut, jetzt, wo ich in der Academy war und mir nicht mehr so viel Zeit blieb, hatte ich es ein wenig schleifen lassen, doch jedes Mal, wenn ich meine Gedanken hineinschrieb und all das, was mich belastete und traurig machte, ging es mir danach meist etwas besser. Es hatte mir schon damals in Frankfurt auf dem Gymnasium geholfen, mit der gesamten Situation klarzukommen, vor allem als es mir immer schlechter ging und ich am liebsten alles hingeworfen hätte. Als ich mich so allein und wertlos gefühlt hatte, dass es zur Normalität geworden war, mich jede Nacht in den Schlaf zu weinen.

Ich klappte das Tagebuch zu und blickte Delphine aufmunternd an. »Du darfst auch aussuchen.«

Meine Mitbewohnerin saß auf ihrem Bett, zwei Stricknadeln in der Hand und lauter Wollknäuel um sich herum verteilt. »Ich denke nicht. Hatte einen langen und anstrengenden Trainingstag und … Keine Lust, das weiter auszuführen.« Über ihre Nadeln hinweg warf sie mir einen raschen Blick zu. Wie immer wirkte sie eher verschlossen und ernst, und ich fragte mich, ob sie mich je an sich heranlassen würde, ob es an mir lag oder sie niemandem die Chance gab, hinter ihre Mauern zu blicken. Da sie immer allein unterwegs war, keimte in mir zumindest ein kleiner Funken Hoffnung auf, dass nicht ich das Problem war. Ich hatte das dumpfe Gefühl, dass es da etwas gab, das sie verbarg und das sie womöglich belastete, weshalb ich ihr nur zu gerne helfen wollte. Weil ich wusste, wie es war, eine Außenseiterin zu sein.

»Hast du keinen Lieblingsfilm, den du gerne mal wieder gucken würdest? Ich könnte uns unten Snacks besorgen und …«

Mit einem Seufzen ließ sie den kleinen Wolllappen, der vermutlich mal ein Schal werden würde, auf ihre Oberschenkel sinken, dann sah sie mich mit zusammengepressten Lippen an. Allerdings nicht abweisend, sondern eher so, als ob sie überlegte. »Das ist echt nett von dir, aber ich muss gleich noch zum Training. Ich mach das nur eben fertig, dann bin ich sowieso weg.«

»Zum Training? Es ist doch schon nach neun. Die Hallen sind zu, und die Nachtruhe beginnt bald. Und gerade meintest du noch, dass der Tag anstrengend war.«

Sie runzelte die Stirn und stand plötzlich auf, um ihre Trainingstasche zu packen. »Es gibt da so 'ne Tür, die nicht verschlossen ist. Keine Ahnung, weshalb, aber … ist mir gestern aufgefallen.«

Anscheinend wollte sie meine Hilfe nicht.

»Du schleichst dich ernsthaft raus? Morgen früh hast du doch sowieso gleich wieder Training.«

Sie nickte, wirkte deutlich angespannt. So viele Widersprüche. »Ich mach das morgen fertig … Ich … Ich muss. Es … Ich … Ich brauche das jetzt.«

Ich beobachtete, wie sie sich unruhig durch ihr hellbraunes Haar und die Curtain Bangs fuhr. Dunkle Schatten lagen unter ihren Augen. »Nach so einem Tag brauchst du Schlaf und Ruhe, Delphine. Bist du sicher, dass das eine gute Idee ist?«

»Ja. Ich bin mir sicher.« Sie warf mir einen warnenden Blick zu. »Wehe, du verrätst mich.«

»Mach ich nicht. Pass nur auf dich auf, okay? Zu viel Training ist auch nicht optimal.«

»Keine Sorge«, entgegnete sie scharf, »ich kann auf mich selbst aufpassen.«

Ich hob verteidigend die Hände. »Okay, dann … viel Spaß.«

»Danke«, murmelte sie und schlüpfte wenig später durch die Tür nach draußen in den dunklen Flur.

Zu viel Training schadete nicht nur dem Körper, sondern auch dem Kopf. Und eigentlich wussten wir alle, dass die mentale Gesundheit genauso wichtig war wie die körperliche. Hinzu kam diese Widersprüchlichkeit. Einerseits behauptete Delphine, müde zu sein, andererseits *musste* sie angeblich unbedingt zum Training. Das war mir jetzt schon drei-, viermal aufgefallen, und so langsam machte ich mir echt Sorgen um sie; allerdings machte sie immer die Schotten dicht, wenn ich anfing, mit ihr über mehr als Oberflächlichkeiten zu sprechen. Hoffentlich übertrieb sie es nicht und brach irgendwann zusammen. Egal was bei ihr abging, nichts war es wert, ein Burn-out zu riskieren oder womöglich im Krankenhaus zu landen.

Ich wollte gerade aufstehen und ins Bad gehen, um mich für einen Filmabend im Bett fertig zu machen und mich anschließend früh schlafen zu legen, damit wenigstens *ich* morgen ausgeruht war, als es klopfte.

Delphine hatte eben ihr Armband getragen, sie konnte es also nicht sein. Rasch erhob ich mich vom Stuhl und durchquerte das Zimmer, um die Tür zu öffnen.

Mir klappte der Kiefer herunter, und mein Herz machte einen Satz. »Was zur Hölle machst *du* hier?«

»Welch nette Begrüßung. Es freut mich auch, dich zu sehen, Nika.« Ambrose lehnte im Türrahmen und grinste mich breit an. Das weiße Oversized-Shirt umspielte lässig seinen muskulösen Oberkörper und seine Bizepse. Dazu trug er eine schwarze Shorts und weiße Air-Force-Sneakers. Seine Augen funkelten, während er mich von oben bis unten musterte.

Sofort schoss mir Hitze in die Wangen. »Ich wiederhole mich ungern, aber … Was zur Hölle machst du hier?«

»Willst du mich nicht reinbitten?«

»Bist du ein Vampir, den man erst einladen muss, damit er über die Schwelle treten kann?«, gab ich zurück und verschränkte die Arme vor der Brust, machte aber trotzdem einen Schritt zur Seite. »Bitte.«

Er lachte leise, während er an mir vorbeiging. Dabei streifte er sanft meine Schulter mit seiner. Eine Wolke seines herben Dufts umspielte meine Nase und schickte einen Schauer über meinen Rücken. »Ich dachte, ich statte dir einen kleinen Besuch ab, um über unseren Deal zu reden.« Er drehte sich geschmeidig zu mir um und ließ den Blick über meinen Körper gleiten. Als er an meinen Augen hängen blieb, schmunzelte er. »Netter Pyjama.«

Ich sah an mir hinunter. Da ich nicht geplant hatte, noch mal das Zimmer zu verlassen oder Besuch zu empfangen, trug ich schon die kurze Shorts mit den Nashörnern drauf und mein XXL-Bugs-Bunny-Shirt. Ohne BH drunter. Ich starrte ihn aus zusammengekniffenen Augen an und zischte: »Das ist High Fashion, Sportsfreund.«

»Das ist ein Nachwuchs-Zoo.« Seine Braue huschte herausfordernd nach oben, dann grinste er wieder. »Aber hey, ich find's heiß.«

Mir entfuhr ein genervtes Stöhnen, dann ließ ich mich aufs Bett sinken und Ambrose sich auf den Drehstuhl. »Woher wusstest du überhaupt, dass ich allein bin? Delphine hätte hier sein können.«

Schwungvoll drehte er sich ein paarmal im Kreis, dann hielt er direkt vor mir an und trommelte mit den Fingern auf seine Oberschenkel. »Ich hab unten in der Lobby gesehen, wie sie sich wie eine Spionin rausgeschlichen hat. Also dachte ich, ich leiste dir ein wenig Gesellschaft und versüße dir den Abend.«

»Du versüßt mir den Abend?« Ich zog kritisch die Brauen zusammen. »Da musst du dich aber ordentlich ins Zeug legen. Immerhin hat sich meine Laune immens verschlechtert, seitdem du hier bist.«

»Ach, Nika, sei doch nicht immer so fies zu mir. Du verletzt meine Gefühle.« Sein Grinsen wurde breiter, und ich konnte nur den Kopf schütteln.

»Ich wollte eigentlich einen Film schauen, und jetzt muss ich mich mit dir abgeben, super.«

Er kniff die Augen zusammen und fixierte mich. »Statt

mir deine Sprüche um die Ohren zu hauen, erzähl mir lieber, was das mit meinem Bruder war.«

»Hä?«

»Er hat vergangenen Sonntag den ersten Platz gemacht.«

»Ambrose«, fing ich an, während sich ein mulmiges Gefühl in mir ausbreitete. »Ich hab es echt versucht. Als wir essen waren, hat er aber nur einen alkoholfreien Cocktail bestellt. Ich hab echt alles gegeben …«

»Aber er war trotzdem der Beste beim Wettkampf.«

Ich presste die Lippen aufeinander. »Wie gesagt, ich hab es versucht.«

»Wann seht ihr euch wieder?«

»Montag nächste Woche. Ich konnte ihn dazu überreden, nach dem Abendessen noch ein bisschen abzuhängen. Vielleicht ist er ja dann am Tag darauf im Training müde oder so.«

Er nickte. »Hört sich nach einem Plan an. Wobei ich mir auch gut vorstellen könnte, dass du ihm was ins Essen mischst. Also wenn gar nichts mehr hilft.« Ein Schmunzeln kroch über seine Lippen, da er den Vorschlag offensichtlich (oder eher hoffentlich?) sarkastisch gemeint hatte.

»Vergiss es, Flipper!«

»Flipper? Was zur …«

»Na wegen dem Fisch, Delfin, Wal, Hai, was auch immer. Der schwimmt doch auch.«

»Eine Schwanzflosse ist mir bisher noch nicht gewachsen, aber hey, was nicht ist, kann ja noch werden.«

Ich musste bei der Vorstellung ein wenig grinsen, dann leckte ich mir ganz automatisch über die Lippen und unsere Blicke verschränkten sich für einige Sekunden miteinander. »Würde dir beim Training sicher zugutekommen.«

»Bei den Einheiten im Gym wohl nicht so«, gab er zurück.

»Ach, ich würde echt gern mal einen Fisch sehen, der Klimmzüge macht.« Ich zuckte mit den Schultern und versuchte, ernst zu bleiben.

Er lachte. »Sähe bestimmt genauso super aus, wie wenn er ficht.«

»Der würde sich garantiert so grazil bewegen wie ich damals, als ich angefangen habe.«

»Sicher würde er dich heute noch schlagen. Apropos … Wie bist du eigentlich zum Fechten gekommen?«

Bei der Erinnerung daran wurde mir vor Freude ganz warm. »Ich habe als Kind so gern *Die Braut des Prinzen* angeschaut. Der ist bis heute mein Lieblingsfilm. Locker schon zwanzigmal gesehen. Ich fand das so cool, wie sie im Film gekämpft haben. Ein paar Tage nachdem ich ihn zum ersten Mal geschaut hatte, hab ich mich in einem Verein für ein Probetraining angemeldet. Damals war ich zehn. Ab da war ich so gut wie jeden Tag in der Halle.« Unsere Blicke kreuzten sich, und ich bemerkte, dass seine Züge etwas weicher geworden waren. »Wie war es bei dir? Wieso schwimmen?«

Er fixierte einen Punkt an der kahlen Wand. »Das war immer mein Ding. Schon bevor ich einen Coach hatte, war ich nur im Wasser, egal ob im Meer, im See, im Schwimmbad … oder in der Badewanne.« Er musste lächeln. »Unter Wasser ist es still, ich … Es ist so, als ob es nur dich allein auf der Welt gibt. Keine Leute, die auf dich einreden. Du gleitest übers Wasser, so schnell wie der Blitz, und es ist ein unglaubliches Gefühl. Mit sieben hab ich damit angefangen, einige Monate nach meinem Bruder, und seitdem ist es nicht mehr aus meinem Leben wegzudenken.«

Stille.

Auf einmal war da diese Verbindung zwischen uns. Ein Knistern, das sich in der Luft ausbreitete wie ein Lauffeuer. Das hier war Ambrose. Eigentlich ein Arsch, aber dennoch irgendwie … nett? Es war seltsam. Auf die beste Art und Weise.

Mit klopfendem Herzen zog ich meine Beine in den Schneidersitz. »Um zurück auf das eigentliche Thema zu kommen, ich verstehe nicht, was das alles soll. Aaron ist doch echt nett. Und vor allem ist er dein Bruder. Warum willst …«

»Nika«, unterbrach er mich und schüttelte den Kopf. »Ich hab dir schon gesagt, dass ich dir meine Gründe nicht verraten werde. Also spar dir das!«

Ich verdrehte die Augen. »Das ist ja wie bei der Mafia.«

»Ganz so übel sind wir Kennedys nun auch nicht.« Ein Schmunzeln trat auf seine Lippen, dann lehnte er sich nach vorn, stützte sich mit den Unterarmen auf seinen Beinen ab. »Allerdings wüsste ich gerne, was dich bewegt …«

»Was meinst du?«

Er fixierte mich und schickte mit seinen Blicken Blitze durch meinen gesamten Körper. »Warum lügst du? Warum ist es dir so unfassbar wichtig, dass das mit dem Geld ein Geheimnis bleibt?«

Ich versteifte mich und krallte die Finger ins Laken. Hitze und Kälte wechselten sich ab, während ich ihn anstarrte. Was sollte ich sagen? Konnte ich ihm die Wahrheit erzählen? Teile davon? Wer wusste schon, ob er sein Wissen nicht irgendwann gegen mich verwenden würde …

»Ich«, fing ich an, brach ab, als mir die Luft wegblieb. In meiner Kehle bildete sich ein Kloß. Ich versuchte, ihn herunterzuwürgen, doch er schwoll nur noch mehr an, mit jeder Sekunde, die verstrich und in der Ambrose auf eine Antwort wartete. »Ähm …«

Sorge zeichnete sich auf seinen Zügen ab. »Alles in Ordnung?«

»Ich … ähm …« Ich blinzelte einige Male, schaute dann zu ihm und weg, rang um Worte, während mein Herz immer schneller schlug. Für einen Moment schloss ich die Augen und atmete langsam und tief durch. Die Matratze bewegte sich, und als ich die Augen wieder öffnete, saß Ambrose neben mir.

Etwas Warmes lag in seinen braunen Augen. »Hey, du musst es mir nicht erzählen, wenn du nicht willst«, flüsterte er. »Ich meine, klar, es interessiert mich, aber fühl dich nicht unter Druck gesetzt, okay?«

Wie sich sein ganzes Auftreten von einer Sekunde auf die nächste verändern konnte. Das war wohl diese liebevolle, aufmerksame Seite, von der die Mädels erzählt hatten. Sofort wurde mir warm ums Herz, weil ich mich auf seltsame Art bei ihm geborgen fühlte. Seine Arschloch-Fassade schien deutliche Risse zu bekommen.

Ich räusperte mich und fuhr mir durchs Haar. »Schon in Ordnung, ich …« Unsere Blicke begegneten sich erneut, und ich bekam mehr und mehr das Gefühl, dass es okay war, mich ihm anzuvertrauen. Zumindest ein bisschen. »Ich hab zu Schulzeiten schlimme Erfahrungen gemacht.«

Mit zusammengezogenen Brauen musterte er mich, ließ den Blick über mein Gesicht gleiten. »Was ist denn passiert? Falls du darüber sprechen möchtest.«

»Ich bin durch die Hölle gegangen. Meine Mitschüler, besonders die, die beliebt waren … Sie haben mich gehasst. In der fünften Klasse, als ich auf das Gymnasium kam, hat alles angefangen, und es wurde mit jedem Tag schlimmer und …« Mir verschwamm die Sicht.

Ach, schau mal, Nika Blum, die sich für die Tollste hält, ist wieder da. Leute, die kriegen wir. Haha, renn doch weg, du hässliches Schwein. Lauf doch, wir holen dich sowieso ein …

»Es war schrecklich. Ich hatte keine Freunde in Frankfurt, die einzige Freundin, meine beste, ist nach der Grundschule mit ihren Eltern nach Hamburg gezogen, und das haben die ausgenutzt, um … Belladaire ist meine Chance auf einen Neuanfang. Ich möchte doch nur einmal in meinem Leben dazugehören. Beliebt sein. Nicht scheiße behandelt werden …« Meine Stimme brach. Alles in mir brach. Mein Herz brach. Mein Körper spannte sich an. Ich durfte nicht zu viel darüber nachdenken, vieles verdrängte ich Tag für Tag, um mich nicht damit zu konfrontieren. Es tat zu weh. Jetzt auch. Mein ganzer Körper schmerzte, als ob man mich zusammengeschlagen hätte. Als ob ich in der Ecke läge, während weiter Füße auf mich eintrampelten. Ich schlug mir die Hände vors Gesicht und biss die Zähne aufeinander. Nicht weinen. Ich hatte deshalb bereits zu viele Tränen vergossen. Und keine einzige davon war es wert gewesen.

Im nächsten Augenblick spürte ich, wie sich eine warme Hand auf meinen Oberschenkel legte. »Nika, es … es tut mir leid, dass dir das passiert ist.« Nur ein Flüstern. Eine weiche Stimme, die an mein Ohr drang, in meinen Kopf, und all die bösen Erinnerungen verscheuchte.

Mit heißen Wangen löste ich die Finger von meinem

Gesicht und ließ den Blick zu Ambrose wandern. Er war ein Stück zu mir gerückt, sodass wir nur noch einige Zentimeter voneinander entfernt saßen. Seine Nähe fühlte sich erstaunlich gut an. Gab mir das Gefühl, dass er mich unter Umständen sogar mochte. Mich. Nika. So wie ich war. Ohne dass ich mich dafür verstellen musste. Weil er die Wahrheit kannte.

In seinen Augen wechselten sich Sorge und Reue ab. »Fuck«, fluchte er leise, dann überbrückte er den restlichen Abstand zwischen uns und zog mich in seine Arme. Wärme umschloss mich wie ein Mantel, den ich niemals wieder ablegen wollte. Der mich vor allem beschützte, was mir wehtun wollte.

Ich schlang die Arme um seinen Oberkörper und atmete seinen Duft ein, ließ mich fallen. Langsam versuchte ich, meinen Herzschlag unter Kontrolle zu kriegen. Wobei seine Berührungen dabei nicht unbedingt halfen. Eine Hand in meinen Haaren, Finger, die über meine Wirbelsäule strichen und eine heiße Spur hinterließen. Seufzend klammerte ich mich noch fester an ihn und genoss es, jemanden bei mir zu haben, der für mich da war. Als sich sein Rücken unter meinen Händen anspannte, flatterte etwas in meiner Brust.

Irgendwann löste ich mich schniefend von ihm und sah ihm in die Augen. »Warum bist du so nett zu mir? Ich dachte, du hasst mich.«

Ambrose runzelte irritiert die Stirn. »Ich hasse dich nicht. Natürlich nicht. Es ist nur … schwierig.«

»Schwierig?«

»Ich hab ein schlechtes Gewissen wegen unseres Deals. Ich meine, ich weiß nicht genau, was dir passiert ist, aber das klingt nach ziemlich beschissenen Erfahrungen, die du gemacht hast, und ...« Ihm entfuhr ein Stöhnen, dann schüttelte er den Kopf. »Die Sache ist die, ich wünschte, ich könnte das mit dem Deal zurücknehmen, ihn canceln, alles rückgängig machen, aber ...« Er schloss die Augen, blickte auf den Boden, dann wieder zu mir. In seinen Augen lag so viel Schmerz, aber auch Zweifel und ... Verzweiflung. »Ich kann nicht. Wir müssen das durchziehen. Wir müssen einfach. Ich kann keinen Rückzieher machen. Ich bin zu nah dran. Wenn wir jetzt aufhören, könnte ich mir das nie verzeihen, weil ich dann kein Ziel mehr hätte. Aber wenn wir weitermachen ... Ich will nicht, dass du dich so fühlst wie in der Schule, Nika. Vor allem will ich nicht derjenige sein, der dir so ein Gefühl gibt. Ich ... Ich möchte dich nicht weiter zwingen, etwas zu tun, was du nicht willst, aber ...«

»Aber?«

Seine Stimme klang belegt, als er fortfuhr. »Ich bin ganz ehrlich, ich weiß nicht mehr weiter. Das alles macht mir echt zu schaffen, und ich bitte dich darum, mir den Gefallen zu tun, dieses Spiel weiterzuspielen. Ich kann verstehen, wenn du es nicht mehr willst, und ich verrate dich auch nicht an die anderen, wenn du dich dagegen entscheidest. Versprochen. Es liegt jetzt an dir, was wir machen. Ob wir weitermachen. Wie wir weitermachen.«

Das, was ihn beschäftigte, war anscheinend von größerem Ausmaß, als ich angenommen hatte. Ich nickte und biss auf die Innenseite meiner Wange. Er tat mir wirklich leid, weil ich genau wusste, wie es war, wenn man keinen Ausweg hatte. Auch wenn ich seine genauen Beweggründe nicht kannte, spürte ich, wie wichtig ihm das Ganze war.

»Es ist okay«, wisperte ich. »Ich glaube zwar immer

noch, dass es keine gute Idee ist, aber ich denke, ich verstehe dich. Lass uns weitermachen wie bisher und … nicht mehr darüber reden.«

Während sich in meinen Augen wieder Tränen sammelten, schien Ambrose ein tonnenschwerer Fels vom Herz zu fallen und Platz für Erleichterung zu machen. »Danke.«

26

AMBROSE

Mit geschlossenen Augen lauschte ich dem Rauschen der Wellen. Ich schmeckte das Salz und die Freiheit in der Luft, spürte, wie die Mittagssonne meine nackte Haut erwärmte. Die Arme hinter dem Kopf verschränkt, hatte ich mich auf einer der Sonnenliegen vorn auf dem Bug der Jacht von Robyns Eltern ausgestreckt.

Am heutigen Samstagmorgen waren wir gegen zehn zum Hafen in Monaco aufgebrochen, um den Tag auf dem Meer zu verbringen. Hugo hatte sich natürlich um Champagner und Shots gekümmert. Noch hatte niemand einen Drink in der Hand, aber es würde sicherlich nicht mehr lange dauern, bis es so weit war. Im Hintergrund lief eine chillige RnB-Playlist, gerade scholl ein Song von Russ zu uns herüber, und die Mädels, genauer gesagt Tanisha, Lova und Nika, unterhielten sich über irgendeinen neuen Film, den sie bald sehen wollten. Robyn und Hugo lagen nicht weit von mir entfernt und tuschelten verschwörerisch miteinander, daneben die drei Mädels.

Als Nika sich vorhin ihr Sommerkleid über den Kopf gestreift hatte, war mir kurz die Luft weggeblieben. Ich hatte sie zwar schon das ein oder andere Mal in ihrem Sport-BH und einer Shorts gesehen, aber in ihrem schwarzen Bikini machte sie noch mal eine ganz andere Figur. Nicht dass das eine Rolle spielte. Aber wunderschön anzusehen war sie dennoch. Außerdem lachte sie die ganze Zeit, und jedes Mal, wenn sie das tat, musste ich mir ein dämliches Schmunzeln verkneifen, weil ihr Lachen in der Regel lustiger war als der Witz selbst. Es klang wie eine Mischung aus einem Rasenmäher, der nicht anspringen wollte, und einem euphorischen Esel. Die beste Kombination, wenn es nach mir ging. Ich freute mich, dass sie wieder einen Grund zu lachen hatte, nachdem ich ihr am vergangenen Mittwoch noch die Tränen in die Augen getrieben hatte.

Fuck. Wenn ich nur daran dachte, was ich mit meiner Fragerei bezüglich unseres Deals und ihrer Beweggründe für die Lügerei bei ihr ausgelöst hatte, wollte ich mir selbst eine verpassen. Ich hatte ja nicht ahnen können, dass es ihr in Deutschland auf der Schule so mies gegangen war, dass die Leute sie so scheiße behandelt hatten.

»Ich will ihn unbedingt bald gucken. Der Kerl, der die Hauptrolle spielt – Covey Jenkins –, der ist ja gerade überall zu sehen und so gut«, meinte Tanisha, und als ich die Augen öffnete, sah ich, wie Lova zustimmend nickte.

»Der ist wohl der neue Dylan O'Brien oder Tom Holland oder so.« Nika nahm einen Schluck von ihrer Coke und blinzelte in die Sonne, die über ihre gebräunte Haut tanzte.

»Gut aussehen tut er jedenfalls. Und Brite ist er auch. Die beste Kombination.« Lova grinste, dann warf sie mir und Hugo einen entschuldigenden Blick zu. »Sorry, Jungs, Frankreich und Amerika sind nichts gegen England.«

Ich richtete mich ein Stück auf und schlang die Arme um meine Knie, während ich bemerkte, dass Nika mich beobachtete. Seit dem Gespräch in ihrem Zimmer gab es einen Teil in mir, der für sie da sein wollte, wenn sie schwach wurde. Weil sie keiner Person hier ihr wahres Gesicht zeigte. Wer war für sie da, wenn es ihr schlecht ging? Durch ihre Schwindeleien konnte sie nicht mal mit Lova darüber sprechen. An der Academy war ich anscheinend der Einzige, den sie hinter ihre Maske hatte blicken lassen. Dabei war ich der Überzeugung, dass die anderen ihr wahres Ich noch viel mehr mögen würden als diese aufgesetzte Nika, die ihnen alles recht machen wollte, um dazuzugehören.

»Ist in Ordnung für mich«, kam es von Hugo. »Der ist echt heiß, würde ich auch nicht von der Bettkante stoßen.«

»Der kann es nie im Leben mit mir aufnehmen«, sagte ich gespielt entrüstet.

»Träum weiter, Kennedy.« Robyn hielt lachend ihren riesigen Strohhut fest, der ihr beinahe von einer Windböe vom Kopf gefegt worden wäre. »Hat jemand von euch Lust auf Champagner?«

»Unbedingt.« Auf Hugos Gesicht breitete sich ein Strahlen aus. »So toll, dass wir an unseren freien Wochenenden im Sommer hier abhängen und es uns gut gehen lassen können.«

»Total.« Nika lächelte Robyn an. »Sag deinen Eltern Danke von uns.«

»Ach«, entgegnete Robyn und zuckte mit den Schultern. »Die sind so selten hier, vermutlich haben sie schon vergessen, dass sie im Hafen von Monaco eine Jacht liegen haben. Dauernd im Privatjet unterwegs, gerade in Asien wegen irgendwelcher Aktien. Es juckt sie nicht, wenn wir hier sind.«

»Ansonsten können wir auch mal wieder mit unserer rausfahren«, warf ich ein und fuhr mir über die Haare. »Ist halt nur eine etwas längere Fahrt bis in den Hafen von Saint-Tropez. Wobei wir das auch mit einer Übernachtung in der Ferienvilla meiner Eltern dort verbinden könnten.«

»Bin dabei.« Lova grinste breit und schob sich die Sonnenbrille zurecht.

»Müssen nur mal schauen, wann wir das machen. Mom und Dad sind nächste Woche für diese Benefiz-Gala da und bleiben dann eine Weile. Aber spätestens im August oder so.«

Mir graute jetzt schon davor, meine Eltern um mich zu haben. Ihre Sprüche reingedrückt zu bekommen und andauernd kritisiert zu werden, während mein liebster Bruder nur gelobt werden würde.

»Und solange hängen wir eben hier ab. Auch wenn unsere Jacht nicht so einen fancy Jacuzzi hat wie eure«, sagte Robyn und zwinkerte mir zu.

»Hauptsache, wir sind auf dem Wasser«, entgegnete ich und ließ den Blick in die Weite schweifen. Wo man hinsah: türkisblaues Wasser. In der Ferne die Küste mit dem Hafen von Monaco, hier und da einige andere Jachten und Segelboote, die auf den Wellen schaukelten. »Hey, hat jemand Lust, schwimmen zu gehen?«

»Ich arbeite an meiner Bräune«, entgegnete Robyn und lehnte sich auf ihrer Liege zurück.

»Später vielleicht«, kam es von Hugo, doch auf Lovas und Tanishas Gesicht flackerte ein Grinsen auf.

»Aber so was von.« Tanisha sprang auf und half Lova auf die Beine.

»Hast du auch Lust?« Erwartungsvoll warf ich Nika einen Blick zu.

Sie überlegte, dann erschien ein Lächeln auf ihren Lippen. »Okay. Ja, gerne.«

Nur wenige Momente später betraten wir über eine kleine Treppe am Heck eine Zwischenplattform, von der aus man über eine Leiter ins Wasser gleiten oder hineinspringen konnte. Die Mädels sprangen der Reihe nach hinein, und ich folgte ihnen mit einem Kopfsprung.

Unter Wasser war alles still, ich liebte das. Kühl umschloss mich der Ozean. Als ich auftauchte, fuhr ich mir übers Gesicht und das Haar, schmeckte Salz auf meiner Zunge und musste grinsen.

Wir schwammen eine Runde, spritzten uns nass, und immer wieder tauchte ich unter, um Tanisha zu erschrecken.

»Ambrose Kennedy! Hör jetzt endlich mal auf, mir dauernd wie so eine Alge um die Beine zu schwirren. Es reicht«, kreischte sie, und ich musste lachen. Das Mädel war viel zu leicht zu ärgern.

»Okay, okay, dieses Mal gebe ich dir einen Vorsprung, um dich in Sicherheit zu bringen. Drei, zwei …«

Ohne lange zu überlegen, schwamm sie davon, und Lova folgte ihr kichernd.

Mein Blick huschte zu Nika, die sich im Wasser an der Leiter der Jacht festhielt. Auf ihre Züge hatte sich ein freudiges Lächeln gelegt. Sofort wurde mir trotz des kalten Wassers warm. »Und was ist mit dir? Hast du keine Angst vor mir?«

Sie hob eine Braue. »Angst vor dir? Selten so einen Mist gehört.« Ich konnte ihr genau ansehen, wie sie versuchte, ihr Lächeln zu verbergen.

»Ach? Und da bist du dir ganz sicher?« Herausfordernd funkelte ich sie an. Und als sie selbstsicher nickte, zögerte ich keine Sekunde und schwamm auf sie zu.

27

NIKA

Mit jedem Atemzug näherte sich mir Ambrose ein Stück. Er glitt durchs eiskalte Wasser, als ob er dafür geboren wäre. Und mit jedem Atemzug schlug mein Herz ein wenig schneller. Ich konnte den Blick nicht von ihm lassen, von seinem Lächeln und den dunklen Augen, die mich anfunkelten, zugleich aber auch vertraut wirkten.

»Ich bin mir sicher«, sagte ich leise, als er nur wenige Zentimeter von meinem Gesicht entfernt auf der Stelle schwamm.

Seine breiten Schultern ragten aus dem Wasser. Feine Tropfen perlten über seine Muskeln, über seine markanten Wangenknochen und seinen Kiefer entlang. Über seine Lippen, die sich leicht öffneten, als ich den Blick darübergleiten ließ, bevor ich ihm wieder in die Augen sah.

»Geht's dir besser?«, wisperte er und entfachte damit ein Kribbeln in meiner Magengegend. »Also nach … du weißt schon, Mittwoch.«

»Wir können nicht darüber sprechen, wenn die anderen dabei sind.«

»Wir sind ganz allein, Nika.« Sein Blick wurde weicher,

und zugleich loderte es in seinen Augen. »Oder siehst du hier jemanden?«

Ich schaute mich um. Lova und Tanisha waren irgendwo auf der anderen Seite der Jacht verschwunden, und von Hugo und Robyn entdeckte ich ebenfalls keine Spur.

Mein Puls beschleunigte sich. »Ja, okay, wir sind allein. Aber wir hatten uns doch darauf geeinigt, nicht mehr darüber zu reden. Das an dem Abend war sowieso …« Ich hielt kurz inne, wollte weitersprechen, als ich spürte, wie Ambrose eine Hand an meine Hüfte legte, um mich ein Stück näher zu sich zu ziehen.

»Ich weiß, worauf wir uns geeinigt haben, aber ich will trotzdem sichergehen, dass es dir jetzt besser geht.«

Ich schluckte, spürte seinen heißen Atem auf meiner Haut. »Warum?«

»Warum was?«

»Warum willst du sichergehen, dass es mir besser geht? Wir sind doch noch nicht mal Freunde oder … irgendwas anderes«, forderte ich ihn heraus. Ich spürte, dass da etwas zwischen uns war. Funken, die drohten, sich in ein Feuerwerk zu verwandeln, je näher er mir kam. Je mehr ich von ihm berührte. Je eindringlicher seine Blicke wurden. Und je mehr ich mich von ihm fernhalten wollte. Es wäre ein Kinderspiel gewesen, meine Lippen jetzt auf seine zu legen.

Moment. Wieso dachte ich daran, Ambrose zu küssen?

Er senkte sein Kinn etwas und musterte mich. »Ich will, dass es dir gut geht, Bugs.«

»Bugs?« Ich weitete die Augen.

»Als ich bei dir war, hast du dieses Bugs-Bunny-Shirt getragen.« Langsam wanderte sein Blick über mein Gesicht, und ein Lächeln kräuselte sich um seine Lippen.

»Und wenn ich jetzt daran zurückdenke … Der Anblick hat sich wohl für immer in meine Erinnerung gebrannt. Auch wenn ich mich gefragt habe …« Er hielt inne.

»Was?«

Ein verschlagenes Grinsen legte sich auf seine Lippen. »Das wird wohl mein Geheimnis bleiben.«

Ich biss mir unmerklich auf die Lippe. »Zurück zum eigentlichen Thema. Das beantwortet meine Frage nämlich nicht, Ambrose. Wieso willst du, dass es mir besser geht?«

Er sagte nichts, fixierte mich mit seinem Blick. Ich hätte schwören können, dass die Luft zwischen uns dünner wurde.

»Sonst bist du doch so redegewandt. Hat es dir etwa die Sprache verschlagen?«

»Du hast mir die Sprache verschlagen.« Sein Griff festigte sich, während mir Hitze in die Wangen stieg.

»Wir sollten nicht …«, wisperte ich, doch mein Körper sagte etwas anderes. Leicht zitternd nahm ich meine Hände von der Leiter und legte sie auf seine Schultern, um Halt zu finden. Mein Blick huschte von seinen Augen zu seinen Lippen, dann wieder nach oben. Ich schluckte.

»Nein, das … wäre falsch. Wir … mögen uns nicht mal«, sagte er leise.

Unsere Lippen waren keine Handbreit voneinander entfernt. Mein Herz schlug immer schneller, während um uns herum leichte Wellen schwappten. Wir trieben ein Stück rückwärts, bis Ambrose sich mit einer Hand an der Leiter der Jacht festhalten konnte und mein Po dagegengepresst wurde. Ineinander verschränkte Blicke, keiner konnte wegsehen. Keiner wagte, etwas zu sagen. Hitze schoss in meine Mitte, und ohne eine Sekunde nachzudenken, schlang ich meine Beine um seinen Körper. Er sog scharf die Luft ein, dann fuhr er mit seinen Fingern quälend langsam meine Wirbelsäule, meine Hüfte, meinen Po und die Schenkel entlang. Ich zog meine Unterlippe mit den Zähnen ein. Unwillkürlich spürte ich, wie sich etwas Hartes zwischen meine Beine schob. Mir entfuhr ein leises Stöhnen, und Ambrose leckte sich über die Lippen, kam meinen immer näher.

»Das hier«, murmelte er heiser. »Das ist … Wir sollten es lassen.«

Ich nickte. »Sollten wir …«

»Es würde alles nur noch komplizierter machen.«

»Würde es … Du willst nichts Festes, ich date deinen Bruder, wir …« Als seine Lippen meine streiften, setzte mein Herz für einen Schlag aus. Unser Atem vermischte sich. Ich verschränkte die Arme in seinem Nacken, spürte das Klopfen in seinem Brustkorb, wie sein Herz gegen meines schlug. Meine Lider flatterten. »Das …«

»Nika …«

Im nächsten Wimpernschlag lagen seine Lippen auf meinen. Und ich ertrank in seinem Kuss. In ihm. Den Funken, die sich in ein Feuer verwandelten und durch meinen Körper jagten. Ambrose schmeckte verboten gut. Ich schmiegte mich an ihn, küsste ihn gieriger. Ein Ziehen zwischen meinen Beinen, als ich meine Brüste fester gegen seinen nackten Oberkörper presste. Ich schnappte nach Luft, dann kollidierten unsere Münder erneut. Seine Zunge teilte meine Lippen, spielte mit meiner. Ihm entfuhr ein tiefes Brummen, als ich den Kuss vertiefte und an seiner Unterlippe knabberte. Er fluchte leise, dann packte er mich am Hintern und rieb mich fester an seiner Härte, während wir völlig atemlos nach Luft rangen.

Unsere Blicke trafen sich.

Shit.

Mein Herz kollabierte fast in meiner Brust, auch wenn sich das hier so richtig anfühlte. Und doch so falsch war. Im nächsten Moment riss ich mich zusammen und löste zitternd die Arme von ihm, obwohl alles in mir danach schrie, ihn weiter zu küssen, mich an ihn zu pressen und ihn zu spüren. Doch es war falsch. »Es ist besser, wenn …«

Er nickte. Das Verlangen verschwand aus seinen Augen und wich einem Anflug von Reue. »Wenn wir das lassen. Ja, du … du hast recht«, vervollständigte er meinen Satz und entfernte sich von mir. Seine Lippen waren leicht geschwollen.

»Alles spricht dagegen«, flüsterte ich und biss mir auf die Innenseite meiner Wange.

»Ich weiß, Bugs.« Sein Kiefer mahlte, dann atmete er tief durch und schwamm davon.

28

NIKA

Ich warf mich rasch in meine schwarze Bikershorts und ein weißes Top, band mir meine Sweatjacke um und schnürte meine Air-Force-Sneakers, dann war ich bereit. Nun gut, so bereit man sein konnte, dem Bruder des Kerls, auf den man eigentlich stand, schöne Augen zu machen.

»Bis später«, rief ich Delphine zu, die auf dem Bett saß und an einem blauen Pulli strickte, dann zog ich die Zimmertür ins Schloss und spurtete den Flur hinunter zum Fahrstuhl. Ich war sowieso schon zu spät dran, und ich wollte Aaron nicht warten lassen. Immerhin war meine Aufgabe, ihn bei der Stange zu halten und nicht mit Unpünktlichkeit zu vergraulen. Ich freute mich nicht gerade auf dieses Date. Vor zwei Tagen hatte ich noch Ambrose' Lippen auf meinen gespürt, das Verlangen zwischen uns. Und jetzt traf ich mich mit seinem Bruder und warf mich ihm an den Hals. Lieber hätte ich den Abend mit Ambrose verbracht, doch das stand nicht zur Debatte. Also versuchte ich, irgendwie das Beste daraus zu machen.

Ich warf noch mal einen Blick auf die Uhr, während ich in den Fahrstuhl stieg und nach unten brauste. Kurz nach acht. Unruhig wippte ich auf den Füßen vor und zurück. Ich hasste es, zu spät zu kommen. Am liebsten war ich immer ein wenig früher zu Verabredungen dran, aber Tanisha und ich hatten uns beim Abendessen verquatscht, und schwupps war die Zeit wie im Flug vergangen.

Die Türen sprangen auf, und ich trat aus dem Lift. Rasch steuerte ich auf Aaron zu, der an einer der Säulen in der Eingangshalle in der Nähe des Welcome Desks stand und mit einem Mann, ungefähr Mitte fünfzig, in Sportklamotten redete. Vermutlich einer der Betreuer, die wir immer ansprechen konnten, wenn wir eine Frage oder ein Problem hatten, oder ein Coach. In einem anderen Umfeld wäre es vielleicht seltsam gewesen, in einer Joggingshorts bei einem Date aufzutauchen, doch an der Academy unter uns Sportlern war das ganz normal, weshalb auch Aaron eher sportlich in Shirt und Shorts gekleidet war. Seine Miene war ernst, so wie die meiste Zeit. Während Ambrose bei seiner Geburt ganz sicher in einen Topf voll Charme und Witz gefallen war, glänzte Aaron eher mit Sachlichkeit und einer sehr ruhigen Art. Zwei Brüder, die verschiedener nicht sein könnten und sich doch so ähnelten.

»Hey«, begrüßte ich ihn und gesellte mich zu den beiden. »Stör ich?«

»Nein, Quatsch«, entgegnete Aaron und wandte sich dann dem Mann zu. »Wir hatten ja wegen der Technik beim Schmetterling alles geklärt, oder, Coach?«

»Klar, dann sehen wir uns morgen in alter Frische. Habt einen schönen Abend!« Sein Trainer klopfte ihm noch mal auf die Schulter, lächelte mich an und entfernte sich dann von uns.

Zur Begrüßung drückte Aaron mich kurz an seinen harten Körper, bevor wir durch die große Eingangstür das Außengelände betraten.

»Freut mich, dass es geklappt hat.« Ich grinste ihn an und schob mir eine dunkle Strähne hinters Ohr. »Was wollen wir machen? Einen kleinen Verdauungsspaziergang die Straße entlang weiter nach oben in die Berge? Wir könnten die Aussicht dort ein wenig genießen.«

»Wenn du möchtest, sehr gern.« Ein leichtes Lächeln streifte seine Züge.

Während er neben mir herlief, berührten sich plötzlich unsere Hände. Ich überlegte erst, meine wegzuziehen, ließ sie dann aber an Ort und Stelle, um zu schauen, was passierte.

»Wie war dein Tag? Bist du 'ne gute Zeit geschwommen?«

Er fuhr sich übers Kinn. »War in Ordnung. Im Schmetterling hab ich noch ein bisschen was zu verbessern, was meine Technik betrifft, aber über 200 Meter Brust bin ich heute meine Bestzeit geschwommen. Der Coach triezt mich aktuell ziemlich, aber ist ja nur gut für meine Leistung. Und bei dir?«

»Auch ganz okay. Meine Trainerin hat mir heute ein großes Kompliment ausgesprochen, weil ich beim Freifechten ein paar neue Aktionen ausprobiert habe, also verschiedene Bewegungen im Gefecht, mit denen ich meine Gegnerin unerwartet getroffen habe und die ihr anscheinend imponiert haben. Das hat mir den Tag versüßt. Und unser Treffen tut es sowieso.« Ich zwinkerte ihm zu, was er mit einem Lächeln quittierte.

Wir verließen das Gelände der Academy, um durch die Straßen zu laufen. Den Berg hinauf an niedrigen Mauern entlang, während vereinzelt Autos runter in Richtung Zentrum an uns vorbeifuhren. Links und rechts säumten cremefarbene und hellgelbe Wohngebäude mit bunten Fensterläden und kleinere Geschäfte die Straßen. Weiße Wolken am pastellrosa Abendhimmel, an dem gerade die Sonne die letzten Strahlen warm über meine Haut tanzen ließ. Es roch angenehm nach Salz und Kräutern. Von hier oben in den Bergen hatte man einen tollen Ausblick über das Zentrum.

»Total cool, Nika. Freut mich für dich. Ich möchte dir unbedingt mal beim Training zugucken oder vielleicht, wenn du einen Wettkampf hast, oder so?« Er warf mir einen Seitenblick zu.

»Klar, gerne. Ich würde mich freuen, wenn du vorbeischaust.«

»Aber nicht, dass ich dich dann mit meiner Anwesenheit ablenke.«

»So schnell passiert das schon nicht, dafür bin ich zu fokussiert. Aber das kennst du ja sicher.«

Er nickte. »Kommt dich eigentlich deine Familie bald mal besuchen? Deutschland liegt ja quasi um die Ecke.«

»Stimmt, ist gar nicht so weit. Mal schauen, vielleicht … im Herbst.«

Mit einer Billig-Airline waren die Flüge sogar einigermaßen bezahlbar. Im Sommer konnten meine Eltern sich das nicht leisten, aber im November und nur mit Handgepäck lagen die Preise meist unter fünfzig Euro.

»Dabei würde sich der Sommer total anbieten. Oder wohin geht's da?«

»Ähm«, fing ich an, »steht noch nicht ganz fest. Alles spontan.« Ich wollte möglichst vermeiden, über Geld oder teure Dinge zu sprechen; es reichte, dass ich meine neuen Freunde anlog und mich deshalb schon mehr als schlecht fühlte.

Er nickte, doch gerade als er etwas sagen wollte, klingelte sein Handy. Rasch zog er es aus der Hosentasche und warf einen Blick aufs Display. »Oh, das ist mein Dad. Macht es dir was aus, wenn ich rangehe? Ich versuche, es kurz zu halten.«

»Ach, alles gut, mach nur.«

Ein dankbares Lächeln umspielte seine Mundwinkel, dann wischte er über das Display und hielt sich das Handy ans Ohr. »Hey, Dad, was gibt's? Mhm … Ja … Nein … Gut und euch? … Bin noch …« Er warf mir einen Blick zu. »Ich bin noch ein bisschen spazieren … Ja … Ach, diese Woche schon? Ich dachte, erst … Oh, okay, klar, ich komme … Ambrose auch, oder? Ja, ich … Nein, ich hab nicht mit ihm gesprochen … Wir … Aber er schwimmt doch auch eine gute Zeit … Ich werde ganz sicher nicht … Dad, ich …« Stöhnend fuhr er sich übers Gesicht, bevor er etwas leiser hinzufügte: »Wir trainieren nicht zusammen. Ja okay, ich versuche, an meiner Technik zu arbeiten, aber …«

Ein flaues Gefühl machte sich in mir breit. Es war mir unangenehm, dieses private Gespräch mit anzuhören, aber ich konnte mir schließlich schlecht die Ohren zuhalten. Rasch wandte ich den Blick ab, um beschäftigt zu wirken und Aaron kein komisches Gefühl zu vermitteln. So wie es klang, ließ sein Vater ihn gar nicht richtig ausreden.

»Ja, ich weiß, dass ich das besser kann«, sagte er leise. »Die letzten Trainings … Nein, glaub ich nicht … Ambrose ist doch … Dad, ich muss jetzt auflegen … Mhm, ja okay, wir sehen uns am Wochenende. Bye.« Mit mahlendem Kiefer legte er auf und schob sich das Handy in die Hosentasche, dann blickte er mich betreten an. »Ähm, sorry. Das war irgendwie blöd. Tut mir leid.«

»Kein Problem.« Ich lächelte ihn an. »Dein Dad klingt ziemlich streng.«

»Ja, das ist er. Meine Mom auch. Ambrose' und meine Leistung sind ihnen superwichtig. Also nicht falsch verstehen, mir natürlich auch, aber ich stehe unter krassem Druck, und der kommt größtenteils von unseren Eltern.«

»Obwohl du so viel trainierst und bei fast jedem Wettbewerb den ersten Platz belegst?« Ich schnaubte. »Die sollten dir die Füße küssen.«

Ein Schmunzeln trat auf seine Lippen. »Was denkst du, warum ich so viel trainiere?«

Mir klappte der Kiefer herunter. Wenn Aaron schon so viel Druck bekam, wie musste sich Ambrose dann erst fühlen? Er war zwar ein phänomenaler Athlet, aber eben nicht ganz so stark wie sein Bruder. Beziehungsweise *noch* nicht. Ich wollte mir gar nicht vorstellen, was er zu hören bekam.

Vielleicht hat das auch zu dem Deal beigetragen …

»Na ja, ist ja auch egal«, tat Aaron die Sache ab. Offensichtlich wollte er nicht weiter darüber sprechen. »Aber ich hab eine andere Frage, Nika.«

»Okay, schieß los!«

Er zögerte. »Meine Eltern kommen her und bleiben einige Wochen in unserer Ferienvilla in Saint-Tropez. Am Sonntag findet eine Benefiz-Gala statt, zu der sie eingeladen sind und Ambrose und ich mitkommen müssen, weil wir als Familie auftreten sollen und … Ich weiß, das ist echt kurzfristig und wenn du keine Zeit oder Lust hast, auch gar kein Ding, aber … Na ja, ich würde mich freuen, wenn du mich begleitest. Solche Abende können echt anstrengend sein, aber wenn ich dich dabeihabe, wird es sicher sehr viel weniger langweilig.«

Ich starrte ihn an. »Wie? Du meinst als dein Date?«

»Ja. Ich verbringe sehr gerne Zeit mit dir. Außerdem … Ehrlich gesagt ist mir vor Kurzem bei meiner Mom rausgerutscht, dass ich eine Verabredung hatte, und jetzt möchte sie dich kennenlernen. Ich weiß, das ist ganz schön früh, ich meine, das ist unser zweites Date, aber … ich meine die Einladung ganz unverbindlich. Du musst dich deswegen zu nichts verpflichtet fühlen, also ich meine gegenüber meinen Eltern oder so. Ich würde mich einfach freuen, wenn du dabei bist.«

Blut rauschte mir in den Ohren, während ich versuchte zu verarbeiten, was Aaron gerade gesagt hatte. Ich mochte Aaron. Sehr sogar. Aber eben nur auf freundschaftliche Weise. Aber Ambrose würde es wahrscheinlich begrüßen, wenn ich Aaron begleitete, um unsere »Beziehung« zu festigen und ihn somit stärker beeinflussen zu können. Wobei ich nicht wusste, ob der Besuch einer Gala, bei der Aaron und Ambrose beide anwesend sein würden, die beste Idee war. Vermutlich würde ich den ganzen Abend über nur Augen für Ambrose haben. Verdammt, wo war ich da nur reingeraten? Die Sache mit Ambrose ergab vorn und hinten keinen Sinn. Und doch schrie mein Körper nach ihm. Und, wenn ich ganz ehrlich zu mir selbst war, auch mein Herz.

»Klar, ähm, ich … Danke für die Einladung. Ich komme gerne mit«, flüsterte ich und berührte ihn leicht am Arm, um meinen Worten mehr Gewicht zu verleihen, woraufhin er meine Hand nahm.

O Gott. O Gott. O Gott … Alles an dieser Situation fühlte sich falsch an.

Ein schiefes Lächeln zupfte an Aarons Mundwinkel, während er mich ansah. »Das freut mich. Es wird sicher ein toller Abend.«

Ich nickte. »Ganz bestimmt.« *Nicht.*

Eine Benefiz-Gala bedeutete, dass ich mich ziemlich aufhübschen musste. Wofür ich keine Kohle hatte. Na, großartig, das wurde ja immer besser.

»Was zieht man denn da an? Also wie schick ist die Veranstaltung?«

»Ach, ganz normale Abendrobe, wie immer bei solchen Events.«

»Okay.«

»Du hast doch sicher was Passendes dabei, oder?«

»Mhm, ja, klar, ich … ich hab extra für solche Anlässe ein echt tolles Kleid im Schrank hängen.«

»Super.« Erleichtert atmete er aus. »Wirklich, vielen Dank, dass du mitkommst. Mit dir wird der Abend so viel besser.«

Ich setzte ein Lächeln auf, von dem ich hoffte, dass es überzeugend wirkte. »Total gerne.«

»Perfekt. Dann haben wir Sonntag unser nächstes Date. Ich freu mich drauf.«

Wenn ich nur daran dachte, wurde mir übel.

»Ich mich auch. Und Ambrose wird auch da sein?«

Er nickte. »Ja. Warum, ist das ein Problem?«

»Nein«, wehrte ich rasch ab. »Nein, ich hab mich nur gefragt, ob wir zusammen hinfahren.«

»Vermutlich eher nicht. Wenn es nicht unbedingt sein muss, kommen wir nie zusammen. Nur, wenn unsere Eltern einen Fahrer schicken oder so. Wir beide nehmen mein Auto und er und sein Date – falls er eins hat – seins.«

Eiseskälte rann durch meine Glieder, während mein Herz schneller schlug.

»Oh, okay.« Ich rang mir ein weiteres halbherziges Lächeln ab in dem verzweifelten Versuch, mir nicht anmerken zu lassen, was für einen Dämpfer mir Aarons Bemerkung verpasst hatte.

Ambrose und ein Date? Vielleicht würde er aber auch allein kommen. Vielleicht begleitete ihn Robyn oder eine andere gute – rein *platonische* – Freundin. Vielleicht sollte ich mir einfach nicht den Kopf darüber zerbrechen, wem er hinterherjagte, wen er flachlegte, an wem er interessiert war. Vielleicht wäre das besser.

29

NIKA

Die Tatsache, dass es bereits Samstagmorgen war und ich immer noch kein Kleid für die Benefiz-Gala hatte, bereitete mir Magenschmerzen. Genauer gesagt versetzte es mich in Panik. Doch für den heutigen Tag hatte ich mir vorgenommen, mit dem Bus in die Stadt zu fahren und dort ein paar Läden unsicher zu machen. Das Kleid, das ich bei der Einführungsveranstaltung getragen hatte, war leider zu kurz für so eine gehobene Gesellschaft. Und es war mir wichtig, einen guten Eindruck zu machen und Aaron vor seinen Eltern nicht zu blamieren. Hoffentlich würde ich etwas Bezahlbares bei einer Kette finden, das nach mehr aussah, als es war. Doch zuvor hieß es erst mal: für den Tag stärken.

»Habt ihr das mit Francesca von den Schwimmerinnen schon mitbekommen?«, fragte Robyn zur Begrüßung, als sie mit ihrem Frühstückstablett von der Essensausgabe an unseren Tisch kam. Ihre Augen funkelten.

Ich schob mir eine Gabel Rührei in den Mund, warf Tanisha und Lova einen fragenden Blick zu und schüttelte den Kopf, während die beiden, aber auch Ambrose und Hugo, die mit uns am Tisch saßen, verneinten.

»Vorhang auf für Gossip Girl«, murmelte Ambrose und grinste.

Robyn ließ sich auf den freien Stuhl neben Lova sinken und hob eine Braue. »Sie hat doch das Zimmer neben mir, und letzte Nacht gab es da eine lautstarke Diskussion mit ihrer Mitbewohnerin Claire. Anscheinend hat sie mit ihrem Freund – ihr wisst schon, Daniel von den Fechtern aus dem dritten Jahrgang … Also, sie hat sich an Claires Freund rangeschmissen, und die beiden haben es in der Umkleide der Schwimmhalle, unter der Dusche, soweit ich das mitbekommen habe, getrieben.« Ihre Augen blitzten vor Begeisterung. Robyn war für Gerüchte und Tratsch geboren und erzählte munter alles weiter, was sie aufschnappte.

»Ich hab mich schon gefragt, wann seine Affären herauskommen.« Hugo sah sie gelangweilt an. »Der Gute lässt doch nichts anbrennen und vögelt sich durch die halbe Academy. Nichts Neues.«

Robyn nickte und grinste hämisch. »Das war das Drama des Jahrhunderts gestern, ich sag's euch, die haben sich fast zerfetzt. Und jetzt besteht Claire darauf, dass sich Francesca ein neues Zimmer sucht. Und das mitten im Jahr.«

»Ist aber auch 'ne heftige Sache, sich an den Kerl der Mitbewohnerin ranzumachen«, warf Lova ein, die an einem Avocado-Toast knabberte. »Und natürlich, dass er sie anscheinend dauernd betrügt.«

»Es war sogar kurz die Rede von einem Schwangerschaftstest.«

Tanisha entfuhr ein Lachen. »Ganz bestimmt. Jetzt übertreib mal nicht, Robyn. Das denkst du dir aus.«

»Wenn ich es euch doch sage …«

Ich hielt mich aus dem Gespräch lieber raus, da ich von Lästereien nicht viel hielt. Früher war ich selbst dauernd solchen Leuten zum Opfer gefallen, hinter meinem Rücken war so häufig schlecht über mich geredet worden, dass ich irgendwann den Überblick über all die Gerüchte verloren hatte. Etwas dagegen zu sagen, traute ich mich allerdings auch nicht. Wenn ich eine Person nicht zur Feindin haben wollte, dann war es Robyn. Lieber war ich nett zu ihr und gab ihr keinen Grund, etwas gegen mich zu haben. Stattdessen konzentrierte ich mich auf mein Rührei.

Aus dem Augenwinkel sah ich, wie Ambrose mich aufmerksam beobachtete, als ob er sich sorgte, was Robyns Lästereien bei mir auslösten. Er saß direkt neben mir, und jedes Mal, wenn ich zu ihm schaute, machte mein Herz einen Satz. Er war so verdammt heiß. Dieses Lächeln auf seinen Lippen und das Funkeln in seinen Augen, wenn er mich ansah … Spätestens seit unserem Kuss auf dem Jachtausflug konnten wir beide kaum leugnen, dass da etwas zwischen uns war. Allerdings würde niemals mehr daraus werden – was uns offensichtlich nicht daran hinderte, vielsagende Blicke zu tauschen. Jedes Mal, wenn sein Knie unter dem Tisch meines streifte, wurde mir warm. Und doch zwang ich mich dazu, die Gefühle für ihn zu verdrängen. Ambrose Kennedy durfte mir nicht das Herz brechen, das hatte ich mir geschworen.

»Was machst du heute?«, flüsterte er an mich gewandt, während die anderen weiter über Francesca redeten.

»Ich fahr später in die Stadt, weil ich noch ein Kleid für die Gala morgen brauche.«

Seine Mundwinkel huschten nach oben. »Falls du eine Beratung brauchst, sag Bescheid.«

»Beratung? Beim Shoppen?«, kam es von Lova, der unsere Unterhaltung trotz des Flüstertons anscheinend nicht entgangen war. Ihre Augen weiteten sich. »Wir können dir auch helfen, Nika.«

»O ja!« Tanisha klatschte in die Hände. »Wenn du magst, kommen wir mit und beraten dich. Wir können das besser als Ambrose.«

Robyn sah auf. »Ich hätte auch Lust auf einen kleinen Trip nach Cannes. Dann könnte ich die Saint-Laurent-Tasche abholen, die ich mir hab reservieren lassen.«

Mir wurde gleichzeitig heiß und eiskalt. Mein Puls beschleunigte sich. Wenn mich die Mädels begleiteten, dann würde das kein Ausflug zu einer günstigen Modekette, sondern eher in superteure Designerboutiquen werden. »Schon gut, ähm, ich …« Ich wollte sie auf keinen Fall mit einer Abfuhr verärgern, um unsere Freundschaft nicht zu gefährden. Aber mir fehlte nun mal die Kohle. »Also …«

»Sie würde sich freuen«, warf Ambrose schmunzelnd ein, und als ich ihm einen erschrockenen Blick zuwarf, weil er genau wusste, dass ich kein Geld hatte, formte er mit den Lippen ein stummes »Schon gut«.

Schon gut? War das sein Scheißernst? Nichts hieran würde gut werden. Wenn ich mit den Mädels zum Shoppen ging, würde die Lüge über meinen Kontostand direkt auffliegen. Übelkeit stieg in mir auf, der Raum begann sich um mich zu drehen.

»Perfekt! Passt das für dich, Nika?« Lova strahlte mich an, und mich beschlich das sehr beunruhigende Gefühl, dass ich aus der Nummer nicht wieder rauskam.

Ich nickte. »Ähm, ja.«

»Super, wir nehmen meinen Wagen und treffen uns … in einer Stunde am Fahrstuhl auf unserer Etage, ja?«

»Mhm«, murmelte ich nur und ließ meine Gabel sinken. Der Appetit auf Frühstück war mir inzwischen vergangen. Mein Kopf ratterte. Was sollte ich nur tun? Selbst wenn ich vermeintlich nichts fand, würde mir im Anschluss keine Zeit bleiben, noch einmal allein loszuziehen. Scheiße, Scheiße, Scheiße!

Als ich nach dem Frühstück die Mensa verließ, spürte ich plötzlich, wie mich eine warme Hand am Arm zurückhielt. Ich zuckte zusammen.

»Warte kurz«, wisperte Ambrose. Als sich die anderen ein Stück entfernt hatten, zog er eine Kreditkarte aus seinem Portemonnaie und hielt sie mir vor die Nase. »Hier, nimm die mit.«

Ich starrte auf das goldene Stück Plastik in seiner Hand. »Bist du mein Sugardaddy, oder was? Vergiss es, Kennedy. Ich will keine Almosen.«

Er legte den Kopf schief, sein Blick wurde weicher. »Das sind keine Almosen. Du solltest auf der Gala was Hübsches tragen, und ich bin schuld daran, dass die Mädels dich begleiten und dich in eine Luxus-Boutique nach der anderen zerren werden. Wir beide wissen, dass du dir das nicht leisten kannst.«

Wo er recht hatte … Dennoch konnte ich das unmöglich annehmen.

»Ich würde mich superschlecht fühlen, wenn du mir mein Kleid zahlst. Das kann und möchte ich nicht annehmen, ich …«

»Bugs«, sagte er noch sanfter und strich mir über den Arm. »Ich will deinen Körper morgen in einem heißen Kleid sehen, die Mädels werden dich gut beraten, und mir macht es nichts aus, das zu bezahlen. Es gehört zum Deal.«

Flirtete er etwa mit mir? Obwohl wir das eigentlich nicht tun sollten?

Ich ignorierte seinen Spruch. »Nein, das geht nicht.«

Er geriet ins Schmunzeln. »Schön, dann lass es uns so machen: Ich strecke dir das Geld vor, und du zahlst es mir zurück, wenn du deine Goldmedaille bei den Olympischen Spielen gewonnen hast.«

Ich schnaubte. »Und was ist, wenn ich das niemals schaffe?«

»Ich glaub an dich. Der Tag wird schneller kommen, als du denkst.«

Ein Schauer jagte mir über den Rücken. Er glaubte an mich.

Ich biss mir auf die Innenseite meiner Wange und überlegte, dann trafen sich wieder unsere Blicke und Hitze raste durch meinen Körper. »Na schön. Ich zahl es dir zurück. Jeden Cent. Danke.« Ich nahm ihm die Karte aus der Hand und steckte sie ein.

Eine Weile später spazierte ich mit Tanisha, Lova und Robyn den Boulevard de la Croisette in Cannes entlang. Während auf der einen Seite der Promenade der Strand lag, wo ein paar Menschen im Meer badeten, befand sich auf der anderen eine gefühlt endlose Einkaufsmeile mit den exklusivsten Luxus-Marken-Shops, teuren Hotels und Casinos. Palmen über unseren Köpfen, Sand und Salz in der Luft, Sonne auf meiner Haut. Touristen und Einheimische kamen uns vollgepackt mit Designertüten entgegen, Luxus-Handtaschen am Arm und dunkle Sonnenbrillen auf der Nase. Robyn hatte bereits bei Saint Laurent zugeschlagen, und auch Tanisha und Lova trugen Tüten von Chanel und Prada. Einerseits fühlte ich mich mehr als fehl am Platz – ich kaufte meine Klamotten in der Regel in Secondhandläden oder bei den üblichen eher günstigen Modeketten –, andererseits verbrachte ich gerne Zeit mit meinen neuen Freundinnen und fühlte mich in ihrer Gegenwart wohl. Sie gaben mir ein gutes Gefühl, auch wenn sie vielleicht nur die Nika kannten, die ich ihnen zeigte.

»Ich kann nicht glauben, dass wir immer noch nichts für dich gefunden haben, Girl«, sagte Tanisha und schob sich die Sonnenbrille auf ihre dunklen Zöpfe. »Meintest du nicht mal, du stehst auf Givenchy? Da sollten wir vorbeischauen.«

Ich nickte. »Ja, gute Idee. Da hab ich bisher … immer was gefunden. Die neue Kollektion soll echt toll sein.«

»Du hast noch gar nicht gesagt, wofür du das Kleid brauchst«, sagte Lova, während wir über die Straße in Richtung 55 Croisette schlenderten. Die Stücke, die im Schaufenster an den Puppen drapiert waren, zogen meine Aufmerksamkeit auf sich. Sie sahen so unfassbar teuer aus, und auch wenn ich noch Bedenken hatte, ob ich es jemals schaffen würde, Ambrose das Geld zurückzuzahlen, hatte ich so ein Bauchgefühl, dass ich aus diesem Laden mit einer Tüte hinausspazieren würde. Bisher war leider noch nichts dabei gewesen, was mich umgehauen hatte.

»Morgen findet eine Benefiz-Gala statt und …« Nun war der Zeitpunkt gekommen, an dem ich ihnen von Aaron erzählen musste. »Ich begleite Aaron dorthin.«

Die drei blieben wie angewurzelt stehen und starrten mich an. Passanten liefen fast in sie hinein und mussten ihnen unweigerlich ausweichen.

Tanisha war die Erste, die etwas sagte. »Aaron wie in Aaron Kennedy wie in Ambrose' Bruder?«

Ich spürte, wie meine Wangen warm wurden. »Ja, genau. Wir … Wir hatten in den letzten Wochen ein paar Dates und verstehen uns recht gut.«

Mir drehte sich der Magen um. Eine weitere Lüge, die ich auf meinem Konto zu verbuchen hatte. Eigentlich wollte ich meine neuen Freundinnen nicht schon wieder anlügen, aber mir blieb nichts anderes übrig. Und doch machte ich es immer schlimmer, während mich mein schlechtes Gewissen plagte.

»Wow, du bist ja krass, Nika«, entgegnete Lova und blinzelte ungläubig. »Kann mich nicht daran erinnern, ihn mal mit jemandem zusammen gesehen zu haben, was über eine lockere Freundschaft hinausgegangen wäre. Ambrose und er haben in der Regel nur Augen für ihre Karrieren.«

»Wir sind nicht zusammen. Ich … Wir verstehen uns nur gut und schauen, wo es hinführt. Allerdings lerne ich morgen schon seine Eltern kennen, weil die unbedingt wollen, dass Ambrose und Aaron mit auf diese Gala kommen.«

»Dabei hätte ich schwören können, dass zwischen dir und Ambrose was läuft«, murmelte Lova und schüttelte dabei ungläubig den Kopf.

»Was?« Mein Herz raste. »Wie kommst du denn darauf?«

»Er schaut dich so oft an. Außerdem wart ihr letztes Wochenende auf der Jacht, nachdem Tanisha und ich vor Ambrose im Meer abgehauen sind, so lange allein verschwunden. Keine Ahnung, da …«

»Nein, nein, da läuft garantiert nichts. Ich stehe total auf Aaron, wirklich. Ähm, Ambrose und ich, wir sind, wenn überhaupt, nur Freunde. Ganz sicher.«

Und noch eine Lüge …

Robyn hob misstrauisch eine Braue. »Warum auch den zweitbesten Kennedy-Bruder nehmen, wenn man den besten haben kann, ne?«

»Quatsch, das hat damit gar nichts zu tun.« Ich schüttelte den Kopf und wandte mich Richtung Ladentür, um die Boutique zu betreten und die Mädels damit hoffentlich abzulenken. »Wie dem auch sei, ich muss morgen heiß aussehen. Helft ihr mir jetzt, Aaron die Sprache zu verschlagen?«

»Aber klar«, sagte Tanisha und grinste mich an.

Wir betraten den Store und schauten uns um. Der Duft von herbem, teurem Parfüm lag in der Luft, und überhaupt schrie hier förmlich alles nach Luxus – die Beleuchtung, die minimalistische Einrichtung und auch das Personal, das uns überfreundlich begrüßte, mit Champagner versorgte und uns auch sonst jeden Wunsch von den Augen ablas. Ein Service, den es bei Zara definitiv nicht gab und an den ich mich zugegebenermaßen gewöhnen könnte. Ich fühlte mich wie eine Königin, die für die Krönung eingekleidet wurde. Ein Gedanke, der beinahe dazu führte, dass ich vor Lachen laut herausprustete. Die ganze Situation war einfach unglaublich absurd.

Wenig später stand ich mit fünf Kleidern, die alle toll aussahen, in der Umkleide. Als Erstes probierte ich ein dunkelgrünes schulterfreies an, dessen Saum bis auf den Boden reichte. Ich öffnete den schweren Vorhang und präsentierte es den Mädels. Robyn stand mit dem Rücken zu mir an einer Kleiderstange, Tanisha und Lova hatten auf voluminösen Samtsesseln vor den Kabinen Platz genommen.

»Heißes Teil«, bemerkte Lova grinsend.

Tanisha zog die Brauen zusammen. »Ich find's gut, aber da ist noch Luft nach oben.«

Nun kam auch Robyn zu uns und musterte mich kritisch von oben bis unten. »Es ist ganz nett, aber zieh lieber mal das Dunkelrote an.«

Ich probierte alle Kleider an und schoss ein paar Fotos, um sie am Ende vergleichen zu können. Doch nachdem ich in die letzte Robe, eine schwarze, geschlüpft war, hatte ich dennoch nicht das Gefühl, mich entscheiden zu können.

»Shit, die sind alle schön«, murmelte ich, während ich mich vor dem Spiegel hin und her drehte.

»Wieso muss dir auch alles stehen?« Lova grinste mich an. »Du bist einfach viel zu hübsch, Nika. Und an deinem Körper sieht alles gut aus; mit deiner Größe bist du quasi für Abendroben gemacht. Kein Wunder, dass du dich nicht entscheiden kannst.«

Ich lachte verlegen. »So ein Quatsch. Aber danke.« Dann drehte ich mich noch einmal um die eigene Achse. Ich tendierte zu dem beigen Kleid mit dem tiefen Rückenausschnitt und dem schwarzen mit den Cut-outs. In der Hoffnung, dadurch endlich zu einer Entscheidung zu gelangen, scrollte ich durch die Fotos auf meinem Smartphone, als am oberen Rand des Displays eine Nachricht aufploppte.

Ambrose: *Wie viele Millionen hast du schon ausgegeben?*

Hitze strömte durch meine Glieder, wanderte in die Mitte meines Körpers. »Ich zieh mich mal um«, rief ich den Mädels zu und schloss den Vorhang hinter mir, um ungestört mit Ambrose zu schreiben. Nicht dass sie mich noch ausquetschten und so irgendwas ans Licht kam.

Nika: *Eine Zahl mit dermaßen vielen Nullen kannst du gar nicht lesen.*

Ambrose: *Dann hast du was Schönes gefunden?*

Nika: *Bin dabei. Kann mich nicht entscheiden, sind alle gut.*

Ambrose: *Falls du eine überaus fachkundige Meinung brauchst, stehe ich selbstverständlich und auch ohne Aufpreis zu deiner persönlichen Verfügung.*

Ich grinste und schickte ihm die Fotos von mir in den fünf verschiedenen Kleidern. Rasch sah ich sie selbst noch mal durch und stellte fest, dass ich tatsächlich eine recht gute Figur in ihnen machte.

Nika: *Lova, Tanisha und Robyn sind für das Dunkelrote oder das Schwarze. Ich finde auch schwarz oder beige gut.*

Ambrose: *Darauf war ich nicht vorbereitet.*

Nika: *Was meinst du?*

Nika: *Hallo? Noch da?*

Nika: *Ambrose?*

Ambrose: *Sorry, war kurz abgelenkt. Ich krieg nicht jeden Tag solche Fotos geschickt.*

Nika: *Solche Fotos? Ich bin doch nicht nackt!*

Ambrose: *Ich musste nur kurz darauf klarkommen, wie schön du bist.*

Ich spürte ein Kribbeln im Bauch, während ich unruhig von einem Bein aufs andere trat. Meine Mundwinkel schmerzten bereits, so breit musste ich grinsen.

Nika: *Übertreib nicht, Kennedy! Sag mir lieber, welches ich nehmen soll.*

Ambrose: *Erstens übertreibe ich nicht, das ist nur die Wahrheit, und zweitens solltest du das Schwarze kaufen. Oder alle.*

Nika: *Wirklich? Ich dachte, das Beige wäre dein Favorit, dazu tendiere ich eigentlich.*

Ambrose: *Auch hübsch, aber beim Schwarzen kommen deine Beine richtig zur Geltung. Der Schlitz. Heilige Scheiße …*

Ambrose: *Also, welches nimmst du?*

Ich spürte, wie sich meine Wangen noch mehr erhitzten, während in meiner Brust etwas flatterte.

Nika: *Tja, da musst du dich wohl noch etwas gedulden, Kleiner.*

Ambrose: *Kleiner? Pff … Pass auf, sonst kannst du morgen was erleben.*

Nika: *Ach … Und das wäre?*

Ich kaute auf meiner Lippe herum, während ich auf seine Antwort wartete.

Ambrose: *Alles, was du willst, Baby.*

Scharf sog ich die Luft ein und ließ mich mit auf einmal sehr weichen Knien auf den gepolsterten Stuhl sinken, der in einer Ecke der Kabine stand. Heilige Scheiße. Mein Herz raste. Ohne darüber nachzudenken, tippte ich drauflos, während mir immer heißer wurde.

Nika: *Und was, wenn ich will, dass du mir morgen das Kleid ausziehst?*

Moment mal, was tat ich hier eigentlich gerade? Wir durften das nicht. Ambrose und ich hatten uns darauf geeinigt, dass nichts zwischen uns laufen würde, und dennoch stand ich jetzt hier und schrieb ihm solche Zeilen. Verdammter Mist …

Ambrose: *Ich würde nichts lieber tun als das, Bugs.*

30

AMBROSE

Nika machte mich komplett fertig. Nur wegen ihrer Nachrichten und der Fotos wollte ich jetzt auf dem schnellsten Weg nach Cannes düsen, um zu ihr in die Umkleide zu schlüpfen, ihr das Kleid vom Leib zu reißen und es mit ihr in jeglichen Stellungen zu treiben, die sie sich wünschte.

Fuck.

Ich lag auf meinem Bett, starrte auf mein Handy und wartete drauf, dass sie eine Antwort schickte. Luis kam aus unserem Bad und packte sein Zeug zusammen, um zu einem Privattraining zu gehen, als mein Smartphone erneut vibrierte.

Nika: *Merk dir das bis morgen, wenn wir irgendwann allein sind.*

Ambrose: *Glaub mir, das vergesse ich so schnell nicht mehr.*

Sie ging offline, und ich atmete tief durch. Dann sperrte ich das Display und legte das Handy neben mich.

»Alles klar?« Luis musterte mich amüsiert. »Du siehst etwas mitgenommen aus.«

»Wenn du wüsstest, Mann.«

»Was ist passiert?«

»Nika ist passiert.« Ich richtete mich auf und lehnte mich gegen das Kopfteil meines Betts, fuhr mir übers Gesicht. »Aaron nimmt sie morgen als sein Date mit zu der Gala. Gerade hat sie mir Fotos aus der Umkleide geschickt …«

»Aus der Umkleide?« Luis' Augen weiteten sich.

Ich winkte ab. »Sie ist mit den Mädels shoppen, um sich ein Outfit für das Event morgen zu kaufen. Das waren Fotos von ihr in den Kleidern, die sie anprobiert hat.«

»Ich dachte schon …«

»Nein, nein. Aber ehrlich gesagt hab ich keine Ahnung, wie ich den Abend überleben soll.«

Er setzte sich seine dunkelblaue Cap falsch herum auf und warf mir einen fragenden Blick zu. »Wieso das?«

»Ich hasse es, sie mit Aaron zu sehen.«

»Wow, brandneue Information.« Ihm entfuhr ein amüsiertes Schnauben. »Hättest du dir vielleicht überlegen sollen, bevor du sie auf ihn ansetzt.«

Ich stöhnte. »Das hilft mir nicht, Luis. Gib mir lieber einen Rat. Du hast doch sonst auch immer so tolle auf Lager. Was … Was würdest du tun, wenn du Lova mit einem Kerl sehen würdest?«

Im Bruchteil einer Sekunde versteifte er sich. »Es wäre mir scheißegal.«

»So ein Schwachsinn. Wir wissen beide, dass du noch Gefühle für sie hast.«

»Ich empfinde nur Hass für sie.« Auf seiner Miene zeichnete sich Schmerz ab. »Mehr nicht.«

»Luis«, sagte ich vorsichtig, weil ich ahnte, wie es in ihm aussah. »Du kennst das Sprichwort. Manchmal liegen Hass und Liebe sehr nah beieinander.«

»Reden wir jetzt von dir oder von mir?«

»Gut, wie du willst … Dann zurück zum eigentlichen Thema. Wie überlebe ich den morgigen Abend? Wenn ich nur daran denke, dass sie dort als Aarons Date aufkreuzt … Und ja, bevor du etwas sagst: Ich weiß, dass ich selbst schuld daran bin, okay? Also spar dir deinen Kommentar dazu.«

Er schien einen Augenblick darüber nachzudenken und zuckte schließlich mit den Schultern. »Ich schätze, da musst du jetzt durch. Oder Nika macht mit ihm Schluss, dann hättet ihr freie Bahn. Sie steht doch auch auf dich, oder nicht? Ich meine, wenn sie dir Bilder aus der Umkleide schickt …«

»Ja … zumindest glaube ich das. Aber wir können den Plan jetzt nicht einfach über den Haufen werfen, ich möchte Aaron so richtig den Boden unter den Füßen wegziehen. Und wenn Nika die Sache mit ihm beendet, war's das.«

»Du bist ein Arsch, Ambrose, weißt du das?«

Ich spannte den Kiefer an. »Ich weiß, dass das eine beschissene Aktion ist, okay? Aber ich … Es steht zu viel auf dem Spiel. Nur noch ein paar Wochen, dann beginnt der Qualifikationszeitraum für die Olympischen Spiele. Bis dahin muss seine Leistung leiden, damit er sich nicht qualifiziert und ich endlich besser dastehe als er.«

»Tu, was du für richtig hältst, aber wenn du dabei alles verlierst, dann sag hinterher nicht, dass ich dich nicht gewarnt hätte.«

»Dazu wird es nicht kommen. Der Plan wird aufgehen. Das muss er.«

31

NIKA

»Sie müssen hier irgendwo sein. Wir wollten uns … Ah, schau, da stehen sie.« Aaron umschloss meine Hand fest mit seiner und zog mich über die hellen Fliesen der Terrasse auf zwei Menschen zu, die seine Eltern sein mussten.

Vor nicht mal zehn Minuten waren wir mit Aarons Wagen an der Villa in Nizza eingetroffen, in der die Benefiz-Gala stattfand, zu der er mich eingeladen hatte. Es ging um die Förderung von sportlichem Talent bei Kindern und Teenagern, deren Familien die finanziellen Mittel für eine entsprechende Ausbildung fehlten. Die Gastgeber waren Freunde der Familie Kennedy, weshalb es für die Brüder ein Muss war, sich blicken zu lassen – und zwar als harmonische Geschwister. Ich selbst fühlte mich mal wieder vollkommen fehl am Platz, nicht nur wegen der elitären Gesellschaft um mich herum, sondern auch weil Aaron mich wie seine Freundin behandelte; glücklicherweise hatte er noch keinen Versuch unternommen, mich zu küssen. Seit wir aus dem Auto gestiegen waren, hielt er meine Hand.

Das Event fand hauptsächlich im weitläufigen Garten

statt, der so riesig war, dass ein gigantischer Infinity-Pool mit Blick aufs Meer, etliche Sitzmöglichkeiten, eine Live-Band auf einer Bühne, das Büfett und eine Bar Platz hatten. Dazwischen tummelte sich, was an der französischen Riviera Rang und Namen hatte. Ich hätte schwören können, einige Gesichter schon mal auf Social Media oder im Fernsehen gesehen zu haben. Aber darüber konnte ich mir später den Kopf zerbrechen, jetzt musste ich erst mal die Vorstellungsrunde mit Aarons Eltern hinter mich bringen.

»Ich hoffe, sie werden mich mögen«, flüsterte ich Aaron zu.

Sein Vater war ebenso groß und breitschultrig wie Ambrose und Aaron, und auch seine Gesichtszüge hatten die beiden Brüder geerbt. Nur die Haare hatte er sich im Gegensatz zu seinen Söhnen komplett abrasiert. Seine Frau trug ein weißes Kleid und erinnerte mich mit der voluminösen Kurzhaarfrisur auf den ersten Blick an Viola Davis in *How To Get Away With Murder*. Goldener Schmuck zierte ihr Dekolleté, die Arme und ihre Finger, und ich war mir ziemlich sicher, dass das am Handgelenk seines Vaters eine Rolex war.

Ich schluckte. Hier passte ich definitiv nicht rein.

Als ich aus dem Augenwinkel einen Blick zu Aaron warf, fiel mir auf, dass er auf einmal Schweißperlen auf der Stirn hatte und leicht angespannt wirkte; vermutlich machte er sich Gedanken darum, was seine Eltern von mir halten würden. Mein Puls begann zu rasen, als die beiden den Blick in unsere Richtung wandten und ein Lächeln aufsetzten.

»Schön, dich zu sehen«, murmelte seine Mom und drückte Aaron kurz, sein Vater begrüßte ihn mit Handschlag und einem knappen »Aaron«. Dann lag ihre Aufmerksamkeit plötzlich auf mir.

»Guten Abend, ich bin Nika«, sagte ich und schüttelte erst ihr und dann ihm die Hand.

»Du bist Aarons Freundin, richtig?« Mrs. Kennedy hob eine Braue.

»Wir … Das ist noch nicht so ganz, ähm … Ja?«, stotterte Aaron, und ich griff nach seinem Arm, lächelte ihn bestärkend an.

»Ihr Sohn ist ein wahrer Gentleman, Mrs. Kennedy.«

O Gott, Nika, was zur Hölle tust du hier?

Während seine Mom mich misstrauisch beäugte, nickte sein Vater. »Ein Kennedy eben.«

Aaron schluckte, bevor er mir ein dankbares Lächeln zuwarf – nur um in der nächsten Sekunde fast ein wenig erschrocken wieder seine Eltern anzusehen. »Aber der Sport kommt natürlich nicht zu kurz, Nika hat vollstes Verständnis dafür«, erklärte er hastig und in beinahe entschuldigendem Ton.

»Gut zu hören.« Sein Vater verengte die Augen und verschränkte dann die Arme locker vor der Brust. »Wo hast du denn deinen Bruder gelassen?«

»Ambrose ist mit seinem Auto gefahren, keine Ahnung, wo der bleibt.«

Mrs. Kennedy seufzte. »Es war klar, dass er wieder zu spät kommt. Immer wenn es wichtig ist. Dieser Junge …«

Hoffentlich kreuzte Ambrose bald auf. Seine Eltern wirkten jetzt schon genervt, und ich wollte mir nicht ausmalen, was passierte, wenn er noch länger auf sich warten ließ.

»Wir drehen dann mal eine Runde und schauen uns um.« Aaron griff erneut nach meiner Hand. Wir nickten seinen Eltern kurz zu, dann entfernten wir uns Richtung Bar.

Kellner passierten uns mit runden Tabletts und boten uns Häppchen und Champagner an, doch ich wollte keinen Alkohol trinken. Vermutlich hätte der dabei geholfen, meine Nerven zu beruhigen, aber es war wichtig, dass ich heute Abend ganz klar im Kopf war. Nicht dass ich bei den ganzen Lügen, in die ich mich verstrickt hatte, noch ins Straucheln geriet.

»Gut, jetzt kennst du sie«, murmelte er und wischte sich den Schweiß von der Stirn. Etwas von seiner Anspannung fiel sichtlich von ihm ab.

»Sie scheinen ...«

»Streng?«

Ich schnaubte. »Ein wenig.«

»Ja. Es ist nicht immer einfach mit ihnen, aber sie wollen nur unser Bestes.« Er lächelte mich an. »Sorry wegen der Freundinnen-Bemerkung. Falls du ...«

»Alles gut, ich versteh das. Wir äh ... Wir müssen da jetzt nicht drüber reden«, fiel ich ihm ins Wort, um ein Gespräch über das Thema zu vermeiden, weil schon wieder dieses flaue Gefühl der Schuld und des schlechten Gewissens in mir aufstieg. »Lass uns den Abend genießen, okay?«

»Okay, machen wir. Ich geh mal kurz zur Toilette, wartest du hier?«

»Klar, bis gleich.«

Aaron entfernte sich in Richtung Terrassentüren, und ich atmete aus. Der Abend würde hoffentlich ganz schnell vorbeigehen. So gern ich Aaron mochte, ich verspürte keine Funken, während ein ganzes Feuerwerk in mir ausbrach, wenn ich an Ambrose und unseren Nachrichtenwechsel in der Umkleidekabine dachte.

Nein. Wir durften nichts miteinander haben. Das war falsch. Aber dennoch … Ich konnte an nichts anderes denken als daran, wie er mich küsste.

Wo blieb er nur?

Rasch fischte ich in der kleinen Handtasche nach meinem Handy, um zu gucken, ob er mir geschrieben hatte. Doch auf dem Display herrschte gähnende Leere. Nur ein paar Nachrichten von Anna und meinen Eltern, die ich in der Eile vergessen hatte zu beantworten.

»Gute Wahl«, flüsterte im nächsten Wimpernschlag eine tiefe Stimme neben mir, und ich spürte eine Hand auf meinem Rücken, genau dort, wo sich die Cut-outs des schwarzen Kleides befanden. Wärme auf meiner nackten Haut, die einen wohligen Schauer entfachte. »Du siehst umwerfend aus.«

Ich drehte leicht den Kopf, um in ein Paar dunkle Augen zu blicken. Das Funkeln darin, als er mich von oben bis unten musterte, schickte Blitze durch meinen Körper. Mein Herz klopfte wie wild. »Danke.«

Seine Mundwinkel zuckten nach oben. Dass er seine Hand auf meinem Rücken liegen ließ, machte mich ganz kirre. Wenn uns jemand sah, hatten wir ein Problem. Ich schaute mich zu allen Seiten um, doch niemand schien uns Beachtung zu schenken.

Ambrose stand so dicht neben mir, dass ich förmlich von seinem Duft und seiner Wärme eingehüllt wurde. Wie die meisten anderen Kerle hier trug er einen schwarzen Anzug mit weißem Hemd, was ihm unglaublich gut stand.

»Ich hab dir ja gesagt, dass ich ein Profi bin und du auf mich hören solltest.«

Ich grinste. »Das Kleid habe ich genommen, weil es *mir*

am besten gefallen hat. Mit dir, Kennedy, hatte das rein gar nichts zu tun.«

Eine Lüge, was er vermutlich ahnte, aber mir gefiel dieses kleine Spielchen zwischen uns. Diese Flirterei, seine Blicke auf mir und zu wissen, dass er scharf auf mich war.

»Du weißt, was auf dich wartet, wenn wir allein sind, Süße.«

Gänsehaut auf meinem gesamten Körper. Flattern in meiner Brust.

»Träum weiter, *Süßer.* Ich bin heute das Date deines Bruders, schon vergessen?« Ich biss mir auf die Unterlippe. Ja, ich wollte Ambrose. Am liebsten hier und jetzt. Aber wir waren auf dieser verdammten Gala, und ich hatte einen Job zu erledigen. Auch wenn er es nicht mehr von mir verlangte, wollte ich ihm diesen Gefallen tun, weil ich wusste, wie wichtig es ihm war.

»Ach, Nika, ich finde schon noch eine Gelegenheit, dir das Kleid auszuziehen. Mach dir keine Sorgen«, wisperte er mit einem Grinsen auf den Lippen, dann nahm er die Hand von meinem Rücken und richtete sich auf. »Hey, Mann«, wandte er sich im nächsten Moment Aaron zu, der neben uns stehen blieb.

»Ambrose, hi, hast du Mom und Dad schon begrüßt? Die warten auf dich und sind ein bisschen angepisst. Geh mal lieber rüber.« Aaron nickte ernst in Richtung ihrer Eltern, die in einem Grüppchen standen und sich unterhielten.

»Die Pflicht ruft«, gab Ambrose zurück, zwinkerte mir noch mal zu, dann zischte er geschmeidig in Richtung seiner Eltern ab.

Ich atmete aus. Hitze hatte sich zwischen meinen

Beinen angestaut, die sich nur langsam zusammen mit Ambrose verflüchtigte.

»Wollen wir uns was zu essen holen?«, holte mich Aaron aus meinen feuchten Träumen.

»Klar, gerne. Mein Magen hat eben schon geknurrt.«

Er lächelte mich an. »Dann hoffen wir mal, dass es was Leckeres gibt, das größer ist als die Kanapees.«

Wir näherten uns dem Büfett. Es gab Austern, Melone mit Schinken umwickelt, verschiedene Käsesorten sowie Kaviar mit Lachs auf dünnen Brotscheiben und kleine Salat-Tellerchen, von denen ich mir einen schnappte und innerhalb weniger Sekunden verspachtelte. Ich war tatsächlich ziemlich ausgehungert. Während ich mir die letzte Gabel in den Mund schob, wanderte mein Blick auf die andere Seite der Terrasse zu Ambrose und den Eltern der Jungs. Die Körperhaltung seines Vaters schien fast schon bedrohlich, wie er die Hände in die Seiten stemmte und den Kopf schüttelte. Seine Mom hingegen gestikulierte wild mit den Händen, während Ambrose seine in den Taschen der schwarzen Anzughose versenkt hatte. Die Schultern leicht nach oben gezogen, den Blick zu Boden gerichtet. Gerade liefen zwei Frauen an der Familie vorbei, woraufhin sich die Körperhaltung der beiden etwas entspannte. Vermutlich wollten sie nicht, dass jemand mitbekam, wie sie auf ihren Sohn einredeten wie strenge Coaches.

Ich biss mir auf die Innenseite meiner Wange und runzelte die Stirn. Ambrose sah nicht gerade begeistert aus. Ganz im Gegenteil. Eher unglücklich und verunsichert. Und das, obwohl ich ihn doch nur als charmanten Witzbold kannte, der das Leben nicht ganz so ernst nahm.

Ein mulmiges Gefühl machte sich in mir breit. Machte ich mir Sorgen? Um Ambrose? Unmöglich.

Aaron und ich unterhielten uns mit einigen anderen Gästen, die Aaron kannte, und gesellten uns ein wenig später wieder zu seinen Eltern, wobei das Gespräch mit ihnen ziemlich verkrampft lief. Offensichtlich waren sie alles andere als begeistert von der Vorstellung, dass Aaron tatsächlich eine Freundin haben könnte. Nachdem die Gastgeber ihre Rede gehalten hatten, verabschiedete sich Aaron für einen Augenblick von mir, weil sein Dad etwas mit ihm unter vier Augen besprechen wollte, und ich nutzte die Gelegenheit, mich bei seiner Mutter zu entschuldigen, um die Waschräume aufzusuchen. Auf dem Weg dorthin nahm ich mir Zeit – alles war mir lieber, als mich noch einmal mit Aarons Eltern unterhalten zu müssen.

Riesige Kronleuchter hingen von der Decke des hellen Flurs mit beigem Marmorboden, den ich entlanglief. Gemälde säumten die Wände. Sicher hingen hier wertvolle Originale, und auch die Vasen mit den Blumenarrangements auf den antiken Kommoden sahen ziemlich teuer aus, als ich weiter in Richtung Badezimmer lief. Mir kamen zwei Männer entgegen, die aussahen, als würden sie den nächsten großen Business-Deal besprechen. Dicke Uhren schmückten ihre Handgelenke, bestimmt waren das Rolex oder … Mein Herz machte einen Satz, als mich eine Hand am Ellenbogen packte und in den nächstgelegenen Raum zog.

»Hey, was …?«

Die Tür schloss sich hinter uns. Unwillkürlich blickte ich in ein Paar braune Augen. Braune Augen, die sich von Sekunde zu Sekunde verdunkelten.

Ambrose.

Auch wenn ich den Blick nicht von ihm lösen konnte, nahm ich wahr, dass wir uns in einem kleinen Badezimmer befanden. Ich lehnte mit dem Rücken an der Tür. Ambrose ragte vor mir auf, seine Lippen waren leicht geöffnet, während er mit einer Hand über die Seite meines Arms strich. »Hey.«

»Hi.« Ich schluckte. Seine Hitze ging auf mich über, und ich spürte, wie sich in meiner Mitte etwas lustvoll zusammenzog. Meine Atmung wurde immer stockender, je näher er mir kam. Je mehr ich von seiner Haut auf meiner fühlte.

Es klickte.

Mit seiner freien Hand hatte er hinter meinem Rücken die Tür verriegelt. Seine Lider flatterten, und sein Brustkorb hob und senkte sich ungewöhnlich schnell. Ich spürte, wie sein Atem meine Wange streifte. Mein Blick huschte zu seinen Lippen, seinen Augen, seinen Lippen. Und mit dem nächsten Wimpernschlag presste ich meine Lippen auf seine. Ich schlang die Arme um seinen Nacken und zog ihn an mich, bis kein Zentimeter mehr zwischen uns blieb. Mit einer Hand stemmte er sich gegen die Tür, während er mit den Fingern seiner anderen über meine Taille und Hüfte fuhr. Ich wollte mehr von ihm. War süchtig nach seinen Küssen. Mit zitternden Händen fuhr ich seinen Nacken, seine Schultern und seinen Rücken entlang. Muskeln, die sich unter meinen Berührungen anspannten. Als er mit seiner Zunge meine Lippen teilte und wir den Kuss vertieften, entfuhr mir ein leises Stöhnen.

»Fuck«, entfuhr es ihm, und er bohrte seine Finger in meine Seite.

Ich krallte mich noch fester an ihn, als er im nächsten Augenblick meine Beine um seine Mitte schlang und mich anhob. Im nächsten Moment spürte ich, wie er mich auf dem Waschtisch absetzte. Ich drängte mich an ihn. In mir explodierte etwas, als ich seine Härte an meiner Mitte spürte, und ich wollte mehr von ihm. Noch mehr. Es fühlte sich so gut an. So richtig, obwohl es so falsch war.

Mein Puls hämmerte, während ich mich leicht nach hinten lehnte und Ambrose Küsse auf meinen Hals und mein Dekolleté hauchte. Ich schnappte nach Luft. Scheiße, verdammte, ich konnte nicht mehr … Seine Hand wanderte über meinen Körper, an meinen Beinen entlang und hielt an meinem Oberschenkel inne. Ohne nachzudenken, griff ich nach seiner großen Hand und führte sie zwischen meine Beine. Gott sei Dank hatte das Kleid einen Schlitz.

»Nika …« Ambrose' Finger strichen über meinen Slip, und ich drängte mich an seine Hand, während ich mich hinter mir auf dem Tisch abstützte. »Shit. Du bist ja ganz feucht, Bugs …« Er hielt inne, unsere Blicke trafen sich. In seinen Augen lagen Hitze und Verlangen.

Ich schluckte, nickte, um ihm mein Einverständnis zu geben. Dann leckte ich über meine Lippen, legte sie erneut auf seine und küsste ihn, als ob mein Leben davon abhing.

Als Ambrose meinen Slip zur Seite und einen langen Finger in mich schob, entfuhr mir ein Stöhnen, und ich schloss die Augen. Genoss seine Berührungen, seine Küsse und wie er immer wieder in mich eindrang. Erst langsam. Viel zu langsam. Und mich dann mit seinen Fingern massierte. Unaufhörlich.

Ich keuchte, als er meinen empfindlichen Punkt traf. »Scheiße, Ambrose …«

»Soll ich … aufhören?«, brachte er heraus.

»Nein! Bloß nicht.«

Ich sah Sterne. Ein Kribbeln jagte durch meinen Körper, gefolgt von Hitze und Verlangen. Ich klammerte mich an ihn, während er weitermachte. Immer weiter, bis ich nach Luft schnappte und er seine Finger aus mir herauszog.

»Hey«, fuhr ich ihn entrüstet an, doch er erstickte meinen Protest mit einem Kuss.

Meine Hände machten sich selbstständig, wanderten zum Gürtel seiner Hose. Zitternd öffnete ich sie und schob sie herunter. Ich hörte und spürte, wie Ambrose den Reißverschluss meines Kleides entlangfuhr. Er zerrte es mir über den Kopf, und ich befreite ihn von seinem Hemd. Jeder Fetzen Stoff war zu viel in diesem Moment, in dem ich nichts lieber wollte, als seine Härte in mich aufzunehmen. Wir wurden auch alles andere los. Ambrose wanderte mit seinem Mund über meinen Kiefer, meinen Hals bis zu meinen Brüsten, knetete meinen Hintern, während seine Zunge über meinen harten Nippel fuhr.

»Shit, das …«, entfuhr es mir und kurz darauf ein Stöhnen. Vor meinen Augen ein Feuerwerk. Ich grub meine Nägel in seinen Nacken.

»Ich hab dir doch gesagt, dass ich dir das Kleid ausziehen werde.« Ein kehliges Lachen kam ihm über die weichen Lippen. Dann trafen sich unsere Blicke. Funken, Feuer und Wärme. Er strich mir sanft mit dem Daumen über die Wange. »Willst du das wirklich, Bugs?«

»Ja.« Ich zog ihn näher zu mir, spürte seinen Atem auf meinen Lippen. »Ich will dich. In mir. Jetzt. Ich halte es keine Sekunde länger aus, Ambrose.«

Ein Lächeln flackerte über seine Züge, dann beugte er sich zu seiner Hose, fischte nach einem Kondom, das er sich rasch überstreifte. Ich sog scharf die Luft ein, als er wieder zwischen meinen Beinen stand, ich sie über seine Schultern legte und ihn fixierte, das dunkle Verlangen in seinen Augen. Im nächsten Moment spürte ich seine pulsierende Härte an meinem empfindlichsten Punkt.

Mein Herz polterte so schnell wie nie. Mir entfuhr ein Seufzen, als Ambrose erneut mit seiner Zunge über meine Nippel wanderte. Ich lehnte mich zurück, sodass er besser in mich eindringen konnte.

Ohne den Blick von mir zu lösen, schob er sich in mich, ganz sanft und vorsichtig, und als ich nickte, immer schneller und härter. Unsere Körper verschmolzen miteinander, wurden eins, während ich keuchte und mich an seine Schultern klammerte. Er füllte mich komplett aus, immer und immer wieder. Blitze zuckten durch meinen Körper. Ein leises Stöhnen drang über seine Lippen.

»Fuck, Nika, du fühlst dich so gut an …«

Unsere Lippen kollidierten. Ich bekam nicht genug von seiner Härte. Kontrolliert bewegte er sein Becken, um diesen einen Punkt in mir zu treffen. Ich keuchte, stöhnte, seufzte an seinem Mund, bis mich in Sekundenschnelle eine Welle überrollte und ein Feuerwerk durch meinen Körper jagte. Ich stöhnte und wand mich, während er sich immer noch in mir bewegte und kurz nach mir zum Höhepunkt kam.

Er zog sich aus mir zurück, strich mir über den Hinterkopf und den Rücken, als ich mich vollkommen fertig an seine Brust lehnte. Meine Atmung ging unfassbar schnell. Mir rauschte der Puls in den Ohren. So verharrten wir einige Momente. Meine Arme um seinen Oberkörper geschlungen, seine Hände, die mir Geborgenheit schenkten.

Als wir wieder zu Kräften gekommen waren, lehnte ich mich zurück, um ihm in die Augen zu sehen. Darin lag Wärme, aber auch Zerrissenheit. Ein Lächeln umspielte seine Mundwinkel, als er mir eine Strähne, die sich aus meiner Frisur gelöst hatte, hinter das Ohr strich. »Du bist wunderschön, weißt du das?«

32

AMBROSE

Mein Herz wummerte gegen meinen Brustkorb, während ich in Nikas Augen blickte und mir wünschte, sie würde mich jeden Tag so ansehen. Ihre Lippen waren leicht geschwollen, die Wangen gerötet. Scheiße, wir hatten gerade miteinander geschlafen, und nichts in meinem Leben hatte sich bisher so gut angefühlt.

Knappe fünf Minuten später hatten wir wieder unsere Klamotten an. Ihre Beine waren wohl noch etwas weich, sie wackelte auf ihren schwarzen High Heels kurz, bevor sie wieder fest auf beiden Füßen stand.

»Alles okay?« Ich schloss ihren Reißverschluss, auch wenn ich ihn am liebsten direkt wieder geöffnet hätte.

Sie nickte. »Wir müssen das …«

»Für uns behalten?« Ich grinste und strich ihr mit dem Daumen über die Wange. »Ich hatte nicht vor, meinem Bruder davon zu erzählen.«

»Gut«, sagte sie und lächelte zufrieden. Dann wandte sie sich dem Spiegel zu, um sich frisch zu machen.

Wenig später verließen wir das Badezimmer und steuerten die Terrasse an. Ich durfte mir nicht anmerken lassen, was in mir vorging. Welche Gefühle sich in mir ausbreiteten. Welches Verlangen, wenn ich sie nur ansah. Ihre Wangen waren immer noch leicht gerötet, doch immerhin saß ihre Frisur wieder wie vor unserem kleinen Intermezzo. Es würde also hoffentlich niemandem auffallen, was sich zwischen uns abgespielt hatte.

»Schaut mal, wen ich beim Safe gefunden habe. Nika wollte ihn gerade knacken und die Juwelen stehlen, aber ich konnte sie noch davon abhalten«, sagte ich grinsend, als wir bei Aaron und meinen Eltern ankamen.

Nikas Augen weiteten sich. »Quatsch. Ich war nur eben drin und habe …«

»Kannst du nicht einmal ernst bleiben, Ambrose?« Schärfe klang in der Stimme meiner Mutter mit. »Jetzt musst du auch noch versuchen, die Freundin deines Bruders aufzuziehen. Kannst du diese dummen Scherze nicht mal sein lassen?«

Betretenes Schweigen. Ich biss die Zähne aufeinander und wollte mich rechtfertigen, als mein Vater das Wort ergriff. »Deine Mutter hat recht. Wenn du nur halb so viel Zeit in deine Leistungssteigerung stecken würdest, wie du für deine Witze aufbringst, würdest du womöglich auch mal einen Wettkampf gewinnen.«

Alles drehte sich. Ich blinzelte einige Male und merkte, wie sich mein Puls erneut beschleunigte. Wollten sie mich im Ernst vor der versammelten Gala-Gesellschaft bloßstellen? Vor Nika?

»Tut mir leid, ich …«

»Dir tut immer alles leid, Ambrose.« Mein Dad seufzte. »Das interessiert uns nur leider nicht. Und deine Coaches auch nicht. Deine Taten zählen, nicht deine Worte. Und wer eine große Klappe hat, der sollte auch im Training sein ganzes Potenzial ausschöpfen.«

Es fühlte sich wie eine Ohrfeige an. Immer und immer wieder bekam ich eine verpasst. Doch irgendwann gewöhnte man sich daran, eine gewisse Taubheit setzte ein.

Aus dem Augenwinkel sah ich, wie Nika mich anstarrte, anschließend zu meinen Eltern sah, dann zu Aaron und erneut zu meinen Eltern. Aaron wiederum blickte betreten zu Boden.

Fuck, war das unangenehm. Ich wollte nicht, dass sie mich so sah. Dass sie mitbekam, was meine Eltern von mir hielten. Wie sie mit mir umgingen. Was, wenn sie merkte, dass ich wirklich nicht so erfolgreich und toll war wie mein Bruder? Was, wenn sie mich dann auch nicht mehr wollte?

Mom verschränkte die Arme vor der Brust. »Du musst bessere Leistungen erbringen, wenn du in deinem Leben etwas erreichen willst, Ambrose. So kann das nicht weitergehen, diese Faulheit bringt mich um den Verstand.«

Stille.

»Bei allem Respekt, Mr. und Mrs. Kennedy, aber Ihr Sohn strengt sich im Training sehr an«, widersprach plötzlich eine leise Stimme.

Ich fuhr herum und starrte Nika an, die den Blickkontakt mit meinen Eltern hielt. Ich konnte nicht glauben, dass sie es mit Mom und Dad aufnahm und sich für mich einsetzte. Wieso tat sie das? Was brachte sie dazu? Fassungslos blinzelte ich sie an.

»Wie bitte?« Mom beäugte sie mit skeptisch gerunzelter Stirn.

Nika straffte die Schultern. »Um ehrlich zu sein, finde ich es schade, dass Sie die Leistung von Ambrose herunterspielen. Er ist wahnsinnig talentiert und wirklich gut, außerdem gibt er im Training immer hundert Prozent.

Wenn nicht sogar mehr. Sie sollten stolz auf ihn sein.« Dann hakte sie sich bei Aaron unter, was mir einen Stich versetzte. »Auf Ihre beiden Söhne.«

»Ich lass mir doch nicht von einem dahergelaufenen Gör sagen, wie ich mit meinen Kindern umzugehen habe. Wo kommen wir denn da hin?« Dad schüttelte den Kopf und starrte Nika abwertend an. »Aaron, wie kannst du so jemanden in dein Leben lassen?«

Ich atmete aus und nutzte die Gunst der Stunde, weil sich nun nicht mehr alles um mich drehte und ich mich hart zusammenreißen musste, um nicht auszuticken. »Bin gleich wieder da.« Dann entfernte ich mich rasch. Hauptsache weg von meinen Eltern. Allein sein. So wie es mir am liebsten war, wenn sie mir mal wieder ihre Sprüche reingedrückt hatten.

Um mich abzureagieren, lief ich ein paar Runden ums Haus und ließ mich schließlich vor dem Anwesen, wo nur ein paar Kerle vom Parkservice standen und sich unterhielten, etwas abseits auf eine kleine Mauer sinken. Ich stützte die Ellenbogen auf die Knie und vergrub mein Gesicht in den Händen.

Was für ein Abend. Der schönste und beschissenste zugleich.

Ich konnte nicht fassen, was Nika gerade getan hatte. Was sie gesagt hatte. Sie hatte mich in Schutz genommen. Vor meinen Eltern. Niemand hatte das jemals zuvor für mich getan. Das hatte ihr wahrscheinlich einiges abverlangt und sie großen Mut gekostet. Scheiße, das Mädel war härter, als ich angenommen hatte. Und dennoch, es hatte wehgetan, sie an Aarons Arm zu sehen. Mir war bewusst, dass es nur gespielt war, aber was, wenn sie doch Gefühle für ihn entwickelte? Immerhin war er Aaron. Die bessere Version von mir. Warum sollte sie sich mit mir zufriedengeben, wenn sie auch ihn haben konnte?

»Alles in Ordnung?«, hörte ich irgendwann leise eine Stimme hinter mir.

Ich zuckte zusammen und drehte mich um. Wärme floss durch meine Glieder, während sich das Mädchen, dem mein Herz gehörte, mir Schritt für Schritt näherte.

»Hier bist du. Ich habe überall nach dir gesucht. Tut mir echt leid, was da gerade mit deinen Eltern passiert ist.« Nika lächelte mich aufmunternd an und setzte sich dann zu mir auf die Mauer. »Ich hoffe, es war nicht doof … also dass ich … dass ich was gesagt habe, aber …«

»Was?« Ich zog die Brauen zusammen und schüttelte ungläubig den Kopf. »Wehe, du entschuldigst dich dafür. Das war echt krass von dir.«

Sorge lag in ihrem Blick, als sie mir eine Hand aufs Knie legte. »Ich wusste nicht, ob es okay ist, aber ich konnte mich nicht mehr zurückhalten. Das ging gar nicht, wie deine Eltern dich kritisiert haben.«

Ich schloss meine Hand um ihre und drückte sie. »Danke, Nika.« Unsere Blicke trafen sich, und mein ganzer Körper begann zu kribbeln. »Das hat noch nie jemand für mich getan. Wie du mich in Schutz genommen hast, ich …« Meine Stimme brach, und ich räusperte mich. »Danke.«

Sie schluckte, ihr Blick wurde noch sanfter. »Natürlich. Ist doch selbstverständlich.«

»Ist es nicht. Zumindest nicht, wenn du ein Kennedy bist.«

»Dann ist es ja gut, dass ich keine Kennedy bin, sondern eine Blum.« Sie schmunzelte, und ein Zittern durchfuhr sie, woraufhin sie die Arme um den Körper schlang.

Rasch zog ich mein Jackett aus und legte es ihr um die Schultern, damit sie nicht fror. Während sie mich dankbar anlächelte, ihre Wangen sich leicht röteten, strich ich ihr eine Strähne hinters Ohr. »Ich weiß das wirklich zu schätzen, also … danke.« Als ich erneut daran denken musste, dass sie mit Aaron hier und sein Date war, unser Deal in der Luft lag, zerriss es mir fast das Herz. Man durfte uns nicht zusammen sehen. Vielleicht war es auch an der Zeit, den Plan zu überdenken und was daran hing. Würde es alles einfacher machen, wenn wir ihn cancelten? Vielleicht. Vielleicht aber auch nicht. Vielleicht würde dadurch auch alles nur schlimmer werden.

Ich hauchte ihr einen Kuss auf die Stirn und stand auf, um mein Auto zu holen. »Du bist unglaublich, Nika, vergiss das bitte niemals.«

33

NIKA

Selbst die drei Matcha Latte halfen mir heute nicht, richtig wach zu werden. Nach dem gestrigen Gala-Abend hatte ich im Training alles geben wollen, doch ich war viel zu übermüdet. Immerhin war ich erst nach zwölf in den Schlaf gedriftet – Aarons Eltern hatten uns vorab eine Sondergenehmigung beschafft, mit der wir während der Nachtruhe in die Academy hatten zurückkehren dürfen. Und nun wartete ich nach der ersten Trainingseinheit am Montagmorgen darauf, dass der Theorieunterricht begann. Für heute war eine Einheit zur Ernährung geplant. Im Raum saßen schon einige andere aus meiner Gruppe, die auf ihrem Tablet herumwischten oder auf ihr Handy starrten. Die Uhr zeigte kurz vor elf an, und über die Tische hinweg konnte ich leise Gesprächsfetzen von zwei Mädels aufschnappen, die zu den Schwimmerinnen gehörten.

»Aber ich weiß nicht, ob das stimmt …«

»Coach Bennett hatte schon öfters was mit Sportlern, und ich hab die beiden am Wochenende zusammen gesehen. Händchen haltend.«

»Würde echt zu Hugo passen.«

Hugo? Ging es da um das Gerücht, dass ihr Coach

etwas mit einem Athleten haben sollte? Robyn hatte bereits was in der Richtung erwähnt, aber keiner wusste so richtig, um wen es sich handelte. Konnte es wirklich Hugo sein? Es würde zu seiner Heimlichtuerei passen. Jedes Mal, wenn jemand ihn darauf ansprach, ob er gerade datete, antwortete er ausweichend. Doch eigentlich ging mich das auch gar nichts an. Ich wollte mich aus dem ganzen Getratsche raushalten; wohin das führen konnte, hatte ich schließlich auf die schlimmste Weise am eigenen Leib erfahren müssen.

Die Tür ging auf, und nach ein paar Leuten, mit denen ich nicht so viel Kontakt hatte, erschienen auch Ambrose und Luis im Türrahmen. Das beige Shirt, das locker Ambrose' breite Schultern umspielte, sowie die schwarze Joggingshorts und die weißen Air-Force-Sneakers sahen unfassbar heiß an ihm aus. Sofort durchfuhr mich ein wohliges Kribbeln. Wenn ich daran zurückdachte, wie er mich gestern, genau genommen gerade mal vor wenigen Stunden, berührt hatte, zog sich alles in mir lustvoll zusammen. Ich wollte mehr davon. Mehr von ihm.

Unsere Blicke trafen sich, und sofort zuckten seine Mundwinkel nach oben. Er fuhr sich mit der Hand übers kurze Haar und kam auf mich zugelaufen. Die breiten Schultern gestrafft und mit einem Lächeln auf den Lippen, das wie festgetackert schien. Luis folgte ihm.

»Hey«, flüsterte Ambrose, als er sich auf den freien Stuhl neben mir gleiten ließ. »Gut geschlafen?«

Ich grinste ihn an. »Hi. Geht so, bin noch ziemlich müde. Und du? Hey, Luis.«

»Hi, Nika«, erwiderte dieser und nahm auf dem Stuhl neben Ambrose Platz, widmete sich jedoch sofort seinem Smartphone.

»Ich hab auch viel zu kurz geschlafen. Hab mir vorhin noch ’ne Koffeinkapsel eingeschmissen.«

»Ach, jetzt dopest du dich schon«, sagte ich leise und schüttelte gespielt schockiert den Kopf.

»Ja«, lachte er und presste sich dabei eine Hand auf die Brust, »das war krasser Stoff.«

Ich geriet ins Schmunzeln und lehnte mich etwas in seine Richtung, damit die anderen nicht hörten, was ich ihm zuflüsterte. »Und, hast du den Abend gestern einigermaßen verdaut?«

»Was meinst du?«

»Na, die Sache mit deinen Eltern und ihren … Bemerkungen, du weißt schon.« Ich machte eine vage Handbewegung und wandte den Blick ab. »Hmm, vergiss es, ich wollte keine Wunden aufreißen, tut mir leid.«

»Nein, schon gut. Es ist nur so, dass ich das …«, sein Ausdruck wurde weicher, und er senkte die Stimme, »gewohnt bin. Ist nichts Neues.«

Verdammt. Das versetzte meinem Herzen einen fiesen Stich. Ich wollte nicht, dass ihm irgendjemand das Gefühl gab, nicht gut genug zu sein. Nicht wertvoll zu sein.

»Falls ich jemandem für dich eine reinhauen soll, sag Bescheid«, entgegnete ich und schenkte ihm ein aufmunterndes Lächeln, auch wenn meine Aussage nur halb ernst gemeint war.

Ein Grinsen erhellte seine Miene. »Ach wirklich? Gut zu wissen. Ich hatte ja keine Ahnung, dass du auch außerhalb der Trainingszeiten in Kampflaune bist. Wobei, wenn ich an die letzten Wochen denke und die Sprüche, die du mir reingedrückt hast …«

»Wenn du wüsstest, Kennedy.«

Nun war er es, der sich zu mir herüberbeugte. Er senkte

den Blick auf meine Lippen, bevor er ihn wieder hob, um meinem zu begegnen. »Gestern Abend hab ich eine andere Seite an dir kennengelernt, die mal nicht auf Konfrontation mit mir aus war.« Eine seiner Brauen zuckte vielsagend nach oben. »Ganz im Gegenteil.«

»Vielleicht hast du dir das auch nur eingebildet, und ich hab dir was vorgespielt.«

Sein Grinsen wurde breiter. »Ich bin mir sicher, dass du mir *eine Sache* definitiv nicht vorgespielt hast, Bugs.«

Hitze wanderte durch meinen Körper, sammelte sich zwischen meinen Beinen und in meinen Wangen, doch ich versuchte, mir meine Erregung nicht ansehen zu lassen. Als ich nichts sagte, weil mein Mund viel zu trocken war, um nur einen Ton herauszubringen, spürte ich, wie er plötzlich mit einem Finger meinen Oberschenkel entlangstrich. Da ich nur eine kurze Shorts anhatte, nahm ich seine Berührungen auf meiner nackten Haut noch intensiver wahr. Ein Schauer kroch über meinen Rücken.

»Ambrose …« Ich sah mich um, doch niemand schaute zu uns. Niemandem fiel auf, was er da unter dem Tisch mit mir anstellte.

»Nika?« Seine Hand strich wie ein Windhauch an meinem Schenkel auf und ab. Gänsehaut legte sich auf meine Beine und Arme. Als es ihm auffiel, zuckten seine Mundwinkel erneut nach oben. »Ich hatte gestern sehr viel Spaß.«

Ich schluckte, fand seinen Blick. »Ich auch, Ambrose, aber … dein Bruder.«

»Was? Ist er hier?«

»Nein, aber … wenn uns jemand sieht, erfährt er es vielleicht.«

Im Bruchteil einer Sekunde beugte er sich noch weiter

zu mir und flüsterte mir sanft ins Ohr: »Manchmal, da wünsche ich mir, er wüsste alles.«

»Dann wäre der Gefallen, den ich dir tue, aber auch dahin …«

Er überlegte einen Moment, dann drückte er noch mal mein Bein und zog anschließend seine Hand zurück. »Du hast recht. Danke, dass du das für mich tust, Nika. Ich weiß das wirklich zu schätzen.« Ein weiteres Schmunzeln huschte über seine Züge, als ich aus dem Augenwinkel sah, wie unser Coach und weitere Sportlerinnen und Sportler in den Raum kamen. Und mit ihnen verpuffte alles, was sich zwischen Ambrose und mir aufgebaut hatte.

Zwar besserte sich meine Müdigkeit im Laufe des Tages etwas, doch spätestens nach der zweiten Trainingseinheit, als ich auf dem Weg ins Recovery-Center war, um mir ein warmes Bad zu genehmigen, setzte sie wieder ein. Ich freute mich auf mein Bett. Doch davor mussten erst mal meine Muskeln auf Trab gebracht werden.

Mit meiner Trainingstasche auf der Schulter lief ich den schmalen Weg zwischen den Tennisplätzen entlang, der zum Recovery-Center führte. Vögel zwitscherten, während die fast schon sommerliche Nachmittagssonne auf mich herunterprallte. Der Mai brach innerhalb der nächsten Tage an, und dann würde es vermutlich nicht mehr lange dauern, bis man es eigentlich nur noch im kühlen Wasser aushielt. Zum Glück waren unsere Trainingshallen klimatisiert. Die Wochenenden hingegen würde ich vermutlich die meiste Zeit mit meinen neuen Freunden am Meer verbringen.

Mein Handy vibrierte in meiner Tasche.

Hektisch kramte ich danach und fischte es heraus. Mit einem Lächeln auf den Lippen nahm ich den Anruf meiner besten Freundin entgegen. »Heeey, Anna, alles klar?«

Im nächsten Augenblick erschien ihr strahlendes Gesicht auf meinem Display. »Hellooo! Alles bestens, und bei dir? Wie geht's? Was machst du? Wo bist du? Und das Wichtigste: Erzähl mir von gestern!«

Ich lachte auf. »Eins nach dem anderen, okay? Ich …« Rasch sah ich mich um und wich den Schwimmerinnen aus, die mir entgegenkamen. »Ich bin grad auf dem Weg zur Recovery, aber ich hab noch kurz Zeit, ich such mir nur eine ruhige Ecke, wo mich niemand hört. Was gibt's bei dir Neues?« Mit schnellen Schritten nahm ich einen schmalen Weg, der mich an den Rand des Academy-Geländes brachte, wo mich hoffentlich niemand belauschte.

»Bei mir ist alles super«, entgegnete Anna. »Bis auf das nervige Aprilwetter in Deutschland. Ich wäre auch echt gerne in Monaco. Aber na ja, man kann nicht alles haben. Du weißt nicht, wie viel ich gerade mit der Uni zu tun habe. Chris hat sich schon beschwert, dass ich nicht mehr so viel Zeit für ihn habe, aber da muss der Gute durch, wenn er mit mir zusammen sein will. Ach ja, und ich hab einen Nebenjob im Fitnessstudio ergattern können.«

»Oh, echt?«

»Ja! Nur am Check-in, aber hey, ich darf kostenlos trainieren, mich an den leckeren Drinks und Snacks bedienen und verdiene dazu noch ein bisschen Geld.«

»Gute Kombination«, bemerkte ich mit einem Lachen und steuerte eine Bank an, die etwas abgelegen umgeben von Büschen und Bäumen stand.

»Hab ich auch zu meinen Eltern gesagt.«

Ich grinste und ließ mich auf die Bank sinken. »Alles klar, jetzt hab ich ein bisschen Ruhe.«

»Dann schieß mal los. Ich will alles wissen.«

Nach der Gala gestern Abend hatte ich Anna noch eine Nachricht geschickt, allerdings eine ziemlich kurze, da mir fast schon die Augen zugefallen waren. Rasch brachte ich sie auf den neusten Stand – auch was mein Zusammentreffen mit Ambrose im Theorieunterricht heute Vormittag betraf.

»Oh. Mein. Gott. Nicht dein Ernst, Nika … Girl, du lässt auch nichts anbrennen, oder?«, quiekte sie vergnügt ins Display, und ich musste lachen.

»Jetzt übertreib mal nicht. Mit Aaron läuft ja nichts. Nur eben … mit seinem Bruder. Und dazu kommt, dass keiner von den anderen aus der Clique was weiß. Und ich alle angelogen habe.« Ich schlug mir eine Hand vors Gesicht. »Das ist so ein Chaos. Keine Ahnung, wie es weitergehen soll. Ich bin gleichzeitig wahnsinnig happy und habe einen Riesenschiss davor, dass mir alles um die Ohren fliegt. Wenn Lova und die anderen Wind davon kriegen, dann kann ich meine Sachen packen.«

»Lass mich die Lage kurz zusammenfassen …« Sie überlegte und tippte sich dabei an ihr spitzes Kinn. »Du bist scharf auf Ambrose, aber in einer Pseudobeziehung mit seinem Bruder. Die anderen denken immer noch, dass du eine Rich Bitch bist, und du bist mit Ambrose happy, aber auch irgendwie nicht, da ihr wegen Aaron nicht zusammen sein könnt. Korrekt?«

»Ich denke«, gab ich geknickt zu. »Mit jedem Tag, der verstreicht, hab ich das Gefühl, es immer schlimmer zu machen.«

»Es ist schon echt hart, Nika.«

»Danke für dein Mitgefühl und die aufheiternden Worte.«

Sie lachte. »Okay, dann lass uns mal überlegen. Der Deal ist laut einer deiner letzten Sprachnachrichten nicht mehr verpflichtend, oder? Ambrose würde dich nicht verraten, aber hat dich dennoch darum gebeten, den Plan weiter durchzuführen?«

»Jap«, sagte ich und nickte. »Er tut mir so unfassbar leid, und ich will ihm einfach helfen.«

»Okay, und wie stehst du aktuell zu Ambrose?«

»Frag mich was Leichteres.« Seufzend zog ich meine Knie an. »Ursprünglich hab ich gedacht, dass er ein Arsch ist, aber inzwischen habe ich eine andere Seite an ihm kennengelernt. Er wirkt liebevoll, und ich mag ihn schon sehr gerne. Die anderen Mädels meinten auch, dass er ein richtig guter Kerl ist, aber das ändert alles nichts daran, dass immer noch diese Aaron-Sache läuft.«

»Hast du Gefühle für ihn?«

»Ja, schon, aber ich verdränge sie ehrlich gesagt. Gefühle machen alles viel komplizierter.«

Sie nickte. »Verständlich. Aber abgesehen von seiner Idee mit dem Deal und dass du Aarons Leistung manipulieren solltest … na ja, da wirkt er tatsächlich ganz passabel.«

»Ganz passabel.« Ich grinste. »So könnte man es ausdrücken. Ich denke auch, dass er mich mag, aber ich weiß andererseits, dass der Sport seine oberste Priorität ist; das war für ihn überhaupt erst der Anlass, sich diesen Deal zu überlegen. Und wer weiß, vielleicht will er daher ja auch gar nichts Festes.«

»Wie meinst du das genau?«

»Wenn ich es richtig mitbekommen habe …« Ich

stockte, sah mich zur Sicherheit noch mal um, doch niemand war in der Nähe. »Er kriegt ziemlich viel Druck, wie es mir scheint. Oder er macht ihn sich. Keine Ahnung. Vermutlich soll ich daher seinen Bruder vom Training abhalten. Gestern, da hab ich die Eltern der beiden kennengelernt, und ganz ehrlich, Anna: Die sind superfies zu ihm.«

»Echt?« Verblüffung spiegelte sich auf ihrem Gesicht. »Wieso?«

»Die spielen seine Leistungen total herunter. Behaupten, er wäre nicht konzentriert oder ehrgeizig genug, würde nicht genug trainieren, was weiß ich. Er tat mir so leid. Wirklich.«

Als ich daran zurückdachte, wie sie mit Ambrose umgesprungen waren, zog sich mein Herz zusammen. Er war vielleicht nicht perfekt, aber das bedeutete nicht, dass er es verdiente, sich so etwas anhören zu müssen. Erst recht nicht von seinen Eltern. Die sollten ihn unterstützen, nicht fertigmachen.

»Das klingt ganz schön kacke«, erwiderte meine beste Freundin und presste die Lippen aufeinander. »Und deswegen vermutest du, dass er keine Beziehung möchte? Weil er sich voll und ganz auf den Sport konzentriert?«

»Genau. Sobald Gefühle aufkommen, werde ich vermutlich nur noch ein Störfaktor in seinem Leben sein und er wird mich abschießen.« Übelkeit stieg in mir auf. »Ich gebe ja zu, dass ich möglicherweise ein bisschen auf ihn stehe, aber …«

»Ein bisschen?« Anna hob eine Braue und grinste, woraufhin ich ertappt die Augen verdrehte.

»Okay, ein bisschen sehr. Aber das tut letztendlich nichts zur Sache, wenn ich mich seinem Bruder an den

Hals werfe und mich darauf konzentrieren sollte. Ich muss auf mein Herz aufpassen. Ich will nicht, dass schon wieder darauf herumgetreten wird.«

»Nika …«

»Du weißt, was damals passiert ist. Und außerdem möchte ich die Freundschaft mit den anderen nicht riskieren. Was, wenn mehr zwischen Ambrose und mir läuft, es dann trotzdem auseinandergeht und er aus dem Nähkästchen plaudert?« Allein bei dem Gedanken an die Möglichkeit wurde mir eiskalt, und ich versuchte, die Tränen zurückzuhalten, die hinter meinen Lidern brannten.

Annas Blick wurde weicher. »Mir ist bewusst, dass du zu ihnen gehören willst, aber Lügen sind keine Grundlage für eine Freundschaft. Und das weißt du. Irgendwann werden sie dich einholen, Nika. Ich mach mir Sorgen um dich, du bewegst dich auf echt dünnem Eis.«

»Es ist sowieso zu spät. Wenn es jetzt rauskommt, wenden sie sich von mir ab, und dann wird alles bestimmt genauso schlimm wie zu Schulzeiten.« Meine Stimme brach. »Es gibt keinen Ausweg. Ich muss darauf hoffen, dass Ambrose sein Versprechen hält und sie es niemals erfahren.«

»Und wie geht es dir damit? Mit Aaron, meine ich.« Sie legte den Kopf schief und musterte mich.

»Ich mag ihn ganz gerne – auf eine freundschaftliche Art. Aber ich fürchte, er sieht mehr in mir. Allein die Tatsache, dass er mich gestern seinen Eltern vorgestellt hat … Anna, das wird immer ernster mit ihm, obwohl ich ihm doch nur was vorspiele. Nicht dass er sich wirklich noch in mich verliebt.«

»Habt ihr euch geküsst?«

Ich schluckte, als ich den Kampf gegen die Tränen verlor und mir die Sicht vor Augen verschwamm. »Nein. Gott sei Dank nicht.« Tränen rannen meine Wangen hinab. »Ich weiß nicht, wie das noch werden soll. Aber ich habe echt große Angst, dass mich dieses ganze Netz aus Lügen und Geheimnissen in den Abgrund reißt.«

34

NIKA

»Hier«, sagte Aaron und hielt mir einen gelben Smoothie vor die Nase. Sogar die To-go-Becher waren mit dem Academy-Logo versehen. Ein Lächeln legte sich auf seine Lippen. »Ich hoffe, du magst Mango und Ananas.«

Ich nahm ihm den Becher aus der Hand und grinste. »Ich liebe Mango und Ananas. Danke! Was für einen hast du?«

Am Mittwochmittag hatte es wie immer keine Trainingseinheit gegeben, stattdessen mussten wir ins Recovery-Center, ein Eisbad nehmen, das Gym besuchen oder an unserer Mobilität arbeiten. All das hatten wir für heute hinter uns, und da wir uns beim Stretching zufällig über den Weg gelaufen waren, hatten Aaron und ich beschlossen, abzuhängen und vor dem Abendessen ein wenig über das Academy-Gelände zu spazieren.

Während wir durch den Flur von der Kantine in Richtung Ausgang liefen, blickte er auf seinen Becher hinab, in dem sich eine grüne Flüssigkeit befand. »Gurke und Spinat. Nicht besonders lecker, aber zumindest wirksam.«

Ich lachte. »Klingt verlockend.«

Ein paar Tennisspielerinnen kamen uns entgegen und

starrten erst Aaron an, dann mich, dann wieder Aaron, bevor sie miteinander zu tuscheln begannen.

Sofort machte sich Unbehagen in mir breit. Lästerten sie über mich, weil sie mich mit dem Star der Academy sahen und dachten, dass ich nicht beliebt oder cool genug für ihn war?

Nein, ich durfte mir nicht so viele Sorgen machen. Doch dieses Hinter-dem-Rücken-Tratschen war für mich ein rotes Tuch und ließ immer wieder aufs Neue ungute Erinnerungen an früher in mir hochkommen.

»Wollen wir am Wochenende was unternehmen?«

Mein Herz setzte einen Schlag aus, weil mir der Gedanke kam, dass Aaron womöglich Gefühle für mich entwickelte, wenn er mich plötzlich von sich aus nach einem Treffen fragte. Bis auf unser Date beim Gala-Abend hatte bisher ich alle Treffen initiiert.

»Klar, gerne. Was schwebt dir vor?« Unruhig tippte ich mit einem Finger gegen meinen Becher. Ich fragte mich, ob sich das alles überhaupt lohnte. Aarons Leistung hatte sich, soweit ich wusste, nicht sonderlich verschlechtert. Er heimste immer noch Goldmedaillen ein und schwamm super Zeiten.

»Hmm … Wir könnten uns die Jacht meiner Eltern ausleihen, die liegt drüben in Saint-Tropez, und den Samstagmittag auf dem Wasser verbringen.« Er warf mir einen Seitenblick zu. »Wir wären dort ungestört. Außer uns wäre nur ein Kapitän an Bord.«

»Ähm«, stammelte ich, während wir einen der gefliesten Wege durch die aufwendig gestaltete Gartenanlage entlangliefen. »Ja, ich glaube … das könnten wir machen. Sonst kommt niemand mit?«

Er lächelte mich an und deutete auf eine Bank am

Rande der Wiese, die etwas abgelegen im Schatten einer Palme stand. Wir setzten uns. »Nein, ich dachte … Möchtest du, dass wir noch jemanden mitnehmen? Wir haben uns bisher immer zu zweit getroffen, na ja, bis auf unser Gala-Date, und …« Er holte tief Luft, als müsste er all seinen Mut zusammennehmen. »Ich finde es sehr schön, Zeit mit dir zu verbringen, Nika.«

O Lord …

»Ich auch«, sagte ich leise und zwang mich zu einem möglichst überzeugenden Lächeln.

»Dann steht Samstag?« Erwartung in seinen Augen.

Ich biss mir auf die Unterlippe. »Jap. Okay.«

»Das freut mich.« Er strahlte mich an. »Ich wollte mich noch bei dir bedanken, dass du am Sonntag dabei warst. Also auf der Gala.« Aaron nahm einen Schluck von seinem Smoothie, auf einmal war seine gewohnt ernste Miene zurück. »Das hat mir den Abend um einiges erleichtert.«

»Echt? Dabei hab ich bei deinen Eltern keinen so guten Eindruck hinterlassen, oder?« Ich musste daran denken, wie entsetzt mich Mr. und Mrs. Kennedy angestarrt hatten, als ich mich für die beiden Brüder eingesetzt hatte.

»Irgendjemand musste es ja mal sagen.«

Ich zog die Brauen zusammen und musterte ihn von der Seite. »Wieso machst du's nicht?«

Er seufzte und lehnte sich zurück, legte seinen Arm auf die Rückenlehne und streifte dabei mit der Hand meine Schulter. Da ich ein ärmelloses Top trug, spürte ich seine Berührung auf meiner nackten Haut, doch da war nichts. Kein Flattern.

Während Aaron nach Worten suchte, ließ ich den Blick übers Gelände schweifen. Grüne Wiesen, Tennisplätze und weiter hinten kleinere Gebäude, in denen die

Ärzte arbeiteten und für uns da waren, falls wir sie brauchten. Alles fein säuberlich gepflegt, die Büsche perfekt getrimmt, kein herumliegender Müll. Hier und da überquerten ein paar Leute die Wiese vor dem Hauptgebäude. Mein Herz blieb kurz stehen, als ich sah, wie Ambrose vom Medizinzentrum in unsere Richtung kam, Luis im Schlepptau. Die beiden unterhielten sich, und Ambrose lachte, während Luis amüsiert den Kopf schüttelte. Bei Ambrose' Anblick breitete sich eine wohlige Wärme in meinem Körper aus, und ich richtete mich ein Stück auf, um ihn nicht aus den Augen zu verlieren.

Im nächsten Augenblick trafen sich unsere Blicke. Von Weitem konnte ich sehen, wie er mich anlächelte, bevor er zwischen Aaron und mir hin und her sah und sein Lächeln verschwand. Es wirkte fast so, als ob er sich anspannte.

Mein Puls beschleunigte sich, und ich biss mir auf die Innenseite meiner Wange. Eigentlich war es doch gut, dass ich hier mit Aaron saß, oder nicht? Ambrose sollte nicht so grimmig gucken, sondern mich eher auffordern, mehr zu geben, immerhin …

»Na ja«, riss mich Aaron aus meinen Gedanken. Rasch wandte ich mich ihm zu. Sein Blick verweilte auf seinem Smoothie, dann richtete er ihn auf mich. Anscheinend war ihm nicht aufgefallen, dass sein Bruder in ungefähr zwanzig Metern Entfernung stehen geblieben war und uns beobachtete. »Die Sache mit unseren Eltern ist etwas komplizierter. Wenn wir anfangen, mit ihnen zu diskutieren oder irgendetwas von dem, was sie von sich geben, infrage zu stellen, kritisieren sie uns nur noch heftiger, und dann schaukelt sich das hoch, weißt du?«

»Verstehe. Und Ambrose sagt auch nichts? Er hat doch sonst so eine große Klappe.«

»Gegenüber meinen Eltern eher nicht; er versucht, so wenig wie möglich mit ihnen zu tun zu haben. Oder stellt einfach auf Durchzug, nehme ich an. Aber wer weiß, ehrlich gesagt habe ich keine Ahnung, wie es in ihm aussieht. Schon lange nicht mehr. Er ist mir gegenüber total abweisend. Als wir noch Kinder waren, haben wir uns richtig gut verstanden, aber seitdem ich … na ja, leistungstechnisch stärker bin als er, hat sich unser Verhältnis massiv verschlechtert.«

Aus dem Augenwinkel nahm ich wahr, dass Luis und Ambrose noch immer an derselben Stelle standen und sich unterhielten. Mistkerl. Vermutlich versuchte er, uns auszuspionieren.

Egal, ich hatte mich auf Aaron zu konzentrieren.

»Mir ist schon aufgefallen, dass eure Eltern ziemlich krass auf euren Erfolg bedacht sind.«

Aaron nickte. »Sie wollen nur unser Bestes, aber wenn sie uns dauernd vergleichen, treibt das den Keil zwischen uns nur noch tiefer. Ich hab das Gefühl, dass Ambrose vor allem aus dem Grund nichts von mir wissen will. Ach, keine Ahnung, ich find es einfach wahnsinnig schade, dass wir kaum noch was miteinander zu tun haben.«

Ich runzelte die Stirn, als mir langsam dämmerte, dass Aaron seinen Bruder in seinem Leben vermisste, während Ambrose alles tat, um Aarons Traum zu zerstören.

»Du würdest gerne mehr Zeit mit ihm verbringen?«

Er nickte. »Ja. Aber durch den Druck, den unsere Eltern auf ihn ausüben, scheint er total genervt von mir. Ich meine, ich kann es ihm nicht mal verübeln, mir würde es sicher ähnlich gehen, wenn er der Erfolgreichere von uns beiden wäre.«

Es tat weh, das zu hören. Wobei ich mir nicht mal ausmalen wollte, wie weh es Ambrose tat, immer wieder mit Aaron verglichen zu werden. Und dabei stets den Kürzeren zu ziehen. Shit. Ambrose' Verhalten, sein Plan, Aaron mit meiner Hilfe vom Training abzuhalten, das alles ergab auf einmal viel mehr Sinn. Er wollte seine Eltern von sich ablenken, den Druck von seinen eigenen Schultern auf Aarons abladen und endlich einmal das Gefühl erleben, der Bessere der beiden Brüder zu sein. Als sich die Puzzleteile in meinem Kopf nach und nach ineinanderfügten, ergaben sie schließlich ein Gesamtbild, das Erkenntnis in mir aufkommen ließ.

Das Blut rauschte mir in den Ohren, als ich Aaron ernst ansah. »Ihr müsst unbedingt über alles reden. Ich glaube, da gibt es vieles, was er nicht über dich weiß. Und einiges, wovon du nichts ahnst.«

Aaron nickte bedächtig, dann fuhr er sich übers Haar bis in den Nacken. »Möglicherweise ist das keine schlechte Idee. Falls er mit mir reden *möchte* … In den letzten Jahren hat er immer abgeblockt.«

Ich legte ihm tröstend eine Hand aufs Bein. »Das tut mir wahnsinnig leid, aber ihr werdet das zusammen hinbekommen, da bin ich mir sicher.«

Er hielt meinen Blick fest, während sich seine Augen verdunkelten. Seine Züge wurden weicher, er atmete stockend ein und aus. Und dann beugte er sich plötzlich zu mir herüber. Seine Lippen näherten sich meinen in gefährlichem Tempo.

Verdammt, verdammt, verdammt!

Mit klopfendem Herzen riss ich die Augen auf und zuckte zurück. »Ähm …«

Aaron runzelte kurz irritiert die Stirn, bevor er hastig auf Abstand ging. Entschuldigend hob er die Hände.

»Sorry, ich … ich muss da was falsch gedeutet haben. Ich wollte dich in keine unangenehme Situation bringen.«

»Nein«, flüsterte ich und biss mir auf die Lippe. »Schon … Schon gut. Wirklich. Ich war nur … Ich hab mich erschrocken und …« Ich sah auf die Uhr. »Ups, ich muss sowieso los. Bin noch mit, äh, mit Lova verabredet. Du kannst …« Meine Wangen mussten mittlerweile knallrot sein. »Sorry, Aaron, okay? Aber wir … Ich … Mir geht das zu schnell, und ich …«

»Kein Problem. Wirklich. Alles gut.« Er sah auf seine Sneakers und lächelte mich dann leicht an.

Langsam stand ich auf. »Tut mir echt leid. Ich … Wir sehen uns, ja? Aber ich muss jetzt echt los. Lova wartet sicher schon.«

Die ganze Zeit über hätte ich ahnen müssen, dass wir irgendwann an diesen Punkt kommen würden. Dass Aaron versuchen würde, mich zu küssen. Ich hatte ihm Hoffnungen gemacht, war zu nett zu ihm gewesen. Hatte Ambrose diesen Gefallen getan und meinen Part des Deals eingehalten. Ich wollte Aaron nie das Herz brechen, doch womöglich war es dafür zu spät. Übelkeit stieg in mir auf, weil ich niemanden verletzen wollte. Niemals. Meine Atmung beschleunigte sich, Tränen traten mir in die Augen, als ich mich von ihm abwandte.

Ich kann das nicht mehr.

Der Moment, ab dem ich nicht mehr weitermachen konnte wie zuvor, war gekommen. Das alles wurde mir zu viel. Ich hatte mit Aarons Gefühlen gespielt, obwohl das ein Verhalten war, das ich zutiefst verabscheute. Und nun war ich selbst zu so einem Menschen geworden. Ich hasste mich für alles, was ich getan hatte. Die Lügen, den Deal und das gefakte Interesse an Aaron. Ich brauchte

Abstand und Zeit für mich, um mir darüber klar zu werden, wie es weitergehen sollte. Wie ich aus dieser beschissenen Situation, diesem schwarzen Loch der Lügen, wieder herausfand, ohne noch mehr Menschen zu verletzen.

Hektisch wandte ich mich ab und lief den kleinen Weg entlang. Mein Blick wanderte zu der Stelle, wo eben noch Ambrose und Luis gestanden und sich unterhalten hatten. Mein Puls schoss in die Höhe, die beiden waren verschwunden. Wie viel hatte Ambrose von der Situation zwischen Aaron und mir mitbekommen?

35

AMBROSE

Scheiße. Scheiße. Scheiße.

Adrenalin und Wut und Enttäuschung brodelten durch meine Adern, während ich in die Lobby marschierte. Luis folgte mir, doch ich blendete alles aus, was er sagte. Ich musste mich beruhigen, verdammter Mist. Nika und Aaron hatten sich nicht geküsst. Sie hatte einen Rückzieher gemacht. Aber beinahe wäre es passiert. Und allein die Vorstellung löste in meinem Körper eine Gefühlsexplosion aus, die ich hasste. Ich spannte alle Muskeln an, ballte die Hände zu Fäusten.

»Ambrose, chill …«

Ich fuhr zu ihm herum. »Ich weiß, okay? Ich weiß es. Aber …« Ich brach ab, als sich zwei Mädels neben uns vor den Aufzug stellten und mich von oben bis unten abcheckten. Wieder schlug eine Welle der Wut über mir zusammen. »Fuck! Ich nehme die Treppe. Wir sehen uns oben.« Dann spurtete ich los.

Ich brauchte Ablenkung. Ich musste ins Training. Der Gedanke an Nika und Aaron. Zusammen. Nein. Nein. Nein. Wieso hatte ich sie verdammt noch mal auf ihn ansetzen müssen? Was war in mich gefahren?

In meinem Zimmer packte ich wutentbrannt meinen Rucksack, schmiss alles hinein, was ich im Training brauchte, und rannte beinahe Luis über den Haufen, der gerade reinkam.

»Hey, wo willst du hin?«

»Training«, brummte ich.

»Willst du nicht drüber reden?« Er legte den Kopf schief und musterte mich besorgt.

»Nein.« Rasch wandte ich mich ab und hetzte den Flur hinunter, um auf dem schnellsten Weg in die Schwimmhalle zu kommen.

Ich verstand es nicht. Meine Gefühle. Immerhin war ich selbst schuld an der ganzen Scheiße. Ich war es, der Nika auf Aaron angesetzt hatte. Normalerweise hatte sie mir immer vorab Bescheid gesagt, wenn sie sich mit ihm traf, wieso dieses Mal nicht? Hielt sie es vor mir geheim, weil sie etwas für ihn empfand? Hatte sie Gefühle für ihn entwickelt? Wer könnte es ihr verübeln? Wieso sich mit der Nummer zwei abgeben, wenn man auch die Nummer eins haben konnte?

Ich biss die Zähne fest aufeinander und versuchte, den Schmerz zurückzudrängen. Das Messer, das in meinem Herz steckte und sich bei jedem Gedanken an die beiden herumdrehte. Weshalb empfand ich so? Wieso jetzt auf einmal?

Wie jedes Mal, wenn mir mein beschissener Bruder vorgehalten wurde, half nur eins: Training. So hart trainieren, wie ich nur konnte. So schnell schwimmen, wie ich nur konnte. So schnell besser werden, wie ich nur konnte. Ich durfte mein Ziel, Aaron zu übertrumpfen, nicht aus den Augen verlieren. In jeder menschenmöglichen Situation. Ich musste besser werden. Besser als er. Besser für Nika.

Nachdem ich mit dem Training fertig war, ging es mir nicht besser. Im Gegenteil. Mein Körper fühlte sich an, als ob mir jemand Gewichte an die Beine gehängt hätte. Jeder Schritt war eine Qual.

Als ich schließlich im Bett lag, kreisten meine Gedanken unaufhörlich weiter um Nika und Aaron. Verdammt. Mein Innerstes verknotete sich, während mein Herz immer schneller schlug. Ich wollte Nika. Und was ich nicht wollte, war, sie wieder und wieder mit meinem verdammten Bruder zu sehen. Dieser Fast-Kuss hatte mir den Rest gegeben. Den Rest, den ich gebraucht hatte, um zu merken, dass es für mich nur sie gab und immer geben würde.

Schnell griff ich nach meinem Handy und tippte innerhalb weniger Sekunden eine Nachricht.

Ambrose: *Bugs … Können wir reden?*

Mein Blick wanderte zur Uhr. Kurz nach zwölf. Hoffentlich war sie noch wach.

Ambrose: *Morgen oder ganz egal wann.*

Ich wartete. Starrte auf das Display, bis sie online kam und die blauen Haken signalisierten, dass sie die Nachricht gelesen hatte. Sie tippte. Mein Puls beschleunigte sich. Am liebsten hätte ich sie angerufen, aber ihre Mitbewohnerin schlief wahrscheinlich schon. Sie tippte immer noch. Und dann … brach sie ab und ging offline.

»Ich ertrage deine schlechte Laune nicht mehr«, murmelte Luis, als wir am Frühstückstisch in der Mensa saßen.

Er nippte an seinem Kaffee. »Du bist seit einer Woche unausstehlich, Mann. Jetzt rück endlich mit der Sprache raus, was ist los?«

Fast alle Tische waren noch leer, weil wir heute Morgen ziemlich früh dran waren, nur hier und da hörte man Teller klappern. Der Duft von Rührei lag in der Luft.

Mir entfuhr ein genervtes Brummen. »Will nicht darüber reden.«

»Das sagst du schon die ganze Zeit, und ich akzeptiere die Antwort nicht mehr, also …?«

»Von mir aus«, entgegnete ich und lehnte mich zurück. »Nika meldet sich nicht mehr. Sie hat keine Nachricht und keinen Anruf von mir beantwortet, und sie geht mir aus dem Weg. Ihre Mitbewohnerin hat mich auch immer nur angemeckert, wenn ich bei den beiden angeklopft habe. Irgendwann kam ich mir vor wie ein kranker Stalker und hab's gelassen.«

»Seit diesem Fast-Kuss mit Aaron hast du nichts mehr von ihr gehört?«

Ich nickte mit düsterer Miene. »Wahrscheinlich hat sie Gefühle für ihn entwickelt und überlegt nur noch, wie sie mir das schonend beibringt.«

»So ein Blödsinn. Sie hat den Kuss doch abgeblockt.«

»Ja, aber … keine Ahnung. Ich weiß nur, dass … ich sie vermisse. Alles an ihr. Andererseits ist es vielleicht auch gar nicht schlecht, immerhin sollte ich mich lieber aufs Training konzentrieren und weniger auf eine Frau. Sport war immer meine Priorität. Immer. Wenn ich jetzt nachlasse, vergrößert sich der Abstand zwischen Aaron und mir noch mehr.«

Ich würde niemals eine Chance gegen ihn haben, wenn ich mich nicht voll und ganz aufs Training konzentrierte.

Dennoch drehte sich mir bei dem Gedanken daran, ohne Nika zu sein, der Magen um. Appetit hatte ich die letzten Tage auch nicht gehabt. Verdammt, was machte diese Frau nur mit mir?

Luis legte den Kopf schief und überlegte. »Du weißt aber schon, dass das eine das andere nicht ausschließt, oder?«

»Was denkst du, was mir die letzten Tage pausenlos durch den Kopf gegangen ist?«, raunte ich Luis zu, als ich sah, wie Aaron mit einem Tablett in der Hand auf unseren Tisch zugelaufen kam. Immer wieder hatte ich mich gefragt, ob der Sport wirklich alles war, was im Leben zählte. Oder ob es vielleicht sogar möglich war, beides zu haben.

»Hey, Mann, kann ich mit dir reden?« Aaron war an unserem Tisch stehen geblieben. »Hey, Luis.«

Na super …

»Hi«, grüßte mein bester Freund ihn, bevor er aufstand und mir einen vielsagenden Blick zuwarf. »Ich bin weg. Wir sehen uns später. Bye, Aaron.«

»Bis dann«, entgegnete mein Bruder und sah mich fragend an.

»Mit Vergnügen, setz dich«, brummte ich sarkastisch. Weil ich aktuell sowieso kein Auge zumachte, von einem Training ins nächste hechtete, ging ich auch früher frühstücken. Was nun zur Folge hatte, dass Aaron und ich zur gleichen Zeit in der Mensa waren.

Auf seinem Tablett befand sich das gleiche Apfel-Zimt-Protein-Porridge, für das ich mich heute entschieden hatte. Doppelte Portion, wie bei so ziemlich jedem anderen Schwimmer auch. Kohlenhydrate waren das Benzin für unseren Motor.

Aaron setzte sich und begann, mit seinem Löffel darin

herumzustochern. »Wie läuft's im Training? Du bist aktuell öfter in der Halle, als du es sein müsstest.«

»Alles super.« Ich nickte knapp und spannte den Kiefer an. »Und bei dir?«

»Auch.« Er sah sich unsicher um, bevor er meinen Blick auffing. »Hast du die letzten Tage was von Nika gehört?«

Hatte sie sich etwa auch nicht bei ihm gemeldet? Dann lag es nicht nur an mir?

Misstrauisch zog ich die Brauen zusammen und stützte die Unterarme auf die Tischplatte. »Nicht wirklich, warum fragst du?«

»Sie geht mir aus dem Weg, und ich dachte, weil du mit ihr befreundet bist, dass du vielleicht eine Ahnung hast, was bei ihr los ist.«

Ich schüttelte den Kopf. »Nein, ich weiß nichts.«

Bedauern und Enttäuschung spiegelten sich in seinen Augen wider. Er nickte nur und starrte wieder auf sein Frühstück.

Irgendetwas bahnte sich da an. Ein seltsames Gefühl. War das etwa ein schlechtes Gewissen? Fuck. Tat mir Aaron leid?

Nein. Nein. Nein.

Rasch schob ich den Gedanken beiseite. »War es ernster zwischen euch?«

»Wir haben uns einige Male getroffen«, sagte er leise. »Ich dachte, wir sind auf dem Weg, uns etwas mehr anzunähern. Ich weiß nicht, was in ihrem Kopf vor sich geht, aber ...« Sein Blick wanderte wieder zu mir, und er zuckte mit den Schultern. »Ich hab versucht, sie zu küssen, aber sie hat mir einen Korb gegeben. Und jetzt antwortet sie auf keine meiner Nachrichten. Dabei möchte ich doch nur wissen, was los ist.«

»Keine Ahnung, Aaron, vielleicht hat sie einfach die Schnauze voll von dir, okay? Lös deine Frauenprobleme ohne mich.«

Seine Miene verhärtete sich. »Alles klar. Dann halt nicht. Ich dachte nur, du könntest mir vielleicht helfen.«

Ich schnaubte, weil es zu seltsam gewesen wäre, meinem Bruder Beziehungstipps für ein Mädel zu geben, das ich auf ihn angesetzt hatte. »Sie wird sich schon irgendwann melden. Und wenn nicht, dann halt nicht.«

Auch wenn ich es zu ihm sagte, waren die Worte an mich selbst gerichtet.

Zähneknirschend nickte er. »Ich hoffe, dass sie sich meldet.«

Wieder keimte da dieses unangenehme Gefühl in mir auf. Obwohl er mein größter Kontrahent und alles war, was ich sein wollte, und obwohl ich ihn dafür an manchen Tagen regelrecht hasste, war er mein Bruder. Vielleicht war es also ganz normal, dass ich ihn nicht traurig sehen wollte – auch wenn ich bisher geglaubt hatte, dass mir das Genugtuung verschaffen würde. Aber dem war nicht so. Im Gegenteil.

»Du magst sie wirklich, oder?«

»Ja, schon«, entgegnete er und blies die Wangen auf. »Sie ist echt toll.«

Mir wurde übel. »Ich … Ich wusste nicht, dass du auf sie stehst. Ich dachte, ihr hängt nur zusammen ab, datet ganz unverbindlich.«

»Das dachte ich zuerst auch, aber ich glaube, ich könnte mir mit ihr tatsächlich was vorstellen.«

Gänsehaut legte sich auf meine Arme, weil ich mich wie das größte Arschloch überhaupt fühlte. »Aber was ist mit dem Sport?«

Seine Augen weiteten sich. »Was soll damit sein?«

»Na ja«, gab ich schulterzuckend zurück und musterte ihn. »Die Zeit, die du mit ihr verbringst, könntest du auch ins Training stecken.«

»Klar, aber im Leben gibt es noch so viel mehr als das, Ambrose.« Er hielt meinen Blick fest, wirkte ernst und bedrückt zugleich. »Wie dem auch sei, ich glaube, die Sache mit Nika ist gegessen. Sie will nichts von mir wissen. Ich hab ihr oft genug geschrieben. Wenn sie Kontakt zu mir will, wird sie sich melden. Und wenn nicht, dann muss ich mich damit abfinden.«

»Hmmm«, brummte ich gedankenverloren.

Wahrscheinlich hatte er recht.

36

NIKA

Es klopfte.

»Wann hörst du endlich auf, dich zu verstecken, sodass ich nicht dauernd zur Tür und dich decken muss?« Delphine verdrehte genervt die Augen. »Das geht jetzt schon seit einer Woche so.«

Ich warf ihr einen entschuldigenden Blick zu. »Sorry, nicht mehr lange, okay?«

»Von mir aus«, gab sie grummelnd zurück, legte die Stricknadeln und das hellblaue Wollknäuel beiseite, das so aussah, als ob später ein Paar Socken daraus werden würden, und kletterte vom Bett, um die Tür gerade so weit zu öffnen, dass sie den Kopf in den Flur stecken konnte. »Oh, hey.«

Das dumpfe Murmeln, das von der anderen Seite der Tür kam, konnte ich nicht verstehen.

»Ne, alles gut, aber danke. Okay, bis morgen.« Delphine ließ die Tür ins Schloss fallen, dann machte sie es sich wieder auf ihrem Bett bequem.

»Wer war das?«, fragte ich und reckte das Kinn.

»Nur eine von den Turnerinnen, die mich gefragt haben, ob ich mit zum Abendessen komme.«

»Keinen Hunger?«

Sie schüttelte den Kopf. »Hab schon gegessen.« Dann fixierte sie mich. »Und was ist deine Ausrede?«

»Die kannst du dir doch denken«, erwiderte ich und rollte mich auf den Bauch, legte meinen Kopf auf den Handflächen ab und musterte sie. »Ich hab nur zurzeit nicht so viel Lust auf ein paar Leute.«

»Auf welche? Lova und die anderen coolen Kids?«

Ich schnaubte. »Eher zwei Typen, denen ich aus dem Weg gehe.«

Da sie alle Hände voll mit ihren Stricknadeln zu tun hatte, schob sie sich mit dem Oberarm eine hellbraune Franse ihres Neunzigerjahre-Ponys aus der Stirn. »Dann hoffe ich, dass du das bald auf die Reihe bekommst.« Sie setzte wieder ihre verschlossene Miene auf. »Ach, im Grunde ist es mir egal. Ich hab nur keine Lust, dauernd zu sagen, dass du nicht da bist.«

»Verstehe«, murmelte ich und spielte am Saum meiner Decke herum. »Schon gut, ich halte das sowieso nicht mehr lange durch.«

»Gut.« Sie warf mir noch einen kurzen Blick zu, der von einem Hauch Sorge zeugte, wandte sich jedoch rasch wieder ihrem Wollknäuel zu.

In den Momenten, in denen ich dachte, dass wir uns langsam annäherten, erstickte sie meine Hoffnung jedes Mal aufs Neue direkt wieder im Keim. Ich hatte das Gefühl, dass sie irgendwas verbarg und nicht ihr wahres Ich zeigen wollte, aber vielleicht kam ich noch dahinter, wenn sie mich ließ. Genau genommen war sie ja auch nicht die Einzige, die hier anderen etwas vorspielte.

Sofort musste ich wieder an Ambrose und Aaron denken. Ein Schauer huschte über meinen Rücken, weil ich so ein schlechtes Gewissen hatte. Die letzte Woche hatte ich Abstand gebraucht. Ich hatte gehofft, mir über meine Gefühle klar zu werden und eine Lösung zu finden, wie ich aus diesem Mist wieder herauskam, aber Fehlanzeige. Mir wurde schlecht, als ich daran dachte, wie sich die beiden fühlen mussten. Ich wollte sie nicht ignorieren. Aber das alles war mir zu viel geworden. Und jetzt lag ich hier auf meinem Bett und wusste ganz genau, dass es nicht mehr lange dauern dürfte, bis ich den beiden nicht mehr aus dem Weg gehen konnte.

37

NIKA

Mit klopfendem Herzen starrte ich auf das Display meines Handys. Dann straffte ich die Schultern, atmete schwer aus und tippte die Nachricht.

Ambrose: *Lust auf einen kleinen Ausflug heute? Komm um vier zu meinem Auto. Falls du nicht auftauchst, lass ich dich für immer in Ruhe. Versprochen.*

Ich sah zur Uhr. Es war Samstagnachmittag, kurz nach drei. Ich musste eine Entscheidung treffen. Mit einem Knurren ließ ich mich auf meinen Schreibtischstuhl sinken und fuhr mir mit der Hand übers Gesicht.

Einerseits hatte ich noch immer keinen Plan, was ich tun sollte, um aus der ganzen Sache herauszukommen, ohne jemanden zu verletzen, andererseits vermisste ich Ambrose. Ich vermisste sein Lächeln und seine doofen Sprüche. Aber auch seine Berührungen, die etwas in mir auslösten, was ich schon lange nicht mehr gefühlt hatte. Ein Flattern in der Brust und eine Art von Geborgenheit, die mich unfassbar glücklich machte. Und das Gefühl, dass ich bei ihm ich selbst sein konnte.

»Ach, scheiß drauf«, murmelte ich und spurtete ins Bad, um mich fertig zu machen.

Ich entschied mich für ein gelbes Sommerkleid mit Zitronenprint und steckte meine Haare zur Hälfte hoch, damit ich bei den Temperaturen nicht so schwitzte, dann packte ich das Nötigste in eine Tasche und lief runter in die Tiefgarage. Dabei verdrängte ich jeden Gedanken an Ambrose und Aaron. Denn wenn ich mir über die beiden den Kopf zerbrach, wuchs die Wahrscheinlichkeit, dass ich auf halbem Weg umdrehte, um mich doch in meinem Bett zu verkriechen. Und ich wollte versuchen, auf mein Herz zu hören – das mir sagte, dass ich Ambrose sehen musste.

Als ich unten in der Tiefgarage ankam, meine Sandalen über den Zementboden hallten, sah ich Ambrose bereits von Weitem an seinem schwarzen Sportwagen lehnen. Die Beine überkreuzt, in einer kurzen beigen Hose und einem weißen Shirt, das seine muskulösen Oberarme umspielte. Mir blieb kurz die Luft weg, während mein Herz einen Salto schlug. Als sich unsere Blicke trafen, schossen tausend Blitze durch meinen Körper und setzten ihn unter Strom. Ich atmete tief durch und beschleunigte meine Schritte, während seine Lippen ein Lächeln zierte. Es wurde immer breiter, je näher ich ihm kam.

»Du bist hier«, sagte er leise, als ich vor ihm stehen blieb. Dann trat er auf mich zu und schlang seine Arme um meinen Körper, drückte mich so fest an sich, dass ich sein Herz an meinem schlagen spürte. Ich atmete seinen Duft ein und wünschte mir, dass er mich nie mehr losließ. Konnten wir für immer so stehen bleiben?

»Ich bin hier.«

Wir lösten uns voneinander. Seine Finger wanderten

über meine Arme nach unten zu meinen Händen und umschlossen sie. So viel Wärme in den dunklen Augen, die mich unaufhörlich musterten. »Ich hab nicht wirklich geglaubt, dass du kommst.« Er lachte und drückte meine Hände. »Du hast dich in den vergangenen Tagen verdammt rar gemacht.«

»Ich weiß, und es tut mir unfassbar leid, aber … mir ist alles zu viel geworden. Die letzte Woche war … heftig.«

»Schon okay«, entgegnete er. »Du kannst mir das auf der Fahrt erzählen, wenn du magst.«

Mein Blick huschte zu seinem Wagen. »Wohin geht's?«

Er löste sich von mir, um auf die Beifahrerseite zu gehen und mir die Tür aufzuhalten. »Erst mal hier rein.« Grinsend nickte er ins Wageninnere.

Schnell ließ ich mich auf den Sitz gleiten und schnallte mich an, während er die Tür schloss und auf die andere Seite des Autos hinüberlief. Nur wenige Momente später startete er den Wagen und damit auch den Ausflug ins Ungewisse. Ich hatte keine Ahnung, was mich erwartete, wusste auch nicht, wie der restliche Nachmittag verlaufen würde. Wie er enden würde. Vielleicht wollte ich ja gar nicht, dass er jemals endete.

Ambrose drehte leise RnB-Musik auf, ein Song von Masati, dann steuerte er den Wagen aus der Tiefgarage nach draußen und durch das Tor hinaus auf die Straßen Monacos. Die Sonne knallte durch die Windschutzscheibe und kitzelte meine Haut, sodass ich unwillkürlich lächelte. Den Straßenrand säumten Palmen, Bäume, hohe und perfekt getrimmte Büsche. Es ging vorbei an den pompösesten Häusern, die meisten in hellen Terrakottatönen gehalten und mit aufwendigen und detailreichen Verzierungen. Ich erhaschte immer wieder einen Blick auf die Berge und das Meer, das unter der Sonne und dem strahlend blauen Himmel glitzerte.

Wir unterhielten uns eine Weile über belanglose Dinge, vermutlich weil niemand von uns den Elefanten im Raum ansprechen wollte.

Als wir uns ein Stück außerhalb der Stadt befanden, hielt Ambrose auf einem Parkplatz umgeben von Palmen und Felsen und malerischen Häusern mit bunten Fensterläden auf der gegenüberliegenden Straßenseite. Außer uns parkte dort niemand. Wir stiegen aus, und er nickte in Richtung eines schmalen Weges, der zwischen ein paar Büschen hindurchführte.

»Hier entlang«, sagte er grinsend und ließ mir den Vortritt.

»Okay, aber wehe, du stürzt mich in irgendein Loch, um mich loszuwerden.« Ich lief an ihm vorbei durch das Grün, schob ein paar Zweige aus der Bahn und achtete darauf, dass ich nicht über einen Felsen stolperte.

»Würde ich niemals wagen, wobei …«

»Wenn du mich schubst, reiß ich dich mit mir runter«, sagte ich, und im nächsten Moment lief mir ein Schauer über den Rücken, weil so viel daran wahr war.

»So schnell kannst du gar nicht sein, aber okay, ich mach mal ’ne Ausnahme und verbuddle dich nicht im Dreck. Ausnahmsweise.«

»Wow, zu gütig«, gab ich lachend zurück und verstummte, als ich auf die kleine Plattform trat, die idyllisch inmitten von Palmen, Büschen und Felsen lag. Unter meinen Sohlen knirschten kleine Steine bei jedem Schritt, mit dem ich mich der Unendlichkeit näherte, die vor uns lag. Die Sicht reichte über eine Klippe bis zum Horizont, nur indigoblaues Meer unter uns, das sich weit hinten mit Zuckerwatte verband. Mir blieb der Mund offen stehen. Es war so schön. So unfassbar schön. Und so ruhig und abgelegen, man hörte nichts bis auf ein paar zwitschernde Vögel, Wellen, die brachen, und das Rauschen des Windes.

»Nett hier, oder?«

Ich lachte auf. »Nett? Ja, könnte man so sagen.«

Ambrose trat neben mich und deutete zu einer Palme, unter der wir uns auf den Boden setzten. Er hatte sogar eine Decke mitgenommen. Eine Weile konnte ich nur aufs Meer schauen. Auf das Blau. Die Ruhe, die es ausstrahlte und die ich mehr als nötig hatte.

»Du siehst wunderschön aus.«

Mein Blick huschte zu ihm. Seine Lippen waren leicht geöffnet, als ob er etwas sagen wollte, es aber nicht tat. Kleine Schauer jagten über meine Haut, als die Luft zwischen uns dünner zu werden schien. Hier gab es nur uns beide, keine anderen Menschen, keine sportlichen Ziele, keine Lügen.

Ich schenkte ihm ein Lächeln. »Danke.«

»Erzählst du mir jetzt, was die letzten Tage los war?«

Ich spielte am Saum meines Kleids herum. »Es war alles zu viel. Und das hier …« Unsere Blicke trafen sich wieder, und meine Wangen wurden warm. »Das macht es genau genommen nicht viel besser.«

»Du bist immer so nett zu mir, Bugs.« Er lachte, verstummte dann aber und nickte. »Als ich dich und Aaron letzte Woche zusammen gesehen habe, da … Ich dachte kurz, du küsst ihn.«

Damit hatte sich dann auch meine Frage geklärt, wie viel er mitbekommen hatte.

»Ich hab dir von Anfang an gesagt, dass ich nicht so weit gehen würde.«

»Du hast mir nichts von eurem Treffen erzählt. Nicht dass du dich rechtfertigen müsstest. Wirklich nicht.«

»Aber?«

Sein Blick wurde weicher. »Kein Aber. Es hat mich nur … Ich weiß auch nicht. Du darfst küssen und dich treffen, mit wem du willst, Nika. Wenn du … Hast du …«

»Was?«

Sein Kiefer spannte sich an. »Stehst du auf meinen Bruder?«

»Nein«, sagte ich, vielleicht ein wenig zu schnell, da Ambrose leicht zusammenzuckte. »Nein, tue ich nicht. Ich verstehe mich wirklich gut mit ihm, aber mehr als Freundschaft ist da nicht.«

Er zog die Brauen zusammen und musterte mich skeptisch. »Sicher? Ihr saht nämlich echt vertraut aus und … Ich meine, ich würde es verstehen. Er ist immerhin Aaron Kennedy. Vermutlich steht so ziemlich jede Person auf ihn.«

»Mag sein. Ich aber nicht.«

»Okay«, gab er zurück, während sich auf seiner Miene ein Anflug von Erleichterung zeigte.

»Ihr beide solltet wirklich mal miteinander reden«, sagte ich vorsichtig.

Seine Augen weiteten sich. »Wieso?«

»Ambrose, du hast mich dazu gebracht, einen Deal einzugehen, bei dem ich mich deinem Bruder an den Hals werfen und ihn vom Training abhalten sollte … Denkst du nicht, dass ihr beiden ein klitzekleines Problem habt?«

»Es ist komplizierter, als du denkst.«

»Das ist mir bewusst. Aber manchmal bewirken offene Gespräche wahre Wunder.«

»Ich glaube nicht, dass bei uns ein Gespräch viel bewirkt, Nika. Unsere Beziehung hat sich über die Jahre hinweg in eine beschissene Richtung entwickelt. Er wird mir nie verzeihen, dass ich die ganze Zeit so abweisend zu ihm war. Da gibt es nicht viel zu retten.«

»Was, wenn es einfacher ist, als du denkst?«

Schmerz lag in seinen Augen, als er mich anblickte. »Es ist nie einfach, wenn du ein Kennedy bist.«

»Vielleicht sieht Aaron das ja genauso. Bitte, Ambrose, rede mit ihm.«

»Ich hab Mittwoch mit ihm geredet. Über dich.«

»Über mich?«

Er nickte und fuhr sich über das Haar. »Er hat mich gefragt, ob ich was von dir gehört habe, weil du dich nicht mehr bei ihm meldest.«

Shit. Shit. Shit.

Obwohl das abzusehen gewesen war, immerhin war ich ihm seit dem Kussversuch aus dem Weg gegangen. Ich schämte mich dafür, dass ich mich die letzten Tage verbuddelt und niemanden an mich herangelassen hatte.

»Ist er sehr sauer?«, fragte ich kleinlaut.

»Eher enttäuscht und traurig.«

Ich starrte ihn an. »Traurig?«

»Nika, ich glaube, wir haben ein Problem.« Ambrose schluckte und zog die Brauen zusammen. »Als wir geredet haben, hatte ich das Gefühl, dass er auf dich steht.«

In meiner Brust hämmerte es. Ich hatte es bei Aarons Kussversuch schon geahnt, war mir jedoch nicht sicher gewesen. Aber genau das, was ich nie gewollt hatte, war nun eingetreten. Dass er Gefühle für mich entwickelte. Mir wurde ganz flau im Magen.

»Hast du damit nicht dein Ziel erreicht?«

»Es war nie mein Ziel, dass mein Bruder verletzt wird,

Nika.« Ungläubig schüttelte er den Kopf. »Ich mache mir die größten Vorwürfe … Ich wollte ihn immer nur in sportlicher Hinsicht übertrumpfen. Er ist mein verdammter Bruder, und ja, ich will besser sein als er, aber ich möchte ihm nicht mehr wehtun. Auch wenn wir …« Er hielt inne und fluchte leise.

»Auch wenn wir was?«

»Spielt das noch eine Rolle?«

Ich lachte bitter auf. »Ja, das tut es, Ambrose. Sag, was du sagen wolltest. Jetzt. Oder behalte es für dich, aber dann lass mich in Ruhe. Für immer, sonst kannst du …«

»Ich hasse es, dich mit ihm zu sehen. Ich hasse es, dass du diese Dates mit ihm hast und nicht mit mir. Ich hasse diesen verfickten Deal und dass mir die Idee dazu gekommen ist«, fiel er mir ins Wort.

Mir klappte der Kiefer herunter. In meiner Brust pochte es wie wild, Hitze glitt durch meine Adern wie ein Lauffeuer. »Das ist ganz schön viel Hass für eine Person.«

Er nickte. »Weißt du, was ich am meisten hasse?«

»Was?«

»Am meisten hasse ich, dass wir keine Chance haben, weil ich ihm trotz allem nicht noch mehr wehtun will.«

Mein ganzer Körper war angespannt, fühlte sich an, als ob etwas in meiner Brust jeden Augenblick zerspringen könnte. Vielleicht auch mein Kopf, vor lauter Selbstvorwürfen, schlechtem Gewissen und Lügen, die alles wie ein Klebstoff zusammenhielten. Fragte sich nur, wie lange das noch gut ging.

»Auch wenn du es nicht glaubst, Nika, aber ich besitze tatsächlich ein Herz«, fuhr er fort. In seiner Stimme lag so viel Schmerz und Verachtung sich selbst gegenüber. »Seit ich weiß, dass Aaron Gefühle für … für dich entwickelt hat, hat sich irgendein verdammter Schalter in mir umgelegt. Ich hab ein schlechtes Gewissen. Ich möchte ihn nicht verletzen, und ich glaube, das würde ich, wenn das mit uns weiterginge. Es ist alles so beschissen, Nika. Ich will dich. So fucking sehr.« Er griff nach meiner Hand und drückte sie. »Jeden Tag. Jede Nacht. Die ganze Zeit. Ich will dich küssen. Ich will dich meinen Namen schreien hören, wenn du kommst. Ich will dein Date sein, dein bester Freund, dein fester Freund. Ich will derjenige sein, bei dem du dich sicher fühlst, wenn es dir schlecht geht, aber auch wenn du glücklich bist. Ich will verdammt noch mal alles mit dir.« Atemlos hielt er inne, seine Züge spannten sich an. Zerrissenheit in seinen Augen. »Auch wenn ich auf dich wie ein Arschloch wirke, weil ich dich auf Aaron angesetzt habe, kann ich das meinem Bruder nicht antun. Mein Ziel war es nicht, ihm das Herz zu brechen, sondern ihn vom Thron zu stoßen. Das will ich immer noch – mehr, als du dir vorstellen kannst –, aber dabei soll er nicht derjenige sein, der leidet, weil sein Bruder mit der Frau zusammen ist, in die er verliebt ist.«

Ich starrte ihn an, wusste nicht, was ich sagen sollte. Ich wusste nicht mal, was ich fühlen sollte. Alles, was ich wusste, war, dass ich es verstand. Es war, als ob mir jemand mit einem Seil die Luft abschnürte, doch ich kämpfte gegen die aufsteigenden Tränen an. Gegen den Kloß in meiner Kehle. »Wir haben wohl wirklich ein Problem. Wir können nicht zusammen sein, und das ist verdammt noch mal beschissen. Aber wie du schon gesagt hast, wir können das Aaron nicht antun. Und wenn ihr eine Zukunft nicht nur als Brüder, sondern auch als Freunde haben wollt, dann würden wir zwei die Chance darauf mit einer Beziehung zerstören.«

»Ich bin selbst schuld daran. Immerhin hab ich mich wie der größte Mistkerl verhalten.«

Ich nickte. »Könnte man so sagen.«

»Und ich kann dir nicht sagen, wie leid es mir tut, Bugs. Dass ich dich in diese Situation gebracht habe. Das alles ist so verworren und … Ich könnte es dir nicht verübeln, wenn du nichts mehr von mir wissen willst.«

Er hielt immer noch meine Hand. Jetzt war ich es, die seine drückte. »Ich bin nicht dumm, Ambrose, mit der Zeit ist mir klar geworden, dass du das mit dem Deal nur vorgeschlagen hast, weil du unter einem so enormen Druck stehst. Nachdem ich deine Eltern erlebt habe … Ich verstehe dich, auch wenn das natürlich nichts entschuldigt, aber … du bist nur ein Mensch. Menschen begehen Fehler. Jeden Tag. Wir sind das beste Beispiel dafür.«

Sein Blick verdüsterte sich. »Hältst du das, was zwischen uns beiden passiert ist, auch für einen Fehler? Sag es mir, und ich gehe auf Abstand. Sag mir, dass du keinen Kontakt mehr zu mir willst, und ich halte mich von dir fern. Ich tue alles, um es dir leichter zu machen.«

»Nein«, sagte ich schnell. »Das war kein Fehler. Zumindest hat es sich nicht so angefühlt. Ganz im Gegenteil, es hat sich gut angefühlt. Als ob es so sein sollte. Als ob wir beide zusammengehören.«

Mein Puls beschleunigte sich, als seine Hand meinen Unterarm hinaufwanderte, zu meinem Ellenbogen, meiner Schulter, meinem Nacken, meiner Wange. Dort hielt er inne und strich mit seinem Daumen über meinen Wangenknochen. Sein Blick mit meinem verschränkt. Ich schluckte hart, während mein Herz losgaloppierte. Immer schneller. Immer wilder. Je näher er mir kam, desto heißer wurde mir. Feuer in meinem Körper. Zwischen uns. Überall.

»Ich möchte dich küssen«, wisperte er.

»Tu es.«

»Bugs …« Sein heißer Atem streifte meine Lippen.

Zitternd legte ich meine Hände an seine Schultern. »Wenn es das gewesen sein soll, dann …«

Er kam mir noch einen Hauch näher. Im nächsten Wimpernschlag kollidierten unsere Lippen. In meiner Brust explodierte etwas, während ich mich an ihn klammerte und immer mehr von ihm wollte. Er schmeckte nach allem, was falsch und richtig zugleich war. Als seine Zunge auf meine traf, entfuhr mir ein Stöhnen. Ich vertiefte den Kuss. Zähne knallten auf Zähne. Lust sammelte sich zwischen meinen Beinen, als er die Hand in meinen Haaren vergrub und mit der anderen meinen Körper liebkoste. Über meine Seite strich, am Ansatz meiner Brüste entlang. Seine Lippen auf meinen. Hitze zwischen uns. Verzweiflung schwang in diesem Kuss mit. Zerrissenheit und Schmerz. Alles und noch viel mehr davon, weil wir beide wussten, dass das hier, dieser Kuss, dieser Moment, der letzte für uns sein würde.

38

AMBROSE

Mein Herz raste. Ich hörte nichts mehr. Unter Wasser fühlte ich mich erst richtig lebendig, auch wenn sonst alles den Bach hinunterging. Bis ich auftauchte und alles über mir einbrach. Ich atmete aus und glitt durchs Wasser, tauchte wieder unter, schnitt es. Das Becken war mein Wohlfühlort. Schon immer gewesen. Noch eine Bahn. Und noch eine. Ich hörte nicht auf, bis mir der Puls in den Ohren rauschte. Und auch dann schwamm ich weiter und weiter und weiter. Immer mit der Hoffnung, dass ich endlich mein Ziel erreichte.

»Kennedy!« Ein Pfiff ertönte zwischen zwei Zügen. »Raus aus dem Wasser, aber flott.«

Ich hielt an und blickte zum Beckenrand. Das gesamte Team war bereits in den Umkleiden verschwunden, nur noch der Coach und sein Assistent befanden sich in der Halle. Und ich. Weil ich nicht hatte aufhören können, nachdem das Training beendet gewesen war. Weil ich alles tun wollte, um mich abzulenken. Von Nika. Von Aaron. Von der Tatsache, dass ich noch nicht gehört hatte, wer dieses Mal zum Athlete of the Month gekürt wurde und in mir immer noch die Hoffnung lebte, es diesen Monat geschafft zu haben. Aarons Leistung war schlechter gewesen als in den Monaten zuvor, größtenteils wegen Nika, aber ob es für mich gereicht hatte, war fraglich. Ich hatte mich angestrengt wie nie zuvor, hatte mir den Arsch aufgerissen, und nun konnte ich nur noch hoffen, dass ich ihn zum ersten Mal übertrumpft hatte. Zum ersten Mal in meinem Leben.

»Zwei Minuten noch«, rief ich Coach Bennett zu und wollte wieder untertauchen, doch ein weiterer Pfiff hielt mich davon ab.

»Nichts da, sofort raus mit dir. Ich hab noch ein Hühnchen mit dir zu rupfen, bevor ich gehe, und ich warte seit Ewigkeiten darauf, dass du deinen Hintern aus dem Wasser schwingst. Also los jetzt!«

Ich stöhnte genervt, kapitulierte jedoch und schwamm zum Beckenrand. In einer fließenden Bewegung stemmte ich mich hoch, zog Brille und Kappe aus und näherte mich dem Coach. Mein Herz pochte wie wild, meine Muskeln fühlten sich schwer an.

»Was gibt's?«

Coach Bennett verschränkte die Arme vor der Brust und presste die Lippen aufeinander. Er wirkte nicht sonderlich begeistert, aber vielleicht lag das auch daran, dass er keine Lust hatte, nach Feierabend länger als nötig hier mit mir abzuhängen. »Wo soll ich anfangen? Bis zum Wettkampf am Samstag ist viel zu tun. Dein Übergang vom Delfinkick in den Freistil ist noch ausbaufähig. Ich hab es dir schon zig Mal gesagt, Ambrose, du musst den Arm strecken und nicht ziehen, nur dadurch kommt man vorwärts und hoch.«

Samstag würde an der Academy ein internes Turnier für alle Schwimmerinnen und Schwimmer stattfinden, bei dem Aaron und ich antreten würden. Ein Showdown zwischen uns Brüdern, der längst überfällig war. Ich musste gewinnen. Ich musste einfach.

»Aber auf dem Trainingsvideo sah es aus, als hätte ich mich deutlich verbessert.«

Er schüttelte den Kopf. »Einmal hattest du's, aber dann hast du wieder nachgelassen. Mensch, ich will doch nur, dass du dich anstrengst, Junge.«

Mein Magen zog sich zusammen. »Ich hab mich die letzten Wochen angestrengt und alles gegeben. Ich war als Erster beim Training und bin als Letzter gegangen.«

»Manche Schwimmer sind nun mal nicht für den ersten Platz geboren. Du hast Potenzial, aber dafür musst du dich noch mehr reinhängen, Kennedy. So wie dein Bruder eben.«

Ich unterdrückte ein Stöhnen, spannte stattdessen jeden Muskel an, ballte die Hände zu Fäusten. Würde das jemals ein Ende nehmen? Ich wusste nicht, wie viel ich davon noch ertrug. Irgendwann reichte es.

Du bist der Einzige, der es abstellen kann. Du bist der Einzige, der deine Leistung verbessern kann.

Zähneknirschend wandte ich den Blick ab und stemmte die Hände in die Hüften. »Dann hat es diesen Monat nicht gereicht, oder?«

»Nein«, gab der Coach zurück. »Dein Bruder hat den Athlete-of-the-Month-Titel. Es ist noch nicht offiziell, aber nach der Nachricht, die er bekommen hat, ist das schließlich auch kein Wunder.«

Überrascht sah ich ihn an. »Welche Nachricht?«

»Na, die heute Mittag von Christian Hendricks, hat er dir nichts davon erzählt?«

Ich schüttelte den Kopf, während mir schwindelig

wurde. Christian Hendricks war derzeit einer der erfolgreichsten Schwimmer der Welt, stand jedoch kurz davor, seine Profikarriere zu beenden. Er hatte so ziemlich jede Medaille, jeden Sieg, sämtliche Rekorde und Auszeichnungen eingeheimst, die es zu gewinnen gab.

»Christian Hendricks hat meinen Bruder kontaktiert?« Skepsis schwang in meiner Stimme mit, weil das nur ein schlechter Scherz sein konnte.

»Ihr seid doch Brüder, redet ihr nicht miteinander?«

»Wir … haben uns die letzten Tage nicht gesehen.«

Ich wollte es nicht wissen, und dann wollte ich es doch wissen. Zwei Stimmen in meinem Kopf, die auf mich einredeten.

Lass es gut sein, tut eh nichts zur Sache.

Finde es heraus. Jetzt. Und nutz es als Motivation, noch härter zu trainieren.

Eine der beiden war definitiv lauter, also straffte ich die Schultern. »Und, worum genau ging es in der Nachricht?«

»Das solltest dir dein Bruder selbst erzählen, Kennedy.«

»Coach, bitte …«

»Na schön«, gab er sich geschlagen. »Hendricks möchte Aaron fördern, ihn unterstützen. Er sieht großes Potenzial in ihm, die Zukunft des Schwimmsports quasi, und da er bald seine Karriere beendet, ist er auf der Suche nach einer neuen Aufgabe. Einmal Schwimmer, immer Schwimmer, sag ich ja, ne?« Er lachte auf, doch als ich ihn nur wie gebannt anstarrte, ohne mit der Wimper zu zucken, verstummte er. »Er möchte deinen Bruder in sein Mentor-Programm holen und ihn beraten, coachen, das volle Ding. Das Programm ist ganz neu, pro Jahr werden nur drei Schwimmerinnen und Schwimmer aufgenommen. Und Aaron ist einer von ihnen. Ich glaube, Hendricks hat ihn bei seinem letzten Wettkampf …«

Mehr bekam ich nicht mehr mit. Ich fühlte mich wie in Watte gehüllt, gleichzeitig war da ein schrilles Piepen in meinen Ohren. Alles drehte sich. Mein Puls ging immer schneller.

Aaron ist einer von ihnen.

Die fünf Worte hämmerten auf mich ein, auf mein Selbstbewusstsein. Fuck. Verdammte Scheiße. Ich würde es niemals schaffen, ihn einzuholen. Zu übertrumpfen. Besser zu werden. Jetzt erst recht nicht mehr. Wenn Hendricks einen pushen wollte, hatte man das große Los gezogen.

»Ich … Ich muss los«, murmelte ich, dann hetzte ich in die Umkleide. Zwischen all den Stimmen in meinem Kopf hörte ich noch dumpf die des Coaches, der mir »Junge, warte, wir müssen noch …« hinterherrief, doch es war mir egal. Alles war mir egal. Bis auf die Tatsache, dass ich mir noch mehr den Arsch aufreißen musste.

Als ich aus der Umkleide raus war, piepte mein Handy, das ich den ganzen Tag über im Flugmodus gehabt hatte, um nicht abgelenkt zu werden. Der Wettkampf hatte Priorität, auch wenn meine Gedanken immer wieder zu Nika gehuscht waren. Zu unserem Abschiedskuss. Was mir jedes Mal aufs Neue ein Messer in die Brust gebohrt hatte.

Ich blickte aufs Display. Meine Mom. Die hatte mir gerade noch gefehlt.

»Hey.«

»Ambrose, hallo«, sagte sie ernst. »Ich hab dich den ganzen Tag nicht erreicht. Was war los?«

»Flugmodus, ich konzentriere mich auf das Training

für den Wettkampf am Samstag«, erwiderte ich, während ich die Schwimmhalle verließ und den Weg in Richtung Hauptgebäude einschlug.

»Gut so. Dann streng dich an. Wir werden auch da sein und erwarten deine beste Leistung, damit das klar ist. Ich nehme an, Aaron hat dir schon von Christian Hendricks berichtet?«

Ein Schauer streifte meinen Rücken, und ich schloss kurz die Augen. »Nicht direkt, aber … aber Coach Bennett hat es mir gerade erzählt.«

»Ist das nicht wundervoll?« Euphorie schwang in ihrer Stimme mit. »Dein Bruder hat es geschafft, ich hoffe, du freust dich für ihn.«

»Mhm«, brummte ich. »Ungemein.«

»Da wirst du wohl noch eine Schippe drauflegen müssen, Ambrose. Samstag ist der Tag der Tage. Hendricks kommt vorbei und wirft einen Blick aufs Team. Das ist deine Chance, ihn zu beeindrucken. Aaron wird sicher gewinnen, aber dann mach du wenigstens mal den zweiten Platz.«

Mein Puls beschleunigte sich. »Ich weiß, ich krieg das hin. Ich lege noch ein paar Extratrainings ein.«

»Wenn du nicht lieferst, haben wir ein Problem, verstanden?«

Übelkeit stieg in mir auf, und ich musste mich kurz auf eine der Bänke setzen, die auf dem Rasen verteilt standen, damit ich nicht umkippte. Alles drehte sich, Hitze und Kälte wechselten sich ab und ließen Schweißtropfen meine Schläfe hinunterkriechen.

»Verstanden«, wisperte ich leise und legte auf, nachdem wir uns verabschiedet hatten.

Hektisch atmete ich ein und aus. Was sollte ich nur tun?

Was konnte ich machen, um zu gewinnen? Wenn ich die nächsten Tage doppelt so lang und dreifach so hart trainierte, bestand vielleicht noch Hoffnung. Die Möglichkeit, aufs Treppchen zu kommen. Nein, auf den ersten Platz. Nichts anderes stand zur Debatte. Es musste passieren. Es musste. Es musste. Es musste. Verfickte Scheiße, ich musste Samstag gewinnen, um ihnen endlich zu zeigen, dass ich genauso viel wert war wie mein Bruder.

Ich vergrub das Gesicht in den Händen. Versuchte, meinen Puls unter Kontrolle zu kriegen, doch es half nichts. Alles, was helfen würde, war die Gewissheit auf den Sieg. Training. Im nächsten Moment sprang ich auf und spurtete zurück in Richtung Schwimmhalle. Im Notfall würde ich die ganze Nacht bleiben und an meiner Technik arbeiten. Und dann …

… machte es *klick*.

Ich hielt an, verlangsamte meine Schritte, während es in meinem Hirn ratterte. Da war sie plötzlich. Eine Lösung für mein Problem. *Die* Lösung. Ich wusste, was ich tun musste, um zu gewinnen. Es war die einzige Möglichkeit, und genau die wollte ich nutzen. Jetzt.

Mit dem nächsten Atemzug kehrte ich um. Für heute stand kein Training mehr für mich an. Es gab eine … *Planänderung*.

39

NIKA

Vor dem großen Schwimmwettkampf heute wollte ich aktiv auf Aaron zugehen. Mich entschuldigen und ihm sagen, dass von meiner Seite keine Gefühle im Spiel waren. Daher klopfte ich an diesem Samstagmorgen an seine Tür. Mein Magen spielte verrückt, und ich trat nervös von einem Bein aufs andere, während ich darauf wartete, dass er mir öffnete. Ich hatte ein unfassbar schlechtes Gewissen.

Dann öffnete sich die Tür, und ich starrte in dunkle Augen, die mich skeptisch musterten. »Oh, du … hey.«

»Hi«, sagte ich und biss mir auf die Unterlippe. »Hast du kurz Zeit?«

Er nickte ernst und ließ mich rein. In seinem Zimmer hingen etliche Medaillen an Haken an der Wand und Fotos von Wettkämpfen, aber auch von seiner Familie. Es herrschte akribische Ordnung, alles schien seinen festen Platz zu haben.

Ich drehte mich zu ihm um und atmete schwer aus. »Ich wollte mich bei dir entschuldigen, Aaron.«

Er schloss die Tür und kam langsam auf mich zu. »Okay?«

»Ich wollte dich nicht ghosten oder deine Gefühle verletzen, es war nur alles zu viel. Ehrlich gesagt war ich mit der Situation überfordert.«

»Kein Problem«, sagte er leise und legte den Kopf schief. »Ich dachte nur, wir wären … auf einer Wellenlänge, aber ich muss mich geirrt haben. Das bedeutet im Umkehrschluss, dass du nicht an mir …« Er hielt inne und schluckte. »Du hast kein Interesse an mir, oder?«

Ich biss die Zähne aufeinander und schüttelte den Kopf. »Es tut mir unfassbar leid. Ich weiß, dass sich das total klischeehaft anhört, aber ich … ich mag dich wirklich gerne.« Ich verzog das Gesicht, weil ich den Satz tatsächlich hasste – auch wenn er wahr war. »Freundschaftlich. Für mehr reicht es leider nicht.«

»Verstehe.« Auf seiner Miene zeichnete sich Enttäuschung ab, als er den Blick abwandte. »Ich meine, ich hab es mir schon gedacht, nachdem du mich nicht küssen wolltest und ich anschließend nichts mehr von dir gehört habe, aber … Gut, dass du es mir gesagt hast.«

»Sorry, das war total scheiße von mir. Ich hoffe, du kannst mir verzeihen, weil … Also ich wäre supergerne mit dir befreundet. Keine Ahnung, ob das für dich infrage kommt, aber ich würde mich wirklich freuen.«

Seine Brauen huschten nach oben, als er sich gegen die Kante seines Schreibtischs lehnte. »Ähm ja, ich meine, vielleicht nicht sofort, aber …« Er zuckte mit den Schultern. »Irgendwann bestimmt.«

Erleichterung in der Größe eines Felsens löste sich von meiner Brust, ließ mich zumindest wieder etwas freier atmen. »Okay, ja, das wäre schön.« Ich lächelte ihn an, bevor ich mich zum Gehen wandte. An der Tür drehte ich mich noch mal zu ihm um. »Du bist echt ein toller

Mensch, Aaron, nur dass du das weißt. Auch abgesehen vom Sport.«

Zaghaft erwiderte er mein Lächeln und nickte mir zu. »Danke, Nika. Du auch.«

Nachdem ich mich bei Aaron für meine ultramiese Aktion entschuldigt hatte, wollte ich noch bei Ambrose vorbeisehen und ihm viel Erfolg für den Wettkampf wünschen. Trotz allem, was passiert war, bedeutete er mir so viel, dass mein Herz zugleich flatterte und schmerzte, wenn ich an ihn dachte. Rasch lief ich zu seiner Tür, klopfte, doch statt meines Lieblings-Kennedys steckte Luis seinen Kopf heraus.

»Hey, Nika.« Er blickte mich fragend an.

»Hi, ich will nicht lange stören. Ist Ambrose da?«

Ein Kopfschütteln. »Ne, der ist rüber zur Schwimmhalle.«

»Das Turnier beginnt doch erst in …«

»Fünf Stunden? Jap. Aber er meinte, er will schon früher hin, um sich vorzubereiten.«

Meine Lippen formten ein tonloses »Oh«. Ich überlegte. »Denkst du, dass er allein sein will? Ich würde ihm gern noch viel Erfolg wünschen, aber wenn er lieber für sich ist, dann lass ich es vielleicht besser.«

»Quatsch. Wenn er dich davor noch mal sieht, freut er sich bestimmt.«

Meine Mundwinkel huschten nach oben. »Sehr schön, dann geh ich schnell rüber.«

»Mach das! Bis später, vielleicht sehen wir uns ja in der Halle. Wobei …«

»Lova?« Als er die Augen verdrehte, musste ich lachen. »Gut, dann *vielleicht* bis später!«

Als ich die breite Eingangstür zur Schwimmhalle öffnet, stieg mir der scharfe Geruch nach Chlor in die Nase. In der leicht stickigen, feuchten Luft klebten mir sofort die Haare am Rücken und ich drehte sie rasch zu einem unordentlichen Dutt. Dann lief ich den Flur entlang, vorbei an gläsernen Kästen mit verschiedenen Aushängen und Trophäen, dazwischen standen Snackautomaten. Mehrere Türen zweigten zu Umkleiden und Büros ab. Es war noch nicht allzu viel los, wahrscheinlich würde es frühestens in zwei Stunden richtig trubelig werden. Der Wettkampf begann schließlich erst heute Nachmittag.

Mit klopfendem Herzen näherte ich mich der Herrenumkleide, aus der gerade ein Kerl in meinem Alter kam. »Hey, ist Ambrose da drin?«

Der Typ mit den roten Haaren nickte. »Jap.«

»Meinst du, ich kann kurz rein, oder zieht sich gerade jemand um?«

»Er ist allein und hat was an. Noch.« Ein Grinsen erschien auf seinen Lippen. »Viel Spaß.«

»Ja, ja«, gab ich lachend zurück, dann öffnete ich die Tür und schlüpfte hinein.

Vor mir erstreckte sich ein schmaler Gang mit einigen kleineren Kabinen an einer Seite für diejenigen, die sich lieber unbeobachtet umzogen. Ich atmete tief durch. Allein zu wissen, dass er sich irgendwo hier befand, schickte Adrenalin durch meinen Körper. Mit ihm in einem Raum zu sein, das hielt mein Herz kaum aus, und zugleich wünschte ich mir nichts mehr.

Entschlossen straffte ich die Schultern und lief den Flur bis zum Ende, wo ich um die Ecke bog; auf der anderen Seite der Kabinen befanden sich Spinde, vor denen sich eine lange Bank erstreckte. Auf der Ambrose saß. Sein

Kopf hing vornüber, die Schultern herab, und er atmete viel zu schnell. Bei jedem Atemzug hob und senkte sich sein gesamter Oberkörper, als ob er Panik hätte. Kälte durchfuhr mich, und ich riss vor Schreck die Augen auf. Er schien mich gar nicht wahrzunehmen. Seine ganze Aufmerksamkeit war auf seine Hände gerichtet, die mit einem kleinen Plastiktütchen herumspielten.

Mir wurde speiübel.

Ist das …? Nein. Das würde er nicht wagen. Das würde er nicht tun.

Ambrose fuhr sich mit einer Hand über das Gesicht, die Haare, bis in den Nacken. Dann schüttelte er den Kopf und stöhnte auf. Schließlich öffnete er die Tüte und schloss sie wieder. Auf und zu und auf und zu, bis er den Inhalt auf seine Hand schüttelte.

Tabletten.

»Fuck«, entfuhr es ihm, dann schnappte er sich seine Wasserflasche.

In dem Moment, in dem er den Kopf in den Nacken legte, um die Tabletten einzuwerfen, hastete ich auf ihn zu. »Warte!«

Erschrocken fuhr er zu mir herum. Sein Kiefer klappte herunter, die Augen vor Angst geweitet. »Das … Nika … Ich …« Er sprang auf, ballte die Hand mit den Tabletten zu einer Faust.

»Was ist das?« Mein Körper war bis in die letzte Faser angespannt, während ich mich Ambrose langsam näherte. Schritt für Schritt. Aus Angst, dass er dichtmachen könnte, wenn ich mich zu schnell bewegte. »Ambrose«, sagte ich leise, als ich bei ihm ankam. Schock auf seinem Gesicht, Schweißtropfen, die seine Schläfen herabperlten. »Was hast du da? Sind das … Ist das … Sind das Drogen?«

40

AMBROSE

Ich zitterte am ganzen Körper. Hektisch atmete ich ein und aus und starrte Nika in die geweiteten Augen. In meinen Ohren piepte es, ich hörte das Blut darin rauschen, als ob mich ein Wasserfall erfasst hätte und ich geradewegs in die Tiefe stürzte.

Scheiße. Scheiße. Scheiße.

Was machte sie hier, verdammt? Das war nicht der Plan. So war das *alles* nicht geplant gewesen.

»Ambrose, ich frag dich noch mal.« Sie klang jetzt nicht mehr nur ernst, sondern alarmiert. »Was sind das für Tabletten? Ist das Zeug zum Dopen? Für eine bessere Leistung beim Wettkampf?«

»Ich muss es tun, Nika«, fing ich an und hielt inne, weil mein Herz zu explodieren drohte. »Nichts hilft, ich … Es kommen wichtige Leute, Aaron tritt an, ich muss …« Meine Stimme brach. Ich schnappte nach Luft. »Das alles, es … Ich kann nicht mehr, ich kann das nicht mehr!« Voller Scham senkte ich den Blick zu Boden.

»Du … Nein!« Mit einem Keuchen sank sie auf die Knie, zwang mich, sie anzusehen. Schwindel erfasste mich, als ich den Schock in ihren Augen, in ihrer Miene wahrnahm.

»Ambrose, tu das nicht, bitte, du zerstörst damit deinen Körper und wenn es rauskommt deine Karriere. Bitte gib mir das Zeug, damit ich es wegwerfen kann.«

»Anders habe ich keine Chance!«

Nika hätte mich nicht so sehen sollen. Niemand sollte mich so sehen. Ich wollte doch einfach nur das verfickte Zeug einwerfen und die beste Leistung meines Lebens erbringen. Aaron schlagen. Und dann stand sie plötzlich in der Umkleide.

»Du hast das verdammt noch mal nicht nötig, Ambrose! Mach dir nicht alles kaputt, was du dir aufgebaut hast.«

»Checkst du nicht, dass ich es tun *muss*, Nika?«, zischte ich sie an. Als sie vor Schreck zurückzuckte, atmete ich aus und versuchte, mich zu beruhigen, weil ich ihr keine Angst einjagen wollte. »Es gibt keine andere Möglichkeit als diese verdammten Tabletten, verstehst du das denn nicht? Wenn ich heute nicht abliefere, wenn ich meinen Bruder nicht schlage, dann …«

»Was dann?« Ihre Stimme war weicher geworden. Sie kniete immer noch vor mir, legte ihre Hände auf meine Oberschenkel und starrte mich an. »Du musst nicht besser als Aaron sein, das …«

»Das ist unmöglich, meinst du? Willst du das sagen?«

»Nein. Du musst nicht besser als Aaron sein, da es keine Rolle spielt. Das wollte ich sagen. Es ist nicht wichtig, Ambrose. Du bist trotzdem einer der krassesten Schwimmer an der Academy. Ein liebenswerter Mensch, egal welche Leistung du erbringst. Ich glaub an dich. Du wirst das auch ohne die Tabletten packen. Wie weit willst du denn noch gehen, um zu gewinnen? Wie kaputt willst du dich machen? Was muss passieren, damit du checkst, dass du ein Problem hast?«

Ich glaub an dich.
Ich glaub an dich.
Ich glaub an dich.

Hatte das jemals eine Person zu mir gesagt? Waren das in all den Jahren nur ein einziges verficktes Mal die Worte meiner Eltern gewesen?

Unsere Blicke trafen sich und damit auch tausend Pfeile mein Herz. Ich sackte in mich zusammen, mir verschwamm die Sicht vor Augen. Alles brach über mir ein. Wie dunkle Wolken, die Blitze auf mich abfeuerten, bis ich vollends in Flammen aufging. Mein ganzer Körper brannte lichterloh. Ich schlug mir die Fäuste vors Gesicht, presste die Zähne aufeinander, während mir Tränen über die Wangen liefen. Ein Beben durchfuhr mich, gefolgt von einem Schluchzen, das aus mir herausbrach. Und dann gab es kein Halten mehr. Ich schnappte nach Luft, erkannte nichts mehr. Da waren nur noch verschwommene Umrisse.

»Ich kann nicht mehr, Nika … Das alles … Meine Eltern … Es ist zu viel … Wir …« Ich keuchte. »Ich weiß nicht, was ich tun soll …«

Alles drehte sich. In mir. Um mich herum. In meinem Kopf. Ich hatte keine Ahnung mehr, wo oben und unten, was richtig oder falsch war.

»Hey«, wisperte sie und schlang die Arme um meinen Oberkörper, zog mich in eine Umarmung, die ich voller Verzweiflung erwiderte. Ich hielt sie, krallte mich an ihr fest und wünschte mir viel zu sehr, dass sie mich nie wieder losließ.

»Alles wird gut, Ambrose.«

»Nein, dafür ist es zu spät. Es ist … Ich kann das nicht mehr.«

In kreisenden, beruhigenden Bewegungen fuhr sie mir über den Rücken. Ich war mir sicher gewesen, dass niemand mir helfen konnte, aber plötzlich war da dieser winzig kleine Hoffnungsschimmer, dass sie es vielleicht doch konnte. Mir helfen, diese Scheiße zu überstehen. Zu überleben.

Nach einer Weile ging meine Atmung nicht mehr ganz so hektisch, und ich lockerte den Griff um ihren Körper. Ein Blick in ihre Augen, und es war um mich geschehen. Mein Herz pochte wie wild, als ich in ihrer Miene all das fand, was ich mir wünschte und nie bekommen hatte. Zuneigung, Verständnis, Sorge, Vertrauen und Mitgefühl.

Sie stand auf, um sich neben mich auf die Holzbank zu setzen, dann schlang sie den Arm um meinen Rücken und drehte mit der freien Hand meinen Kopf in ihre Richtung. Ihre Finger tanzten über meine Wangen, als sie mir die Tränen fortwischte. Glasige Augen voller Schmerz. Sie schluckte hart und schniefte. Die Berührung ihres Beines an meinem schenkte mir Sicherheit. Geborgenheit.

»Ambrose«, flüsterte sie und griff nach meiner Hand, in der ich immer noch die Tabletten hielt.

Langsam öffnete ich sie, starrte auf die Pillen, von denen ich mir die Hilfe erhofft hatte, die mir meine Familie, meine Coaches nicht hatten geben können. »Es war ein Fehler.«

»Wieso hattest du es überhaupt vor?«

Ich hob das Plastiktütchen auf, das auf den Boden gesegelt war, und ließ die Tabletten hineingleiten, dann verschloss ich es und schob es in meine Hosentasche. »Du hast keine Ahnung, welchem Druck ich ausgesetzt bin, Nika.« Meine Stimme zitterte und brach. Ich räusperte mich und sah wieder zu ihr. »Mein Leben lang haben mir Mom und Dad eingetrichtert, dass ich besser werden muss, um mit Aaron mitzuhalten. Dass ich mehr geben muss. Dass ich wertlos bin, wenn ich nicht endlich den ersten Platz belege. Und dann sehe ich, wie mein Bruder dauernd abräumt, krasse Angebote bekommt und von allen gelobt wird. Ständig habe ich das Gefühl, mich beweisen zu müssen.« Ich schloss für einen Moment die Augen. Hinter meinen Lidern brannte es, weil ich kurz davor war, wieder von einer Tränenflut überwältigt zu werden. Alles tat weh. Jede Faser meines Körpers.

Nika schmiegte sich an meine Seite und strich mir langsam und federleicht über den Rücken. »Du musst nicht wie dein Bruder sein, Ambrose«, wisperte sie. »Du bist toll, so wie du bist. Ganz ehrlich? Du musst keiner Menschenseele etwas beweisen.«

Wie in einem Kinofilm zogen meine Kindheit, meine Jugend und die letzten Jahre an mir vorbei. All die Dinge, die ich mir hatte anhören müssen, weil ich immer nur der Zweitbeste gewesen war.

Streng dich mehr an. Nimm dir ein Beispiel an Aaron. Sei wie dein Bruder.

Schmerz erfüllte mein Herz, nahm meinen ganzen Körper in Beschlag. Nika an meiner Seite zu wissen, zwang mich dazu, alles herauszulassen, was sich angestaut hatte. Alles, was ich verdrängt und in toxischen Kampfgeist umgewandelt hatte.

»Aaron hat ein Angebot für ein krasses Nachwuchsprogramm von einem erfolgreichen Profischwimmer erhalten. Ich dachte, wenn ich ihn heute besiege, dann hätte ich vielleicht auch eine Chance, dort gefördert zu werden. Ich wollte einfach nur einmal der Beste sein, verstehst du?«

»Für mich bist du immer der Beste«, sagte sie sanft und hinterließ mit ihrer weichen Stimme Gänsehaut auf meinem Körper.

Unsere Blicke trafen sich, es fühlte sich an, als wären wir die einzigen Menschen auf dieser Welt. Als würde nichts mehr eine Rolle spielen, wenn ich bei ihr war.

Ich legte eine Hand an ihre Wange, strich darüber. »Du bist die Einzige, von der ich jemals so was gehört habe, und es bedeutet mir wahnsinnig viel. Luis versucht mich auch aufzumuntern, aber der hat seine eigenen Probleme.«

Sie sah mich ernst an. »Das mit deiner Familie tut mir wahnsinnig leid. Ich wünschte, ich könnte dir diesen Druck irgendwie nehmen. Dich so zu sehen, macht mich fertig. Es soll dir gut gehen, ich will nicht, dass du leidest.«

»Ich leide nicht, das ist … mein Alltag. Ich hab mich daran gewöhnt.«

In ihren Augen glitzerten Tränen. »Sag das nicht. Niemand sollte sich an so was gewöhnen müssen.«

»Es gibt keine andere Lösung.« Ich seufzte und zuckte mit den Schultern.

»Sprich mit deinem Bruder«, sagte sie leise. »Möglicherweise geht es ihm ja ähnlich. Er verspürt mit Sicherheit auch viel Druck.«

»Ich weiß nicht. Ehrlich gesagt hab ich nicht das Gefühl, dass ihn Mom und Dad so unter Druck setzen wie mich. Deswegen dachte ich, der Deal wäre die einzige Möglichkeit, aber … das war dumm. Und egoistisch. Im Nachhinein tut es mir so schrecklich leid. Alles.«

»Ja, es war dumm, aber ich kann es nachvollziehen. Immerhin hab ich selbst aus Verzweiflung und in der

Hoffnung, dass sich meine Situation bessert, Dinge getan, auf die ich nicht stolz bin.« Sie hielt inne und atmete tief ein und aus. »Aber bitte mach dich für diesen Sport, für den Sieg, nicht kaputt. Alles, was zählt, ist, dass es dir gut geht. Körperlich, aber auch mental. Und diese Drogen, die helfen dir dabei nicht. Vielleicht brauchst du ein bisschen Zeit, um dir über alles Gedanken zu machen. Und versuch dich von all den Kommentaren, die du dir anhören musst, loszumachen. Glaub an dich und deine Leistung. Ich tue es auf jeden Fall.«

Ich nickte. »Vermutlich könnte mir das helfen.«

»Du brauchst einen gesunden Umgang mit dem Druck. Er soll dich motivieren, aber dich nicht dazu bringen, krank zu werden, okay? Versprichst du mir das?«

Wärme füllte meinen Brustkorb, als ich in ihren Augen versank. »Wenn du bei mir bist, fühlt sich alles leichter an. Machbar.«

»Ich bin immer für dich da, wenn du mich brauchst«, flüsterte sie, in ihren Augen glitzerten Tränen.

In meiner Kehle bildete sich ein Kloß. Ich schluckte und strich ihr übers Haar, dann presste ich die Lippen auf ihre Stirn. Gänsehaut überkam mich, als ich ihren pudrigen Duft einatmete, und ich spürte einen schmerzhaften Stich, während ich meine Stirn gegen ihre lehnte, unsere Blicke sich fanden und wir beide wussten, dass wir kurz davor waren, eine Grenze zu übertreten.

»Bugs …« Meine Stimme klang kratzig.

Sie atmete stockend aus. »Ich will dich. Und ich will uns.«

»Ich will das alles auch. Und ich weiß nicht, wie lange ich es noch aushalte, dich nicht zu küssen.«

Stille breitete sich zwischen uns aus.

Und dann machte es *klick.*

»Ich rede mit Aaron«, sagte ich plötzlich und richtete mich auf.

»Was meinst du?« Ihre Augen weiteten sich. »Ich war vorhin bei ihm, um mich zu entschuldigen, hab aber kein Wort über uns verloren.«

»Dann werde ich das jetzt tun. Ich muss ihm sagen, dass ich … in dich verliebt bin. Ich werde ihm alles sagen. Alles. Und dann können wir nur hoffen, dass er mich nicht bis zu meinem Lebensende hasst. Ich kann ihn nicht mehr hintergehen, aber ich weiß auch, dass ich mich nicht von dir fernhalten kann, selbst wenn ich es wollte. Du bedeutest mir alles, Nika. Ich will mit dir zusammen sein, ich will alles mit dir haben, was man haben kann, verdammte Scheiße. Aaron wird es verstehen. Das hoffe ich zumindest. Bis das nicht geklärt ist, darf nichts zwischen uns passieren, aber sobald ich es ihm gesagt habe, können wir zusammen sein. Endlich.«

Es war raus. Mit rasendem Puls starrte ich das Mädchen an, an das ich mein Herz verloren hatte.

»Du bist …« Sie blinzelte mich entgeistert an, dann riss sie sich zusammen. »Du weißt nicht, wie gerne ich dich jetzt küssen würde, Ambrose Kennedy.« Ein Lächeln zupfte an ihren Mundwinkeln, und ich erwiderte es. Dann drückte ich ihre Hand und stand auf. »Wohin gehst du?«

»Zu Aaron. Ich möchte sofort mit ihm reden. Ich kann nicht länger warten.«

Sie lachte. »O Gott, okay, okay, dann … Ich warte hier, in Ordnung? Oder nein, ich geh in mein Zimmer, bevor hier lauter Schwimmer reinkommen und sich nackig machen.«

Meine Brauen huschten nach oben. »Keiner dieser Kerle darf sich für dich nackig machen, Bugs. Ich bin der Einzige, dessen Schwanz du …«

»Ambrose! Geh jetzt!«

Ich grinste, dann lief ich mit großen Schritten und klopfendem Herzen in Richtung Tür. Bevor ich um die Ecke bog, sah ich noch mal über die Schulter zu ihr. Etwas fehlte. Ich schaffte es nicht weiterzugehen. Ich konnte nicht.

»Scheiß drauf!«

Im Bruchteil einer Sekunde fuhr ich herum und lief zurück zu Nika, schlang meine Arme um ihren Körper und presste meine Lippen auf ihre.

Sie schnappte nach Luft und erwiderte den Kuss hitzig. Alles fühlte sich elektrisch geladen an. Funken zwischen uns, Flammen auf unseren Lippen. Ihr entfuhr ein Stöhnen, als unsere Zungen kollidierten. Ihre Finger krallten sich in meinen Nacken. Sie fühlte sich so gut an. Nach allem, was ich brauchte. Unser Atem vermischte sich. Ich hob sie an, und sie schlang ihre Beine um meine Mitte, presste sich an mich, während ich mich mit ihr auf dem Schoß hinsetzte.

»Fuck«, entfuhr es mir heiser. »Du weißt nicht, wie sehr ich das vermisst habe.«

»Ich auch«, stöhnte sie an meinem Mund, dann legte sie ihre Lippen wieder auf meine.

Mit meinen Händen umschloss ich ihren Hintern, presste sie an mich und löste damit Blitze in meinem ganzen Körper aus. Scheiße, ich wollte sie so sehr.

Unser Kuss intensivierte sich. Immer schneller. Immer heftiger. Auch wenn wir wussten, dass wir aufhören mussten, weil ich zuerst mit Aaron reden wollte, brauchte ich das hier jetzt.

Ihr entfuhr ein weiteres Seufzen, dann schob sie ihre Finger unter mein Shirt. Ich hatte das Gefühl, unter ihren Berührungen in Flammen aufzugehen. Rhythmisch bewegte sie ihr Becken an meinem, stöhnte und …

»Was zur Hölle macht ihr da?«

Ich schlug die Augen auf, nur um am anderen Ende des Ganges in ein Gesicht zu blicken, dessen Züge mit jeder Sekunde mehr entglitten. Schock. Schmerz. Wut.

Aaron.

41

AMBROSE

Ich spürte, wie eine Welle aus Adrenalin durch meinen Körper jagte, als ich Aaron in der Umkleide, nur wenige Meter von uns entfernt, stehen sah.

Nikas Augen weiteten sich, sie wurde rot, während sie hastig von meinem Schoß kletterte.

»Was wird das, wenn's fertig ist?« Aarons Stimme war gefährlich leise geworden. Schock zeichnete sich auf seinem Gesicht ab. Schock und Ungläubigkeit und Enttäuschung.

»Es tut mir leid, ich wollte gerade zu dir und mit dir reden.« Ich schluckte und lief auf ihn zu. »Das ist eine ziemlich verworrene Geschichte und …«

»Willst du mich verarschen?« Sein Kiefer spannte sich an, sein Blick wanderte zu Nika, dann wieder zu mir. »Ihr beide …«

»Aaron, wir …«, fing Nika mit zitternder Stimme an, doch mein Bruder schüttelte nur den Kopf und wandte sich ab.

»Ihr könnt mir gestohlen bleiben!«, rief er über die Schulter, bevor er um die Ecke verschwand und wir kurz darauf die Tür hinter ihm zufallen hörten.

Ich sprang auf und rannte ihm hinterher, Nika folgte mir. Mir war kotzübel. Diese beschissenen Lügen, dieser Deal, das alles hatte viel zu viel Schlechtes angerichtet. Wir waren schuld an allem. Nein, falsch, *ich* trug die Schuld für dieses Chaos. Hätte ich Nika nicht erpresst, dann wäre alles anders gekommen.

»Aaron, warte!« Ich rannte auf den Flur hinaus, holte ihn ein und legte eine Hand auf seine Schulter.

Er schüttelte sie ab und fuhr zu mir herum. Die Brauen zusammengezogen, starrte er mich wütend an. »Verdammte Scheiße, wir sind Brüder, Ambrose. Ich weiß, dass wir nicht das beste Verhältnis haben, aber *das hier*?« Eiseskälte lag in seinen Augen. »Das kann nicht dein Ernst sein.«

Mein Magen zog sich zusammen. »Mich in Nika zu verlieben, war keine Absicht. Es … Es ist einfach passiert, wir wollten das nicht und …«

»Beschissene Ausrede.«

Ich warf einen Blick über die Schulter zu Nika, die in ein paar Metern Entfernung stehen geblieben war und sich eine Hand vor den Mund schlug. In ihren Augen standen Tränen.

»Es ist wie gesagt eine lange Geschichte. Verdammt, ich hatte keine Ahnung, dass sie dir etwas bedeutet, Aaron, bis du es mir vor ein paar Tagen gesagt hast. Ich hatte eben den absolut schwächsten Moment in meinem ganzen verfickten Leben. Nika war für mich da und …«

»Wow, ist ja nett von Nika, für dich da zu sein. Indem sie dich bespringt? Großartige Methode.« Er klatschte sarkastisch in die Hände. »Wie lange läuft das schon?«

»Es tut mir so leid, Aaron«, sagte Nika leise und kam ein paar Schritte näher. Ihre Wangen waren tränennass, sie schniefte. »Das ist alles meine Schuld. Wenn du wütend bist, dann lass es an mir aus. Ich hab alle belogen.«

Mir klappte der Kiefer herunter. Was tat sie da?

Vehement schüttelte ich den Kopf. »Nein, Nika trifft keine Schuld. Ich bin es, auf den du wütend sein solltest. Aaron, du solltest da was wissen.« Hunderte Gedanken wirbelten gleichzeitig durch meinen Kopf, Tausende Gefühle durch meinen Körper. Mein Puls raste, als mir all die Scheiße, die ich mir ausgedacht hatte, noch einmal bewusst wurde. »Ich … Nika …«

»Was, Ambrose? Was willst du mir sagen?«

Es musste raus. Er musste es erfahren. Andere Umstände wären mir lieber gewesen, doch hier ging es nicht mehr um mich. Es ging um Aaron und darum, dass er endlich die Wahrheit erfuhr. Dass er begriff, was für einen beschissenen Bruder er hatte.

»Nachdem ich Nika bei etwas … erwischt hatte, hab ich ihr einen Deal vorgeschlagen.« Ich holte tief Luft, während Aarons Blick vollkommen regungslos auf mir lag. »Sie sollte dich vom Training abhalten und dafür sorgen, dass sich deine Leistung verschlechtert. Dazu hab ich sie angestiftet, sie trifft keine Schuld. Ich bereue das alles, es tut …«

Mein Bruder riss die Augen auf. Als ich die Hand nach ihm ausstreckte, wich er zurück. Die Enttäuschung auf seinem Gesicht sprach Bände. Es fühlte sich an, als ob mir das Herz herausgerissen würde, deshalb wollte ich mir gar nicht vorstellen, was gerade in Aaron vor sich ging. Verraten und verletzt von seinem eigenen Bruder. Übelkeit stieg in mir auf. Ich wollte etwas sagen, öffnete den Mund, doch da hob er die Hand.

»Ihr wollt mich verarschen, oder?« Er sah zu Nika. »Das war alles nur gespielt? Du … Die Dates … Das …«

Nika schluchzte auf. »Es tut mir so leid, ich kann nicht in Worte fassen, wie sehr ich mir wünsche, es wiedergutmachen zu können, Aaron. Ich mag dich wirklich wahnsinnig gerne, ich wollte dich nie verletzen.«

Fassungslos sog er scharf die Luft ein. »Wobei soll mein Bruder dich denn erwischt haben, dass du dich zu einer solchen Scheißaktion herablässt? Wie zur Hölle kann man bei so was mitmachen? Ich fass es nicht.«

»Ich«, begann sie leise, hielt jedoch inne, als eine Gruppe von Leuten den Flur betrat. Darunter auch Robyn und Lova. Vermutlich wollten sie mir vor dem Wettkampf Glück wünschen. Sie begann zu zittern und fuhr sich durchs Haar. »Können wir … Können wir woanders hingehen, um das zu besprechen?«

Aaron schaute den anderen entgegen, die uns inzwischen ebenfalls bemerkt hatten. Mit einem Funkeln in den Augen schüttelte er den Kopf. »Nein, sag es mir hier. Vor allen. Ich will wissen, was du getan hast. Und vor allem will ich wissen, was dich dazu getrieben hat, auf diesen bescheuerten Deal einzugehen.«

O Gott. Scheiße, nein. Das durfte nicht passieren. Dann würden alle erfahren, dass sie gelogen hatte.

Schon von Weitem winkten uns Lova und Robyn zu und riefen »Hey, Leute!«, während sie sich uns näherten. Die anderen Leute verschwanden durch eine Seitentür.

»Das muss doch echt nicht sein«, versuchte ich, Aaron davon abzubringen, Nika weiter unter Druck zu setzen. Welch Ironie.

»Doch, muss es.« Aaron kniff die Augen zusammen. »Also, schieß los. Du bist doch sonst nicht so wortkarg, Nika.«

Mittlerweile waren Robyn und Lova bei uns angekommen und sahen irritiert zwischen uns hin und her.

Tränen strömten über Nikas Wangen, ihre Schultern bebten. Sie schnappte nach Luft. »Ich hab alle angelogen.«

Fuck. Fuck. Fuck.

»Nika, du musst das nicht tun«, sagte ich und warf ihr einen bedeutungsschweren Blick zu.

Schmerz lag auf ihrem Gesicht. Körperlicher. Emotionaler. Ich wollte sie berühren, für sie da sein, doch jetzt war wohl der beschissenste Zeitpunkt, um sie in den Arm zu nehmen. Ich ballte die Hände zu Fäusten, sah zu Lova und Robyn, die erschrocken dem Drama lauschten. Lova schnappte entsetzt nach Luft, während Robyn die Augen verengte.

»Ich bin nicht wohlhabend«, flüsterte Nika, den Blick auf den Boden gesenkt. »Ich war nie auf den Malediven, fahre in Deutschland keinen BMW und gehe nicht jede Woche in Luxus-Boutiquen einkaufen. Das alles waren … Lügen.« Sie schluchzte auf und wischte sich die Tränen vom Gesicht. »Ich hab das nur erzählt, um … um dazuzugehören. Und das tut mir unendlich leid. Ambrose hat es rausgefunden und …«

»Und damit hat er ein Druckmittel gehabt, damit du mich vom Training ablenkst, indem du mich datest?« Abscheu schwang in Aarons Stimme mit. »Hinter meinem Rücken habt ihr euch wahrscheinlich ins Fäustchen gelacht, weil ich so naiv und dumm bin und das alles glaube. Und im Anschluss habt ihr es dann miteinander getrieben – vielen Dank auch! Ich weiß echt nicht, wer von euch den beschisseneren Charakter hat.«

Aus Nikas Augenwinkeln quollen erneut dicke Tränen. Sie sah zu Lova und Robyn.

Mir schnürte sich die Kehle zu. Während Robyn ihr einen zutiefst vernichtenden Blick zuwarf, starrte Lova sie wie unter Schock an. Sie konnte es vermutlich selbst nicht glauben. Sie hatte gerade erfahren, dass ihre beginnende Freundschaft mit Nika auf Lügen basierte. Ein Schauer durchfuhr meinen Körper. Ich kannte Lova gut genug, um zu ahnen, wie sehr sie das treffen musste, aber auch so gut, dass ich zumindest die Hoffnung hegte, sie könnte ihr irgendwann verzeihen. Ihr und mir.

»Es tut mir leid, Aaron. Ich wollte dich nie verletzen.« Nikas Stimme brach.

»Wollen wir …«, begann ich. Nika hatte genug durchgemacht. Es reichte. »Wollen wir nicht in Ruhe darüber reden? Woanders? Du bist mein Bruder, du bist mir wichtig, und ich will, dass du die ganze Geschichte erfährst.«

Vor allem den Part, der mich zum Bösewicht machte. Womöglich verstand er es. Meine Beweggründe. Wie Nika gesagt hatte, taten Menschen aus Verzweiflung manchmal Dinge, auf die sie nicht stolz waren.

Aaron schnaubte und machte einen Schritt auf mich zu. Ich straffte die Schultern, bereit, einen Schlag von ihm zu kassieren. Doch er blieb nur vor mir stehen, jeder Muskel in seinem Körper schien angespannt. So viel Enttäuschung und Wut in seinen Augen. »Nenn mich nicht deinen Bruder, Ambrose. Einem Bruder würde man so etwas nicht antun. Halt dich ab sofort von mir fern. Ich will dein Gesicht nicht mehr sehen, deine Stimme nicht mehr hören. Nichts von dir wissen.« Mit diesen Worten wandte er sich ab, lief den Flur hinunter und verschwand durch die Eingangstür nach draußen. Ließ uns stehen. Nika unter Schock und mich mit gebrochenem Herzen.

42

NIKA

Mein Leben war ein einziger Scherbenhaufen. Doch ich durfte mich nicht selbst bemitleiden, immerhin trug ich selbst die Verantwortung für den ganzen Scheiß. Ich würde mich zusammenreißen, auch wenn ich kurz davorstand erneut in Tränen auszubrechen, denn ich wusste genau, dass es jetzt noch einmal hart werden würde. Und dafür wollte ich mich wappnen.

Lova starrte mich fassungslos an und trat auf mich zu. »Nika, stimmt das? Hast du …« Sie schüttelte den Kopf. »Hast du uns die ganze Zeit angelogen?«

»Lova«, wollte mir Ambrose zu Hilfe eilen.

»Zu dir komm ich gleich noch«, zischte Lova ihn an, wandte sich dann wieder mir zu.

Als Ambrose dennoch Anstalten machte, näher zu kommen, hob ich eine Hand, um ihm zu signalisieren, dass ich da allein durchmusste. Meine Glieder fühlten sich an wie in Zement gegossen. Alles tat weh, schmerzte, war schwer. In meiner Brust pochte es immer schneller, Schwindel überkam mich.

»Es stimmt«, sagte ich leise und verzog das Gesicht. »Und ich kann dir nicht sagen, wie leid es mir tut. Ich wünschte, ich könnte die Zeit zurückdrehen und euch von Anfang an die Wahrheit erzählen. Wirklich. Es war total dumm.«

»Alles nur Lügen? Unsere ganze Freundschaft eine Lüge?« Ihre Züge verhärteten sich.

Robyn stellte sich neben sie und bedachte mich mit einem vernichtenden Blick. »War ja klar. Ich hab von Anfang an geahnt, dass da was im Busch ist.«

»Das mit dem Geld, den Reisen, den Backstage-Tickets, dem Shopping, das war alles gelogen, ja, aber sonst war ich ehrlich. Ich mag euch, ich bin so gerne Teil eurer Clique, und ich …«

»Spar dir das, Nika«, zischte Robyn und verschränkte die Arme vor der Brust. »Du bist ein Nichts. Du dachtest wohl, du kannst dich als unsere Freundin ausgeben und uns Schwachsinn erzählen, damit wir uns mit dir abgeben, weil es sonst niemand tun würde. Du hast sie doch nicht mehr alle.«

»Das geht echt gar nicht.« Lova klang weniger wütend, eher enttäuscht und traurig. »Wir waren immer ehrlich zu dir. Ich hätte dich nie angelogen.«

Erneut bahnten sich Tränen ihren Weg aus meinen Augenwinkeln. Rannen heiß über meine Wangen. Ich hatte das Gefühl, an meinen Schuldgefühlen zu ersticken. An all den Lügen. »Es tut mir so unfassbar leid. Bitte, lass mich das erklären. Ich wollte nicht, dass es so weit kommt.«

Lova fixierte mich müde. »Ganz ehrlich? Ich weiß nicht, ob ich dir noch mal vertrauen kann. Heißt du überhaupt Nika? Weswegen hast du uns noch angelogen? Woher soll ich wissen, ob du ab sofort die Wahrheit sagst? Ich …« Sie wandte sich ab und fuhr sich übers Gesicht. »Ich will nichts mehr hören.«

»Mir ist klar, dass ich einen Fehler gemacht habe, aber ich … Bitte lasst ihn mich gutmachen. Ich wünsche mir so sehr, dass wir Freundinnen bleiben. Dafür würde ich alles tun.«

»Das ist vermutlich das Problem«, sagte sie leise. »Dass du alles tun würdest, um dieses Ziel zu erreichen.«

»Nein, ich …« Ich bekam keine Luft mehr, atmete viel zu schnell, mein Körper fühlte sich an, als ob er unter Strom stünde.

»Du bist so armselig, Nika«, zischte Robyn mich von oben herab an. »Denkst du ernsthaft, du kommst damit durch?« Sie hob eine Braue.

Ich schluchzte. Schnappte nach Luft. Mein Herz zerfetzt. Tränen strömten mir übers Gesicht.

Doch Robyn hörte nicht auf, Salz in die Wunde zu streuen. »Dann hast du dich geschnitten. Ganz ehrlich, mich willst du nicht zu deiner Feindin haben. Denn alles, was von dir übrig bleiben wird, ist ein Haufen Schutt und Asche, wenn ich mit dir fertig bin. Glaub mir, ich …«

»Robyn!« Ambrose baute sich neben mir auf. »Siehst du nicht, wie scheiße es ihr geht? Sie macht gerade die Hölle durch, also spar dir das!«

»Oh, gut, der Retter in der Not«, bemerkte sie zynisch.

Auf Lovas Gesicht spiegelten sich Ungläubigkeit und Tausende Fragezeichen, als sie Ambrose fixierte. »Wie konntest du deinem Bruder so was antun? Wie konntest du Nika diesen Deal vorschlagen? Wie kommt man auf so eine Idee? Hast du zu viel mit Luis abgehangen?«

»Das war keine Glanzleistung, ganz klar.«

»Keine Glanzleistung?« Robyn lachte auf. »Nett ausgedrückt.«

»Ja. Aber ich glaube, es wäre das Beste, wenn wir alle

runterfahren und dann in Ruhe darüber sprechen. Bitte gebt uns die Chance, uns zu erklären. Bitte hört Nika zu. Und mir auch«, appellierte Ambrose an das Herz seiner Freundinnen. »Wir sind so lange befreundet. Ich hab große Scheiße gebau…«

»Ganz ehrlich?«, unterbrach ihn Lova, sie klang auf einmal wahnsinnig erschöpft. »Ich hab keinen Bock mehr. Auf eure Ausreden, eure Versuche, euch herauszureden und Entschuldigungen zu finden. Mir reicht's. Ich muss das erst mal verdauen.« Damit zog sie ab.

»Mit dir bin ich noch nicht fertig, Nika, glaub mir.« Robyn bedachte uns mit einem letzten Kopfschütteln, dann folgte sie ihrer Freundin.

Mir wurde eiskalt und gleichzeitig speiübel, der Flur begann sich um mich herum zu drehen. Rasch tastete ich nach etwas, an dem ich mich festhalten konnte. Irgendwas.

Mit dir bin ich noch nicht fertig.

Mit dir bin ich noch nicht fertig.

Mit dir bin ich noch nicht fertig.

Ich krallte mich an Ambrose' Arm fest, als die Erinnerungen über mir zusammenschlugen wie riesige Wellen des Schmerzes, die mich erfassten und in die Tiefe zogen. Unter Wasser, wo ich nicht mehr atmen konnte. Nur noch hoffen, dass ich genug Kraft hatte, irgendwann wieder aufzutauchen.

43

NIKA

Warme Arme, die sich um meinen Körper schlossen. Geborgenheit. Ich fühlte mich, als ob mir jemand das Herz herausgerissen hätte. Es war vorbei. Es war raus. Sie wussten es. Sie wussten, dass ich die ganze Zeit gelogen hatte. Und jetzt hassten sie mich. Doch nicht nur das. Robyns Worte hallten immer wieder durch meine Gedanken. Wie spitze Messer, die auf eine Scheibe geworfen wurden und niemals ihr Ziel verfehlten.

»Na komm«, hörte ich Ambrose leise sagen, und ich klammerte mich nur noch fester an ihn. »Lass uns verschwinden.«

Wir liefen rüber ins Hauptgebäude, hoch in mein Zimmer, wo ich mich auf mein Bett sinken ließ.

Ambrose schloss die Tür hinter uns und sah sich um. »Delphine ist nicht da?«

»Nein, die ist übers Wochenende bei ihren Eltern.«

Müdigkeit zeichnete sich auf seinem Gesicht ab, als er sich neben mich setzte. Sein Bein berührte meines. Erneut traten mir Tränen in die Augen. Ich wischte sie weg. »Ambrose, wir haben ein echtes Problem. Was machen wir denn jetzt?«

»Bugs«, sagte er sanft und nahm meine Hände. So viel Kummer in seinem Blick. »Du hast recht. Mir ist klar, dass wir ein großes Problem haben. Ich schätze, dass ich jetzt erst mal die Beziehung mit Aaron retten muss und dafür Zeit brauche. Ich weiß, dass ich gehen muss. Ich weiß, dass das hier vorbei ist, wenn ich durch die Tür dort trete. Und ich weiß, dass es mir das Herz brechen wird. Schon wieder. Aber nur so haben wir irgendwann in der Zukunft, wenn Gras über alles gewachsen ist, womöglich eine Chance.«

Mein Körper fing an zu zittern. Ich schniefte. »Wieso ist das alles so abgefuckt? Ich will doch nur, dass wir alle glücklich sind, und jetzt ist es keiner von uns. Aaron ist wütend und …« Meine Atmung ging hektischer, ein Schauer kroch über meinen Rücken. »Lova und Robyn … Die … Ich …«

»Nika, ganz ruhig, schhh.« Im nächsten Moment hatte er den Arm um mich gelegt und mich an seine Brust gezogen. Sein Herzschlag unter meinen Fingerkuppen beruhigte meinen Puls ein wenig. »Auch wenn wir nicht …« Seine Stimme brach, doch er räusperte sich rasch. »Auch wenn ich das mit Aaron jetzt erst mal auf die Reihe kriegen und versuchen muss, unsere Beziehung zu kitten, lass mich trotzdem für dich da sein. Jetzt. Hier. Nur noch heute. Bitte.«

»Ich weiß nicht, ob das so eine gute Idee ist.«

»Ich verspreche dir, dass ich dich nicht küssen werde. Ich möchte dich nur im Arm halten. Du bist völlig fertig, und das … das macht mich auch fertig. Erzähl mir, was in dir vorgeht.« Seine Stimme klang wie eine Melodie, die ich immer wieder abspielen wollte, weil sie mein Herz zum Flattern brachte, obwohl es falsch war. Das mit uns war fürs Erste vorbei. Aber das hieß nicht, dass wir einander nichts bedeuteten. Uns nicht wichtig war, wie es dem anderen ging. In so einer Situation hätte ich auch alles dafür getan, ihm eine Stütze zu sein.

»Okay«, murmelte ich an seinem Shirt, dann atmete ich tief durch und richtete mich auf. »Robyn … Sie hat Dinge gesagt, die mir Angst machen.«

»Angst? Sie wird dir nichts tun, Nika. Dafür sorge ich.«

»Wie willst du das denn machen? Was ist, wenn sie mir nach dem Training auflauert und alle gegen mich aufhetzt? Wenn ich schon wieder von allen gemobbt werde? Vor allem …« Ich schluckte. »Das wäre mein Untergang.«

»Dir auflauert? Gemobbt?« Verwirrung streifte seine Züge, bis es klick machte und er mich besorgt musterte. »Nika, was ist passiert? Damals. In der Schule. Du … Du hast nur angedeutet, dass deine Mitschüler gemein waren, aber nichts über das Ausmaß gesagt. Würdest du mir erzählen, was genau sich abgespielt hat? Nur wenn du kannst und willst natürlich.«

In meiner Brust pochte es wie wild, als ich schließlich nickte. »Die letzten Jahre seit der fünften Klasse waren ein einziger Albtraum. Da ich … Wegen meiner vielen Trainingsstunden hatte ich kaum Zeit, mich mit Leuten aus der Schule zu treffen, deswegen habe ich dort nie Anschluss gefunden. Es gab etliche Cliquen. Anfangs hatte ich immer mal wieder eine Person, mit der ich mich angefreundet habe, von der ich dachte, dass sie jemand sein könnte, der ich vertrauen kann, die für mich da ist. Eine beste Freundin oder ein bester Freund eben.« Ein Kloß saß in meiner Kehle, machte mir das Atmen schwer. »Im Laufe der ersten beiden Jahre haben mich alle drei Menschen, von denen ich gedacht hatte, dass sie meine

Freunde sind, hintergangen und fallen gelassen. Sie haben die anderen gegen mich aufgehetzt, bis ich ganz allein dastand und sich niemand mehr mit mir anfreunden wollte. Menschen, von denen ich dachte, sie seien meine Freunde, haben über mich gelästert, Lügen verbreitet und dafür gesorgt, dass wenig später die gesamte Stufe gegen mich war. Ich weiß bis heute nicht, wieso sie mich dermaßen gehasst haben.« Ich wandte den Blick ab und wischte mir die frischen Tränen von der Wange. Schmeckte Salz auf meinen Lippen. Spürte Ambrose' Hand, die meine umschloss und leicht drückte. Er sagte nichts, hörte mir nur zu. Ich atmete tief durch, dann fuhr ich fort. »Sogar in meinem damaligen Freund aus der achten Klasse habe ich mich getäuscht. Der hat mich knapp sechs Monate lang nur verarscht und sich anschließend über mich lustig gemacht. Und irgendwann, da …« Ich biss die Zähne aufeinander, versuchte, die Tränen wegzudrängen, doch sie stiegen wieder auf und traten mir in die Augen. Mein Magen schnürte sich zusammen. »Irgendwann haben sie nicht mehr nur hinter meinem Rücken über mich gelästert, sondern mir ins Gesicht gesagt, was sie von mir halten. Wie ätzend ich bin, was für ein wertloses Stück Scheiße und dass mich alle hassen würden. Das war kurz nach der Trennung.«

»Boah«, entfuhr es Ambrose. Er biss die Zähne aufeinander, schüttelte entgeistert den Kopf. Wut flammte in seinen Augen auf. »Wenn ich diese Arschlöcher irgendwann in die Finger kriege, können die sich …«

»Warte«, sagte ich leise. »Das war's noch nicht.«

Seine Augen weiteten sich, während er den Kiefer anspannte.

Ich straffte die Schultern. »Das waren nur Worte. Damit konnte ich irgendwie umgehen. Ich hab auf Durchzug geschaltet und versucht, sie nicht an mich ranzulassen. Darüber gelacht, auch wenn es in mir ganz anders aussah. Damals hab ich ihr Spiel mitgespielt und getan, als ob es mir nichts ausmacht, damit sie nicht noch weiter auf meinen Gefühlen herumhacken …« Ich blinzelte ihn unter tränenverhangenen Wimpern an. »Das Problem ist, dass dir niemand hilft, wenn alle gegen dich sind. Vor allem gegen die Beliebten würde niemals jemand was sagen. Die, die die Macht haben, dich zu zerstören, aber auch jede andere Person. Die, die dafür sorgen können, dass du vier Schulstunden lang in einer Abstellkammer eingesperrt bist, bis dich das Putzpersonal rauslässt. Niemand steht für dich ein, wenn er befürchten muss, zum nächsten Opfer zu werden. Da ich keine Freunde hatte, war ich ein gefundenes Fressen. Es ist nicht beim Einsperren geblieben. Sie haben mir nach der Schule aufgelauert und mich getreten, geschubst, geschlagen. Nur nie ins Gesicht, damit es niemandem auffällt. Sie haben meinen Rucksack geklaut, meine Hefte und Bücher zerrissen, mein Handy kaputt gemacht. Ich bin durch die Hölle gegangen. Jeden einzelnen Tag. Jede Nacht hatte ich Albträume. Jeden Morgen war mir kotzübel, weil ich genau wusste, was mich erwartet.« Als ich Ambrose ansah, lief es mir eiskalt den Rücken herunter. Schock und Schmerz auf seiner Miene.

Er schüttelte den Kopf. »Nein, Nika … Das …«

Ich drückte unter Tränen seine Hand. »Schon okay. Ich will nicht, dass du Mitleid mit mir hast.«

»Ich hab kein Mitleid mit dir«, flüsterte er. »Ich bewundere deine Stärke. Du bist durch die Hölle gegangen, aber du hast ihr den Mittelfinger gezeigt und dich nicht unterkriegen lassen. Ich wünschte, ich wäre ein bisschen mehr wie du. Ich kann nicht fassen, dass die Pisser so mit dir umgegangen sind. Warum? Warum macht man das?«

Ich zuckte mit den Schultern. »Ich weiß es nicht. Vielleicht aus Unsicherheit, vielleicht weil sie sich überlegen fühlen wollten oder weil sie unzufrieden mit ihrem eigenen Leben waren. Keine Ahnung. Aber wenn es da dann eine Person gibt, die vielleicht ein bisschen anders ist, sich nicht wehrt, weil sie allein nichts gegen eine Horde Mobber ausrichten kann, dann stürzen sie sich darauf.«

»Und deine Eltern? Wissen die nichts davon?«

»Ich hab es ihnen erst kurz vor meinem Abschluss erzählt. Ich hatte einfach zu große Angst, dass ich noch mehr Probleme mit den Leuten an der Schule bekomme, wenn ich weitererzähle, was sie mit mir tun. So einfach ist es ja auch nicht, von heute auf morgen die Schule zu wechseln und … Wenn die erfahren hätten, dass ich gepetzt habe … Das hätte alles nur noch schlimmer gemacht. Außerdem hatten meine Eltern selbst genug Probleme. Mein Vater war eine Zeit lang arbeitslos, wir mussten wahnsinnig aufs Geld achten; sie haben sich ständig Sorgen gemacht, dass wir aus unserer Wohnung rausmüssen, weil wir vielleicht irgendwann die Miete nicht mehr bezahlen können. Da wollte ich sie nicht zusätzlich belasten.«

»Das tut mir so unfassbar leid.«

»Belladaire sollte für mich ein kompletter Neustart sein.« Ich hielt inne, atmete tief durch. »Endlich war ich wieder ein unbeschriebenes Blatt. Keiner wusste, dass ich eine Außenseiterin gewesen bin und alle mich gehasst haben. Als ich dann Lova und die anderen kennengelernt habe, wollte ich zu ihnen gehören. Zu der beliebtesten

Clique. Ich wollte Freundinnen finden, aber auch einfach Teil von etwas sein. Ich hatte das Gefühl, dass ich mich verstellen muss, damit sie mich mögen, weißt du? Vielleicht ist das gar nicht so, aber ich hab diesen Drang verspürt. Zur Sicherheit, um es ihnen von vornherein recht zu machen. Lova mochte ich auf Anhieb.« Meine Stimme brach, als ich daran denken musste, dass sie mich jetzt vermutlich hasste. »Und als ich gemerkt habe, dass ihr alle krass wohlhabend seid, hab ich Panik bekommen. Eine Kurzschlussreaktion. Ich hatte zu große Angst, dass sich alles wiederholt, dass ich allein dastehe, verurteilt und verstoßen werde. Dass sich Leute gegen mich verbünden und mich fertigmachen. Dass ich jetzt wieder an diesem Punkt bin, das … das jagt mir unfassbare Angst ein, Ambrose. Was, wenn Robyn und die anderen …«

»Das wird nicht passieren.« Seine Stimme klang sanft und zugleich ernst. Ich vertraute ihm. »Mach dir keinen Kopf. Robyn wird dir nichts anhaben. Wirklich. Die redet nur.«

Ich atmete seufzend aus. »Hoffentlich.«

»Aber …« Besorgt lag sein Blick auf mir. »Wie wär's, wenn du ihnen die echte Nika zeigst und dich so gibst, wie du bist?«

Mein Herz schlug schneller. »Was?«

»Ich kenne dich doch auch so, wie du bist, oder hast du mir was vorgespielt?«

Ich schüttelte den Kopf.

»Na also.« Sein Blick wurde weicher, während er eine Hand an meine Wange legte. »Sei du selbst. Ich hab mich nicht ohne Grund in dein wahres Ich verliebt, Bugs. Und wenn dich die Leute nicht zu schätzen wissen, haben sie dich nicht verdient. Dann treten andere

Menschen in dein Leben, die besser zu dir passen und dich in ihr Herz schließen – als diejenige, die du bist. Nika Blum.«

Ein Flattern in meiner Brust. Meine Mundwinkel zuckten nach oben, doch als ich über seine Worte nachdachte, sackten sie wieder herab. »Ganz ehrlich? Ich glaube, ich hab mich in den letzten Wochen verloren. Ich weiß selbst nicht mehr, wer ich wirklich bin. Mag ich diese schicken Partys und Jachten mit teurem Champagner überhaupt, oder hänge ich lieber auf einer alten Tischtennisplatte ab? Ich hab keine Ahnung.«

Ich hatte die Nika verloren, die ich sein wollte, aber auch die, die ich gewesen war. Und das alles, um irgendwelchen Menschen zu gefallen. Ja, ich hatte dazugehören wollen. Ja, ich hatte Angst gehabt. Und ja, ich war feige gewesen. Feige, weil ich Bedenken gehabt hatte, ihnen mein wahres Ich zu zeigen. Und dieses Ich fand ich eigentlich ganz cool. Ich musste nicht allen gefallen. Es reichte, wenn es da nur ein paar Menschen gab, die mich liebten und denen ich wichtig war.

»Nur weil dich die Menschen früher dafür gemobbt haben, wer du warst, heißt das nicht, dass das immer so sein wird. Womöglich schließen die Leute hier dich aus genau denselben Gründen ins Herz.« Er lächelte mich aufmunternd an. »Wenn du mich fragst, glaube ich, dass die anderen dich auch so mögen würden, wenn du ihnen die Chance gibst, dich wirklich kennenzulernen. Den meisten ist doch letztendlich egal, wie viel Kohle du hast, welches Auto du fährst oder welche Handtasche du trägst. Hauptsache, du hast ein gutes Herz und bist eine gute Freundin.«

Meine Unterlippe bebte, als mir erneut die Tränen

kamen. Ambrose wischte sie mir sanft von der Wange. Dann traf mich plötzlich ein Blitz der Erkenntnis.

»Dein Wettkampf. Du … Du musst …«

»Der spielt keine Rolle mehr.«

Ich zog die Brauen zusammen und musterte ihn fragend. »Was?«

»Dir geht's nicht gut. Ich …« Er zuckte mit den Schultern. »Ich möchte für dich da sein. Das ist wichtiger als jeder beschissene Wettkampf.«

Mir wurde ganz flau im Magen. »Aber du musst doch antreten. Was ist mit deinen Eltern und Aaron und deinem Ziel?«

»So eine Chance kommt immer wieder. Du bist mir wichtiger als jeder Wettkampf. Wenn es dir nicht gut geht, dann bin ich für dich da.« Er seufzte. »Wobei mir nach wie vor Aaron im Kopf herumspukt. Ich könnte mich dafür ohrfeigen, dass ich es so weit habe kommen lassen.« Er strich mit dem Daumen immer wieder über meine Wange, während ich in seinen traurigen Augen ertrank. »Nur dass du es weißt, Nika, ich hätte den anderen nie von deinem Geheimnis erzählt. Das hätte ich nicht gekonnt.«

Ich spürte, wie sein Atem über meine Lippen tanzte. Gänsehaut legte sich auf meine Arme.

Dann zog sich Ambrose zurück. »Ich hasse, dass ich das sagen muss, aber … ich sollte gehen. Auch wenn ich es nicht will. Auch wenn ich lieber noch länger für dich da wäre.«

»Ja, du solltest gehen«, flüsterte ich und nickte. Mein Herz brach in tausend Teile. Hoffentlich würde ich es schaffen, es eines Tages wieder zusammenzusetzen.

Ambrose schloss die Augen für den Hauch einer Sekunde, als ob er sich wappnen wollte für das, was nun folgte. Als er sie öffnete, konnte ich Tränen darin glitzern sehen. Im Bruchteil eines Wimpernschlags lehnte er sich zu mir herüber und gab mir einen Kuss auf die Stirn. Dann stand er schnell auf und hetzte zur Tür, nach draußen in den Flur, hinaus aus unserer Blase, in der es nur uns beide gegeben hatte.

Die Wirklichkeit hatte uns zurück.

44

AMBROSE

Der Tag verging, doch mit ihm keineswegs mein schlechtes Gewissen und der Zweifel, ob die ganze Situation mit meinem Bruder wirklich ein Happy End nehmen würde. Von einem mit Nika hatte ich mich in dem Moment verabschiedet, als wir auf diesem Flur gestanden hatten und alles den Bach hinuntergegangen war. Selbst wenn wir irgendwann womöglich eine zweite Chance bekommen würden, fühlte es sich gerade nicht danach an. Mein Herz hatte noch lange nicht verdaut, dass es vorerst kein *Uns* geben würde. Dafür war uns beiden zu wichtig, das Verhältnis zu den Menschen, die wir verletzt hatten, erst einmal wieder auf die Reihe zu bekommen. Allem voran meine Beziehung zu Aaron. Seit gestern nach unserem Showdown in der Schwimmhalle versuchte ich, ihn zu erreichen, doch er ging weder ans Telefon noch hatte ich ihn irgendwo auf dem Campus finden können. Nach dem Wettkampf war er so schnell verschwunden, dass ich ihn nicht mehr erwischt hatte. Deshalb hatte ich beschlossen, ihm ein paar Tage Zeit zu geben, statt ihm weiter auf die Pelle zu rücken. Vielleicht standen dann meine Chancen, dass er mir zuhören würde, besser.

Mit einem Magen, der sich bei jedem Gedanken an all den Scheiß, den ich abgezogen hatte, umdrehte, steuerte ich am Sonntagabend Hugos Zimmer an; wir hatten uns bereits Mitte der vergangenen Woche für einen gechillten Abend bei ihm verabredet. Die anderen rechneten vermutlich nicht damit, dass ich dort aufschlagen würde, doch ich musste mit meinen Freunden reden.

Vor der Tür hielt ich einen Moment inne, holte tief Luft, sammelte all meinen Mut zusammen und klopfte.

Dumpfe Schritte, dann wurde die Tür geöffnet.

Hugo starrte mich mit gerunzelter Stirn an. »Was machst du hier?«

»Lässt du mich bitte rein?« Mein Blick huschte ins Zimmer, wo Tanisha, Robyn und Lova auf dem Bett saßen. »Ich würde gerne mit euch reden. Mich entschuldigen.«

Mit einem Seufzen wandte Hugo sich zu den anderen um. »Leute, wollen wir mit Ambrose sprechen?«

Stille.

»Kommt schon«, rief ich. »Gebt mir zumindest die Chance, alles zu erklären und …«

»Lass ihn rein«, brummte Lova. »Ich will wissen, was dahintersteckt. Offensichtlich bin ich viel zu neugierig für diese Welt.«

Ich schenkte ihr ein erleichtertes Lächeln und trat an Hugo vorbei ins Zimmer.

»Dann schieß mal los.« Robyn fixierte mich mit kühlem Blick.

Ich hob verteidigend die Hände. »Die ganze Geschichte ist megaverworren. Ich habe ehrlich gesagt keine Ahnung, wie ich es wiedergutmachen kann und ob überhaupt, aber … Es tut mir unfassbar leid, dass ich Nikas Schwäche zu meinem Vorteil ausgenutzt habe.« Ich schluckte, als sich ein dicker Kloß in meiner Kehle bildete. »Mein Verhalten ist nicht zu entschuldigen, inzwischen ist mir das klar. Ich möchte euch nur sagen, dass ich eingesehen habe, einen großen Fehler gemacht zu haben, und nicht vorhabe, ihn zu wiederholen. Im Gegenteil, ich will mich bessern.«

Tanisha spielte am Saum der Decke herum, ihr Blick lag wie gebannt auf mir. »Wie konnte es dazu kommen? Das ist so gar nicht der Ambrose, den wir kennen.«

Ich verspürte einen Hauch von Erleichterung, da sie mir immerhin die Chance gaben, mich zu erklären. Ich ließ mich auf den freien Stuhl vor dem Schreibtisch sinken. »Mir ist alles zu viel geworden. Ihr wisst, dass ich Probleme mit Aaron habe. Aber wie sehr mich der Druck, der durch meine sportliche Karriere auf mir lastet, fertigmacht, davon habe ich euch nie etwas erzählt.«

Lovas Brauen huschten besorgt nach oben. »Was, wieso?«

Es war an der Zeit, mit offenen Karten zu spielen. Ich hatte lange genug geschwiegen und alles in mich reingefressen.

»Meine Eltern sind unglaublich anspruchsvoll, und sie vergleichen mich ständig mit Aaron. Wir führen kein Gespräch, in dem sie mir nicht vorhalten, ich solle mir eine Scheibe von ihm abschneiden. Und die Coaches messen mich genauso an ihm. Das fühlt sich an, als wäre ich kein eigenständiger Mensch. Als würde nichts von dem, was ich erreiche, zählen, solange ich nicht an die Erfolge meines Bruders heranreiche. Mit der Zeit hat mich das immer wütender gemacht – auf meine Eltern und die Trainer, aber vor allem auch auf Aaron, obwohl er am wenigsten dafür kann. Irgendwann wollte ich einfach nur noch, dass es aufhört, dass ich einmal besser bin als er, um allen ihr verdammtes Maul zu stopfen.« Ich biss die Zähne aufeinander, um gegen die Übelkeit anzukämpfen, die in mir aufstieg, wenn ich daran dachte, wie beschissen ich mich verhalten hatte. »Und dann hab ich Nika bei ihren Notlügen erwischt. Erst wollte ich sie nur ein bisschen damit aufziehen, bis mir die Idee für den Deal kam. Und ganz ehrlich, wenn ich könnte, ich würde alles ungeschehen machen. Ich hab mit ihr abgemacht, dass ich ihr Geheimnis für mich behalte, wenn sie im Gegenzug Aaron vom Training ablenkt. Es war nie geplant, dass dabei Gefühle ins Spiel kommen; ich dachte, dafür sei Aaron viel zu sehr auf seine sportlichen Ziele fokussiert. Ich wollte, dass er durch die Dates mit Nika das ein oder andere Training vermasselt, allgemein schlechter performt und die Quali für die Olympischen Spiele nicht schafft, damit ich im Vergleich mit ihm besser dastehe.«

»Krass, das klingt heftig«, murmelte Hugo. Er lehnte an der Wand, die Arme vor der Brust verschränkt, einen misstrauischen Ausdruck auf dem Gesicht.

»Wieso hast du uns nicht erzählt, wie schlecht es dir geht? Ich hatte keine Ahnung.« Tanisha guckte mich mit großen Augen an.

Ich fuhr mir übers Kinn. »Ich hatte Angst, als Versager dazustehen, und habe das alles gut versteckt, schätze ich. Das tut mir leid. In Zukunft will ich offener mit euch sprechen. Ihr seid meine Freunde … oder?« Erwartungsvoll sah ich von einem Gesicht ins nächste.

Lova war die Erste, die das Wort ergriff. »Für mich ist es okay. Du hast ja eingesehen, dass es mies war, und wir sind zu lange und zu gut befreundet, als dass ein einziger Fehler das kaputtmachen könnte.«

Ich schenkte ihr ein dankbares Lächeln, das sie zaghaft erwiderte.

»Von mir aus passt es auch. Aber mach das nie wieder, Kennedy, sonst setzt es was!« Tanisha funkelte mich gespielt an.

»Nie wieder, keine Sorge.«

Nun standen nur noch Hugo und Robyn aus. Während Hugo sich auf der Lippe herumbiss, musterte mich Robyn. »Na schön. Aber ich hab dich im Auge.«

»Okay, ich schließ mich an«, brummte Hugo. »Willkommen zurück, Pissnelke.«

Erleichtert ließ ich mich auf dem Stuhl zurücksinken. »Danke, Leute, wirklich. Ich verspreche euch, dass ich an mir arbeiten werde.«

Lova legte den Kopf schief. »Was ist mit Nika? Wieso hat sie uns angelogen?«

»Das sollte sie euch lieber selbst erklären. Es wäre falsch, wenn ihr das von mir hört. Aber sie wollte sowieso noch mit euch reden. Falls sie also noch nicht bei euch war …«

»Redet ihr nicht mehr miteinander?« Tanisha zog fragend die Brauen zusammen. »Ich dachte, bei euch läuft jetzt was.«

»Lief«, sagte ich leise und blickte auf meine Hände hinunter. »Wir … Wir haben uns entschlossen, die Sache zu beenden. Ist besser für alle von uns.«

»Was?« Verwunderung lag in Lovas Stimme.

Schmerz raste in Sekundenschnelle durch meine Glieder hinauf in mein Herz. Ich konnte noch immer nicht glauben, dass ich sie vielleicht nie wieder küssen würde. Nie wieder berühren. Niemals neben ihr einschlafen. »Meine Beziehung zu Aaron steht jetzt an erster Stelle. Wenn ich mit Nika zusammen bin, dann tue ich ihm damit nur noch mehr weh. Nika und ich haben die Entscheidung gemeinsam getroffen. Es tut verdammt weh, ja … Aber vielleicht haben wir diesen Schmerz nach allem, was wir getan haben, verdient. Karma schlägt auf unterschiedliche Weise zu …«

Ohne ein Wort zu sagen, kam Lova zu mir. Sie zog mich an den Händen vom Stuhl hoch, schlang die Arme um mich und drückte mich an sich. Erst wusste ich nicht, was ich tun sollte, war verwundert, doch dann setzte Erkenntnis ein und ich erwiderte ihre Umarmung.

»Das tut mir wahnsinnig leid«, flüsterte sie. »Da gibt es einmal eine Frau, die dir was bedeutet, und dann …« Sie löste sich von mir, und ich konnte sehen, wie in ihren blauen Augen etwas glitzerte.

»Lo …«

Sie lächelte mich an. »Schon gut, ich hab mir nur die ganze Zeit gedacht, dass da vielleicht was im Busch sein könnte, und … ich hab mir gewünscht, dass was aus euch wird. Ich will mir nicht vorstellen, wie es ihr gerade geht …«

Ich drückte sie noch mal. Wenn jemand ein Herz aus Gold hatte, dann sie. »Du könntest sie fragen.«

Lova löste sich von mir und schüttelte den Kopf. »Sie hat mich angelogen. Keine Ahnung, ob ich ihr das je verzeihen kann.«

Hoffentlich gaben sie sich einen Ruck und Nika eine Chance auf eine Freundschaft mit ihnen. Sie hatte Mist gebaut, aber dennoch war sie kein schlechter Mensch. Das mussten sie nur noch begreifen.

45

NIKA

Du schaffst das! Wenn du ihnen alles erklärst, werden sie Verständnis haben. Wenn man dich einmal ins Herz geschlossen hat, will man dich nicht mehr gehen lassen.

Immer wieder sagte ich mir Annas Worte auf. Gestern hatte sie mir am Telefon einen ihrer Pep-Talks gehalten. Jetzt war es an mir, ihn in die Tat umzusetzen.

Ich straffte die Schultern und steuerte mit meinem Frühstückstablett durch die Kantine auf den Tisch zu, an dem die ganze Clique versammelt saß. Ein flaues Gefühl lag mir im Magen, und ich bezweifelte, dass es am Hunger lag. Die letzten beiden Tage hatten mir einiges abverlangt. Ich hatte gefühlt kein Auge zugemacht, während ich darüber nachgedacht hatte, wie es mir gelingen könnte, das Vertrauen meiner Freunde wiederzugewinnen.

Schon von Weitem sah ich, wie Robyn und Tanisha mit Hugo lachten, Lova und Ambrose unterhielten sich währenddessen. Bei seinem Anblick zog sich mein Herz zusammen. Ich vermisste ihn schrecklich. Am liebsten wäre ich zu ihm gerannt und hätte mich in seine Arme gestürzt, doch es war aus. Wir hatten Aaron genug verletzt. In meiner Kehle brannte es, hinter meinen Lidern, in meinem ganzen Körper, doch ich riss mich zusammen.

»Hey«, sagte ich, als ich vor dem Tisch stehen blieb, und biss mir auf die Lippe. »Kann ich mich zu euch setzen? Ich würde gerne … Ich möchte euch alles erklären. Wäre das in Ordnung?« Voller Erwartung blickte ich in ein Gesicht nach dem anderen. Misstrauen und Skepsis. Als Ambrose' und mein Blick sich trafen, fühlte es sich an, als ob mir erneut das Herz herausgerissen würde.

Er schenkte mir ein sanftes Lächeln und machte mit dem Kinn eine kaum merkliche Bewegung, um mich stumm zu fragen, ob er besser gehen sollte. Ich nickte. Das hier musste ich allein tun. Ohne Hilfe. Ohne ihn.

Rasch stand er auf und schnappte sich sein Tablett. »Ich bin drüben bei Luis.« Er lächelte mich noch einmal mitfühlend an, dann entfernte er sich.

»Zisch ab«, sagte Robyn, ohne mich anzusehen.

Mein Puls ging schneller. Das konnte es nicht gewesen sein. »Bitte, Leute …«

»Ich hab *Zisch ab* gesagt.« Sie warf mir einen vernichtenden Blick zu, der mir das Blut in den Adern gefrieren ließ.

Ich wollte mich gerade abwenden, da ergriff Lova das Wort. »Wenn ich ehrlich bin, würde ich gerne hören, was Nika zu sagen hat.«

»Ich auch«, stimmte Tanisha zu.

Robyn verdrehte genervt die Augen, und Hugo gab nur ein kurzes »Von mir aus« von sich.

Mir schlug das Herz bis zum Hals, als ich mich auf einen freien Stuhl setzte und das Tablett mit dem Avocado-Toast vor mir abstellte. Ich blinzelte ein paarmal, um mich zu sammeln. Meine Handflächen schwitzten, und ich wackelte unruhig mit einem Bein unter dem Tisch. »Es tut mir wahnsinnig leid, dass ich euch angelogen habe. Es war total dumm von mir und außerdem mies euch gegenüber. Als ihr am ersten Tag über euren teuren Lebensstil gesprochen habt, da hab ich nicht lange nachgedacht. Es war eine Kurzschlussreaktion. Ich wollte mit euch befreundet sein und …« Ich schluckte, weil es mir unfassbar unangenehm war. »Ich hab mir gewünscht dazuzugehören. Zu euch. Und ich dachte, dass ihr mich vielleicht nicht mögt, wenn ich anders bin.«

»Aber wie viel Geld ein Mensch hat, sagt doch nichts über ihn aus. Ich kann nicht glauben, dass du uns für so oberflächlich gehalten hast«, murmelte Tanisha bedrückt.

»Ich halte euch nicht für oberflächlich«, erwiderte ich schnell. »Es ist nur … Ich hab in der Vergangenheit die ein oder andere schlechte Erfahrung gemacht und mir einen Neuanfang gewünscht. Ich hatte ehrlich gesagt Angst, dass es so wird wie früher und …« Ich räusperte mich. »Ihr sollt wissen, dass ich euch nie was Böses wollte. Ich hab euch angelogen, ja, aber es tut mir leid, und ich wäre gerne weiterhin Teil eurer Clique, wenn ihr mich lasst.«

»Kannst du vergessen«, raunzte mich Robyn an. »Du bist ein verlogenes Miststück, das keinen Platz an unserem Tisch verdient hat.«

»Alles klar, Regina George. Chill mal!« Lova warf Robyn einen warnenden Blick zu, bevor sie sich wieder mir zuwandte. In ihren blauen Augen lag so viel Enttäuschung, dass es meinem Herz einen Stich versetzte. »Die Aktion war nicht in Ordnung, Nika. Und das ist noch nett ausgedrückt.«

»Also ich hab keinen Bock auf sie, to be honest«, kam es von Hugo. »Was, wenn sie uns wieder anlügt oder sich nur an uns dranhängt, weil sie sich einen Vorteil davon erhofft? Ne, keinen Nerv darauf.«

Tanisha legte den Kopf schief, sodass ihre langen schwarzen Zöpfe zur Seite rutschten, und runzelte nachdenklich die Stirn. »Ich weiß nicht so recht, Nika. Wir haben dir vertraut. Wir waren Freundinnen, aber du hast uns nur angelogen.« Sie seufzte. »Ich mag dich sehr gerne, aber ich hab das Gefühl, dass ich dich gar nicht richtig kenne.«

Meine Kehle schnürte sich zu, während diese verdammten Tränen wieder aufstiegen. Ich drängte sie mit einem Räuspern zurück und atmete tief durch.

»Ich … Ich weiß es auch nicht«, gab Lova kleinlaut zu. Ihr Blick lag auf mir. Die Augen geweitet, als ob sie wirklich keine Ahnung hatte, was sie sagen sollte. »Vielleicht brauchen wir nur ein wenig Zeit. Andererseits …« Sie hielt inne, schüttelte den Kopf. »Wie auch immer. Es spielt keine Rolle mehr.«

Irgendwas sagte mir, dass sie etwas für mich Positives hatte sagen wollen. Doch dafür war es nun zu spät. Ich packte mein Tablett und stand auf. Es kam mir vor, als ob ich mich in einer Art Trance-Zustand befand. Es hätte wehtun sollen, aber ich spürte nichts als Taubheit.

»Okay«, sagte ich leise und wandte den Blick ab. »Man sieht sich bestimmt. Danke trotzdem … für … irgendwie alles. Ich …« Es war vorbei. Ich gehörte nicht länger dazu. Mein Kartenhaus war in sich zusammengestürzt und hatte mich unter sich begraben.

Nur nicht weinen, nur nicht weinen, nur nicht weinen.

Mit rasendem Herzen sah ich mich um, doch alle Tische waren besetzt. Erinnerungen an früher bahnten sich ihren Weg an die Oberfläche. An all die Tage, an denen ich einen Platz in der Mensa gesucht hatte, um in Ruhe zu essen, und von wüsten Beschimpfungen und Lachern hinter meinem Rücken verfolgt worden war.

Wieso fühlt sich das hier an wie damals?

Weil du niemanden mehr hast. Weil du allein bist. Schon wieder.

»Nika, hey«, holte mich eine freundliche Stimme zurück in die Gegenwart. Suchend sah ich mich um, bis ich Meilin an einem der Tische in der Ecke entdeckte. Sie winkte mir mit einem schüchternen Lächeln zu.

Zögerlich ging ich zu ihr hinüber.

»Magst du dich zu mir setzen? Eure Unterhaltung sah irgendwie nicht so nett aus.«

Tränen der Erleichterung traten mir in die Augen, als ich mich auf den freien Stuhl ihr gegenüber sinken ließ und das Tablett abstellte. Meilin hatte keine Ahnung, wie viel mir dieser Moment bedeutete. »Danke.«

»Alles okay?« Ihre Brauen huschten fragend nach oben, während sie in einen Toast biss.

Ich wischte mir übers Gesicht. »Ähm, ja, nein, es ist … In den letzten Tagen ist einfach sehr viel passiert.«

»Ja, ich … ich hab davon gehört«, sagte sie vorsichtig. »Die Sache auf dem Flur in der Schwimmhalle hat sich rumgesprochen.«

O Gott. Noch mehr Lästereien. Noch mehr Gerede hinter meinem Rücken.

Meine Atmung beschleunigte sich, und ich blinzelte sie an. »Ähm, wie meinst du? Also … Was … Ich … Ähm …«

»Hör nicht auf das Gelaber. Die haben alle nichts Besseres zu tun, als sich das Maul über andere zu zerreißen.«

Leichter gesagt als getan.

Ich nickte. »Ja, wird schon irgendwie.« Dann hielt ich

inne. »Aber warum lässt du mich hier sitzen, wenn ich aktuell Gesprächsthema Nummer eins bin?«

»Pff, ist mir doch egal, was irgendwelche Leute denken. Du sahst so traurig aus und …« Sie hob ihr Kinn und sprach schneller, als ob sie bemerkt hätte, dass sie emotional geworden war, es aber nicht zulassen wollte. »Wir sind in einem Team, ich hab keinen Bock drauf, dass du wegen irgendeiner Scheiße schlecht performst.«

An meinen Mundwinkeln zupfte ein Lächeln. »Danke.«

»Du hast dich schon bedankt. Kein Thema.« Für den Hauch einer Sekunde legte sich ein sanftes Lächeln auf ihre Lippen, das aber sofort wieder verschwand.

Und dann aßen wir unser Frühstück. Jede für sich und doch gemeinsam. Ich war nicht allein. Es war nicht so wie früher. Das hier, das war anders. Und auch wenn es wehtat, musste ich das Beste daraus machen. Und vielleicht war das Beste daran, dass ich in Meilin doch noch eine gute Freundin finden würde.

46

AMBROSE

»In mein Büro«, rief mir Coach Bennett zu, als ich am Montagabend nach dem Training aus der Umkleide kam.

Ich fuhr herum. Er hatte die Stirn gefurcht, und ich hatte das Gefühl, dass die Kacke ordentlich am Dampfen war. Vermutlich musste ich mir jetzt den Anschiss dafür abholen, dass ich Samstag nicht beim Wettkampf angetreten war. Seufzend trat ich in sein Eckbüro und nahm auf dem Stuhl vor seinem Schreibtisch Platz.

An den Wänden hingen Urkunden, Medaillen und Bilder von den Höhepunkten seiner Karriere. Auf dem langen Sideboard aus Eichenholz standen weitere Pokale und Auszeichnungen, im Regal auf der anderen Seite Bücher über Schwimm- und Trainingstechniken. Und dazwischen sein Schreibtisch aus dem gleichen Holz, auf dem sich etliche Ordner und Notizen stapelten. Obwohl an der Academy viele Trainer ausschließlich mit Tablets arbeiteten, hatte Coach Bennett einen Hang dazu, vieles handschriftlich festzuhalten.

Er setzte sich auf seinen Stuhl, stützte die Unterarme auf den Tisch und starrte mich ernst an. »Hast du mir was zu sagen?«

»Wegen des Wettkampfs, ich kann das …«

»Es geht mir nicht um den Scheißwettkampf«, fiel er mir wütend ins Wort, griff in seine Schublade und warf ein kleines Plastiktütchen auf den Tisch, das mir leider nur allzu bekannt vorkam. »Das sind deine, oder? Die lagen zumindest Samstag in der Umkleide neben deinen Sachen.«

Fuck. Fuck. Fuck.

Die Tabletten mussten mir aus der Hosentasche gefallen sein, als Nika und ich Aaron aus der Umkleide gefolgt waren; nach dem Eklat hatte ich sie vollkommen vergessen.

Mein Kiefer klappte herunter, der Raum begann sich um mich zu drehen, und mir wurde auf einmal wahnsinnig heiß. »Coach, ich hab nichts genommen. Ich schwöre es.«

»Wenn du wüsstest, wie oft ich mir in meiner Karriere schon solche lahmen Entschuldigungen anhören musste, Junge.« Er schüttelte den Kopf. »Ich hätte das von vielen erwartet, aber nicht von dir.« Die Enttäuschung stand ihm ins Gesicht geschrieben, als er das Tütchen wieder an sich nahm und zurück in die Schublade legte. »Du weißt, was das heißt.«

Drogentest.

»Ich mache jeden Test mit, zapfen Sie mir sofort Blut ab. Bitte. Ich … Ich hab wirklich nichts genommen«, meine Stimme wurde leiser. Kleinlauter. Weil ich mich so unglaublich schämte. »Ich war kurz davor, ja, aber ich hab nichts eingeworfen und auch niemand anderem was gegeben. Ich schwöre es.«

»Die Tatsache, dass du dir den Scheiß überhaupt gekauft hast, ist bereits eine Grenzüberschreitung, die Konsequenzen haben wird. Deinen Eltern gebe ich im Laufe der Woche Bescheid, sobald wir die Ergebnisse vom Test haben. Falls der Test anzeigt, dass du dir was eingeworfen hast, Kennedy, dann gnade dir Gott.«

Meine Hände begannen zu zittern, während ich versuchte, langsam und gleichmäßig durchzuatmen. »Okay, ja, das verstehe ich. Wann soll ich zum Testen?«

»Morgen, sechs Uhr im Medizinzentrum. Wehe, du kommst zu spät.«

Ich nickte.

»Danach sehen wir weiter. Aber ich hoffe, es ist dir bereits jetzt eine Lehre. Wehe, ich erwisch dich noch mal mit so einem Scheiß. Das macht deinen Körper kaputt und kann deine Karriere schneller ruinieren, als du bis drei zählen kannst. Ich will nicht, dass du dein Talent in die Tonne trittst, Junge, reiß dich gefälligst zusammen!«

»Ich werde das nie wieder tun. Sie haben mein Wort.« Ich presste die Lippen aufeinander.

»Gut, dann kannst du jetzt gehen. Wir sehen uns morgen.«

»Danke, ja, bis morgen.« Völlig unter Strom stand ich auf, verließ sein Büro und ging auf direktem Weg rüber ins Hauptgebäude in mein Zimmer.

Mein Herz polterte. Mom und Dad würden davon erfahren. Auch wenn ich nichts genommen hatte, die Tatsache, dass ich im Besitz von dem Zeug gewesen war, war schlimm genug.

Knurrend warf ich meinen Rucksack aufs Bett, als Luis frisch geduscht aus unserem Bad kam.

Beim Anblick meiner Miene zuckte er erschrocken zusammen. »Was ist passiert?«

»Alles ist passiert.« Ich ließ mich aufs Bett fallen,

starrte an die Decke und fuhr mir übers Gesicht. »Wenn du denkst, dass es nicht schlimmer kommen kann, dann kommt es auf jeden Fall schlimmer. Glaub mir.«

»Musst du mir nicht sagen«, murmelte er und streifte sich ein Shirt über. »Oder hast du vergessen, was bei mir in den letzten Jahren los war?«

Seufzend richtete ich mich auf. »Nein, natürlich nicht. Sorry, Mann. Ich …«

Er winkte ab. »Vergiss es. Schon in Ordnung. Aber jetzt zu dir. Was gibt's? Hast du mit Aaron reden können?«

»Nein, er geht nicht ans Handy und ignoriert meine Nachrichten. Aber spätestens Samstag sehen wir uns sowieso.«

»Wieso?«

»Mom und Dad haben uns in unser Haus in Saint-Tropez zum Essen eingeladen. Ein Familienabend. Wird sicherlich super.« Allein beim Gedanken daran wurde mir übel.

»Zumindest hast du dann eine Gelegenheit, mit ihm zu reden«, gab er zurück und fing an, sich sein nasses braunes Haar zu kämmen. »Weißt du schon, was du sagen wirst?«

Ich lachte bitter auf. »Ich werde mich tausendmal dafür entschuldigen, dass ich der schlechteste Bruder der Weltgeschichte bin. Und dann werde ich ihm erklären müssen, dass ich Gefühle für Nika entwickelt habe und es nie darum ging, ihn zu verletzen.«

»Und wie geht's dir in Bezug auf Nika?«

»Ziemlich beschissen, wenn ich ehrlich bin.« Ich knetete meine Hände und drängte das schmerzhafte Brennen in meinem Inneren zurück. »Ich vermisse sie wahnsinnig. Keine Ahnung, wie ich es an der Academy aushalten soll, wenn sie ständig in meiner Nähe ist und wir trotzdem nicht zusammen sein können.« Ein Schauer jagte über meinen Körper, das würde schrecklich werden. Ich bedachte Luis mit einem vorsichtigen Blick. »Wie machst du das?«

»Was?«

»Bro, du liebst sie immer noch. Wie hältst du es ohne sie aus, obwohl du sie jeden Tag siehst?«

Ohne zu überlegen, sagte er: »Ich liebe sie nicht, ich verabscheue sie. Das ist ein Unterschied, da du offensichtlich noch nicht von selbst draufgekommen bist.«

Als er nichts mehr sagte, nickte ich nur. »Wenn der Zeitpunkt gekommen ist, an dem du dir eingestehen kannst, dass du noch Gefühle für Lova hast, bin ich für dich da.«

Er blickte starr auf einen Punkt an der Wand und biss sichtlich die Zähne zusammen, als müsste er sich zusammenreißen, nicht mit allem herauszuplatzen, was ihn beschäftigte. Und ich wusste, dass da einiges an unausgesprochenen Gefühlen in ihm brodelte. Gefühle für Lova, aber auch in Bezug auf andere Dinge, die noch tiefer reichten und die er die letzten Jahre unter Verschluss gehalten hatte.

»Danke«, wisperte er, dann schüttelte er den Kopf, als ob er sich von seinen Gedanken und Gefühlen lösen wollte. »Ich bin auch für dich da, Ambrose. Nur, dass du's weißt. Und ich kann dir sagen, dass es mit der Zeit besser wird – nachdem es erst mal schlechter geworden ist.« Er lachte leise. »Aber irgendwann kommt der Punkt, an dem du über sie hinweg bist und es dir besser geht.«

»Meinst du?«

»Ich hoffe es. Ich hoffe es wirklich.«

47

NIKA

Zwei schnelle Schritte vorwärts, einer rückwärts. Schlag. Noch einer zurück und dann wieder ein paar nach vorn. Ich fixierte Meilin in ihrer Montur. Schlug wieder. Immer in Bewegung – das war das A und O beim Säbelfechten. Mit gestrecktem Arm und einem Ausfallschritt konnte ich sie treffen. Theoretisch. Mein ganzer Körper war angespannt. Den Säbel auf meine Teampartnerin gerichtet, machte ich wieder drei schnelle Schritte, schlug zu, Ausfall … und Meilin ging in die Verteidigung. Auf die Parade folgte eine Riposte, somit kassierte ich einen Treffer von ihr. Bei ihrem nächsten Versuch wich ich aus und nutzte den Moment, um mich zu revanchieren. Treffer. Ein Grinsen umspielte unter der Maske meine Lippen, doch ich durfte die Aufmerksamkeit nicht von meiner Gegnerin nehmen, musste immer in Bewegung bleiben. Richtungswechsel. Ich hatte mich darauf zu konzentrieren, die richtigen Aktionen auszuführen und sie zu schlagen. Fokus auf das Ziel. Die gesamte Drahtjacke war die Trefffläche, ich musste nur im richtigen Moment …

Yes!

Das hier war mein Anker. Solange ich trainierte, solange ich mich fallen lassen konnte in den Sport, meine Leidenschaft, die mir mein Leben lang durch die dunkelsten Momente geholfen hatte, solange hatte ich die Gewissheit, nicht durchzudrehen. Den Verstand zu verlieren. Ablenkung. Ablenkung von diesem ganzen Mist, der in den stillen Momenten, in denen ich nicht den Säbel schwang oder mich auf irgendwelche Übungen konzentrierte, meine Gedanken in Beschlag nahm.

Nur wenige Tage nach der Konfrontation mit meinen Freunden – meinen *ehemaligen* Freunden – konnte ich immer noch nicht fassen, dass all das passiert war. Nicht mit Ambrose zu reden, fiel mir fast noch schwerer, denn irgendwie zogen wir uns immer wieder an. Begegneten uns zwischen den Trainingseinheiten, im Gym oder bei der Physio. Und jedes einzige Mal war es, als ob mein Herz in tausend Teile zerfetzte. Doch ich durfte nicht in meinen Gedanken ertrinken, ich hatte mich auf meine Leistung zu konzentrieren. Auf das Training, im Hier und Jetzt.

»Hast du Lust, später zusammen zum Lunch zu gehen?« Meilin stupste mich mit dem Ellenbogen an, als wir außer Atem zu den Umkleiden liefen.

Sofort huschten meine Mundwinkel nach oben. Ich wusste es sehr zu schätzen, dass sie für mich da war, auch wenn sie nach wie vor sehr zurückhaltend war. Aber ich hatte mit ihr jemanden, mit der ich an einem Tisch sitzen konnte. Jemanden, die mich nicht hasste.

»Supergerne. Treffen wir uns um kurz nach zwölf vor dem Speisesaal?«

»Machen wir.« Sie musterte mich einen Moment mit prüfendem Blick und hielt mich vor den Türen zur Umkleide an der Schulter zurück. »Du hast heute richtig abgeliefert, gute Leistung.«

»Oh«, erwiderte ich verwundert, ein Lob hatte ich von ihr noch nie gehört. »Ähm, danke. Das Training hat heute echt gutgetan.«

»Glaub ich. Ich mach das auch immer … Lasse es hier in der Halle raus, wenn ich schlecht drauf bin.«

Wärme wanderte durch meinen Körper, weil ich es zu schätzen wusste, dass sie sich mir immer mehr öffnete. Ich lächelte sie leicht an. »Wenn es mal richtig mies läuft, kann man zumindest im Training über sich hinauswachsen und ordentlich pushen. Man muss das Beste daraus machen, oder?«

»Gute Einstellung«, erwiderte sie und musste ebenfalls schmunzeln, dann nickte sie in Richtung Umkleide. »Auf geht's, sonst kommen wir noch zu spät zum Theorieunterricht.«

Der Tag zog sich wie ein alter Kaugummi, der bereits vor Stunden seinen Geschmack verloren hatte. Nach dem Lunch mit Meilin und der anschließenden Recovery-Einheit, innerhalb derer ich einen Abstecher zur Physio gemacht und mich ausgiebig hatte durchkneten lassen, war ich nun auf dem Weg zurück in mein Zimmer.

In der Eingangshalle herrschte reges Treiben. Einige Leute, die vom Training kamen, zum Essen gingen oder sich unterhielten. Eine Vielzahl von Stimmen hallte von den hohen Wänden wider. Dazwischen immer wieder geraunte Sätze, die mich zusammenzucken ließen.

Da ist sie.

Sie ist ja nicht mal hübsch.

Total armselig, was sie abgezogen hat. Die armen Jungs.

Ich ballte die Hände zu Fäusten, nahm den Aufzug ins Visier, der sich auf der anderen Seite der Eingangshalle befand, und steuerte darauf zu. Meine Wangen brannten, am liebsten hätte ich mich unsichtbar gemacht. Oder die Stimmen ausgeblendet. Die Kommentare, die sich in mein Herz fraßen wie fiese Piranhas. Aber es gab kein Entkommen. Mein Puls glich einem reißenden Fluss, der mich zu verschlucken und in die Tiefe zu ziehen drohte. Ich beschleunigte meine Schritte, bis ich endlich den Fahrstuhl erreichte; drinnen drückte ich gleich mehrmals hintereinander den Knopf für mein Stockwerk, als könnte ich die Türen so dazu bringen, sich schneller zu schließen. Als sie es endlich taten, schloss ich erleichtert die Augen.

»Heilige Scheiße«, entfuhr es mir leise, und ich rieb mir mit beiden Händen übers Gesicht. Mein Herz wummerte heftig gegen meinen Brustkorb, und ich atmete tief ein und aus.

Schon kam ich im zweiten Stockwerk an, und die Türen öffneten sich wieder.

»Äh, hi.«

Ich zuckte zusammen, wich einen Schritt nach hinten und starrte den Menschen an, der da vor mir stand und den Fahrstuhl gerade betreten wollte.

»Oh, Aaron, ähm … hey …« Meine Stimme zitterte. Rasch räusperte ich mich und huschte an ihm vorbei, während er Anstalten machte, den Aufzug zu betreten.

Er presste die Lippen aufeinander und fixierte einen Punkt auf dem Boden, wartete vermutlich darauf, dass sich die Türen endlich schlossen.

Tu es, Nika. Tu es. Das bist du ihm schuldig.

In letzter Sekunde hielt ich die Türen auf. »Ich würde mich gerne bei dir entschuldigen. Können wir miteinander reden? Jetzt?« Vor Anspannung biss ich mir auf die Innenseite meiner Wange. Hoffentlich gab er mir eine Chance. Zumindest die, ihm alles zu erklären.

Ein rascher Blick in meine Richtung. Erst mit versteinerter Miene, dann, vermutlich als er bemerkte, wie tief die Ringe unter meinen Augen waren, konnte ich eine leichte Veränderung wahrnehmen. Die Härte wich langsam und machte Platz für einen Hauch von Verständnis. Schließlich nickte er. »Gut. Aber nur kurz.«

Ich atmete erleichtert aus. »Ja, klar, auf jeden Fall.«

Rasch trat er wieder aus dem Aufzug, und die Türen glitten mit einem lauten Brummen hinter ihm zu. Unsere Zimmer lagen auf demselben Stockwerk in entgegengesetzten Flügeln. Dazwischen befanden sich entlang des Flurs, neben dem Aufzug und dem Treppenhaus, ein größerer Aufenthaltsraum sowie mehrere kleinere Räume, in denen man ungestört lernen oder mit seinen Eltern telefonieren konnte. Außerdem standen hier zwischen den Flügeln auf der freien Fläche im Gang überall Sessel und Sofas an den Fenstern, die gerade leer waren.

»Wollen wir uns dort kurz hinsetzen?« Aaron nickte in Richtung eines dunkelgrünen Sofas, von dem aus man einen schönen Ausblick durch eines der Rundbogenfenster über die Tore der Academy hinweg hatte. Gegenüber dem Sofa unter dem Fenster standen zwei weitere Sessel im gleichen Farbton. Die Frühlingssonne brach durch das Glas und ließ Staubkörner in der Luft tanzen.

»Gerne«, entgegnete ich.

Wir setzten uns nebeneinander auf die Couch, wobei Aaron darauf achtete, so viel Distanz wie möglich zu mir zu wahren.

Ich wandte mich ihm zu und zog ein Bein in den

Schneidersitz, um ihn besser ansehen zu können, doch Aaron schaute aus dem Fenster. »Hör zu«, fing ich leise an, mein ganzer Körper kribbelte vor Nervosität, »es tut mir alles so leid. Ich wollte dich nie verletzen. Was ich bei unseren Treffen gesagt habe, das war alles wahr. Ich hab die Zeit mit dir genossen, und ich mag dich wirklich gerne, Aaron.« Ich schluckte. »Es war nicht der Plan, dir wehzutun. Wirklich nicht. Ich dachte nur, ich könnte mich einige Male mit dir verabreden und wir hätten eine gute Zeit und …«

»Und du sabotierst meine Leistung? Meinst du das?«

Mir klappte der Kiefer herunter. Aber natürlich hatte er recht. »Ich hatte keine andere Wahl.«

»Man hat immer eine Wahl, Nika«, sagte er scharf, den Blick noch immer starr geradeaus gerichtet.

»Du hast recht. Ich hätte den Deal nicht annehmen müssen. Ich hätte zulassen können, dass Ambrose mich bloßstellt, indem er meine Lügen aufdeckt. Aber ganz ehrlich? Ich hatte eine Scheißangst, und die hat mich dazu verleitet, egoistisch zu sein. An mich zu denken und daran, dass ich mich nie wieder so fühlen will wie damals, als …« Meine Stimme brach, Tränen traten in meine Augen.

Endlich sah Aaron mich an; er blinzelte ungläubig. »Ich wusste nicht, dass du Angst hattest.«

Meine Wangen glühten, als ich mit den Schultern zuckte. »Woher auch.«

»Wenn ich ehrlich bin, kann ich dir nicht mal einen Vorwurf machen.«

»Was meinst du damit?«

Ein Kopfschütteln. »Ambrose hat dir den Deal vorgeschlagen. Es war seine Idee, und er hat dich unter Druck gesetzt. Er ist der Bösewicht in dieser Geschichte.«

Ich atmete tief durch. Ein flaues Gefühl breitete sich in meinem Magen aus. »Das stimmt alles … irgendwie. Aber auch wenn du es vielleicht in diesem Moment noch nicht verstehen kannst: Er hatte seine Gründe. Das macht das alles natürlich nicht besser, aber es steckt auf jeden Fall sehr viel mehr dahinter, als du denkst.«

»Wer's glaubt. Ambrose ist egoistisch und eifersüchtig. Ich bin ihm offensichtlich vollkommen egal, das hat er mich in den letzten Jahren deutlich spüren lassen.« Mit einem Mal konnte ich sehen, wie Traurigkeit über seine Züge huschte. »Und mit diesem Deal hat er unsere Beziehung endgültig zerstört. Er denkt nur an sich selbst; ob er anderen damit wehtut, ist ihm offensichtlich scheißegal.«

»So einfach ist das nicht …« In meiner Kehle bildete sich ein Kloß. Wie jedes Mal, wenn ich zu lange an ihn dachte. Ambrose. Der Mann, dem mein Herz gehörte. Wieso war etwas so falsch, wenn es sich doch so richtig anfühlte? Weshalb konnte es nicht einfach sein?

»Ach nein?«

Ich versuchte, den Kloß herunterzuwürgen, so wie all meine Gefühle für Ambrose. »Ambrose ist unfassbar liebevoll und loyal und eine große Stütze für seine Freunde. Man kann auf ihn zählen. Er heitert einen auf, gibt einem das Gefühl, wertvoll zu sein, auch wenn dir die Stimmen in deinem Kopf etwas anderes einzureden versuchen. Zum Beispiel, dass dich niemand mag. In diesen Momenten, da …« Mein Blick schweifte zum Fenster, zum Himmel mit den Wolken, von denen ich mir erhoffte, dass sie mein Herz in Watte packen und es beschützen würden. Vor allem, was noch auf mich zukam. »Da ist er für einen da. Ich glaube, jeder Mensch, der Ambrose in seinem Leben hat, kann sich glücklich schätzen. Trotz all seiner

Probleme hat er ein gutes Herz. Eins der besten.« Meine Stimme brach erneut, heiße Tränen flossen über meine Wangen. Ich hatte keine Kraft mehr, sie wegzuwischen. Es war sowieso egal. Alles war egal. »Ich wünschte, ihr würdet euch vertragen. Ich wünschte, du würdest zulassen, dass er dir erklärt, wie es so weit kommen konnte. Ich wünschte, du könntest ihm verzeihen. Damit ihr eine gesunde Beziehung zueinander aufbaut und du merkst, was für ein liebenswerter Mensch er ist. Damit du den Ambrose in deinem Leben hast, den ich kennengelernt habe, und nicht nur die Seite von ihm, die er dir zeigt, die aber rein gar nichts mit seinem wahren Ich zu tun hat.« Ich schloss die Augen, weil es wehtat, über ihn zu sprechen. Darüber, was gewesen war und vermutlich nie wieder sein würde.

Im nächsten Atemzug spürte ich eine Hand auf meinem Oberarm, und ich schlug die Augen auf. Aaron war etwas näher gerückt. Er sah auf eine schmerzhafte Weise besorgt aus. Besorgt und traurig und alles dazwischen. »Hey«, sagte er leise und strich über meinen Arm. »Alles wird gut, okay?«

Ich blinzelte ihn an und schniefte, fuhr mir über die Wangen. »Irgendwann, ja. Aber jetzt gerade? Da fühlt es sich nicht wirklich danach an, als ob es jemals besser würde.«

»Ihr seid nicht mehr …?«

Seine Worte versetzten mir einen Stich, weil ich Ambrose jede Sekunde vermisste. Weil mein Körper, mein Herz, mein Kopf, einfach alles an mir, nach ihm schrie.

Ich schüttelte den Kopf und blickte zu Boden. »Zusammen? Nein, das könnten wir nicht. Es ist vorbei. Er will es wirklich wiedergutmachen bei dir, weißt du. Und es wäre dir gegenüber mies, wenn wir auf deine Gefühle pfeifen und jetzt zusammen wären. Du bist ihm wichtiger. Eure Beziehung ist ihm wichtiger.« Ich sah Aaron wieder in die Augen.

Er hatte die Lippen zusammengepresst und das Kinn angehoben, als ob er sich etwas durch den Kopf gehen ließe. Ein rascher Blick zu mir, warm und vertraut. »Es läuft also wirklich nichts zwischen euch?«

»Wirklich nicht«, bestätigte ich und lachte bitter auf. »Es ist besser so. Für uns alle.«

»Hör zu, von mir aus ist alles mehr oder weniger cool zwischen uns. Klar, ich brauch jetzt erst mal Zeit, bis ich freundschaftlich mit dir umgehen kann. Das verstehst du, nehme ich an. Und tu mir bitte einen Gefallen, ja?«

Meine Augen weiteten sich, während mir Hitze in die Wangen stieg. Ein riesiger Stein fiel mir vom Herzen, und zum ersten Mal seit langer Zeit verspürte ich so etwas wie Erleichterung. »Bist du dir sicher? Ist das, also ist das wirklich in Ordnung für dich? Ich meine, das alles tut mir echt leid, und ich könnte verstehen, wenn du …«

»Nika? Sei still, sonst überlege ich es mir noch mal anders.«

»Okay, okay«, ich hob die Hände zum Zeichen, dass ich mich geschlagen gab. »Was für einen Gefallen?«

»Keine Lügen mehr, okay? Sei ganz du selbst.«

Ich musste schmunzeln. »Keine Lügen mehr. Versprochen.«

48

AMBROSE

Die Nachmittagssonne knallte auf mich hinunter, sodass ich mir unter dem Anzug den Arsch abschwitzte. Als die schwarze Limousine vorfuhr, warf ich einen Blick auf die Uhr. 16 Uhr. Unsere Eltern erwarteten Aaron und mich zwischen sechs und sieben im Ferienhaus in Saint-Tropez; von der Academy aus waren es ungefähr zweieinhalb Stunden Fahrt, wir würden also pünktlich kommen. Ich hatte mit dem eigenen Wagen fahren wollen, doch da es Moms und Dads Hochzeitstag war und es, laut meinen Eltern, ausnahmsweise Alkohol geben würde, hatten sie darauf bestanden, einen Fahrer zu schicken. Über zwei Stunden auf einem Rücksitz mit meinem Bruder, an den ich seit Tagen nicht herangekommen war. Das konnte ja was werden. Einerseits eine gute Möglichkeit, weil er mir nicht mehr davonrennen konnte, andererseits würde es die wahrscheinlich unangenehmste und seltsamste Fahrt meines Lebens werden. Da mich meine Eltern bisher noch nicht angerufen hatten, um mich wegen des Dopingtests zur Sau zu machen, der offensichtlich negativ ausgefallen war, ging ich davon aus, dass der Coach es ihnen doch nicht gesteckt hatte. Immerhin war ich volljährig und für meinen Kram selbst verantwortlich, und womöglich hatte er auch einfach noch mal ein Auge zugedrückt.

Der schwarze Aston Martin hielt genau vor mir, und Henri, der Fahrer unserer Familie, stieg aus. Als er Anstalten machte, mir die Tür aufzuhalten, winkte ich lachend ab. »Alles gut, das schaff ich allein, Henri.«

Er schenkte mir ein freundliches Lächeln. »Ganz wie Sie wünschen, Mr. Kennedy.«

Ich stieg ein und rutschte über das Lederpolster auf die andere Seite. Dann schnallte ich mich an und wartete. Und wartete. Und wartete.

Seit wann war Aaron unpünktlich?

Mit jeder Minute, die verstrich, schwoll das mulmige Gefühl in mir an. Gleich würde es zu einer Konfrontation kommen. War ich vorbereitet? Klares Nein. Auf so ein Gespräch konnte man sich vermutlich überhaupt nicht vorbereiten. Vielleicht hätte ich eine PowerPoint erstellen sollen, möglicherweise hätte mir das …

Ich wurde aus meinen Gedanken gerissen, als Aaron die Tür öffnete und sich neben mir auf den Sitz fallen ließ. Er würdigte mich keines Blickes, sah nur starr auf die Kopflehne des Vordersitzes und schnallte sich an, nachdem Henri die Tür geschlossen hatte. Wie ich hatte auch er ein Jackett mit Hemd und passender Hose ausgewählt. Während ich mich für ein graues Set entschieden hatte, trug er eines in dunkelblau.

»Hey«, sagte ich vorsichtig.

Keine Reaktion.

»Du bist mir aus dem Weg gegangen.«

Keine Reaktion. Nur Henri, der die Fahrertür öffnete und einige Momente später den Wagen startete. Als er bemerkte, dass die Stimmung unter uns Brüdern nicht unbedingt die beste war, fuhr er die Trennwand zwischen Fahrerkabine und Rückbank nach oben, um uns ein wenig Privatsphäre zu geben.

»Ich habe versucht, dich anzurufen … Hast du … Könnten wir vielleicht jetzt miteinander reden?«

Er krallte seine Finger in die Oberschenkel. Kein gutes Zeichen. Eher ein ziemlich bescheidenes. Dann drehte er den Kopf in meine Richtung und bedachte mich mit einem eisigen Blick. »Denkst du ernsthaft, ich hab Lust, mir deine Ausreden anzuhören?«

»Keine Ausreden«, sagte ich schnell und hob beschwichtigend die Hände. »Ich bin ehrlich. Komplett. Lass mich dir bitte alles erklären. Ich möchte mich entschuldigen und …«

»Was willst du denn bitte erklären? Ich bezweifle, dass es eine Rechtfertigung dafür gibt, dass du mich wochenlang verarscht hast und meine Leistung sabotieren wolltest.«

Ich spannte meinen Kiefer an. Shit.

»Ich hab dich nicht verarscht, ich wollte nie, dass du verletzt wirst, ehrlich. Nika und ich, wir hätten nie gedacht, dass du Gefühle für sie entwickeln könntest.«

»Das ist doch gar nicht der Punkt. So krass, wie du tust, steh ich gar nicht auf sie. Es war schön, sich mit ihr zu treffen, aber wie bei dir kommt auch bei mir der Sport an erster Stelle. Na ja, bei dir hat sich das wohl geändert.« Er bedachte mich mit einem herausfordernden Blick, den ich von ihm nicht gewohnt war. Das hier war eine Seite von Aaron, die ich nicht kannte.

»Okay«, sagte ich und fixierte ihn. »Und was das andere betrifft, den ganzen Deal, ich war verzweifelt. Meine Leistung … Ich …« Meine Hände fingen an zu zittern, weil mir wirklich wichtig war, meine Fehler wiedergutzumachen, aber ich hatte keine Ahnung, wie. »Dass ich mich in den letzten Jahren von dir zurückgezogen habe, das lag weniger an dir als Person als an dem Druck von allen Seiten, so zu sein wie du. Ständig habe ich zu hören bekommen, dass meine Leistung nicht ausreicht, dass du besser bist als ich. Talentierter. Ehrgeiziger. Disziplinierter. Das hat mich kaputtgemacht, Aaron, du warst wie ein rotes Tuch für mich. Alles, was angeblich an mir falsch war, schien an dir richtig zu sein. Ich hab es einfach nicht mehr ausgehalten, in deiner Nähe zu sein.«

»Soll ich jetzt Mitleid haben, weil du nicht mit mir mithalten kannst?« Kopfschüttelnd sah er durch die getönte Scheibe hinaus aufs Meer, das zwischen den vorbeihuschenden Palmen und cremefarbenen Gebäuden aufblitzte.

»Nein, natürlich nicht, aber ich trainiere schon so viel es geht, und trotzdem ist es nicht genug, Aaron. Außerdem habe ich nun mal noch ein Leben abseits des Sports und bin vielleicht deshalb nicht gleichauf mit dir.«

»Ach? Anders als ich, meinst du? Wow, Brüderchen, danke. Danke für nichts und wieder nichts.«

Mir entfuhr ein verzweifeltes Seufzen, und ich wischte mir mit beiden Händen übers Gesicht. »Gib mir doch bitte die Chance, mich zu entschuldigen und alles zu erklären. Bitte.«

»Ich will nicht mit dir reden, ich will nichts von dir hören. Halt einfach die Klappe.« Er stöhnte. »Es reicht, dass ich die nächsten Stunden mit dir verbringen muss. Da hab ich jetzt nicht auch noch Lust auf deine dummen Rechtfertigungen.«

»Aaron, komm schon, gib dir einen Ruck.«

»Sag mal, steckst du noch unter Wasser, oder was ist bei dir falsch? Ich hab gesagt, dass ich keinen Ton von dir hören will, und weißt du was? Ich glaube, nach allem, was du abgezogen hast, bist du mir das schuldig. Denkst du nicht?«

Er war so wütend, dass mir klar wurde, dass ich für den Moment nicht weiterkommen würde, also hielt ich den Mund. Leise fluchend blickte ich zum anderen Fenster hinaus und hoffte, dass die Fahrt schnell vorbeigehen würde.

Das ging sie nicht.

Die darauffolgenden zwei Stunden schwiegen wir uns an, während eine dicke Gewitterwolke über uns hing. Die Luft zwischen uns war dermaßen geladen, dass ein falscher Ton gereicht hätte, um das Fass zum Überlaufen und die Karre zum Explodieren zu bringen.

Als wir am Ferienhaus meiner Eltern ankamen und durchs Sicherheitstor die Auffahrt hinauffuhren, betete ich, dass ich den Abend überlebte. Keine Ahnung, ob Aaron unseren Eltern gesagt hatte, was in den letzten Tagen vorgefallen war, und wie sie reagieren würden, wenn sie mich sahen. Worauf ich mich allerdings definitiv einzustellen hatte, war eine Standpauke, weil ich nicht beim Turnier mitgeschwommen war. Es wunderte mich sowieso, dass sie mir deshalb noch keinen Einlauf verpasst hatten.

Wir stiegen aus und liefen auf die Villa zu, die unsere Eltern vor gut zehn Jahren gekauft hatten. Unser Haus in Los Angeles unterschied sich extrem von diesem hier. Zu Hause war alles schlicht und modern gehalten, während hier die klassischen hellen, warmen Farben der Côte d'Azur dominierten. Das Anwesen stand inmitten einer grünen Oase, vor allem jetzt im Frühjahr, wenn die pur-

purfarbenen Magnolien und gelben Pfingstrosen blühten. Etwas altmodische Holzmöbel auf der Veranda vor der riesigen geschwungenen Eingangstür aus Holz hauchten dem Ganzen diesen Saint-Tropez-Flair ein, den meine Mom so abgöttisch liebte.

»Hallo, Jungs«, kam es von Dad, als wir durch den Eingangsbereich in Richtung lichtdurchflutetem Ess- und Wohnbereich liefen. Er kam auf uns zu, schüttelte uns die Hände. Sein Ausdruck wie immer ernst. Er trug seinen Lieblingsanzug in hellem Beige, ein Ton, den Mom besonders gern an ihm mochte.

Dann gesellte sich auch unsere Mutter zu uns. Sie hauchte jedem von uns einen Kuss auf die Wange, bevor sie uns den neuen Klunker an ihrer Hand präsentierte. »Schaut mal, womit mich euer Vater zum Hochzeitstag überrascht hat. Ist der nicht hübsch?«

Ich nickte. »Total, echt eine tolle Überraschung.«

»Das schreit doch nach einer Erneuerung von eurem Ehegelübde, oder nicht?«, sagte Aaron und lächelte sie an. »Fünfundzwanzig Jahre ist schon 'ne ganze Weile.«

»Irgendwann, sicher.« Dad legte einen Arm um ihre Taille und gab ihr einen Kuss auf die Schläfe.

Sofort zog sich mein Herz zusammen. Wie gerne wäre ich jetzt bei Nika gewesen. Ich biss die Zähne zusammen und schluckte den Kloß hinunter, der sich hartnäckig in meiner Kehle hielt. Mir das Atmen schwer machte, so wie in jeder Sekunde der vergangenen Woche, wenn ich an sie hatte denken müssen. Und das waren so ziemlich alle gewesen. Fuck. War das dumm? Einer Frau nachzuheulen, während man weitaus größere Probleme hatte? Falls ja, war ich der wahrscheinlich dümmste Kerl auf diesem Planeten und noch dazu stolz drauf.

Nach einer Runde Small Talk und einem Drink setzten wir uns an den riesigen Tisch auf der Terrasse, an dem locker zwölf Leute Platz hatten. Er war schon eingedeckt mit goldenem Besteck und weißem Geschirr, Kerzenständern und Blumenarrangements. Das Essen vom Catering dampfte in großen Metallbehältern vor sich hin, seitdem das Personal verschwunden war. Von hier aus hatte man einen guten Ausblick über den gesamten hinteren Garten, die riesige Rasenfläche und die Stufen, die hinunter zum Pool-Bereich führten. Die Sonne brach durch die Äste der Bäume, die am Rand des Grundstücks ihren Platz hatten. Der Duft von Blüten und Salz lag in der Luft. Mom und Aaron saßen gegenüber von Dad und mir.

Während des Essens versuchte ich, möglichst unter dem Radar zu fliegen und lenkte das Thema immer wieder auf meine Eltern – was sie die letzten Tage unternommen, was sie für ihren Urlaub geplant hatten. Doch irgendwann entstand eine kleine Pause, die mein Dad sofort nutzte.

»Ambrose, wir haben einen Anruf von Coach Bennett erhalten, der uns erschüttert hat.« Dad warf Mom einen vielsagenden Blick zu, die daraufhin nickte und ihre Gabel beiseitelegte.

Shit. Shit. Shit.

»Wir haben lange miteinander gesprochen. Hast du uns etwas zu sagen?«

Mir drehte sich der Magen um. Das Gespräch, vor dem ich mich die ganze Zeit gefürchtet hatte. Sie wussten es. Und doch war ich planlos, was ich zu meiner Verteidigung vorbringen sollte. Da war nur Leere in meinem Kopf.

»Ähm«, startete ich mehr als eloquent. »Ich nehme an, er hat euch von den Tabletten erzählt?«

Und dann ging es los, als ob ich einen Startschuss abgefeuert hatte.

»Was fällt dir ein, dich dopen zu wollen, Ambrose?«, raunzte Dad.

In den Augen meiner Mom lag so unglaublich viel Enttäuschung, Abscheu und Überlegenheit. »Dass du mal so tief sinken würdest, hätten wir nicht gedacht.«

Ich ließ die Gabel mit dem Garnelen-Risotto vom Catering-Dienst auf den Teller sinken und ballte meine Hände zu Fäusten. Wie Pfeile fühlten sich ihre Kommentare an. Kleine Pfeile, mit denen sie auf mich zielten. Auf mein Selbstvertrauen, den Glauben an meine Leistung, mein Herz.

»Es tut mir leid«, sagte ich leise und wandte den Blick ab, weil ich den Ekel in ihren Augen nicht ertragen konnte. »Es war ein großer Fehler, das ist mir bewusst. Hat der Coach euch erzählt, dass mein Dopingtest negativ war?«

»Hat er«, brummte mein Vater. »Aber allein, dass du das Zeug besessen hast – das könnte dein Karriereende bedeuten, wenn es rauskommt. Ein Weltuntergang.«

»Ich hab nichts genommen, und ich werde auch nie was nehmen. Ich weiß nicht, was da in mich gefahren ist …«

»Das sagen alle Junkies«, zischte Mom. »Unglaublich, Ambrose. Unglaublich. Wenn die Öffentlichkeit davon erfährt, wirft das auch ein schlechtes Licht auf deinen Bruder. Denkst du denn gar nicht an ihn? An alles, was er sich erarbeitet hat? Vermutlich nicht, sonst hättest du nicht so verantwortungslos gehandelt.«

Mein Blick wanderte zu Aaron, der mich erstaunt ansah, die Lippen geöffnet, einen fragenden Ausdruck in den Augen. Tja, nun hatte er einen weiteren Grund, mich für das, was ich war, zu verurteilen.

Dad schüttelte fassungslos den Kopf. »Aaron würde so etwas niemals tun.«

Ich konnte sehen, wie sich Aarons Kiefer merklich anspannte. Er sah von mir zu Dad und Mom, dann wieder zu mir. »Nein.«

Mehr sagte er nicht, und darüber war ich froh. Es tat sowieso schon weh genug, vor ihm derart bloßgestellt zu werden. Selbst wenn ich es verdient hatte, das Schlimmste an der ganzen Sache war, dass ihnen meine Beweggründe vollkommen egal zu sein schienen. Ich war an diesem Tag in der Umkleide an meinem Tiefpunkt gewesen, und meine Familie interessierte sich einen Dreck dafür. Es ging ihnen lediglich um unser Ansehen. Schmerz kroch durch meine Glieder, nahm meinen Körper in Beschlag, während ich den Rand der Stuhlkante umklammerte, bis das Holz unter meinem festen Griff knarzte. Aber nur so konnte ich mich vor einem Zusammenbruch retten. Nicht hier. Nicht jetzt. Nicht vor ihnen.

»Es ist wirklich eine Schande, Ambrose. Ein echter Kennedy macht so was nicht. Ein echter Kennedy trainiert härter, als verlangt wird, um bessere Leistungen zu erbringen, als nötig sind. Immer an der Spitze, oder, Aaron?«

Aaron schluckte, dann zuckte er mit den Schultern. »Schätze schon.«

»Wobei deine Leistung beim Wettkampf auch besser hätte sein können. Klar, erster Platz, aber deine Bestzeit war das nicht.«

»Ja, beim nächsten Mal hoffentlich wieder.«

»Mit Christian Hendricks als Coach wirst du dich noch steigern, Aaron. Und dann wird unser Sohn die Schwimmwelt im Sturm erobern.« Dad grinste, und ich nutzte den Themenwechsel als eine Möglichkeit zur Flucht.

Ich sprang auf und schob meinen Stuhl an den Tisch. »Bin mal kurz weg.«

Ohne ihre Antwort abzuwarten, hetzte ich über die Terrasse, die Steintreppe hinunter in den Garten und über die Grünfläche zum Pool-Bereich. Die ganze Zeit unter Spannung, die ganze Zeit ihre Kommentare im Kopf, die ganze Zeit ein gebrochenes Herz.

49

AMBROSE

Als ich mich am Geländer abstützte, das sich am unteren Ende unseres Grundstücks neben dem Pool befand, konnte ich zum ersten Mal wieder durchatmen.

»Fuck«, fluchte ich leise, fuhr mir mit geschlossenen Augen über die Haare, während ich mit den Tränen kämpfte. Wie weit würde ich noch fallen? Was würde ich noch alles verlieren? Wie sehr musste ich mich noch anstrengen, um den Ansprüchen meiner Eltern gerecht zu werden? Wann würde all das aufhören und ich endlich glücklich sein?

Als ich die Augen aufschlug, nahm ich aus dem Augenwinkel eine Bewegung wahr. Ich neigte den Kopf etwas und zuckte unmerklich zusammen, als Aaron angeschlendert kam, die Hände in den Hosentaschen, den Blick in Richtung der Weite vor uns gerichtet. Von dieser Art Vorsprung aus hatte man zwar keine Aussicht aufs Meer oder die Stadt, aber dafür auf einen Abhang mit gefühlt endlosen Grünflächen mit etlichen Bäumen und Büschen und Wäldern in der Ferne außerhalb unseres Grundstücks. Eine grüne Oase eben.

Hoffentlich drückte er mir jetzt nicht auch noch einen

Spruch rein. Weitere ertrug ich heute nicht. Ich schloss die Augen wieder und atmete durch.

»Du wolltest dir echt was einwerfen?«

»Ja. Nein.« Ich seufzte. »Ich weiß es nicht, okay. Keine Ahnung, ob ich es wirklich getan hätte. Vermutlich nicht.« Mit klopfendem Herzen sah ich zu ihm, er hatte die Stirn gerunzelt.

»Du hast dir das Zeug aber gekauft.«

»Ja, aber mir ist klar, dass das scheiße war.«

»Warum?«

»Was, warum?«

Er hob eine Braue. »Na, *warum* wolltest du es nehmen?«

»Ich wollte Erster bei dem Wettkampf werden. Ein paar Tage bevor ich das Zeug gekauft habe, ist Mom drauf rumgeritten, dass du von Christian Hendricks in sein Mentor-Programm aufgenommen worden bist. Sie meinte, dass ich mich beim Wettkampf anstrengen soll, wenn ich was in meiner Karriere reißen will.«

Gänsehaut legte sich auf meinen Körper, als ich an ihre Worte dachte.

Streng dich an. Wir werden auch da sein und erwarten deine beste Leistung, damit das klar ist. Wenn du nicht lieferst, haben wir ein Problem.

»Hast du echt immer nur den ersten Platz auf dem Treppchen im Sinn?«, murmelte er.

Ich fuhr zu ihm herum. Fixierte ihn. »Das sagt der Richtige! Du hast keine Ahnung, was in mir vorgeht, Aaron. Nicht mal den Hauch einer Ahnung. Die letzten Jahre waren der Horror. Ständig muss ich mir anhören, dass ich doch mehr sein soll wie du, dass ich mir ein Beispiel an dir nehmen soll und es sowieso nicht mit dir aufnehmen kann. Nicht mal im Ansatz. Weil du das Wunderkind bist, das *immer* den ersten Platz macht. Mom und Dad hauen mir andauernd um die Ohren, dass du der bessere Sohn bist. Sie vergöttern dich.« Ich starrte ihn wutentbrannt an und atmete viel zu schnell ein und aus. Die Spannung zwischen uns schwoll an.

»Das tun sie nicht.« Seine Stimme wummerte mir in den Ohren. »Du denkst, sie loben mich die ganze Zeit?« Er lachte bitter auf. »Schön wär's. Soll ich dir mal was sagen, lieber Bruder, wenn du nicht dabei bist, dann muss ich mir genauso beschissene Sachen anhören. Denkst du ernsthaft, du bist der Einzige, der von ihnen Druck bekommt? Mir sagen sie vielleicht nicht, dass ich so sein soll wie du, aber dass immer mehr geht. Dass ich mich an den ganz Großen orientieren und nicht nachlassen soll, wenn ich mal keine Bestzeit schwimme. Sie kritisieren meine Leistung, *obwohl* ich dauernd den ersten Platz belege.«

Schockiert starrte ich ihn an. Mir schwirrte der Schädel. Ich drehte mich am Geländer um, sodass ich auf die gesamte Gartenanlage mit Pool, Liegen, Rasen und Sitzmöglichkeiten sehen konnte, und lehnte mich an das kalte Metall. Ich atmete tief ein und aus. »Das wusste ich nicht.«

Stille. Nur der Wind, der durch die Blätter raschelte, und meine Gedanken, die nicht aufhörten, sich zu drehen und zu wenden.

Mit hängenden Mundwinkeln wandte er sich mir zu. »Warum treiben sie einen Keil zwischen uns? Ich meine, wie weit soll das noch gehen? Ist das auch der Grund für die Aktion mit Nika?«

Ich versuchte, den aufkeimenden Schmerz bei der

Erwähnung von Nikas Namen zu verdrängen. Das hier war gerade wichtiger. Ich bekam die Chance, Aaron alles zu erklären. Die musste ich nutzen.

»Das war der Hauptgrund, ja. Ich hatte die dämliche Hoffnung, dass sie dich vom Training ablenken könnte und dadurch deine Performance schlechter wird, sodass ich daneben glänzen kann. Es tut mir unfassbar leid, wirklich. Ich hab aus Verzweiflung gehandelt. Was natürlich nichts rechtfertigt, aber … vielleicht verstehst du es so ein wenig besser. Ich hab keinen Ausweg gesehen. Der Druck von Mom und Dad, von den Coaches war einfach zu groß.« Hoffnungsvoll sah ich ihn an, während er mich nachdenklich musterte.

»Ich glaube, ich verstehe.« Er verzog das Gesicht. »Trotzdem kann ich nicht fassen, dass es so weit kommen konnte. Die ganze Aktion war scheiße, da sind wir uns hoffentlich einig, und ich werde Zeit brauchen, bis ich dir wieder vertrauen kann. Aber es ist heftig, dass unsere Eltern dich so weit getrieben haben, dass du versucht hast, mir eine Beziehung anzuhängen, um meine Leistung kurz vor der Qualifikation zu den Olympischen Spielen zu sabotieren. Das kann so nicht weitergehen.«

Es fühlte sich zum ersten Mal seit Langem wieder so an, als ob wir Brüder wären. Das hier, dieses Gespräch, dass wir uns einander öffneten, schweißte zusammen. Und auch wenn wir beide echte Probleme hatten, war ich froh darüber, dass ich nun jemanden hatte, der wusste, wie ich empfand. Weil es ihm genauso ging.

»Du hast recht. Jetzt, wo wir Bescheid wissen, was beim anderen abgeht, sollten wir in Zukunft füreinander einstehen und zusammenhalten, statt dass wir uns gegeneinander aufstacheln lassen, meinst du nicht?«

Auf Aarons Gesicht legte sich ein warmer Ausdruck. »Gute Idee. Endlich mal.«

Ich musste schmunzeln. »Ich würde jetzt eigentlich *wie immer* sagen, aber das spar ich mir lieber.«

Ihm entfuhr ein leises Lachen, dann seufzte er. »Ich schätze, wir sollten beide daran arbeiten, besser mit dem Druck klarzukommen.«

»Definitiv. Und wir sollten mit Mom und Dad reden. Die scheinen keinen Schimmer zu haben, was ihre Worte bewirken.«

»Glaub ich auch«, murmelte er und fixierte einen Punkt im Garten. Ein Lächeln streifte seine Lippen. »Weißt du noch, früher in den Ferien, kurz nachdem Mom und Dad das Haus gekauft haben? Alles war so einfach, wir haben den Tag über am Pool abgehangen, Karten gespielt und zusammen trainiert.«

»Du meinst, ich hab dich die ganze Zeit getunkt?«

»Du hast es zumindest versucht. Geschafft aber nie.«

Ich musste grinsen, während sich Wärme in meinem Körper ausbreitete. Das hier fühlte sich toll an. Nach einem Neuanfang. Einem von der guten Sorte. »Lass uns in Zukunft bitte ganz offen miteinander umgehen«, sagte ich und straffte die Schultern. »Ich will, dass wir Brüder sind. Richtige Brüder. So wie früher an diesem Pool.«

Seine Miene hellte sich auf. »Das will ich auch.«

Wir blickten einander an, bis wir beide grinsen mussten, dann stieß ich mich vom Geländer ab. »Gehen wir zurück?«

Mit einem Nicken folgte er mir durch den Garten und hinauf auf die Terrasse, wo unsere Eltern nach wie vor am Tisch saßen, jeweils ein Glas Wein vor sich, und sich unterhielten.

»Worüber habt ihr so lange gesprochen?«, fragte Dad mit gerunzelter Stirn, während Mom die Arme vor der Brust verschränkte und uns musterte.

»Und das an unserem Hochzeitstag.«

»Tut mir leid, aber wir haben ein paar Minuten für uns gebraucht«, sagte ich und ließ mich zurück auf meinen Stuhl sinken. Aaron nahm gegenüber von mir Platz.

Das Essen war vom Tisch verschwunden, nur noch Wein und Wasser und die aufwendige Dekoration aus Blumen und Kerzen vor uns. Unausgesprochene Worte zwischen uns in der Luft.

»Hast du Ambrose ein paar Ratschläge geben können?« Mom warf Aaron von der Seite einen fragenden Blick zu, und sofort flammte wieder dieses unangenehme Gefühl in mir auf, mit ihm verglichen zu werden.

Gerade als ich ansetzte, etwas zu sagen, ergriff Aaron das Wort. »Nein, und ich glaube, dass er die auch gar nicht braucht.« Ein rasches Lächeln in meine Richtung. »Der Coach hat mir vor ein paar Tagen erzählt, wie beeindruckt er von Ambrose' Leistungssteigerung ist. Anscheinend hat das Training Früchte getragen.«

Was? Nein. Bestimmt dachte er sich das nur aus, um bei meinen Eltern für mich einzustehen.

Ich schüttelte leicht den Kopf, um ihm zu signalisieren, dass er das nicht tun musste. »Schon gut, es ist nicht notwendig, dass du …«

»Ambrose, es stimmt. Wirklich. Bennett meinte, deine Beinarbeit im Schmetterling sei mittlerweile um einiges konstanter als meine und dass ich mir ein Beispiel an dir nehmen soll.« Er zwinkerte mir zu, woraufhin ich ungläubig grinste. Zum einen, weil Coach Bennett das gesagt hatte, und zum anderen, weil Aaron es vor unseren Eltern zugab. Es war mehr als nur ein Lob. Es war ein Signal, dass sich alles zum Guten wenden würde, wenn wir füreinander da waren und einstanden.

»Es fällt mir ehrlich gesagt schwer, das zu glauben«, murmelte mein Vater.

Statt mich von seinem Kommentar aus der Fassung bringen zu lassen, entschied ich mich, ihn zum Anlass zu nehmen, das Thema offen anzusprechen. »Aaron und ich haben eben darüber geredet, dass ihr wahnsinnig viel Druck ausübt. Auf uns beide.« Ich sah zwischen Mom und Dad hin und her. »Mir haltet ihr vor, dass ich mehr wie Aaron sein soll, und ihn kritisiert ihr, obwohl er immer liefert. Was soll das? Wieso tut ihr das?«

»Ich begreife nicht, wo das Problem liegt«, erwiderte meine Mutter. »Wir möchten, dass ihr die beste Leistung erbringt, die euch möglich ist. Punkt. Ihr seid Kennedys, da muss das sein.«

»Aber ihr treibt damit einen Keil zwischen uns«, sagte Aaron ernst. »Wir haben uns ausgesprochen. Hört auf, Ambrose dauernd einzureden, dass er mehr wie ich sein soll. Er ist ein hervorragender Schwimmer, und ich bin sehr stolz auf ihn. Das solltet ihr auch sein. Was denkt ihr denn, weshalb er überlegt hat, sich was einzuwerfen?«

In meiner Kehle bildete sich ein Kloß. Hitze schoss mir in die Wangen, als ich ihn dankbar anlächelte.

Die Augen unseres Vaters weiteten sich. »Willst du das etwa uns in die Schuhe schieben?«

»Nein«, sagte ich schnell. »Aber es waren eure Kommentare, die dazu geführt haben, dass ich keinen anderen Ausweg gesehen habe. Begreift ihr das nicht?«

Mom fixierte mich, tippte sich dabei ans Kinn. »Wir wollen nur, dass ihr was aus euch macht und alle Chancen nutzt, die ihr kriegen könnt. Ihr solltet uns dankbar sein.«

Ich schnaubte. »Danke, dass ihr keine Einsicht zeigt und nicht seht, was ihr mit euren Bemerkungen anrichtet.«

»Ambrose hat recht«, stimmte mir mein Bruder zu und nickte ernst. »Wir machen uns selbst schon genug Druck. Da wäre es wünschenswert, dass ihr nicht noch mehr davon ausübt.«

Mein Dad hob eine Braue. »Wo soll das denn hinführen? Druck hat noch niemandem geschadet.«

»Zu glücklicheren Söhnen.«

Verdattert blinzelten sie mich an, zeigten nicht mal einen Hauch von Einsicht oder Reue. Nichts. Es war zwecklos, das musste ich akzeptieren und damit leben. Immerhin kämpfte ich aber nun nicht mehr allein, sondern hatte Aaron auf meiner Seite.

Nicht mal eine Stunde später saßen Aaron und ich im Aston Martin auf dem Weg zurück nach Belladaire. Wir hatten darauf bestanden, nicht bei unseren Eltern zu übernachten, weil wir gleich am nächsten Vormittag zusammen trainieren wollten und keine Lust auf weitere Diskussionen und schlechte Stimmung hatten.

»Was für ein Abend«, murmelte ich und schüttelte den Kopf.

»Das kannst du laut sagen.« Aaron musste schmunzeln. »Ich freu mich auf unser Training morgen.«

»Ich mich auch. Aber heul nicht, wenn ich dich abziehe.«

Es war schön, sich mit Aaron ausgesprochen und Hoffnung auf ein gutes Verhältnis zu ihm zu haben. Auch wenn unsere Eltern keinerlei Einsicht gezeigt hatten, hatte ich mir vorgenommen, an mir zu arbeiten und ihre Worte nicht mehr so nah an mich heranzulassen; stattdessen würde ich in diesen Momenten zu Aaron gehen, um mit ihm darüber zu reden. Bei dem Gedanken daran musste ich innerlich auflachen. Niemals im Leben hätte ich angenommen, das mal in Erwägung zu ziehen, aber wenn mich dieser ganze Mist eins gelehrt hatte, dann, dass ich einen Bruder hatte, der für mich da war, wenn es leicht, aber auch wenn es schwer wurde.

»Alles klar, ich versuch's«, erwiderte er und lachte. Dann wandelte sich sein Ausdruck, und etwas Ernstes umspielte plötzlich seine Züge. »Hey, Ambrose?«

»Hmm?«

»Wie geht's dir sonst? Also wegen der ganzen Nika-Sache.«

»Die Frage kann ich nur zurückgeben«, scherzte ich und setzte ein künstliches Lächeln auf.

»Ambrose, sei ehrlich. Bitte.«

Ich schluckte. »Es geht mir beschissen. Ich muss dauernd an sie denken.«

Er sog scharf die Luft ein. »Dir ist es ernst mit ihr, oder?«

Ich schluckte. »Ich bin in sie verliebt. Ich weiß, das klingt komisch, weil ich immer der Meinung war, dass der Sport wichtiger ist als eine Beziehung. Aber was, wenn da plötzlich eine Person ist, die dich dazu bringt, ein besserer Mensch werden zu wollen? Die dich unterstützt, für dich da ist und dir nicht – wie ich dachte – die Zeit raubt? Ich wollte dir niemals wehtun, Aaron, wirklich nicht. Deshalb haben Nika und ich beendet, was auch immer das zwischen uns war. Aber ich müsste lügen, wenn ich behaupten würde, dass ich sie nicht vermisse.«

Langsam und tief atmete er ein und aus, während er mich mit einem besorgten Blick musterte. »So hast du noch nie über eine Frau gesprochen.«

»Ich weiß, aber sie ist … Ich bin … Egal, das spielt keine Rolle mehr.« Als er nichts erwiderte, schob ich schnell hinterher: »Unsere Beziehung, deine und meine, hat jetzt Priorität.«

Er nickte. »Sicher. Aber wenn ich ehrlich bin, kann ich nicht mit ansehen, wie du dermaßen leidest.«

»Was?«

»Pass auf, Nika und ich … Ich hatte nie so tiefe Gefühle für sie wie du. Wenn ich ehrlich bin, habe ich es vielleicht einfach nur genossen, Zeit mit jemandem zu verbringen, den ich mag, auch wenn es nicht die große Liebe war. Mal über was anderes zu reden als das Schwimmen. Als wir vor ein paar Tagen miteinander gesprochen haben, hab ich gemerkt, wie sehr sie darunter leidet, nicht mit dir zusammen sein zu können.«

Wieder ein Stich in mein Herz. »Wie geht es … Was hat sie gesagt?«

»Ambrose«, sagte er leise. »Frag sie das lieber selbst.«

Ich seufzte leise. »Wir versuchen, uns voneinander fernzuhalten.«

»Vielleicht solltet ihr trotzdem mal reden. Jetzt gleich, wenn wir an der Academy ankommen.«

»Das halte ich für keine gute Idee.«

Aaron verdrehte die Augen und stöhnte. »Boah, du checkst auch nichts, oder? Es ist *okay*, Ambrose, ich werde euch nicht im Weg stehen und auch nicht böse sein. Du bist in sie verliebt, wir sind Freunde. Solange ihr die nächsten Wochen nicht vor mir rummacht, verkrafte ich das schon.«

Ich versuchte zu verarbeiten, was er da gerade gesagt hatte. Mein Herz raste, während Adrenalin durch meinen Körper rauschte. »Meinst du das ernst?«

Er nickte. »Ja, und wehe, du zögerst noch. Du musst dich nicht schlecht fühlen. Bitte geh zu ihr. Sei mit ihr zusammen. Ich wünsche mir, dass ihr miteinander happy werdet.«

Mir verschwamm die Sicht vor Augen, während ich unendliche Erleichterung verspürte. Mein ganzer Körper begann zu kribbeln, als mir bewusst wurde, dass sie zum Greifen nahe war, meine Chance, endlich glücklich zu werden.

»Danke«, sagte ich leise und wischte mir schnell die Tränen weg. »Wirklich. Ich kann nicht in Worte fassen, wie glücklich mich das macht. Danke.«

»Schon okay. Ich freu mich für euch.«

»Und ich bin froh, dass wir über alles reden und uns vertragen konnten.«

Es fühlte sich wie ein Traum an. Einer von der guten Sorte. Einer von denen, aus denen man nicht aufwachen wollte, sondern sich wünschte, sie jede Nacht aufs Neue zu haben. Doch das hier war kein Traum. Das war die Realität. Und ich steckte mittendrin.

50

NIKA

Es war kurz nach zwölf am Samstagabend, und ich lag auf meinem Bett, schaute die neuste Folge *Riverdale* und snackte eine Packung Nüsse nach der anderen. Delphine hatte sich vor einer halben Stunde aus dem Staub gemacht, um noch eine nächtliche Trainingssession einzulegen. Nicht ganz legal, aber hey, wenn sie das für ihr Seelenheil brauchte, war ich die Letzte, die sie davon abhielt. Trotzdem machte ich mir Sorgen um sie. Sie gab ihrem Körper nicht genug Zeit für die Regeneration. Doch wenn ich sie darauf ansprach, blockte sie jedes Mal ab.

Mein Handy piepte, und ich fischte es gedankenverloren unter meiner Decke hervor. Als ich auf das Display guckte und den angezeigten Namen las, verzog ich erstaunt das Gesicht.

Aaron.

Rasch öffnete ich den Chat mit ihm.

Aaron: *Mach die Tür auf.*

Was? Stand Aaron vor meinem Zimmer? Wieso? Was wollte er hier? Abhängen? Reden?

Ich schälte mich aus dem Bett, legte den Laptop beiseite und lief zur Tür, um sie zu öffnen. Doch als ich in das Gesicht blickte, das sich dahinter verbarg, klappte mir der Kiefer herunter. Mein Puls schnellte in die Höhe.

Ambrose.

»Was? Hä? Aber …« Ich schaute noch mal auf das Display. Nein. Ganz sicher war die Nachricht von Aaron gewesen.

Verwirrt starrte ich ihn an. In seine dunklen Augen, die Zuhause schrien und Geborgenheit und Wärme. Seine Mundwinkel hoben sich, während er mich von Kopf bis Fuß in Augenschein nahm und schließlich wieder meinem Blick begegnete. Verdammt, er sah so gut aus. Das weiße Hemd umspielte seine breiten Schultern, die graue Hose seine muskulösen Beine. In der einen Hand trug er ein passendes Jackett, in der anderen hatte er sein Handy. Im nächsten Augenblick tippte er mit dem Daumen aufs Display und grinste mich an.

»Du siehst hübsch aus, Bugs.«

Ich sah an mir herunter und bemerkte erst jetzt, dass ich nur einen Slip unter meinem übergroßen Taylor-Swift-Shirt trug und meine Panda-Hausschuhe. Für die war es nicht mal im Sommer zu warm.

Mein Handy piepte erneut und signalisierte eine weitere Nachricht von Aaron. Ganz sicher Aaron. Irritiert starrte ich Ambrose an, dann wieder aufs Display.

Aaron: *Viel Spaß euch beiden!*

In Zeitlupe sperrte ich das Handy und blickte zu Ambrose. »Ich bin verwirrt. Was machst du hier? Wieso schreibt mir Aaron?«

Er lachte auf und fasste sich dabei an den Bauch. Dieses vertraute Geräusch, das Hitze in mir aufsteigen ließ. »Du siehst ein bisschen benebelt aus. Darf ich reinkommen?«

Mit klopfendem Herzen trat ich zur Seite, um ihn ins Zimmer zu lassen. Als er an mir vorbeilief, streifte mich seine typische Ambrose-Note. Die Mischung aus Holz und Orange und einem Hauch von Chlor, das er wohl nie vom Körper bekam. Aber mir machte das nichts aus. Es fühlte sich vertraut an. »Sagst du mir jetzt, was das alles soll?«

Er blieb in der Mitte vom Raum stehen, drehte sich zu mir um, als ich die Tür schloss und auf ihn zulief. »Ist Delphine nicht da?«

»Nein, die ist abgezwitschert, um zu trainieren.«

»Verstehe«, sagte er und hob einen Mundwinkel. Mein Puls beschleunigte sich wieder, und alles in mir fühlte sich erhitzt an. »Ich … Ich hab mit Aaron gesprochen. Heute Abend hatten wir das Essen bei meinen Eltern.«

»Oh, und?«

»Wir haben uns vertragen.« Ein breites Lächeln legte sich auf seine wunderschönen Züge.

»Echt? O mein Gott, Ambrose.« Ich sprang auf ihn zu und umarmte ihn.

Sofort schlang er seine festen Arme um meinen Körper, drückte mich an sich und ließ die Hände über meinen Rücken wandern. Ich fühlte mich aufgehoben bei ihm. Als ob wir zusammengehörten. Der Gedanke tat weh. Denn sosehr ich es mir auch wünschte, wir konnten nicht zusammen sein. Ich biss mir auf die Innenseite meiner Wange. »Ich freu mich echt für euch.«

»Danke«, sagte er leise und hielt meinen Blick fest. Millionen Schmetterlinge flatterten durch meinen Körper. »Und weißt du was?«

»Was?«

Federleicht strich er mit den Fingerspitzen über meine Oberarme hinunter zu meinen Händen, dann umfasste er sie. Weich und warm und vertraut. Ich wollte sie ihm entziehen, weil es zu wehtat, doch er hielt sie fest, grinste. »Er hat kein Problem damit, wenn wir zusammen sind.«

Ich sah ihn perplex an. Doch dann fiel mir wieder Aarons Nachricht ein. »Im Ernst? Ich … Dann hat er uns deshalb viel Spaß gewünscht? Ist er sich sicher?«

Ambrose nickte, sein Grinsen reichte mittlerweile bis über beide Ohren. Doch in der nächsten Sekunde verblasste es plötzlich und wurde durch diese Hitze in seinem Blick ersetzt. Durch Verlangen. Nach mir. »Wir haben über alles gesprochen. Es ist in Ordnung. Wirklich.« Sein Mundwinkel zuckte nach oben, als ich meine zitternden Hände an seine Schultern legte.

»Aber …«

»Kein Aber. Wenn du es noch willst, Bugs, dann gehöre ich dir. Mit allem, was du willst. Ich hab mich in dich verliebt. Und ich halte es keine Sekunde länger ohne dich aus, also …«

Weiter kam er nicht, denn im nächsten Moment hatte ich meine Lippen auf seine gelegt und meine Arme in seinem Nacken verschränkt. Ihm entfuhr ein Stöhnen, als meine Zunge auf seine traf. Hitze und Lust und Glück zwischen uns. Seine Hände wanderten über meinen Körper, an meine Wangen. Ich schnappte nach Luft, dann vertiefte er den Kuss. Intensiver, schneller, fordernder. Ich zog ihn an mich, bis kein Blatt mehr zwischen uns gepasst hätte, presste meine Brüste gegen seinen Oberkörper und seufzte an seinen Lippen. Im nächsten Augenblick hatte er mich angehoben und ich die Beine um seine Mitte geschlungen. Als ich spürte, wie hart er war, presste ich mich noch stärker an ihn und stöhnte auf. Unterhalb meines Bauchnabels zog sich mein Körper lustvoll zusammen. Mein Puls rauschte mir in den Ohren, und ich wollte nichts lieber tun, als ihm die Klamotten herunterzureißen.

»Fuck«, entfuhr es ihm, als er mich auf mein Bett legte und sich über mich kniete.

Meine Wangen glühten. Ich biss mir vor Lust auf die Lippe und machte mich an seinem Gürtel zu schaffen. Dann setzte ich mich auf, hielt den Blickkontakt mit ihm, während ich einen Knopf nach dem anderen an seinem Hemd öffnete. Seine Augen funkelten und strahlten zugleich unendlich viel Wärme aus. Rasch schob ich ihm das Hemd von den Schultern. Seine beiden Tattoos – die Welle mit den geometrischen Formen auf der Brust und die Pikass-Karte auf dem Oberarm – kamen zum Vorschein, und ich glitt mit zitternden Fingern darüber. Mein Mund wurde trocken, und ich musste schlucken.

»Was bedeuten die?«

Unsere Blicke trafen sich, dann beugte er sich ein Stück zu mir herunter. »Die Welle steht für das Wasser und meine Leidenschaft dafür«, entgegnete er mit rauer Stimme. »Und das Pikass ist eine Art Glücksbringer.«

Ich stemmte mich etwas nach oben und fuhr die dünnen Linien nach, worauf sich eine Gänsehaut auf Ambrose' Haut bildete. »Sie sind schön.«

Er räusperte sich. »Das Pikass ist außerdem eine Erinnerung an meine Familie, so wie sie früher war. Bevor das mit dem Schwimmen angefangen hat, haben wir immer gemeinsam Karten gespielt. Jedes Wochenende. Das war unser Ding. In den letzten zehn Jahren wurde das immer weniger. Irgendwann haben wir dann ganz damit aufgehört. Inzwischen spiele ich nur noch auf dem Handy ein bisschen für mich. Das versetzt mich zurück in die Zeit von damals, in der alles … einfacher war.« Als er mir wieder in die Augen schaute, sah ich Tränen in seinen glitzern.

»Es wird wieder einfacher, Ambrose. Vertrau mir.«

»Danke, Bugs. Du bist … Ich weiß nicht, was ich ohne dich machen würde.«

Wärme breitete sich in meinem Brustkorb aus. Ich lächelte, weil alles in mir nach diesem Kerl schrie. Dann zog ich ihn zu mir und küsste ihn, erst sanft, dann begieriger, spürte, wie auch er immer drängender wurde. Seine Finger wanderten unter mein Shirt, er strich an meiner Seite entlang und hauchte dabei Küsse auf meinen Hals, meinen Kiefer, meinen Nacken, meine Wange. Mit einer schnellen Bewegung zog er mir das Oberteil aus und warf es auf den Boden. Seine Augen weiteten sich voller Verlangen, als er meine nackten Brüste sah. Sofort senkte er den Kopf und umschloss meine Nippel mit seinen Lippen.

Seufzend vergrub ich die Finger in seinem Nacken. »Ambrose«, flüsterte ich und drückte meinen Rücken durch.

Er blickte mich fragend an. Ein Lächeln auf den Lippen.

»Hose aus!«

Grinsend richtete er sich ein Stück auf, damit ich ihm die Anzughose mitsamt seinen Boxershorts von den Beinen schieben konnte, dann folgten seine Socken. Als er sich auf mich legte und ich seine Erregung an meiner Mitte spürte, sog ich scharf die Luft ein. Nur noch mein Slip, der uns trennte. Er ließ seine Hände über meinen Körper wandern, strich über meine Beine, bis ich Gänsehaut bekam, während wir uns atemlos küssten. Unsere Lippen kollidierten immer und immer wieder. Ich wünschte mir, dass sich das niemals ändern würde. Dass es für immer ein Uns gab. Und auf einmal glaubte ich daran. Dass wir wirklich eine Zukunft hatten.

Ambrose verharrte mit der flachen Hand oberhalb meines Slips, dann suchte er meinen Blick. Und ich nickte. Im nächsten Augenblick glitt er mit den Fingern unter das Bündchen und begann, mit langsamen Bewegungen meine Klitoris zu massieren.

»Shit, Nika«, flüsterte er, und ich reckte ihm mein Becken entgegen. Blitze jagten durch meinen Körper. Mir entfuhr ein Stöhnen. Und noch eins. Dann schob er wie in Zeitlupe zwei seiner Finger in mich, versah meinen Hals und meine Brüste mit Küssen.

»Ich will dich ganz in mir spüren«, wisperte ich heiser.

»Du hast keine Ahnung, wie sehr ich mir das Gleiche wünsche.« Ein Grinsen zupfte an seinen Mundwinkeln, dann schob er mir das Höschen von den Beinen und sich selbst anschließend ein Gummi über.

Mit pochendem Herzen spreizte ich die Beine und schlang sie um seine Mitte, als er sich auf mich sinken ließ. Seine Erektion rieb an meiner Klitoris, jagte erneut Blitze durch meinen Körper, entlockte mir ein weiteres Stöhnen.

»Ambrose, mach schon …«

Ein Lächeln an meinen Lippen, im nächsten Wimpernschlag drang er in mich ein. Er füllte mich komplett aus, bewegte sich langsam in mir, während ich die Hände über seinen erhitzten Oberkörper wandern ließ. Die Muskeln an seinem Rücken entlangfuhr.

»Das. Fühlt. Sich. So. Gut. Oh … Gut. An.« Ich seufzte und warf den Kopf in den Nacken, krallte meine Finger in seine Schultern, als er diesen bestimmten Punkt traf.

Er hielt inne.

Ich öffnete die Augen, mein Puls galoppierte los. Unsere Blicke trafen sich. »Was ist? Alles okay?«

Mit einem kleinen Schmunzeln auf den Lippen nickte er. Er sah zu meinen Lippen und wieder in meine Augen. Wärme auf seinen Zügen. »Ich bin so verliebt in dich, Nika«, wisperte er. »Ich krieg nicht genug von dir, also verzeih mir, wenn du mich jetzt nicht mehr loswirst.«

Ich schluckte. »Ich bin auch verliebt in dich. Und der Rest … geht klar.«

Dann senkte er seine Lippen wieder auf meine und küsste mich immer schneller, immer wilder, während er erneut in mich eindrang. Erst langsam und sanft und dann immer schneller, immer wilder. Ich keuchte an seinem Mund, schnappte nach Luft und genoss es, seine Härte in mir zu spüren. Wie er in mich stieß, wie seine Muskeln sich unter meinen Fingern anspannten und wie er mich ansah, als ich kam.

Ich wusste, dass ich in ihm endlich einen Menschen gefunden hatte, der mich bedingungslos mochte. Als die Person, die ich war. Der mich schätzte und auf den ich mich verlassen konnte. Das hier war ein kleiner Anfang von etwas Großartigem.

51

NIKA

»Die sollten hier häufiger den Nudelauflauf machen. Der schmeckt so gut«, murmelte Meilin, während sie sich beim Abendessen in der Kantine eine volle Gabel in den Mund schob.

Sie hatte ihren schwarzen Bob im Nacken zusammengebunden, zwei kurze Strähnen umspielten ihr schmales Gesicht. Wir saßen zu zweit an einem Tisch, Ambrose und Aaron am anderen Ende des Speisesaals. Die beiden näherten sich gerade erst wieder an, nachdem sie sich vor zwei Tagen beim Abendessen mit ihren Eltern ausgesprochen hatten, deshalb wollten wir uns vor Aaron noch zurückhalten. Wir waren ihm unendlich dankbar, dass er uns verziehen hatte, und wollten sein Herz nicht überstrapazieren, indem wir direkt vor seiner Nase das glückliche Pärchen abgaben.

Meine Mundwinkel zuckten nach oben, als ich zu ihnen rübersah und Ambrose mir zulächelte. Ein warmes Gefühl breitete sich in mir aus. Ich konnte nicht fassen, dass wir wirklich zusammen waren. Gestern, als er mit seinem Bruder beim Training gewesen war, hatte ich direkt Anna anrufen und ihr alles erzählen müssen. Natürlich hatte sie sich für mich gefreut wie ein kleines Kind über sein Lieblingseis.

»Ja, der schmeckt echt gut«, stimmte ich Meilin zu. »Hey, hast du Lust, am Wochenende runter zum Strand zu fahren? Es soll wieder richtig heiß werden.«

Sie verengte die Augen, als würde sie überlegen. »Ja, vielleicht wäre das ganz cool.«

Ich verkniff mir ein Grinsen, nicht dass ich Meilin damit noch verschreckte. Ich wollte mein Glück nicht zu sehr herausfordern. »Perfekt!«

Gerade als sie ansetzte, etwas zu erwidern, weiteten sich ihre Augen und sie verschluckte sich.

Ich klopfte ihr zwischen die Schulterblätter. »Alles okay?«

»Ja, ja, ähm … ja«, brachte sie zwischen ein paar Hustern heraus, dann beruhigte sie sich wieder etwas und starrte an mir vorbei.

Ich folgte ihrem Blick. Direkt neben unserem Tisch standen …

… Lova und Tanisha.

Beide hielten ein Tablett mit ihrem Abendessen in den Händen. Während Tanisha besorgt zu Meilin sah, weil sie immer noch leicht röchelte, wanderte Lovas Blick zu mir. »Hey.«

Meine Lippen öffneten sich einen Spalt, und mein Körper wusste nicht, was er fühlen sollte. Mein Herz begann zu rasen. Was, wenn sie aus Rache ihr Essen über mir auskippten?

»Ähm, hi.«

»Können wir uns zu euch setzen?«, kam es schließlich von Tanisha.

Ich nickte ungläubig. »Klar.« Ich wandte den Blick zu Meilin. »Oder?«

Ihre Augen weiteten sich erneut, doch statt zu röcheln, sagte sie nur: »Ja, jap, klar, gerne, jap.« Prüfend musterte ich die Röte, die ihr in die Wangen geschossen war, und fragte mich, ob diese vom Husten oder von Tanishas Anwesenheit herrührte.

Die beiden Mädels setzten sich und tauschten einen kurzen Blick.

Was hatte das alles zu bedeuten? Kamen sie tatsächlich in Frieden? War das hier etwa ein gutes Zeichen?

Lova holte tief Luft und strich sich über ihren hohen Pferdeschwanz. »Tanisha und ich haben uns unterhalten. Klar, das machen wir sonst auch immer, ist ja nichts Neues, kommt vor.«

»Lova«, ermahnte Tanisha sie grinsend. »Komm zum Punkt.«

»Okay, okay. In der letzten Woche haben wir viel über das nachgedacht, was passiert ist, und sind zu dem Schluss gekommen, dass wir uns gerne anhören würden, was du zu sagen hast.«

»Wir hatten immer viel Spaß mit dir und mögen dich«, fügte Tanisha hinzu und lächelte. »Daher würden wir dir gern noch eine Chance geben, dich zu erklären.«

Verwirrt blinzelte ich die beiden an. Ich konnte nicht glauben, was sie da sagten. Ein Kribbeln ging durch meinen Körper, als ich sie dankbar anlächelte. »Na klar, gerne. Ich … Ich würde mich freuen.«

Aus dem Augenwinkel sah ich, wie Meilin Anstalten machte aufzustehen. »Ich glaube, ich lass euch mal allein. Wir sehen uns morgen beim Training.« Sie nickte mir noch mal zu, dann sah sie zu Tanisha, und ich bemerkte, wie sich die Blicke der beiden trafen. Als Tanisha ein breiteres Lächeln aufsetzte, hielt Meilin kurz inne und … erwiderte es.

Was zur Hölle ging hier vor? Meilin lächelte sehr selten. Da war ganz sicher was im Busch.

»Bis morgen!« Ich winkte ihr, bevor sie beschwingt (immer noch: Was zur Hölle?) abzog. Dann wandte ich mich wieder Lova und Tanisha zu. »Oh, aber … was ist mit Robyn? Ich hatte das Gefühl, dass sie mich total hasst und nichts mehr von mir wissen will. Hat sie nichts dagegen, dass ihr mit mir über alles redet?«

Lova stieß zischend den Atem aus. »Robyn und Hugo … Es war nicht in Ordnung, dass sie so miese Kommentare gebracht hat, und Hugo hat auch ziemlich übertrieben. In letzter Zeit ist uns schon häufiger aufgefallen, dass die beiden … Dass ihr Verhalten nicht wirklich zu uns passt, weißt du? Dieser Klatsch und Tratsch, da habe ich keine Lust drauf. Immerhin wurde über mich ja auch getuschelt, als das mit Luis …« Sie seufzte. »Wie auch immer.«

»Wir sind jedenfalls zu dem Schluss gekommen«, sagte Tanisha und hob einen Mundwinkel, »dass wir uns etwas von Hugo und Robyn distanzieren wollen. Wir sind nicht mehr so richtig auf einer Wellenlänge mit ihnen. Vielleicht liegt es auch daran, dass durch die Situation mit dir ihre negativen Seiten noch mehr zum Vorschein gekommen sind, keine Ahnung.«

»Verstehe«, erwiderte ich leise.

Lovas Lippen umspielte ein aufmunterndes Lächeln. »Aber jetzt zu dir … Warum hast du all das getan, Nika?«

Ich holte tief Luft. Und dann erzählte ich ihnen alles. Dass ich an meiner alten Schule gemobbt worden war. Wie sehr ich mich auf den Neuanfang in Belladaire gefreut und welche Angst ich gleichzeitig davor gehabt hatte, alles könnte wieder so werden wie in Frankfurt.

Und von der Verzweiflung, die ich empfunden hatte, als Ambrose mich durchschaut und mir den Deal vorgeschlagen hatte.

Die beiden hörten mir schweigend zu, bis ich fertig war und mit geröteten Wangen und rasendem Herzen vor ihnen saß und darauf hoffte, dass sie verstanden. Doch selbst wenn sie das nicht taten – ich wollte mich nicht mehr verstellen. Ich wollte ich selbst sein. Nika. Und wer mich so nicht akzeptierte, der hatte keinen Platz in meinem Leben verdient.

»Das ist echt heftig«, flüsterte Tanisha und atmete zischend aus.

Meine Hände zitterten wie verrückt. Ich wollte sie von der Tischplatte nehmen und unter meinen Oberschenkeln verstecken, da hielt Lova sie fest. Mit einem Lächeln auf den Lippen drückte sie meine Finger. »Es tut mir unglaublich leid, dass du das erleben musstest, Nika. Wir würden dir so etwas niemals antun. Und vor Robyn musst du auch keine Angst haben, die redet nur. Wirklich.« Sie sah kurz zu Tanisha, die ihr zunickte, dann wieder zu mir. So viel Wärme in ihren blauen Augen. »Vielleicht hast du ja Lust, ab sofort häufiger mit uns abzuhängen? Serienkiller-Dokus schauen und so?«

Ich schluckte hart und lächelte sie zaghaft an. »Wenn ihr das wollt, dann würde ich mich freuen.«

Tanisha grinste. »Na klar, wir möchten schließlich die echte Nika kennenlernen. Also bitte: Sei ab sofort ganz du selbst. Versprichst du uns das?«

Mein Herz schäumte regelrecht über vor Glück. »Ja, auf jeden Fall. Ich werde euch nie wieder anlügen. Versprochen.« Ich spürte, wie sich Tränen in meinen Augenwinkeln sammelten und meine Wangen hinunterflossen.

Freudentränen. Ich musste lachen. »Sorry, ich freu mich nur einfach so wahnsinnig. Danke, dass ihr mir noch eine Chance gebt.«

»Danke, dass du uns das alles erzählt hast.« Lova sah mich mitfühlend an; im nächsten Moment stand sie auf, um mich zu drücken, und Tanisha schloss sich ihr an.

Und da waren wir. Zwischen leeren Tellern, vollen Tabletts, Leuten, die sich unterhielten, und der Sonne, die strahlend in den Raum fiel, und umarmten uns. Zu dritt. Wie es richtige Freundinnen taten.

Kurze Zeit später kam ich auf mein Zimmer, wo Delphine mit frisch gewaschenen Haaren auf dem Bett saß und an einem Pulli strickte. Rund um sie herum lagen Wollknäuel in Blautönen verteilt. Als ich mich auf den Stuhl vor meinem Schreibtisch fallen ließ, schaute sie auf.

»Wieso grinst du?«

Ich lachte. »Tut mir leid, dass ich gute Laune habe. Es sind nicht alle so grimmig wie du.«

Ihr Blick wanderte wieder zu ihrem Strickzeug in ihrer Hand. »Ich bin nicht grimmig«, brummte sie, hielt dann inne. »Nicht immer.«

»Vielleicht erlebe ich ja irgendwann mal deine andere Seite, die ungrimmig ist.«

»Ungrimmig? Ist das überhaupt ein Wort?«

»Jetzt schon.«

Einer ihrer Mundwinkel hob sich für den Bruchteil einer Sekunde. »Wie auch immer.«

Vielleicht war der Zeitpunkt gekommen. Ich fühlte mich immer noch vom Gespräch mit Lova und Tanisha beflügelt, also versuchte ich mein Glück. »Hey, ich wollte mit Meilin, Lova und Tanisha am Wochenende zum Strand. Hast du Lust mitzukommen? Ein bisschen schwimmen und sonnen.«

Sie verharrte in ihrer Position, als ob sie eingefroren wäre. Ihr Blick fand meinen. Unsicherheit lag darin. Sie überlegte, biss sich dabei auf die Lippe. »Ich glaube nicht.«

»Du glaubst nicht? Wirkt nicht gerade überzeugt.« Ich lachte.

»Ich hab viel zu tun, Training und alles. Also eher nicht.« Auf ihrer Miene regte sich etwas. Die Maske aus Verschlossenheit bröckelte und ließ einen Funken Zerrissenheit aufblitzen. Ich hatte das Gefühl, dass sie wollte, aber nicht konnte. Irgendetwas hielt sie zurück. Die Frage war nur, was?

»Alles klar«, sagte ich sanft. »Aber falls du doch Lust bekommst oder mal über irgendwas reden willst, dann bin ich für dich da, okay?«

Sie nickte, und ich meinte, in ihren Augen ein Glitzern zu erkennen. »Okay.«

Ich warf ihr noch mal ein aufmunterndes Lächeln zu, dann schnappte ich mir mein Handy und checkte meine Benachrichtigungen. Hitze kroch zwischen meine Beine, als ich Ambrose' Namen las.

Ambrose: *Von Weitem siehst du auch wunderschön aus. Nur so am Rande.*

Ambrose: *Hallo, guck mal rüber!*

Ambrose: *War ja klar, dass du nur Augen für dein Essen hast …*

Ambrose: *Ah, jetzt hast du hergeschaut. Na, Gott sei Dank. Mein Herz macht das sonst nicht mit.*

Ambrose: *Bin jetzt oben, komm rüber, wenn du fertig bist.*

Ambrose: *PS Luis meinte, er räumt das Feld, wenn du kommst.*

Mit einem Grinsen auf den Lippen schrieb ich ihm eine Antwort.

Nika: *Wow. Du bist ja ein richtiger Stalker. Ich kann nicht mal in Ruhe essen, ohne von dir belagert zu werden. Ich glaube, ich muss das noch mal überdenken. Du nervst mich jetzt schon.*

Schon kam er online und begann zu tippen.

Ambrose: *Klar. Das ist mein Job als dein Freund, Baby. Wenn du hier bist, kann ich dir allerdings eine Vielzahl an Gründen nennen (und zeigen!), warum du das mit uns ganz sicher nicht überdenken solltest.*

Nika: *Haha, da bin ich ja gespannt. Bin aber nicht leicht zu beeindrucken, Kleiner.*

Ambrose: *Vertrau mir, das schaff ich schon. Hab so meine Tricks.*

Nika: *Alles klar, dann zaubere mal das Kaninchen aus dem Hut, bis ich da bin. Bis gleich!*

Ambrose: *Nicht nur das Kaninchen haha*

Ambrose: *Bis gleich, Bugs! <3*

Grinsend stand ich auf, verabschiedete mich rasch von Delphine und hüpfte (ja, tatsächlich hüpfte ich vor Freude wie ein Flummi) durch den Flur in Richtung Jungs-Flügel. Auf Höhe des Fahrstuhls entdeckte ich ein vertrautes Gesicht. Aaron, der mit seinem Rucksack auf den Schultern aus einem der Gemeinschaftsräume kam.

Ich blieb stehen und lächelte ihn an. »Hey.«

»Hi, alles klar?«

»Sicher. Und bei dir?«

»Ja, mir geht's tatsächlich echt gut.«

Mir fiel ein Stein vom Herzen. »Das ist wirklich schön zu hören, Aaron.«

Ein Lächeln umspielte seine Lippen. »Find ich auch. Du bist vermutlich auf dem Weg zu Ambrose, oder?«

»Ähm, joa, also …«

»Schon gut«, sagte er und lachte leise. »Ich hab doch gesagt, dass das für mich in Ordnung ist. Mach dir keinen Kopf, du kannst mir ruhig erzählen, wenn du zu ihm gehst. Wir sind jetzt Freunde, schon vergessen?«

Ich musste schmunzeln. »Ja, okay, ich war mir einfach nicht sicher, ob du das wirklich hören willst.«

»Nika, es ist alles cool zwischen uns, und auch zwischen Ambrose und mir.« Wärme lag auf seinen Zügen. »Ich wünsche euch nur das Beste. Von Herzen. Okay?«

Ein Ziehen in meiner Brust. Eins der guten Sorte. »Okay. Danke.«

»Na los, er wartet bestimmt schon.«

»Gut, wir sehen uns, Aaron. Bis bald.«

»Bis die Tage«, entgegnete er, dann lief ich an ihm vorbei und steuerte Ambrose' Zimmer an.

Ich war unglaublich froh, dass sich die beiden Brüder wieder verstanden und Aaron Ambrose alles verziehen hatte. Menschen machten Fehler. Jeden Tag. Das gehörte zum Leben dazu und half einem dabei, sich weiterzuentwickeln. Das Wichtigste war, aus den Fehlern zu lernen und es in Zukunft besser zu machen. Und genau das hatten Ambrose und ich uns vorgenommen.

Mit einem Flattern in der Brust klopfte ich an seine Tür.

Es dauerte keine drei Sekunden, bis sie aufging und mir ein freudestrahlender Ambrose entgegenblickte. Oben ohne, nur in einer grauen Joggingshorts.

Heiliger Bimbam. Daran würde ich mich wohl nie sattsehen.

Mein Grinsen wurde breiter, als ich über die Schwelle trat und meine Arme um seinen Hals schlang. »Hi.«

»Hey«, wisperte er, stieß die Tür zu und strich mir mit seinen warmen Händen über den Rücken. »Schön, dass du den Weg gefunden hast.«

Ich grinste. »War nicht allzu schwer. Hab mich kein einziges Mal verlaufen.«

Statt etwas zu erwidern, senkte er seine Lippen auf meine und küsste mich sanft. Wärme pulsierte durch meinen Körper, während mein Herz einen Salto nach dem anderen schlug.

Ein Räuspern.

Wir lösten uns voneinander, und ich biss mir schmunzelnd auf die Lippe, als ich Luis hinter Ambrose stehen sah.

»Bin schon weg, macht nur weiter.« Er schenkte uns ein Lächeln, dann schob er sich an uns vorbei aus der Tür.

»Hey und tschüss«, sagte ich. »Viel Spaß beim … Training?«

Luis wandte sich an der Tür noch mal zu uns um. »Ne, ich muss mal abschalten.« Er warf Ambrose einen vielsagenden Blick zu. »Bin gegen zehn zurück. Bis später.«

»Bis später.« Ambrose nickte ihm kurz zu, dann verschwand Luis im Gang.

Ich legte meinem Freund (Was zur Hölle?) die Hände auf die Schultern und suchte seinen Blick. »Alles klar bei ihm?«

»Ja … Nein … Geht so«, erwiderte Ambrose und zog die Brauen zusammen. »Er hat gerade viel Stress im Training. Aber das wird wieder.« Dann wich sein besorgter Gesichtsausdruck einem euphorischen. »Hey, Lova und Tanisha waren bei dir – habt ihr euch vertragen?«

»Ja, total cool. Woher weißt du das?«

»Ich weiß alles, Bugs.« Seine Mundwinkel zuckten nach oben. »Okay, gut, ich geb's zu: Sie haben mir erzählt, dass sie mit dir reden, dir zuhören wollen. Und so wie ich die beiden kenne, hab ich mir schon gedacht, dass sie dir verzeihen werden.«

Ich schüttelte entgeistert den Kopf, da ich immer noch nicht richtig glauben konnte, dass sie mir tatsächlich vergeben hatten. »Wie es aussieht, ist unsere Freundschaft doch noch nicht komplett im Eimer.«

»Ja, sieht so aus.« Sein Atem streifte meine Lippen.

Gänsehaut kroch über meinen Körper. Ich zog ihn am Nacken zu mir herunter, um ihn zu küssen. Erst sanft, dann immer intensiver. Seine Finger glitten in meine Haare, während ich meine Nägel in seinen Rücken grub, bis wir uns atemlos voneinander lösten.

»Schön, dass du hier bist«, wisperte er und strich mir

mit dem Daumen über die Wange. In seinen Augen funkelte etwas. Dieses Herausfordernde, aber auch so viel Zuneigung und Wärme und Geborgenheit. Alles, was ich mir gewünscht hatte.

»Find ich auch.«

Er geriet ins Schmunzeln. Mein Herz schlug schneller.

»Was?«, fragte ich leise.

»Es ist nur … Ich check es immer noch nicht – dass wir uns nicht gesucht und doch gefunden haben, Bugs.«

»Manchmal passieren die besten Dinge eben ganz unverhofft.«

»So wie du mir passiert bist. Das hier mit uns, das meine ich todernst, nur dass du es weißt. Und ich werde alles dafür tun, dass du dich bei mir sicher fühlst. Niemand wird dir jemals wieder was tun, okay? Du kannst dich auf mich verlassen, Nika Blum. Und darauf, dass ich versuche, dich jeden Tag ein bisschen glücklicher zu machen.«

Kleine Perlen Glück traten in meine Augen, und ich musste lächeln. »Ich mein es auch todernst mit dir. Wenn was ist, bin ich für dich da. Immer. Egal ob es dir gut oder schlecht geht, du kannst auf mich zählen. Bedingungslos.«

»Bedingungslos«, hauchte er noch einmal, dann kollidierten unsere Lippen aufs Neue. Unsere Körper. Unsere Herzen. Und alles dazwischen.

Epilog

DREI MONATE SPÄTER

NIKA

»Wartet auf mich, ich komme ja schon«, kreischte ich und rannte durch den Sand aufs Meer zu. Auf die leichten Wellen, die mir entgegenschwappten. Das kühle Wasser streifte meine Knöchel und Waden, als ich einen Fuß vor den anderen setzte und immer langsamer wurde, weil es kälter war, als ich angenommen hatte.

Die Sonne brannte an diesem Sonntagmittag vom Himmel herunter und erhitzte meine Haut. Ich sah zu Lova und Tanisha, die fröhlich im Wasser planschten und sich nass spritzten, Meilin daneben, die kicherte, während sie sich mit Aaron eine Luftmatratze teilte. In den letzten Wochen hatten wir uns zu einer neuen Clique zusammengefunden – ganz ohne Lästereien, Vorurteile und fiese Sprüche. Ganz einfach eine Gruppe Menschen, die einander ein gutes Gefühl gaben und füreinander da waren. Die sich miteinander wohlfühlten.

Im nächsten Atemzug schlangen sich von hinten zwei Arme um meine Taille. Sein vertrauter Duft nach Holz, Orange und heute einem Hauch Sonnencreme statt

Chlor umspielte meine Nase und ließ ein Gefühl der Geborgenheit in mir aufsteigen. »Willst du etwa ohne mich ins Wasser?«

Ein Grinsen zupfte an meinen Mundwinkeln. »Das würde ich niemals wagen.«

»Gut.« Ich hörte sein Lächeln. Spürte, wie sein Herz an meinem Rücken klopfte, und fühlte, wie seine Finger langsam über meinen Körper strichen, bis sich mein Puls beschleunigte.

Ich drehte mich zu ihm um und verschränkte die Arme in seinem Nacken. »Aber bitte bekomm keinen Nervenzusammenbruch, wenn ich dich gleich beim Wettschwimmen schlage, ja? Du musst damit leben, dass ich dich jedes Mal abziehe, Kennedy.«

Lachend warf er den Kopf in den Nacken. Dieses Geräusch. Sein Lachen. Ich liebte es. Jedes Mal, wenn ich es hörte, sprudelte ich über vor Glück. Vor allem, wenn ich es angestoßen hatte. »Ganz bestimmt, Bugs. Du solltest über einen Wechsel der Sportart nachdenken. Aaron ziehst du sicher auch ab. Obwohl er sich gerade erst für die Olympischen Spiele qualifiziert hat, bist du bestimmt schneller als er.«

»Hä, aber klar!«, sagte ich mit gespieltem Ernst in der Stimme. Dann entfuhr mir ebenfalls ein Lachen. »Oder, Aaron?«

»Hm? Was?«, rief er uns zu.

»Ich zieh euch alle ab. Ihr solltet Angst vor mir haben.«

»Oh, ich zittere schon, siehst du …« Aaron hielt eine Hand hoch und schüttelte sie übertrieben. Dann grinste er und widmete sich wieder seiner Unterhaltung mit Meilin.

»Banausen«, brummte ich.

Als Ambrose mich mit sich ins Wasser zog, unsere Körper unter der glitzernden Oberfläche trieben, schlang ich meine Beine um seine Mitte und meine Arme um seinen Nacken. Unsere Blicke ineinander verschränkt, lächelte ich ihn an. »Okay, vermutlich werde ich euch nicht abziehen«, gab ich leise zu. »Aber dafür hab ich andere Talente.«

»Oh, die hast du. Die hast du *wirklich.*« Ein neckisches, sexy Grinsen huschte über seine Züge, und ich biss mir auf die Lippe.

Ich blieb wohl lieber beim Fechten. Mit den Kennedys konnte ich es sowieso nicht aufnehmen. Aber das war auch besser so. Mit jedem Training steigerte ich mich und wuchs immer mehr mit Meilin zusammen. Wir pushten uns. Und Ambrose tat ebenfalls alles, was er konnte, um mich zu unterstützen (Immerhin musste ich ja die Medaille bei den Olympischen Spielen holen, um ihm das Kleid zurückzuzahlen!) und für mich da zu sein, wenn mich meine Selbstzweifel einholten. Und ich war seine Stütze, wenn der Druck ihn übermannte. Er hatte große Fortschritte gemacht, trotzdem gab es immer wieder Momente, in denen seine Eltern oder der Coach nervten. In den meisten Fällen ging er souverän damit um, ließ es nicht an sich herankommen oder sprach mit Aaron und mir darüber.

Ihn an meiner Seite zu wissen, aber auch eine Gruppe von Freunden zu haben, die mich für *mich* mochten, für Nika, war alles, was ich mir gewünscht hatte und noch so viel mehr. Ich war angekommen. Ich hatte einen Neuanfang gewagt und war glücklicher als je zuvor. Umgeben von den Menschen, die ich liebte und die das Gleiche für mich empfanden. In den Armen von einem Kerl, der mich manchmal mit seinen sarkastischen Sprüchen zur Weißglut, aber mein Herz immer dazu brachte, schneller zu schlagen. Weil er mich liebte. Bedingungslos. Ohne etwas zu erwarten. Ohne einen Deal. Nur, weil ich *ich* war.

Danksagung

Ich habe es geliebt, die Geschichte von Nika und Ambrose zu schreiben (Es war so nervenaufreibend!), und bin all den tollen Menschen, die mir beim Entstehungsprozess geholfen haben, unglaublich dankbar.

Zuerst ein großes Dankeschön an meine Agentur, Langenbuch & Weiß, die immer ein offenes Ohr für mich hat und mich unterstützt.

Ich danke meinen großartigen Lektorinnen Diana Keller und Melike Karamustafa, die mir geholfen haben, das Beste aus dieser Geschichte herauszuholen. Danke für die wertvollen Tipps, Anmerkungen und die wundervolle Zusammenarbeit.

Außerdem danke ich dem gesamten Team des Blanvalet Verlags für die Begeisterung und die tolle Arbeit an meinen Büchern.

Ein riesiges Danke an Elisabeth Gette, die mich bei all meinen Fragen zum Fechten unterstützt hat, und Lucas Matzerath, der mir beim Thema Schwimmen eine große Hilfe war. Danke, dass ihr euch die Zeit für mich und die Belladaire Academy genommen habt!

Lucy – dir danke ich nicht nur dafür, dass du meine beste Freundin bist, sondern dieses Mal besonders für deine Hilfe (wenn ich nicht mal wieder einen Monat auf eine Nachricht warten muss, nur um dann nicht mal meine Frage beantwortet zu bekommen, haha) in Bezug auf das Setting der Geschichte. Ohne dich wäre ich vielleicht nie auf die Idee zu dieser Reihe gekommen.

Emily – danke für alles. Ich liebe unsere Freundschaft und wie wir uns ergänzen. Außerdem will ich mir in Edinburgh mit keiner Person lieber einen Spaß erlauben als mit dir. Stell dir hier einen unserer unzähligen Kermit-Sticker vor, danke.

Tine – dir möchte ich für deine Freundschaft und Unterstützung danken. Vor allem aber für die wunderbaren Autofahrten, in denen ich in keiner Sekunde (nein, also wirklich gar keiner, nö, nope, niemals) daran gezweifelt habe, dass wir unversehrt am Ziel ankommen.

Ein riesiges Dankeschön geht zudem an all meine wunderbaren Freund*innen, die immer für mich da sind, an mich glauben und mir den Rücken stärken, insbesondere Felix, Mona, Xenia und Philipp, aber auch meine Tanzschul-People, die mich zurück in die Realität holen, wenn ich mal Abstand zu meinen fiktiven Welten brauche. Ich bin sehr froh, euch alle zu haben.

Bedanken möchte ich mich bei meinen großartigen Testleserinnen Franka, Jule, Lilly, Luisa, Mandy und Maren für das Feedback und die tollen Anmerkungen. Ich lebe für eure Sprachnachrichten!

Danke an meine Autorenkolleg*innen für den Zuspruch, die Mut machenden Gespräche und den Austausch. Ohne euch wäre mein Leben deutlich einsamer.

Ich danke meiner Familie dafür, dass sie immer an mich glaubt, mich unterstützt und sich mit mir freut.

Außerdem bedanke ich mich feierlich bei meiner Queen Taylor Swift für die weltbeste Musik, ohne die ich dieses Manuskript vielleicht nicht hätte beenden können.

Danke an meine wundervollen Leser*innen für die lieben Worte, Fotos und Videos. Ich weiß jede Story und Nachricht, jeden Beitrag und Kommentar zu schätzen und bin überglücklich, dass ihr meine Geschichten so gerne lest. Danke für alles!

Ein riesiges Danke an alle Buchhändler*innen und Blogger*innen, die über meine Bücher sprechen, sie rezensieren, empfehlen und so schön präsentieren. Ihr seid toll!

Und danke an dich, dafür, dass du zu diesem Buch gegriffen, Nika und Ambrose eine Chance gegeben und bis hierhin durchgehalten hast. Ich hoffe, du hast diese Geschichte genossen und dass du in *Rivals* wieder nach Belladaire zurückkehren wirst. Immerhin haben Lova und Luis noch eine Rechnung miteinander offen …

Auf Instagram und TikTok bin ich unter @marenvivienhaase erreichbar und freue mich sehr auf den Austausch mit dir.

TRIGGERWARNUNG

(Achtung Spoiler)

Dieses Buch enthält potenziell triggernde Inhalte zu folgenden Themen: Mobbing, Drogenmissbrauch

LESEPROBE

MAREN VIVIEN HAASE

BELLADAIRE ACADEMY
of Athletes

RIVALS

Als Lova Sandberg erfährt, dass auch Luis Fernández an der Belladaire Academy zugelassen wurde, hätte sie am liebsten wieder ihre Koffer gepackt. Denn sie und Luis verband einst nicht nur ihre Leidenschaft für Tennis – bis ihre Beziehung ein schlimmes Ende fand. Lova hat sich seither geschworen, Liebe und Sport nie wieder miteinander zu vermischen. Als ihr ein Platz im Elite-Kader der Academy in Aussicht gestellt wird, ist sie überglücklich. Einziger Haken: Auch Luis steht in der engeren Auswahl. Möge der Bessere gewinnen, so heißt es doch? Aber was, wenn sich alte Gefühle in den Wettbewerb einmischen?

1

LOVA

»Du kannst mich lieben, du kannst mich hassen, aber wenn es etwas gibt, das du nicht kannst, dann ist es, gegen mich zu gewinnen, Baby.« Ich schnalzte mit der Zunge und warf meiner besten Freundin ein diebisches Grinsen zu, während ich mir mit dem Handtuch über den Nacken wischte, bevor ich es zusammen mit dem Tennisschläger in meine schwarze Tasche schob.

»Du bekommst gleich eins auf den Deckel«, erwiderte Tanisha lachend und holte mit ihrem Schläger aus, als ob sie mir eins überziehen wollte.

Ich schwang mir die Tennistasche über die Schulter, lief zu ihr rüber und legte ihr einen Arm um die Taille. »Tut mir schreeecklich leid.« Meine Mundwinkel zuckten belustigt nach oben.

»Ganz bestimmt, Lova. Tut es dir so überhaupt nicht.« Sie schüttelte mit einem amüsierten Schnauben den Kopf und packte den Schläger in ihre Tasche. Ihre schwarzen Braids, die ihr bis zur Brust reichten, hatte sie im Nacken zusammengebunden. Bei diesen heißen Temperaturen kein Wunder – ich trug mein hellblondes Haar auch so gut wie immer in einem hohen Pferdeschwanz.

Wir sahen uns auf dem Sandplatz noch mal um, ob wir auch nichts vergessen hatten, dann steuerten wir die Tür an, die in den hohen silbernen Zaun eingelassen war, und traten auf den hellen Kiesweg.

Ich fächelte mir Luft zu, während wir von der letzten Trainingseinheit des Tages über den Campus zurück in Richtung Hauptgebäude liefen. Heute hatte uns nicht nur die glühend heiße Augustsonne Südfrankreichs zugesetzt, sondern uns auch noch unsere Trainerin die Hölle heiß gemacht. Immer wieder hatte sie uns getriezt, noch besser zu spielen und bis an unsere Grenzen zu gehen.

Tanisha und ich waren im ersten Jahr unserer dreijährigen Ausbildung an einer der renommiertesten Sportakademien der Welt: der Belladaire Academy of Athletes, die ihren Sitz hoch oben in den Bergen Monacos hatte, mit perfektem Blick über die Stadt und das Meer, wo wir gerne die Wochenenden verbrachten. Vögel zwitscherten über unseren Köpfen, und Gesprächsfetzen wehten von den Leuten herbei, die links und rechts des Kiesweges auf der Wiese saßen und sich miteinander unterhielten.

Wir wichen aus, als uns zwei Turnerinnen in ihren Bodysuits und kurzen Shorts lachend entgegenkamen, grüßten sie freundlich im Vorbeigehen und bogen dann Richtung Turnhalle ab, die sich wie die Tennisplätze weiter hinten auf dem Campus befand. Belladaire hatte nicht nur die besten Coaches im Tennis zu bieten, sondern auch im Schwimmen, Fechten und Turnen. Wer hier trainiert wurde, dem stand mit hoher Wahrscheinlichkeit eine Zukunft als Profi bevor. Genau das, wovon ich schon mein ganzes Leben träumte. Die Nummer eins der Weltrangliste zu werden. Das erste Mal hatte ich mit fünf Jahren in meiner Heimat Schweden, genauer gesagt in Stockholm, auf einem Tennisplatz gestanden, und mit dreizehn war ich an die Côte d'Azur in ein Tennis-Internat gezogen, um dort schließlich meinen Schulabschluss zu machen. Ich hatte alles zurückgelassen – meine Familie, meine Freunde und meine Heimat, um meinen Traum von einer professionellen Tenniskarriere zu verwirklichen. Jedes Mal, wenn ich nur an Stockholm, meine Eltern und meine große Schwester dachte, zog sich mein Magen zusammen und eine Welle Heimweh überrollte mich.

Tanisha lächelte mich an. »Hey, hast du Lust, morgen früh eine Extratrainingssession einzulegen? Vormittags ist die Hitze ja einigermaßen erträglich, und ich möchte noch an meinem Inside-Out-Schlag feilen.«

»Wolltest du da nicht mit deiner Familie telefonieren?«

Da Tanisha aus Nigeria kam, sah sie ihre Familie nur selten, dafür telefonierte sie aber recht häufig mit ihr.

Sie schüttelte den Kopf. »Denen kam was dazwischen. Meine Brüder melden sich dafür wahrscheinlich gegen Abend. Davor hab ich Zeit.«

»Klar, dann machen wir das. Falls ich nicht die ganze Nacht wieder diese neue Serienkiller-Doku auf Netflix schaue. Die ist so gut. Heute musst du mitgucken!«, entgegnete ich, während ich aus dem Augenwinkel wahrnahm, wie zwei Tennisspieler aus unserem Team in weißen Shorts und T-Shirts an uns vorbeihetzten und miteinander tuschelten.

»Gib es endlich auf, Lova.« Sie lachte warm. »Ich schau jede Komödie mit dir, aber mittlerweile solltest du wissen, dass ich alles, was gruseliger als *Pretty Little Liars* ist, nicht vertrage.«

Ich hob beschwichtigend die Hände. »Okay, okay. Wir

wollen ja nicht, dass du Albträume bekommst. Heute Abend richte ich mich nach dir, auf was hast du Lust?«

In ihren Augen blitzte etwas auf. »Der neue Film mit Covey Jenkins ist gerade rausgekommen. So ein Liebesdrama. Wir könnten runter ins Freiluftkino fahren.«

»Liebesdrama.« Ich schnaubte amüsiert, weil ich an mein eigenes Leben denken musste. Wohl eher mein eigenes nicht vorhandenes Liebesleben. »Na schön. Für dich immer, Lieblingsmitbewohnerin«, gab ich grinsend zurück und stieß sie mit der Schulter an, während wir uns dem riesigen Anwesen, das vor uns in den Himmel ragte, näherten.

Das Hauptgebäude von Belladaire, in dem neben unseren Zimmern auch die Eingangshalle, Mensa, Gym, Gemeinschaftsräume und die Büros untergebracht waren, glich einer Art Palast aus Zeiten der Renaissance mit zwei Flügeln – ganz im Gegensatz zur hochmodernen verglasten Schwimmhalle, die sich am hinteren Ende des Campus befand. Wer zum ersten Mal auf dem Academy-Gelände war und die Eingangshalle betrat, dem klappte in der Regel der Kiefer herunter. Auch wenn Belladaire in Bezug auf Sport und Technik auf dem modernsten Stand war, liebte ich, dass die Academy dennoch im klassischen Stil der französischen Riviera gehalten war. Geschwungene Fensterbogen und Erker, beige Fassaden, Marmor, wohin das Auge reichte. Luxuriös, edel, ein bisschen protzig und dennoch ein Ort, an dem ich mich zu Hause fühlte. Vor allem deshalb, weil ich hier von so vielen anderen Menschen umgeben war, die meine Leidenschaft für Sport teilten. Manchmal kam es mir vor, als ob ich durch eine hellere, freundlichere Version Oxfords lief. Nur mit deutlich mehr Sonne und Meer.

»Lova, Tanisha!«, hörte ich eine Stimme von links.

Nika und Meilin, beide ihre großen Rucksäcke mit dem Fecht-Equipment über den Schultern, kamen lächelnd auf uns zu.

Nika war seit Semesterbeginn im März Teil unserer Clique und die einzige Deutsche in unserer Runde. Sie hatte philippinische Wurzeln, dunkle lange Haare und hohe Wangenknochen. Wir hatten einen holprigen Start mit ihr gehabt, aber mittlerweile gehörte sie zu meinen besten Freundinnen. Meilin kam aus Peking; sie war ein wenig später durch Nika zu unserem Freundeskreis gestoßen. Auf ihren Wangen zeichnete sich eine leichte Röte ab, als sie Tanishas Blick begegnete. Ich hatte die starke Vermutung, dass sie in sie verknallt war. Ein Lächeln lag auf ihrem hellen Gesicht, das von den feinen Strähnen ihres schwarzen Bobs eingerahmt wurde.

»Hey, wie war euer Training?«, fragte ich und drückte die beiden kurz, dann liefen wir auf die hohen Türen des Hauptgebäudes zu.

»Gut. Anstrengend.« Meilin lächelte leicht und warf Tanisha einen weiteren Blick zu, den diese mit einem breiten Grinsen erwiderte.

»Glaub ich. Wir können wenigstens kurze Sachen anziehen, aber ihr müsst ja eingehen in eurer Montur«, gab ich zurück und verzog mitleidig das Gesicht.

Nika nickte und wischte sich über die Stirn. »Das kannst du glauben. Ich krepiere noch in dem Anzug. Südfrankreich, August und so viele Klamotten. Üble Kombination. Da haben es Ambrose und Aaron von uns allen wohl am besten.«

»Stimmt. Als Schwimmer hat man gerade das große Los gezogen«, sagte ich und musste schmunzeln. »Wo hast du ihn denn gelassen?«

Nika und Ambrose waren seit einigen Monaten ein Paar, was mich unglaublich für die beiden freute. Erst hatte es einiges an Drama gegeben, doch jetzt waren sie total glücklich miteinander.

»Der ist schon oben in seinem Zimmer, glaub ich, und trifft uns dann später beim Abendessen in der Mensa.«

Meilin stemmte sich gegen die breiten Türen, und wir betraten das Foyer von Belladaire. Sofort legte sich eine Gänsehaut auf meinen Körper, die von der Kühle der riesigen Halle herrührte. Über unseren Köpfen zierte ein riesiger Kronleuchter die hohe Decke. Stimmen drangen von den anderen Menschen, die sich in Grüppchen unterhielten, miteinander lachten oder gerade die aufwendig verzierte Holztreppe nach oben zu ihren Zimmern huschten, herüber und hallten über den hellen Marmor. Am anderen Ende der Halle befand sich der Welcome Desk, über dem das Wappen der Academy an der Wand hing. Vor den Aufzügen warteten gerade drei Mädels in ihren Joggingshorts und Sport-BHs darauf, dass die Türen aufgingen.

»Was steht am Wochenende eigentlich so an?«, kam es von Tanisha, als wir die geschwungene breite Treppe in die erste Etage hinaufstiefelten, die in einen Männer- und einen Frauen-Flügel aufgeteilt war. Auch wenn die Academy quasi eine Ausbildung nach der Schule ersetzte und wir alle volljährig waren, gab es eine strikte Trennung, was die Schlafräume anging. Das hinderte uns jedoch nicht daran, nachts in den anderen Flügel zu schleichen und heimlich Partys zu feiern. Man musste nur wissen, wie man das Personal und die Überwachungskameras am besten austrickste – oder bestach.

»Ich hätte ja gesagt, wir fahren morgen nach Cannes

auf eine Party oder …« Weiter kam ich nicht, da Nika heftig den Kopf schüttelte.

»Auf keinen Fall, ich muss immer noch die von letzter Woche verdauen, und später treffe ich mich mit Ambrose, sorry. Nächstes Mal bin ich wieder dabei.«

»Wir könnten zum Strand?«, schlug Meilin ein wenig unsicher vor und sah dabei Tanisha an. Obwohl wir uns jetzt schon einige Monate kannten, hatte sie ihre Schüchternheit noch nicht komplett abgelegt, vor allem nicht, wenn es um Tanisha ging. Manche Menschen brauchten ein wenig länger, um aufzutauen, und das war auch okay so.

»Strand klingt super«, erwiderte ich, als wir auf unserem Stockwerk ankamen und über den hellen Marmorboden den Gang zu unseren Zimmern entlangliefen, vorbei an zwei laut lachenden Schwimmerinnen, deren Chlorgeruch zu uns herüberschwebte.

»Ich bin auch so was von dabei.« Nika klatschte vergnügt in die Hände, bevor sie vor ihrer Tür stehen blieb. »Wir sehen uns in ’ner Stunde in der Mensa, Leute.« Damit hielt sie ihr Sportarmband an den Sensor und betrat ihr Zimmer.

Nika wohnte mit Delphine zusammen, einer Turnerin, die sich von uns, und eigentlich auch allen anderen Menschen, weitestgehend fernhielt. Sie galt als eine der besten Sportlerinnen von Belladaire, es war sogar schon in den Medien über sie berichtet worden, seitdem wir an der Academy trainierten, doch irgendwie kam niemand so richtig an sie heran; nicht einmal Nika. Aber vielleicht taute die Eiskönigin von Belladaire ja irgendwann doch noch auf.

»Bis später«, rief ich Nika über die Schulter zu, während

wir weiterliefen, an Fensterbogen entlang, durch die man immer wieder einen Blick aufs Meer erhaschen konnte.

»Ich bin dann auch mal weg, bis gleich«, sagte Meilin leise, als wir bei ihrem Zimmer ankamen, und schenkte uns noch ein Lächeln, das Tanisha und ich erwiderten.

In unserem gemeinsamen Zimmer angekommen, sprang Tanisha unter die Dusche, während ich mich aufs Bett fallen ließ und einen Blick auf mein Handy warf. Ein paar Benachrichtigungen von Instagram sowie eine von Netflix, die mir mitteilte, dass die neue Serienkiller-Doku abrufbar war. Der perfekte Start ins Wochenende. Dazwischen sprang mir eine Nachricht meiner Trainerin ins Auge, die erst vor ein paar Minuten eingetroffen war.

Coach Lopez: *Hey, Lova, kannst du noch mal kurz ins Büro von Coach Thomas kommen? Jetzt sofort, wenn möglich. Merci.*

Was sollte ich denn dort? Thomas war der Head-Coach des Tennisbereichs der Academy; ein Weltklassespieler, der jahrelang die Weltrangliste der Männer angeführt hatte. Eine Maschine im Körper eines Menschen.

Keine Ahnung, ob die Nachricht etwas Gutes oder Schlechtes bedeutete. Hatte ich in letzter Zeit Mist gebaut? Eigentlich nicht. Ich fuhr mir über den Nacken, während sich in meiner Magengegend ein mulmiges Gefühl ausbreitete. Mit gerunzelter Stirn tippte ich rasch eine Antwort.

Lova: *Klar, bin schon auf dem Weg.*

2

LUIS

»Nur noch zwei Wochen bis zum Auftaktturnier in Cannes.« Ich verzog das Gesicht und stellte meinen leeren Smoothie-Becher auf dem hölzernen Beistelltisch vor mir ab. »Ich hätte eigentlich gesagt, dass ich locker ins Finale komme, aber nachdem Coach Thomas diese Woche andauernd meine Volleys kritisiert hat, bin ich mir echt unsicher.«

Ambrose runzelte die Stirn. »Aber sonst bist du doch eigentlich einer der Stärksten bei euch im Team. Was soll da schiefgehen?«

Ich lehnte mich auf dem braunen Ledersofa zurück, auf dem mein bester Freund und zugleich Mitbewohner und ich uns vor nicht mal zwei Minuten niedergelassen hatten.

Im riesigen Gemeinschaftsraum, der sich im ersten Stock des Hauptgebäudes von Belladaire befand, gab es etliche Chill-out-Bereiche, wo man es sich in seiner trainingsfreien Zeit gemütlich machen konnte. Trotz der Sonnenstrahlen, die durch die geschwungenen Fenster brachen, und des riesigen Kronleuchters an der verzierten Decke strahlte der Raum aufgrund der schweren Samtvorhänge in dunklem Grün und der massiven

Holzmöbel eher die Atmosphäre eines Geheimbundverstecks oder eines Casinos aus. Um diese Tageszeit, kurz vor dem Abendessen, scharten sich kaum Studierende um die Tischkicker und Billardtische. Nur einige wenige saßen vor den Computern oder zockten am großen Flatscreen ein Tennis-Game. Vermutlich waren die meisten Leute noch auf ihren Zimmern und machten sich fürs Essen oder eine Freitagabendparty unten in der Stadt fertig.

Ich nickte. »Du hast recht. Schätze, ich sollte mir einfach nicht so einen Kopf machen und die nächsten Trainings richtig durchziehen. Vielleicht buche ich mir zusätzlich ein paar Privatstunden.«

»Gute Idee«, entgegnete Ambrose und fuhr sich über das kurz geschorene schwarze Haar bis in den Nacken. »Immerhin hast du noch zwei Wochen. Das schaffst du doch mit links. Außerdem hast du mir erst gestern erzählt, dass sich dein Aufschlag in den letzten Monaten krass verbessert hat.«

»Stimmt auch wieder.« Ein Schmunzeln zuckte über meine Lippen.

Allein wenn ich daran dachte, wie sich mein Puls jedes Mal beschleunigte und das Adrenalin durch meinen Körper schoss, sobald ich auf dem Platz stand, kam ich aus dem Grinsen nicht mehr heraus. Ich liebte es, den rasanten Bällen hinterherzujagen und den Aufprall vom Ball auf meinen Schläger durch mein Handgelenk bis hinauf in den Arm zu spüren. Bei jedem Ass schlug mein Herz höher, und ich fühlte mich wie unter Strom. Für nichts und niemanden in meinem Leben hatte ich jemals solch eine Leidenschaft empfunden. Na ja, für *fast* niemanden.

»Und während du an deinem Volley feilst, lass ich mich

von meinem Coach anschreien. Zum Glück hört man das unter Wasser nicht.« Ambrose lachte, und ich schüttelte grinsend den Kopf.

»Nächste Woche steht bei dir der erste Wettkampf an, oder?«

»Richtig. Der Monaco Cup. Wenn ich – ich zähle übrigens auf deinen Support – unter die ersten drei komme, qualifiziere ich mich damit für die Französischen Meisterschaften.«

»Klar, ich bin definitiv am Start, um dich anzufeuern. Aber wenn du mit deinem Bruder trainierst, dann bekommt ihr das sicher hin. Aaron tritt auch an, oder?«

»Jap«, erwiderte er und zuckte dann mit den Schultern. »Bei der Videoanalyse hab ich ganz gut abgeschnitten. Aber ich muss den Coach noch mal nach ein paar Tipps fragen. Mit meiner Beinarbeit im Kraul bin ich bisher nicht wirklich zufrieden. Morgen früh trainiere ich mit Aaron; mal sehen, ob er mir hilfreiches Feedback geben kann.«

Ambrose und sein zwei Jahre älterer Bruder Aaron hatten in der Vergangenheit ein eher angespanntes Verhältnis gehabt, daher freute ich mich umso mehr für die beiden, dass sie sich mittlerweile ausgesprochen hatten. Ambrose war einer der loyalsten Menschen, die ich kannte, er hatte in der Vergangenheit nur die ein oder andere falsche Entscheidung getroffen – so wie ich. Vielleicht verstanden wir uns deshalb so gut.

»Klingt doch nach einem guten Plan.« Ich grinste ihn aufmunternd an und fuhr über die leichten Stoppeln an meinem Kinn. »Morgen früh wollte ich auch auf den Platz oder ins Gym, je nachdem, wonach mir ist.«

»Wann stehst du auf?«

Ich zog die Brauen zusammen, während ich kurz überlegte. »Schätze gegen sieben.«

»Perfekt, dann können wir zusammen frühstücken.«

»Auf jeden Fall.« Mein Blick huschte zur Uhr. Viertel vor sechs, was bedeutete, dass unsere Mensa ihre Pforten erst in einer Viertelstunde öffnen würde. »Was meinst du, sollen wir schon mal zur Kantine gehen? Vielleicht machen sie für uns ja früher auf, wenn du Emma von der Essensausgabe nett zuzwinkerst.« Meine Mundwinkel zuckten nach oben, als Ambrose amüsiert die Augen verdrehte.

Ich erhob mich und schnappte mir meinen Pappbecher. Aus dem Augenwinkel bemerkte ich, wie Ambrose etliche Blicke auf sich zog, während er ebenfalls aufstand und nach seinem Becher griff. Zwei Mädels auf einem der Sofas rissen die Augen auf und tuschelten miteinander, als wir an ihnen vorbei durch den Saal schlenderten, und ein anderes Grüppchen von vier Leuten, die am Tischkicker standen, durchlöcherte uns förmlich mit neidischen Blicken. Es war immer wieder unterhaltsam, diese Szenen mit anzusehen; wobei ich mich zum tausendsten Mal fragte, warum es Ambrose eigentlich nicht unangenehm war, dauernd im Mittelpunkt des Interesses zu stehen. Als einer der beiden Kennedy-Brüder gehörte er zu den Stars der Academy – und genoss es sichtlich. Die Mischung aus seinem guten Aussehen, dem Ruf, einer der besten Schwimmer hier zu sein, und seiner Beziehung mit Nika sorgten dafür, dass jedes Mal, wenn er einen Raum betrat, etliche Kiefer herunterklappten. Ich stand, abgesehen vom Tennisplatz, weniger gerne im Mittelpunkt und hielt meinen Freundeskreis eher klein. Immerhin wusste man nie, wem man *wirklich* trauen konnte und wer einen am Ende hinterging. Das wollte ich nicht schon wieder erleben. Einmal reichte völlig aus.

Ich warf den Becher in den Müll und schob meine blaue Cap zurecht, die ich wie fast immer falsch herum auf meinen dunkelbraunen Locken trug.

Ambrose drückte die Tür zum Gang auf, dann traten wir hinaus in den Flur, um die Mensa anzusteuern, die sich im Erdgeschoss des Academy-Gebäudes befand.

»Ich würde dich ja zum Essen zu uns an den Tisch einladen, aber dann würde mich Lova sicher einen Kopf kürzer machen. Sorry. Morgen setze ich mich wieder zu dir.«

»Schon okay. Ich halte auch lieber einen Sicherheitsabstand zwischen uns ein. Bin mit ein paar Jungs vom Tennis-Team verabredet, wir sehen uns dann einfach später im Zimmer. Oder ich winke dir von unserem Tisch aus zu.« Lachend bog ich mit ihm um die Ecke und wich ein paar Mädels in Tennisklamotten aus, die sich angeregt über ihr Vorhandspiel unterhielten. Als eine von ihnen im Vorbeigehen zu uns herübersah, lächelte sie erst mich, dann Ambrose an und fuhr sich durch ihr kurzes blondes Haar.

Ich erwiderte ihr Lächeln, dachte mir aber nichts weiter dabei. Für Frauen hatte ich aktuell aufgrund der vielen Trainingseinheiten keinen Kopf, und außerdem gab es da immer noch einen kleinen Teil meines Herzens, der einer gewissen Schwedin gehörte. Auch wenn ich mir geschworen hatte, sie nie wieder in mein Leben zu lassen.

»Ich fühle mich manchmal wie das Kind geschiedener Eltern, Luis. Das macht echt keinen Spaß. Es wäre viel schöner, wenn ihr miteinander auskommen würdet.«

»Du tust mir ja fast leid«, konterte ich und kassierte einen gespielt bösen Blick von ihm, als wir an einigen Statuen und Gemälden ehemaliger Sportler vorbeiliefen.

»Wie dem auch sei … Gehst du später noch mit Nika weg?«

Er nickte, in seinen Augen glitzerte Vorfreude. »Jap, wir wollten in eine Bar, die unten am Wasser neu eröffnet hat. Da soll es superausgefallene Drinks geben, und der Ausblick aufs Meer ist garantiert auch nicht schlecht.«

»Dann geht ihr allein, oder kommen die anderen aus der Clique mit?«, fragte ich, während wir die geschwungene dunkle Holztreppe hinunter ins Erdgeschoss liefen, die mit ihren Verzierungen an ein altes herrschaftliches Anwesen erinnerte.

»Ne, ne, wir bleiben zu zweit. Nach der anstrengenden Trainingswoche, während der wir so gut wie nie allein waren, muss ein bisschen Zweisamkeit sein.«

Unten angekommen, liefen wir den breiten Flur entlang, der uns zur Mensa führte. Hier und da huschten Studierende an uns vorbei, die anscheinend nicht schnell genug zum Essen kommen konnten.

»Versteh schon. *Zweisamkeit.*« Ich hob vielsagend eine Braue.

In Ambrose' dunklen Augen blitzte etwas Teuflisches auf, doch gerade als er einen Konter loslassen wollte, vibrierte mein Handy in der Tasche meiner Joggingshorts.

Ich zog es rasch hervor und lugte aufs Display. Eine Nachricht meines Coaches.

Coach Thomas: *Luis, komm doch noch mal kurz rüber ins Büro. Danke, bis gleich!*

Verdutzt zuckte ich mit dem Kopf zurück und warf Ambrose einen verwirrten Blick zu. »Ähm, irgendwie muss ich noch mal zum Coach. Der will was bequatschen.«

»Hast du mal wieder Scheiße gebaut?«

Ich blähte amüsiert die Nasenflügel und blieb vor der Tür zur Mensa stehen. »Wenn jemand von uns Scheiße baut, dann bist das in der Regel du. Ich wüsste nicht, was sein sollte. An einem Freitagabend. Nach dem Training.«

Ambrose wandte sich zur Tür. »Bin gespannt, was du berichtest. Halt mich auf dem Laufenden, Mann.«

»Mach ich. Wir sehen uns später.«

Wir schlugen noch mal ein, dann betrat Ambrose die Kantine, während ich mich auf den Weg zum Office machte. Seltsame Sache.

Wenn Sie wissen möchten,
wie es weitergeht, lesen Sie
Maren Vivien Haase
Belladaire Academy of Athletes – Rivals

ISBN 978-3-7341-1279-9 /
ISBN 978-3-641-30300-6 (E-Book)
Blanvalet Verlag